EL FUEGO
DEL DESIERTO

El fuego del desierto

KAREN WINTER

Traducción de Jorge Seca

GRUPO ZETA

Barcelona • Madrid • Bogotá • Buenos Aires • Caracas • México D.F. • Miami • Montevideo • Santiago de Chile

Título original: *Das Feuer der Wüste*
Traducción: Jorge Seca
1.ª edición: febrero, 2014

© 2010 by Bastei Lübbe AG, Köln
© Ediciones B, S. A., 2014
   Consell de Cent, 425-427 - 08009 Barcelona (España)
   www.edicionesb.com

Printed in Spain
ISBN: 978-84-666-5424-1
Depósito legal: B. 27.441-2013

Impreso por LIBERDÚPLEX, S.L.
Ctra. BV 2249, km 7,4
Polígono Torrentfondo
08791 Sant Llorenç d'Hortons

1

—¡Quítatelo de la cabeza, Ruth. No voy a discutir más sobre ese asunto! —dijo Rose Salden, dirigiendo una gélida y fulminante mirada a su hija.

—Pero ¿por qué no? Siempre he participado en los campeonatos de jóvenes granjeros. Y siempre he quedado entre los tres mejores de la promoción. ¿Por qué no puedo este año? —preguntó Ruth, poniéndose completamente pálida por la indignación.

—Porque ya cuesta encontrarte partido incluso sin tener un diploma en levantamiento de ovejas. ¡Por todos los santos del cielo! ¿Cuándo comprenderás lo que de verdad es importante en la vida?

—¡Bah! —Ruth se anudó el pañuelo en torno a la frente, se calzó las pesadas botas que para disgusto de su madre no eran muy diferentes de las botas de un vaquero, y con gesto impaciente se puso el sobretodo de color verde—. No me interesa si cuesta o no encontrar partido para mí. Yo no necesito a ningún hombre.

—¡Ya lo creo que sí, mi amor! Una granjera sin marido ya puede ir haciendo las maletas e irse a vivir a la ciudad. —Rose Salden enfatizó sus palabras con un enérgico movimiento de la mano que hizo que su brazalete de oro sonara suavemente—. Y una mujer que solo puede presentar como único mérito varios premios en la competición de levantamiento de ovejas, y que es conocida, por lo demás, por su labia fácil, simplemente no resulta asumible para ninguna buena familia del África del Sudoeste Alemana.

Ruth torció la boca con gesto de irritación.

—No solo he ganado en levantamiento de ovejas. Eso es una diversión, nada más. Fui la mejor en saltar obstáculos a caballo y en conducir el ganado, la cuarta en esquilar, la tercera en clavar estacas y la primera en clasificar lana y contar ovejas.

—Sí, ya... —La madre de Ruth hizo un gesto negativo con la mano, con el semblante crispado. Conocía a la perfección los argumentos de su hija—. Un hombre no quiere una esposa para contar ovejas que no sean las ovejitas para dormir. Y este, mi amor, debería ser tu primer objetivo en la vida: encontrar marido y tener hijos. Las mujeres no han sido creadas para criar ovejas ni para mandar. ¿Cuántas veces tengo que repetírtelo?

—Mira lo que pasa en la granja Waterfall —la contradijo Ruth, porfiada—. Kathi Markworth se las arregla ella sola para llevar la tienda. Ayer, por ejemplo, arregló el tractor y la semana pasada, el generador. Solo pide ayuda cuando tiene que esquilar.

—Kathi Markworth es viuda y además pobre. No puede hacer otra cosa, no puede permitirse siquiera un administrador. Es una vergüenza para esa pobre mujer tener que vivir así —repuso Rose con firmeza—. No me extrañaría que odiara a su marido por este motivo hasta más allá de la tumba. Sin duda no sirve de modelo para ninguna mujer joven.

—¿Por qué? Las ovejas caracul de Kathi tienen mejor

aspecto y están más sanas que las de muchos otros granjeros.

—Ruth, ya hemos hablado más que suficientemente sobre este asunto. —Rose Salden suspiró—. Ahora tienes veinticuatro años, en realidad eres demasiado mayor ya para encontrar marido. África del Sudoeste es un gran país y, no obstante, no deja de ser una pequeña aldea. Aquí nos conocemos todos. No permitas que tu fama empeore aún más. Ponte ese vestido bonito que te traje de Gobabis y ve a la competición de granjeros, pero esta vez no como participante sino como una mujer joven de muy buen ver que espera algo más de la vida que un incremento de la producción de lana.

—Hace años que este país no se llama África del Sudoeste sino Namibia. ¡Y yo no soy Corinne, mamá! —exclamó Ruth, entornando de mala gana los ojos al pensar en su hermana.

—Sí, por desgracia —dijo Rose, suspirando de forma ostentosa. Se llevó las manos al pecho con las palmas hacia fuera y cerró los ojos.

Ruth suspiró también. Sabía que no tenía sentido contradecir a su madre. Y mucho menos cuando adoptaba esa postura. Los ojos cerrados de Rose indicaban con toda claridad que ya no deseaba escuchar ni oír ningún comentario más. Una réplica no solo era inútil sino que podía empeorarlo todo aún más. Rose Salden detestaba el trabajo en la granja, no le gustaban las ovejas y soñaba desde hacía muchos años con vivir en una mansión en la ciudad de Windhoek o en Swakopmund, sin estiércol ni ganado, soñaba con una vida en la que la tarea más importante de una mujer consistía en dar órdenes a los criados negros y en disponer cada día la fruta fresca en un cuenco hondo de plata.

La madre de Ruth opinaba, en general, que la vida en sí era muy injusta y que ella se merecía algo mucho mejor. En realidad —y de esto estaba Ruth muy segura— su madre opinaba que la vida de una señora blanca en una mansión de la ciudad y con criados negros era la más apropiada para ella. No en vano, Rose Salden afirmaba siempre en sociedad que ella era de buena familia. Sin embargo, en cuanto regresaba al círculo erróneo —que ella denominaba el correcto— olvidaba mencionar adrede que habían sido personas negras quienes la habían criado.

¡Qué distinta era, en cambio, la vida en la granja de ganado lanar en mitad de aquellos inmensos campos! La espaciosa vivienda de Salden's Hill quedaba a los pies de una colina y estaba amueblada en el típico estilo colonial. Había una chimenea, los muebles eran de madera de roble alemán, con un vestíbulo luminoso, cubierto de alfombras, y sillas y sillones acolchados con gran abundancia de cojines y mantas. En cada rincón libre de la casa había recuerdos de Alemania, un país al que Rose se sentía muy vinculada a pesar de no haber estado nunca en él. Ella se regía incluso conforme a la moda alemana. Si en Hamburgo estaban de moda las cortinas verdes con borlas plateadas, aquella casa en mitad de Namibia era guarnecida con cortinas de color verde plateado. Si en Múnich las mujeres llevaban el cabello hasta la barbilla y un lunar sobre el labio superior, Rose Salden se ponía por la mañana delante del espejo del cuarto de baño con un lápiz carboncillo. Ni siquiera las observaciones de los vecinos, a veces maliciosas, con las que pretendían que se quitara aquella «cagada de mosca», podían hacer cambiar de opinión a Rose. Al fin y al cabo, las personas que vivían en los alrededores de Salden's Hill eran «campesinos sin gusto ni estilo», como le gustaba decir a Rose.

Ruth sufría siempre en sus propias carnes que su madre se ocupara de llevar un orden y una limpieza extremas en el hogar. Nada más llegar a casa tenía que calzarse las zapatillas, y una vez en el lavadero tenía que quitarse los pantalones de trabajo y la chaqueta, pues ya que Rose no podía vivir en la ciudad, al menos tenía la granja acondicionada y amueblada de tal manera que podía sentirse cómoda y muy a gusto en ella.

El lugar preferido de Ruth en la casa era la galería exterior. También ahora se retiró allí después de la disputa con su madre. Se sentó en el suelo, apoyó las piernas contra una de las columnas como solía hacer siempre y disfrutó del frescor de los muros de piedra. Después del trabajo realizado le gustaba beberse una botella de Hansa Lager, una cerveza namibia que era fabricada siguiendo la ley alemana de pureza en la destilación de la cerveza; entonces se quitaba las botas sucias y se relajaba teniendo a su lado a *Klette*, una perra border collie, su mejor y única amiga.

Ruth apartó la vista de la casa y se puso a disfrutar de las vistas que le deparaban sus tierras. Observar cómo pacían sus rebaños de ovejas y vacas significaba para ella la felicidad; después se sentía perfectamente equilibrada y contenta. Su madre nunca comprendió por qué Ruth adoraba tanto la vida en la granja, por qué no deseaba nada diferente, vestidos elegantes, peinados estrambóticos ni, por supuesto, ninguna casa en la ciudad. Para Ruth, la vida en la ciudad era demasiado ruidosa, el aire apestaba y todo el mundo tenía prisa. Además estaban los muchos coches, las personas que no te devolvían el saludo cuando las saludabas, y los supermercados gigantes y anónimos.

En cambio, su hermana Corinne, tres años mayor que Ruth, adoraba la vida en la ciudad. Al contrario que Ruth, Corinne era una copia viva de su madre, compartía sus pasiones. Ya de pequeña le gustaba mucho jugar a ser princesa y dejar que le sirvieran todo, y se deleitaba soñando con vestidos blancos de encaje, joyas y criados que podían leerle cada deseo con solo mirarla. Posteriormente, Corinne se dedicó a probar con su madre diferentes peinados, a mirar las revistas de moda que les enviaban desde Hamburgo a Salden's Hill y que les llegaban con semanas de retraso, y se pasaba las horas entusiasmada con las estrellas de cine, los cantantes de canciones de moda y sus apasionantes vidas.

Ya por aquel entonces, mientras Ruth prefería estar afuera con las ovejas, Corinne andaba limándose las uñas. Mientras Ruth ayudaba en las labores del esquileo, Corinne se informaba sobre los vestidos más modernos de lana. Y mientras Ruth asistía en los partos de los corderos, Corinne elaboraba los pros y los contras de las tres escuelas privadas alemanas del país para decidir a cuál de ellas iba a enviar a sus hijos. La hermana de Ruth tenía claro que no los enviaría a ninguna escuela de las misiones, sino a uno de los caros internados, y eso lo tenía por tan cierto como la catedral de Colonia, que no había visto nunca. Sin embargo, ¿cuál era la mejor? ¿La que estaba en Karibib o la de Windhoek? ¿O no era más distinguida quizá la escuela privada de Swakopmund?

Corinne había dado ya un buen paso para aproximarse a la realización de sus sueños. Desde hacía algunos años estaba casada con un comerciante blanco dedicado a las exportaciones, y vivía en una mansión blanca en Swakopmund. Su marido era un *oukie*, un alemán del sudoeste como los que salían en las revistas, de piel clara, ojos claros, cabello rubio, antepasados alemanes y unos modales en parte autoritarios y en parte arrogantes.

De este modo, Corinne había alcanzado en la vida lo

que había deseado desde pequeña: un marido blanco con mucho dinero, muebles blancos y alfombras blancas, criados negros y un Mercedes negro, que, por supuesto, conducía un chófer negro con guantes blancos. Además, Corinne tenía dos hijos, un chico y una chica, cuya piel era blanca como la nata de las galletas rellenas y cuyos rizos eran tan rubios como los panecillos alemanes.

La madre de Ruth estaba casi a reventar de lo orgullosa que se sentía de Corinne. «Mi hija mayor lo ha conseguido», solía decir, si bien, para sorpresa de Ruth, nadie preguntaba nunca qué era exactamente lo que Corinne había conseguido en realidad. «Salir de la porquería, de las cagarrutas de las ovejas, de la provincia —había intentado aclararle un día su madre—, meterse en la vida de verdad, en la ciudad, en el mundo.»

Corinne había conseguido enmascarar por completo sus orígenes. Desde que hacía seis años se había mudado a vivir a Swakopmund, no había vuelto a Salden's Hill ni una sola vez. A Ruth casi se le rompía el corazón cada vez que oía a su madre en las vísperas de todos los grandes días de fiesta cómo les contaba a los vecinos que esa vez vendría Corinne con toda seguridad. Y cuando Ruth, una vez pasadas las fiestas, escuchaba las excusas de su madre, intentaba reprimir las lágrimas de la compasión.

«Corinne no pudo venir porque la pequeña está enferma», solía justificar Rose que su hija no hubiera ido a verla. «Corinne tuvo que cancelar el viaje en el último momento porque su marido tenía fijada una importante cena de negocios.» O también: «El marido de Corinne está de viaje de negocios en Ciudad del Cabo, y Corinne y los niños le acompañan.»

Sin embargo, la verdad, ante la que Rose cerraba los

ojos, era que Corinne sencillamente no tenía ningunas ganas de renunciar a las comodidades de su mansión en la ciudad ni, tal como ella se expresaba, «volver a hurgar en la mierda». Ni siquiera la construcción de un cuarto de baño en Salden's Hill le había servido de estímulo hasta el momento para ir a su tierra ni, sobre todo, para ir a ver a su madre. De ahí que Rose solo conociera a sus nietos por las escasas fotos que Corinne le había enviado y que ella iba mostrando a todo el mundo con orgullo; tampoco había estado nunca en la maravillosa mansión, ya que Corinne no la había invitado nunca y Rose poseía todavía suficiente orgullo como para no recorrer así, sin más, los aproximadamente trescientos cincuenta kilómetros que había hasta Swakopmund para ser una carga para su hija.

Ruth suspiró y miró la posición del sol con semblante examinador.

—Van a dar las cinco —murmuró—. Tengo que arreglarme. —Acarició a *Klette*, fue a buscarle una oreja de antílope desecada a la despensa que estaba junto a la cocina y se dirigió al cuarto de baño. Se duchó silbando fuerte como un carretero y se lavó el pelo. A continuación se puso el vestido verde que su madre le había traído de la ciudad especialmente para la velada de esa noche. Era un vestido sin mangas, tenía lunares blancos y un cuello blanco y quedaba muy ceñido al busto. Ruth tuvo que hacer un gran esfuerzo durante unos instantes para respirar.

Por suerte se ensanchaba el vestido por el talle, de modo que al menos el abdomen no le quedaba apretado. Ruth se examinó al espejo. En realidad le gustaba aquella hechura. Le recordó el vestido que Marilyn Monroe llevaba en *Con faldas y a lo loco*. Ruth había visto la película hacía algunas semanas en el hotel Gobabis, cuando el operador de cine vino de nuevo a la ciudad, lo cual se convirtió en un día de celebración en la villa. Para la presentación de la película, muchas chicas se peinaron con rizos suaves, como Marilyn; Ruth ni lo intentó. Era pelirroja, tenía el cabello crespo, duro como las cerdas de una escobilla, y era indomable. Y, no obstante, cuando llegó a casa por la noche, agitada por el pase de la película, se puso ante el espejo, se inclinó un poco hacia delante y cantó tímidamente:

I wanna be loved by you
Just you
And noboby else but you
I wanna be loved by you
Alone!
Boop, boop a doop

Al pronunciar *you*, Ruth puso los labios en morritos y probó una mirada que no era para nada moco de pavo. Y al pronunciar *boop, boop a doop*, inclinó el cuerpo y balanceó los pechos seductoramente.

Pero entonces vio que en la cintura le sobresalía un michelín a través del vestido y que este quedaba un poco tenso por encima de los muslos. Ruth descubrió también la diminuta papada que se hizo patente cuando se puso a cantar. Y entonces se sintió ridícula. Ridícula y penosa y tonta, algo así como una albóndiga gorda y estúpida que en Carnaval se vistiera inoportunamente de princesa.

Ruth suspiró y pasó la mano por el vestido de color blanco y verde, en parte con un gesto tierno, pero en parte también con perplejidad. Se miró con semblante escéptico los puntiagudos zapatos blancos con el tacón fino como un lápiz. Resignada a su destino, se calzó con fuerza aquellos zapatos nuevos que, como era de esperar, comenzaron a apretarle de inmediato. Ruth volvió a suspirar, se miró de mala gana al espejo y se tiró del vestido hacia abajo hasta que le cubrió por lo menos las rodillas. A continuación se sujetó el pelo revuelto en el cogote con una goma elástica, arrojó sin vacilar algunas cosas en su raída mochila de piel y descendió con cuidado la escalera dando traspiés con los tacones altos.

Rose la estaba esperando ya en el vestíbulo. Como toda una dama de mundo llevaba puesto un *twinset* de color gris, muy de moda, a juego con una falda plisada también de color gris, un collar y unos pendientes de perlas. Bajo un brazo sostenía un bolso diminuto.

—No irás a llevarte la mochila, ¿verdad? —preguntó Rose en un tono de reproche.

—¿Qué si no? En algún sitio tendré que llevar las llaves, los pañuelos, unos zapatos como Dios manda y mi cazadora. Nunca podría meter todo eso en una cosita como esa que sostienes debajo del brazo. Ahí no cabe ni un abrebotellas.

Rose puso los ojos en blanco, pero renunció a replicar. Se limitó a seguir a su hija en silencio hasta la camioneta que estaba ya preparada frente a la puerta de la casa.

Ruth echó un vistazo a la superficie de carga de la camioneta y asintió con la cabeza en señal de aprobación. Todo estaba en orden: la rueda de recambio del Dodge 100 Sweptside estaba a punto; a su lado, el gato; la caja de las piezas de repuesto estaba bien ordenada al lado de la caja de las herramientas, y detrás de esta estaban los bidones de gasolina y agua recién llenados. Ruth sabía demasiado bien que su supervivencia podía depender de si tenían todas aquellas cosas consigo en caso de emergencia. Con demasiada frecuencia había tenido que escuchar historias horripilantes de viajeros mal pertrechados que habían tenido una avería en mitad del desierto y habían acabado lamentablemente muertos por la sed.

Se sentó a la derecha, en el lado del conductor, mientras su madre lo hacía a la izquierda en el lado del copiloto, arrancó el motor y giró hacia la carretera en dirección a Gobabis. Ruth calculó aproximadamente que necesitarían dos horas para llegar a la ciudad situada a unas cuarenta millas de distancia sobre aquella carretera de gravilla llena de baches. Le habría gustado encender la radio a todo volumen y ponerse a cantar para espantar el mal humor, pero Rose no soportaba la música en el coche. Así que Ruth se limitó a mirar en silencio aquel paisaje de matorrales que se extendía a ambos lados de la carretera. Tan solo unas pocas plantas del desierto cubrían aquella superficie de arena y piedras, una única acacia hacía de sombrilla y extendía su sombra sobre dos antílopes órice, que esperaban, dormitando, la puesta de sol.

Ruth adoraba estas tierras. Adoraba el sol que iba calentando gradualmente el aire en verano, y especialmente adoraba la amplitud, el horizonte casi inalcanzable. La vastedad, la luz, el silencio. Ella no necesitaba más cosas para vivir.

Retiró una mano del volante para tocarle el brazo a su madre.

—Mira, allá hay unos antílopes saltadores. ¿No vivimos como en el paraíso?

Rose torció la boca, pero se guardó para sí su opinión al respecto, para que no se les estropeara el día a las dos.

—Y ahora, distinguidas damas y distinguidos caballeros, ha llegado el momento: ¡queda inaugurada la competición de granjeros del año 1959!

Sonó un toque de trompetas, y Ruth estuvo tentada de taparse los oídos. Ante ella atronaba una música que salía de un altavoz, sobre ella flotaba la voz del comentarista que hablaba a través de un megáfono, a su lado se estaba riendo alguien, detrás de ella estaban hablando, y un poco más atrás un hombre estaba despotricando a sus anchas a grito pelado. Ruth estaba en medio de granjeros, la empujaron, la zarandearon, tuvo que esquivar jarras de cerveza llenas, saltó por encima de unos niños que jugaban, saludó y devolvió saludos. Alguien le sacudió el hombro, otro le tiró de su vestido, un tercero le pisó un pie. La envolvía una mezcla de fragancias de estiércol de oveja, leche de vaca y sudor de caballo, y entre esos perfumes flotaban las transpiraciones de los numerosos asistentes, el olor a cerveza y el humo de los cigarrillos.

«Me va a dar dolor de cabeza», pensó Ruth, pero a pesar de que adoraba el silencio, estaba disfrutando también de aquel bullicio a su alrededor. Siguió las competiciones con entusiasmo y contempló los caballos de los granjeros vecinos. Le llamó sobre todo la atención un semental negro que atendía al nombre de *Tormenta* y que era tan salvaje que solo los jinetes más avezados consiguieron dominarlo. Su piel resplandecía como la dolomita al sol, los tendones de su cuello se marcaban con toda claridad, daba escarceos de desasosiego con las patas. ¡Qué conjunción de fuerza y belleza! Ruth apenas podía apartar los ojos de él. Ya se habían ensuciado sus zapatos blancos, el tacón del izquierdo estaba doblado, pero ella no se apercibió de tal cosa. Apoyando los brazos en una estaca del vallado se puso a hablarle en voz baja al semental que estaba delante de ella resoplando con furia.

—¿Eh, *Tormenta*, hay mucho ruido aquí para ti también? No nos queda otra a los dos hoy que soportarlo. Estamos hechos para el campo, ¿no es verdad, precioso mío? Pero a un caballo semental tan magnífico como tú hay que exhibirlo también.

—¡Hombre, Ruth, amiga mía! —dijo alguien golpeándole en la espalda con una mano con gesto de camaradería.

Ruth se sobresaltó y se dio la vuelta.

—¡Hola, Nath! ¿Has venido para verme triunfar?

El joven se echó a reír.

—Has ganado en las últimas competiciones. Pero se acabó tu buena racha, créeme. ¡Hoy voy a ganar yo! —Este granjero, que vivía en las inmediaciones de Salden's Hill, se interrumpió y se puso a contemplarla de arriba abajo como si no la hubiera visto nunca—. Esto que veo... ¿no es un vestido? —preguntó él con semblante perplejo.

—¡No! ¡Es un morral si te parece! —repuso Ruth ofendida, y se dio de nuevo la vuelta para mirar al semental.

Nathaniel Miller rio y volvió a darle una palmada jovial en la espalda.

—¡Eh, Ruth, no te mosquees así! Es que verte con un vestido es... es...

—Dilo, sí, ¿qué es, vamos? —preguntó Ruth, dándose la vuelta y mirando a Nath con chispas de enfado en los ojos—. ¿Qué pasa? ¿Es que no puedo ponerme un vestido o qué, eh?

Él retrocedió y levantó las manos con gesto defensivo.

—Nada, solo que no es algo muy corriente. Y, ejem, bueno, estás muy bien con ese vestido. —Esbozó una sonrisa torpe, se dio la vuelta y desapareció entre la multitud de espectadores con la misma rapidez con la que había aparecido.

Ruth resolló por la nariz con gesto despectivo.

—¡Bah! ¡Estos granjeros! No tienen ni idea acerca de

las mujeres, no tienen ni idea de nada. ¡Solo tienen cagarrutas de oveja en la cabeza!

Se apoyó de espaldas contra la estaca y se puso a observar el barullo a su alrededor. A la izquierda habían montado un gran vallado en el que iban a tener lugar los campeonatos de pastoreo y conducción del ganado; a la derecha se encontraba el cobertizo para el esquileo de las ovejas, y al lado había dos pastos pequeños y entre ellos un corredor que era utilizado para contar las ovejas.

¡Qué aspecto tan diferente tenía todo hoy! Ruth sonrió. A pesar de que Gobabis tenía la denominación de villa, normalmente no era más que un poblacho de mala muerte. Ciertamente había una gasolinera, un bazar, una panadería, una carnicería, dos bares, un taller mecánico, una tienda de pienso para el ganado y de aperos de labranza, una farmacia, un banco y una tienda de ropa, pero un ambiente verdaderamente urbano, si podía denominarse de esa manera, solo existía en Windhoek y en Swakopmund. Sin embargo, tampoco allí había ni tranvías ni metros, y las avenidas eran tan cortas que incluso los paseantes más lentos las recorrían en una hora en ambos sentidos. Hoy, Gobabis estaba engalanada como una chica antes de su primera velada de baile. En la terraza del único hotel se habían sentado su madre y también las señoras Weber, Miller y Sheppard, de las granjas colindantes. Rose no era la única que se había acicalado especialmente para hoy. También las otras tres mujeres daban la impresión de querer ir por la tarde al teatro a Windhoek y no al baile de granjeros de esa pequeña ciudad.

Ruth saludó brevemente con las manos a las mujeres y se dirigió al campo en el que iba a tener lugar el levantamiento de ovejas. Los granjeros jóvenes se habían alineado ya, tenían los brazos ligeramente doblados en ángulo, el pecho inflado. Lo importante aquí no era cómo llevar una granja, sino la fuerza y la corpulencia. El ganador podía estar casi seguro de poder inaugurar el baile por la noche con la chica más guapa. Ruth no pudo menos que reprimir la risa al pensar cómo les había robado a los hombres ese numerito en los últimos años. Incluso ahora los participantes en el campeonato la miraron con desconfianza; pero entonces los hombres parecieron darse cuenta del vestido y de los zapatos que llevaba Ruth, pues los hombres de la hilera respiraron con alivio. Por fin, por fin quedaba la cosa únicamente entre ellos.

Ruth contempló con mirada experta los músculos de los competidores que estaban a la espera. Nath tenía muy buena figura, pero era más que dudoso que tuviera alguna oportunidad de ganar. En cualquier caso, Ruth le había ganado todas las veces hasta ahora. Además, Nath no tenía un carácter combativo, sino que más bien era un jugador que se lo tomaba todo a la ligera. Era conocido por ir siempre de donjuán; aparte de esto, tenía una debilidad por los coches rápidos y por la buena cerveza. Y el hecho de que todavía no fuera capaz de familiarizarse con el lado serio de la vida, era quizás el motivo por el que la granja Miller's Run la siguiera dirigiendo el padre de Nath. El anciano Miller esperaba con una impaciencia creciente a que su hijo estuviera preparado para asumir la responsabilidad sobre su propia vida y sobre la granja. Si hubiera preguntado a Ruth por su opinión, habría recibido como respuesta que podía estar esperando a que Nath se hiciera por fin adulto hasta el día del Juicio Final.

Al oír a varias mujeres jóvenes cuchichear a su lado y dirigirle miradas interesadas, Ruth alzó una mano y las saludó con gesto desenvuelto.

—Hola.

—Hola, Ruth —contestó una de las mujeres.

—Hola, Carolin.

—Te has puesto un vestido. ¿Es que no vas a participar este año en la competición?

Ruth negó con la cabeza. Sentía aprecio por Carolin, con quien había ido a la misma escuela, y eso a pesar de que al igual que ocurría con la mayoría de las chicas de la edad de Ruth, Carolin no hablaba de otra cosa que de su prometido. Otro tema favorito en las tertulias de las mujeres jóvenes eran los recién casados y la emocionante vida matrimonial. Solo Ruth parecía no entender qué diablos había de especial en una cocina eléctrica para ir enseguida y en manada a la ciudad y aplastar las narices en los escaparates de las tiendas. Ruth tampoco comprendía el cotilleo ni las habladurías, tampoco quería saber qué maridos eran buenos amantes ni qué granjeros solteros eran un buen partido. Ella tenía otras preocupaciones.

—No —repuso con rabia—. Mi madre no quiere. Le gustaría que yo fuera como Corinne. Para ella lo mejor sería que me casara con un hombre parecido y que me fuera a vivir a una mansión blanca de la ciudad con ella y con él —dijo Ruth, poniendo los ojos en blanco ostensiblemente.

Carolin se echó a reír.

—Sí, realmente no sería lo tuyo. Tú no te vas a casar hasta que la administración permita que una granjera se despose con su carnero manso, ¿verdad? —preguntó, y prorrumpió en una carcajada muy ruidosa, a la que se adhirieron las demás chicas.

Aunque Ruth opinaba en realidad igual que Carolin, de pronto sintió que por su interior ascendía la rabia.

—¿Qué quieres decir con eso? ¿Crees quizá que no soy capaz de ser una buena esposa? ¿No me crees capaz de llevar un hogar o qué?

Carolin siguió riéndose.

—Te creo capaz de todo, Ruth, sí, ¡pero jamás en la vida llegarás a ser una esposa cariñosa, preocupada por el bienestar de tu familia!

Ruth se giró con gesto grosero y se fue de allí a grandes zancadas sin dignarse dirigir ninguna mirada más a aquellas jóvenes.

—¡Buf! —dijo rechinando entre dientes y echando la cabeza hacia atrás—. ¿Qué sabrán ellas del matrimonio? ¡Son todas unas cretinas! Lo que necesito ahora en primer lugar es una cerveza.

A mitad de camino hacia el puesto de las cervezas oyó, a través del griterío de la gente, que se estaba anunciando al ganador de la competición de levantamiento de ovejas. Se dio la vuelta a mirar. Por lo visto había ganado Nath contra todo pronóstico, pues tenía los brazos en alto y agitaba los puños en señal de victoria.

Ruth se quedó mirando al escenario con gesto incrédulo.

—Alex, dime, ¿cuántos kilos ha levantado Nath? —preguntó a un granjero anciano que tenía a su lado.

El anciano rio.

—Tienes miedo de que peligre tu récord, ¿verdad?

—¡Bah, qué tontería! —dijo Ruth en tono despectivo—. El levantamiento de ovejas es una cosa de críos. Y yo ya he pasado esa etapa del todo. De todas maneras quiero saber la marca de Nath.

—Mis oídos ya no van muy finos, pero me parece haber oído algo así como cincuenta kilos.

—¿Cincuenta kilos? ¿De verdad? ¿Nada más?

—Eso es.

Cuando el anciano se marchó, Ruth siguió contemplando los músculos de Nath todavía con aire meditabundo. Luego se encogió de hombros con gesto de indiferencia y se dirigió a la terraza en la que suponía que seguía estando su madre.

—¡Hola, Ruth!

Ruth se dio la vuelta y dejó vagar la vista por entre el gentío para ver quién la había saludado. La competición de granjeros era una de las pocas ocasiones a lo largo del año para encontrarse con los vecinos, ya que las granjas estaban muy diseminadas, y a veces había que recorrer más de diez kilómetros a caballo para llegar a la siguiente casa o al teléfono más próximo. Por este motivo, las visitas entre vecinos eran muy raras, porque una granja da mucho trabajo y el tiempo era algo muy valioso. Así que no era de extrañar que las conversaciones importantes entre los vecinos se produjeran la mayoría de las veces en el rodeo anual o durante la competición de granjeros.

—¿Qué pasa, Tom? ¿Quieres que te preste de nuevo mi carnero?

Tom no respondió, ni siquiera sonrió al abrirse paso hacia ella. Solo cuando llegó al lado de Ruth se llevó el dedo al borde del sombrero y se quitó el cigarrillo de la comisura de los labios.

—¿Cuándo podemos hablar? —preguntó con una seriedad desacostumbrada.

—¿Hablar? ¿De qué? —Ruth estaba sorprendida. ¿Qué podía querer de ella su vecino?

—Estoy interesado en vuestros pastos al norte de Green Hills.

—Ya me lo puedo figurar. Lindan con tu granja, pero no están a la venta.

Tom asintió mesuradamente con la cabeza y se encendió despacio otro cigarrillo.

—Escucha, Ruth, no tienes por qué tener miedo a que

me vaya a aprovechar de vuestra situación apurada. Voy a proponeros un precio correcto.

—¿Cómo? ¿De qué estás hablando? ¿A qué situación apurada te estás refiriendo? —Ruth sintió que se le creaba una especie de bola en el estómago. Le sobrevino el miedo, un temor desconocido que no podía explicar con detalle. Era como si el cielo se oscureciera de repente.

El granjero sacudió la cabeza.

—No tienes por qué disimular delante de mí. Nos conocemos desde hace suficiente tiempo. ¿No confías en mí?

Ruth frunció la frente.

—En serio, Tom, no entiendo absolutamente nada. ¿De qué situación apurada estás hablando? ¿Qué dicen por ahí que pasa en Salden's Hill? ¿Qué cosas vuelven a cotillear por radio macuto?

Tom puso un semblante de verdadero asombro.

—¿No sabes nada de verdad?

Ruth negó con la cabeza.

—No, ¿qué sucede pues? ¡Dilo ya, no te lo guardes!

—Toda la ciudad, todo el mundo no habla de otra cosa. Dicen que Salden's Hill está en quiebra, que tenéis que vender porque no tenéis siquiera dinero para pagar las tasas de participación en el campeonato.

—¿Qué? ¿Por qué tenemos que vender? ¿Quién dice tal cosa? —Ruth estaba fuera de sí e instaba al otro a hablar para enterarse de más cosas—. Venga, sácalo ya, dime, ¿quién afirma eso? —exclamó.

Pero Tom se limitó a llevarse un dedo al sombrero y darse la vuelta.

—Piensa en mi oferta, Ruth. No recibirás otra mejor.

Ruth le siguió perpleja con la mirada. ¿Cómo podía ocurrírsele a Tom que Salden's Hill pudiera estar en quiebra? Sacudió la cabeza. Eso no era posible, ¿o sí?

Ruth llevaba ella sola la granja desde la muerte de su padre. Por las mañanas asignaba las labores a los trabajadores negros, recorría el vallado de la linde de la granja, controlaba los abrevaderos, el depósito del agua y el generador. Se ocupaba del esquileo y de la administración de medicinas al ganado, clasificaba la lana y organizaba las ventas, alquilaba el camión para transportar a la subasta a las ovejas caracul, y se iba a buscar al veterinario cuando era necesario. Por consiguiente, desde hacía tres años Ruth, simple y llanamente, era la responsable de prácticamente todas las labores que había extramuros de la casa.

Su madre se dedicaba a las labores que había que despachar dentro del hogar y además era la encargada de la vida social. Elegía nuevas cortinas cuando las viejas habían pasado de moda, realizaba el plan de comidas y las listas de compra, y se ocupaba también de las operaciones bancarias y de la contabilidad de la granja. Además preparaba la participación anual en el mercadillo de beneficencia.

Sí, en efecto ¡había algo! De pronto, Ruth se acordó de que hacía ya dos semanas que le había pedido a su madre que encargara forraje concentrado para las ovejas. Ciertamente no corría prisa porque era la época de lluvias y las ovejas encontraban todavía suficiente comida en los pastos, pero llegaría el siguiente verano y con él la sequía que quemaba los pastos cada año convirtiéndolos en superficies de color marrón gris. Además, los precios para el forraje concentrado eran ahora bajos, pero conforme se acercara el verano, la compra se iría encareciendo cada vez más. Así que les habrían tenido que haber suministrado el forraje hacía mucho tiempo. ¿Tenía algo que ver la ausencia de ese suministro con el hecho de que, en efecto, no hubiera ya más dinero en las cuentas como decían por ahí?

Ruth frunció la frente. La granja marchaba bien, pues sus ovejas caracul, y en especial los corderos, eran codiciados y se pagaban a muy buen precio. El comprador de grandes cantidades de lana para especular vendía la lana de borreguillo en Europa, donde se fabricaban abrigos, sombreros y gorras persas, y muchas otras piezas con ella, esos abrigos que Ruth había visto en las revistas que hojeaba su hermana Corinne. El precio correspondiente casi había provocado que Ruth cayera desmayada. ¡Un solo abrigo costaba más que comprar veinte ovejas! Así pues, ¿dónde se había metido el dinero?

El dinero no se despilfarraba a manos llenas en Salden's Hill, ni mucho menos. Los trabajadores negros vivían con sus familias en casitas de piedra de una planta con tejado plano, dentro de los terrenos de la granja, y recibían el salario acostumbrado más gratificaciones. Con Mama Elo y Mama Isa vivían otros dos empleados en un edificio adyacente a la casa de la granja. Ayudaban a Rose y cocinaban una vez al día para Ruth, Rose y *Klette*, la mayoría de las veces por la tarde, una comida caliente con abundante carne. Por las mañanas había *mieliepap*, una papilla de maíz, y al mediodía había sándwiches.

En Salden's Hill disponían ciertamente de un teléfono, pero no había televisor, un aparato que por aquel entonces tan solo se permitían algunos de los granjeros adinerados, sino que contaban solamente con un receptor de radio accionado por una batería de coche. La corriente la producía el generador que estaba ajustado de tal manera que por las noches a las diez, cuando todos se iban a dormir, apagaba todas las luces de la casa.

Por lo demás, los moradores de Salden's Hill llevaban

la casa con espíritu ahorrativo. La madre de Ruth tenía un pequeño huerto, en el que crecían las adelfas y el hibisco, y Mama Elo y Mama Isa cuidaban unos bancales con judías, calabazas, batatas y hierbas medicinales. Esto era posible porque la granja de los Salden, en comparación con otras, disponía de mucha agua ya que un manantial subterráneo nutría el pozo. Ruth seguía estando muy agradecida a su abuelo por la sabia previsión que tuvo en su día de encargar a un zahorí negro la búsqueda del lugar adecuado para excavar un pozo. Sin duda, los nativos conocían aquella tierra mejor que nadie, pero eran muy pocos los granjeros que sabían sacar provecho de sus conocimientos. Cada verano se constataba dolorosamente lo importante que era tener acceso a un manantial en las proximidades del desierto de Kalahari; alguna que otra estación seca había bastado para aniquilar manadas enteras de ganado. Y muchos de sus vecinos tenían que ir a buscar agua incluso a Swakopmund durante la sequía.

Dado que Mama Elo hacía queso los viernes con la leche de las ovejas para toda la semana y la cámara frigorífica estaba llena de carne de cordero, las mujeres y los hombres de Salden's Hill necesitaban muy pocas cosas de la ciudad. Ruth encargaba cada semana tres cajas de cerveza y dos botellas de whisky; su madre compraba cosméticos, productos para la limpieza y enseres domésticos, aparte de los objetos que se utilizaban en la granja; pero todas esas cosas no costaban demasiado dinero. Así que no podía ser verdad que Salden's Hill se hallara ante la quiebra.

Ruth se volvió para buscar con la vista a Tom. Se moría por saber quién había difundido tales mentiras sobre la granja. Y esta vez no podría escabullirse sin responder primero a su pregunta.

Por fin lo descubrió en el borde del recinto que estaba delimitado con estacas para la competición. Al parecer estaba discutiendo con el viejo Alex. Acuciada por la curiosidad, Ruth se encaminó hacia los dos hombres.

—¡Admite que fuiste tú quien me robó la gasolina del depósito de mi casa, anda! —exclamó el anciano agresivamente con un puño en alto—. ¡Te vi, ya lo creo que te vi!

—¿Cómo puedes decir que me viste? Pero si estás ciego, Alex, no ves ni tres en un burro —repuso Tom con calma.

—Bueno, vale, pero de todas formas sé que fuiste tú. Todo el mundo sabe que robas todo lo que no esté fijado con soldadura. Nadie dice nada, pero todos tenemos claro que las cosas no van muy bien que digamos en tus tierras. ¡Sentíamos compasión y hacíamos la vista gorda, claro está, pero ahora te has pasado tres pueblos! —Alex resopló con indignación—. Algunos litros de gasóleo de vez en cuando, vale, me habría callado como todos los demás, pero ¿sablearme todo el depósito? No, hombre, Tom, eso ya es demasiado. Te doy hasta mañana para enmendar el perjuicio que me has ocasionado. Si no lo haces, informaré a la asociación de granjeros o a la policía.

Alex lanzó a Tom un escupitajo delante de los pies, se dio la vuelta bruscamente y se fue de allí rezongando.

Ruth miró a Tom con ojos de interrogación, pero este se apresuró a rehuir la mirada, y ella corrió entonces hacia Alex.

—¿Es cierto eso, Alex?

—¿El qué? —le espetó el anciano de mala gana.

—Que en la granja de Tom no van bien las cosas.

Alex se detuvo.

—¿También tú cotilleas como esas mujeres que no tienen otra cosa mejor que hacer?

Ruth tragó saliva y agachó la cabeza.

—No —balbuceó, sintiendo que se le ponían coloradas las mejillas.

—Entonces, ¿por qué lo preguntas?

Ruth miró a Alex. Le habría gustado contarle la mentira increíble de Tom, pero se abstuvo de hacerlo.

—Tienes razón, Alex. El cotilleo solo significa algo para la gente que se sienta en una terraza a sorber un licor tras otro. Debería ir a echar un vistazo a los caballos. Puede que Nath necesite ayuda si el tiempo se vuelve tormentoso.

Si la plaza se había transformado durante el día, ahora, de noche, todo tenía una brillantez diferente, incluso el hotel. Había velas rodeando las columnas, unas tinajas con plantas adornaban la entrada. Un negro vestido con librea y guantes blancos saludaba a todo nuevo invitado antes de que dos camareras con delantales blanquísimos le sirvieran un aperitivo.

El salón del hotel, diseñado en realidad para reuniones, bodas, actos deportivos y sesiones, irradiaba una gran solemnidad. La luz estaba atenuada, en las mesas había velas encendidas, manteles brillantes que llegaban hasta el suelo, y en todas llamaban la atención unos centros de mesa confeccionados con ramas secas y hierbas del desierto. Las risas de expectación burbujeaban como el champán; en los hombros desnudos de las mujeres brillaba como el oro la luz de las velas, y en el salón se oía por todas partes el frufrú de los vestidos de seda. Mientras por la tarde los hombres habían vestido la ropa de granjero, ahora se habían embutido en trajes negros con camisas blancas. Acababan de afeitarse las mejillas y la barbilla, y tenían los ojos expectantes y dirigidos a los escotes de las mujeres.

En la entrada del salón habían montado un gran bufet que estaba a rebosar de diferentes manjares. En unas fuentes gigantescas se ofrecía *lekkerny* de granjero como entrante, además de ensalada con queso de oveja, higos chumbos y carne de caza ahumada. Había *biltong*, una especialidad namibia preparada con diferentes tipos de carnes, cortadas en tiras, bien sazonadas con cilantro y pimienta, y secadas al aire. Además se servían muslos de avestruz en una salsa de vino blanco, así como carne de antílope órice, cebra y también de las propias crianzas, por supuesto. En una enorme sartén se freían filetes de antílope saltador; a su lado hervía a borbotones un curry con carne de oveja, llenando el aire de una deliciosa fragancia. Batatas que humeaban en grandiosas fuentes, calabazas cocidas que atraían la mirada por su color amarillo intenso, judías con tocino y ensaladas de zanahoria, apio y pasas de Corinto, completaban las mesas.

Ruth tenía un plato en una mano y se veía incapaz de decidirse. Adoraba la carne de caza, no se hartaba de comer filetes de antílope. Habría preferido ponerse de todo en el plato, pero las miradas de advertencia de su madre le hicieron desistir de ponerse un tercer filete de antílope saltador.

—Vaya, Ruth, ¿estás bajo vigilancia? —le preguntó Nath Miller con una sonrisa irónica.

Ruth suspiró.

—Una dama se contenta con las verduras —dijo Ruth, citando a su madre e imitando su tono.

Nath se rio y se giró para mirar a Rose Salden.

—Mira, Ruth. Voy a coger un poco más para mí. Los hombres podemos, ¿qué digo?, debemos hacerlo, y luego en la mesa te doy algo de mi plato.

Ruth se lo pensó unos instantes, pero al ver la mirada

de Nath dirigida a su barriga que ya abultaba con claridad, cogió solamente un plátano y se fue de allí con la cabeza bien alta. Renunció incluso a los postres.

Después de la cena, una banda inició las piezas para el baile. Estaba compuesta por dos guitarristas nativos, otro negro a la batería y un blanco al saxofón. La banda se denominaba Namib, «vida», y en Gobabis solicitaban sus servicios para todos los actos festivos. Hoy tenían a un blanco entre sus filas por primera vez. Tal cosa era extraordinaria, pues la música, sobre todo la música de baile, era considerada una cosa de los nativos del lugar. «Los negros llevan la música en la sangre», solía decirse.

«Sea como sea, el saxofonista demuestra que también corre música por sus venas», pensó Ruth, y se puso a balancear las piernas mientras echaba una ojeada a los demás. La pista de baile seguía estando vacía porque no parecía que hubiera nadie que se atreviera a comenzar. Sin embargo, cuando al cabo de un rato la banda tocó con *Jailhouse Rock* un primer tema de Elvis Presley, los jóvenes se precipitaron a la pista de baile para desfogarse, y permanecieron en ella incluso después, cuando la banda tocó algunas piezas de rock and roll y twist. Pero cuando los músicos se ponían a tocar valses alemanes o incluso algún que otro rigodón, se largaban para dejar libre la pista a los mayores.

Ruth se mantenía a distancia de todo aquello y desde su asiento en un lateral observaba cómo bailaba todo aquel gentío. Estaba sudando. El aire en el salón era agobiante; olía a los más diversos perfumes, a los restos del bufet, y a sudor. Hacía ya dos horas que no se había movido de su asiento, se había limitado a mirar cómo sus antiguas compañeras de clase bailaban rock and roll con los granjeros vecinos. En los giros rápidos, las faldas volaban alto y permitían ver las bragas durante unos instantes.

Ruth había observado cómo su madre había fallado en el rigodón al hacer el molino entre las damas, y en el vals había trastabillado un poco incluso con los pies. Ruth había bebido tres botellas de cerveza y un whisky, pero no había bailado ni una sola vez. Los granjeros vecinos se le habían acercado para pedirle un baile, sí, pero a Ruth no se le pasó por alto la sonrisa de alivio en sus rostros al rechazar ella la oferta con unas palabras de agradecimiento.

Suspiró malhumorada y dejó vagar la mirada de nuevo por la sala. Cerca de ella estaba sentado Alex con las piernas estiradas encima de una silla, daba caladas de puro deleite a su habano y observaba con buenos ojos cómo bailaban las chicas. A unos pocos pasos de ella, Carolin estaba ligando con un joven que hacía poco tiempo que se había hecho cargo de la consulta veterinaria del anciano doctor Schneemann. La joven sostenía delicadamente una copa de champán, al reír echó la cabeza para atrás de modo que hizo ondear su sedosa cabellera rubia, luego redondeó los labios, atrapó un mechón de pelo entre dos dedos y lo movió entre ellos con aire juguetón. El joven veterinario la miró en lo más profundo de sus ojos, le tocó ligeramente el brazo y se echó a reír como si hubiera perdido el juicio.

Ruth retiró la vista avergonzada. ¡De qué manera más boba llegaban a comportarse los enamorados! ¿Es que no se podían aclarar los asuntos entre un hombre y una mujer en una conversación directa? Una conversación a las claras, siguiendo este esquema: «escucha bien, me parece que deberíamos casarnos porque tu granja linda con la mía y así podríamos aprovechar mejor el camino del ganado. Estaría la mar de bien tener dos hijos, al fin y al cabo alguien tendrá que hacerse cargo de la granja algún día, y en el caso de que uno de los dos falle, estará el otro. Y si los dos valen para granjeros, podemos volver a separar nuestra propiedad», ¿no era esa una forma sensata de hablar?

La mujer —así era como se imaginaba Ruth el acuerdo— cavilaría mentalmente sobre los límites de la granja, el número de hectáreas de pastos y la cantidad de cabezas de ganado y entonces daría su sí o su no. Si tuviera alguna predisposición romántica, posiblemente pensaría además cuánta cerveza bebía ese hombre, o si sería capaz de entusiasmarse para empapelar el dormitorio con papel pintado con motivos florales y si tendría la suficiente paciencia para enseñar a montar a caballo a los futuros hijos. A ella, en cambio, un papel pintado con flores en el dormitorio le era bastante indiferente, a fin de cuentas se cerraban los ojos al dormir, ¿no? ¿Para qué tomarse tantas molestias?

Sin embargo, Ruth no pudo menos que constatar una vez más que en la vida real las cosas transcurrían de otra manera, y ciertamente de un modo menos racional de lo que ella se imaginaba. La gente sonreía y cuchicheaba, reía y bailaba y flirteaba, y al final, nada de todo aquello servía para nada.

Nath pasó al lado de su mesa dando vueltas de baile. Llevaba a una chica del brazo, pero sus ojos estaban ya puestos en la siguiente. ¡Qué manera de desperdiciar el tiempo! Y, no obstante, Ruth se dio cuenta de que posiblemente ella podría ponerse igual de sentimental si seguía mirando a los chicos y a las chicas y se tomaba una cuarta cerveza.

Se levantó con determinación, se bebió de pie el resto

de la botella de cerveza, sacó su mochila de debajo de la silla y se fue andando como un pato hasta la mesa de su madre.

—Bueno, ¿cómo lo ves? ¿Te vienes conmigo o prefieres pasar la noche aquí, en el hotel? Quizá pueda llevarte mañana alguien de vuelta a la granja.

Rose dirigió una mirada de enojo a su hija.

—¡Anda, cariño, espera un poquito más! Acaban de dar las diez. Podemos divertirnos un poco más, vamos. Salimos muy poquitas veces de Salden's Hill, así que cuando lo hacemos, tenemos que aprovecharnos. ¿No te estás divirtiendo?

—No es esa la cuestión, madre. Ya sabes que mañana tengo que madrugar. Lo más tardar a las seis suena el despertador. El sol no tiene ningún respeto por nada ni por nadie. También mañana volverá a haber cuarenta grados a la sombra, y yo solo podré trabajar en las horas en las que no sean tan altas las temperaturas. ¿Por qué no pides una habitación en el hotel y regresas mañana?

Rose se inclinó hacia ella y le murmuró algo al oído, en voz tan baja que solo ella pudo entenderlo:

—Es demasiado caro. —A continuación se levantó y se despidió de sus acompañantes con una sonrisa—: Queridas, ha sido una velada maravillosa. Muchas gracias a todas. Se ha vuelto a pasar el tiempo con demasiada rapidez, pero ya sabéis lo que significa la llamada de la granja.

Ruth se temió que su madre comenzaría ahora a dar besos a todo el mundo, y se retiró de la sala de baile sin decir palabra para encaminarse hacia el Dodge. Durante el viaje, las dos mujeres permanecieron en silencio. Rose iba recordando mentalmente el transcurso de la tarde; Ruth estaba concentrada y miraba hacia delante la oscura carretera de gravilla, que no estaba iluminada, y el fino arco de la luna en el cielo no lograba poner algo de claridad en la carretera.

—¿Lo has pasado bien esta noche? —preguntó Rose, interrumpiendo finalmente el silencio.

—Bueno, de esa manera —repuso Ruth, esquivando un bache en ese mismo momento.

—Helena, de la granja de los Neckar, se casará el mes que viene. Su madre nos ha enseñado fotos del vestido de novia. ¡Una maravilla de seda! —dijo Rose inmediatamente en un tono distendido—. Su marido es de Sudáfrica. Posee allí una explotación vinícola. Una buena pieza, dice la madre de Helena. Bueno, se lo merece. Hay que tener mucho valor para criar a tres hijos en medio de esta naturaleza indómita.

—Madre, no vivimos en mitad de la naturaleza indómita. Vivimos en casas de piedra con agua corriente y electricidad. No hagas siempre como si nosotros fuéramos los nativos que siguen preparando su papilla de maíz entre las ascuas.

—Me pregunto por qué has ido al baile en realidad. En todo el rato que te he estado observando no has bailado ni una sola vez. Y eso que te ha invitado a hacerlo hasta el veterinario joven con el que se ha estado divirtiendo también Carolin. ¿Te fijaste qué ojitos le ponía ella? Ruth, cariño mío, sabes que te quiero mucho, pero poco a poco debes aprender a aprovechar tus escasas posibilidades. Así que ¿por qué te quedaste ahí sentada como un banco sin sonreír ni siquiera una sola vez?

Ruth permaneció en silencio. «Porque estoy demasiado gorda y tengo un aspecto demasiado desagradable, porque en lugar de redondeces femeninas tengo músculos, porque no sé reír sin ganas y porque mi pelo nunca ondeará con esa suavidad de seda del pelo de las Helena y de las

Carolin de este mundo. Este bonito vestido, dice Nath con razón, me queda como un morral, y los zapatos no me quedan mejor que en los pies de una elefanta.»

—¿Y has oído que también Millie Walden está a punto de anunciar su compromiso matrimonial? —siguió contando Rose sin esperar la respuesta de su hija; en lugar de esto se explayó detalladamente sobre las bodas que había por delante, sobre los vestidos de las señoras y sobre los granjeros que aún quedaban por pescar.

Ruth apretó los dientes y se esforzó por soportar con paciencia aquella cháchara, pero en un momento dado no pudo más y le espetó de pronto a su madre:

—¿Has hablado con Tom?

—No, claro que no. ¿Cuándo, pues? ¿Y a santo de qué debería hablar justamente con él? —preguntó Rose, mirando a su hija como si le hubiera hecho una propuesta indecente.

—Me ha dicho que Salden's Hill se encuentra ante la quiebra. Quiere hacernos una oferta para los pastos que están frente a Green Hills.

La sonrisa de Rose se esfumó de repente. De pronto adoptó un semblante tenso.

—¿Qué le respondiste?

—¿Qué le voy a responder? Pues que se equivoca, por supuesto. Que en Salden's Hill las cosas van bien y que esos pastos no están a la venta. Ni los de Green Hills, ni tampoco los demás.

Rose profirió un suspiro de alivio y se puso a mirar con enorme relajación por la ventana.

—Pronto habrá luna nueva.

Ruth la miró de reojo. Cuando su madre se apercibió de las miradas, volvió a adoptar una sonrisa festiva y se dirigió de nuevo a Ruth.

—Estuviste bien, cariño. Todo el mundo sabe que Tom anda diciendo y haciendo cosas que son difíciles de entender para la mayoría de nosotros.

—¿Hay algo de verdad en sus palabras, madre? ¿Estamos al borde de la ruina?

—¡Qué dices! Hija mía, solo quiero que me digas cómo se te ocurren tales cosas —dijo, bostezando y llevándose la mano con afectación ante la boca—. Me siento de pronto muy cansada. Hemos tenido un día duro. ¿Te parece bien que cierre los ojos durante unos minutos, cariño?

Ruth gruñó algo en señal de conformidad. Por el momento era inútil que esperara alguna respuesta más de su madre. Así pues, ¿había algo de verdad en las palabras de Tom? ¿Estaban pasando realmente por dificultades económicas?

2

A pesar de que Ruth estaba muerta de cansancio, esperó pacientemente a que su madre se quedara por fin dormida. Escuchó con atención la respiración uniforme que salía del dormitorio de su madre y luego se coló a hurtadillas en el despacho de abajo, como una ladrona. A Rose no le gustaba que entrara nadie en el cuarto de trabajo, y aún toleraba menos que alguien anduviera curioseando en sus documentos y desordenándolo todo. De ahí que Ruth se detuviera unos instantes en el umbral de la puerta para fijar en la mente todos los objetos y dejarlos después tal como los vio al entrar. Encima del escritorio situado frente a la ventana estaba el calendario de su madre, a la derecha se encontraba la lámpara de escritorio, a la izquierda la cajita de los lápices, junto a esta una foto de Ruth y Corinne. El resto del cuarto estaba también ordenado, no había polvo, ni papeles, ni siquiera un cuaderno abandonado.

Ruth se sentó detrás del escritorio, que al parecer era herencia de su abuelo, abrió el cajón superior y extrajo con cautela la carpeta que contenía los extractos de las cuentas bancarias. Con el corazón acelerado hojeó todo un año y examinó si se habían pagado puntualmente los plazos del crédito. Su madre había ingresado quinientas libras inglesas cada primero de mes en la cuenta del banco de los granjeros en Windhoek. En la actualidad había todavía unas seiscientas libras en la cuenta de la granja y trescientas veinte libras en la cuenta privada de Rose. No era mucho, pero también era normal porque el trabajo en la granja era un trabajo estacional. Pronto esquilarían las ovejas y venderían la lana, de modo que volvería a fluir el dinero en la caja. Así pues, ¿por qué iba a estar Salden's Hill al borde de la quiebra?

Ruth desplazó la carpeta a un lado con gesto de desconcierto, apoyó la cabeza en las manos y se puso a pensar. ¿Habían llevado a cabo grandes adquisiciones o gastos especiales en el año en curso? Bien, habían revisado el generador y habían retejado el cobertizo que servía de garaje. Pero había habido dinero para todo eso. Ruth sacudió la cabeza con el gesto de quien no entiende.

Con mala conciencia abrió el cajón en el que Rose guardaba sus asuntos privados. Le pareció que estaba cometiendo un sacrilegio cuando extrajo el atado de cartas que en su mayoría eran facturas y pedidos, tal como descubrió al pasar las hojas. Todo el mundo en aquella casa sabía que ese cajón era tabú. No obstante, Ruth siguió buscando y dio en el fondo del todo con una publicación no muy gruesa de una inmobiliaria. Miró con admiración los anuncios subrayados en rojo y glosados con comentarios: Pisos en Swakopmund. «Demasiado caro», había anotado su madre debajo del primero, «ya otorgado», debajo del segundo y debajo de otro más, «llamar de nuevo a finales de mes». Ruth no daba crédito a sus ojos. ¿Quería su madre irse a vivir a Swakopmund en serio? ¿Iba a vender realmente la granja? ¿Era eso lo que había querido decir Tom cuando le comunicó la oferta por los pastos de Green Hills?

Ruth se recostó en el sillón, confusa. El reloj de pared dio doce campanadas, la medianoche. Era tarde y solo tenía unas pocas horas para dormir. ¿No era mejor que hablara con su madre, en vez de andar jugando a esas horas a detectives? Su mirada fue a parar al calendario abierto: «café con la señora Miller», «revisión del Dodge y del tractor», «dentista», «peluquero», y otras entradas más que no eran interesantes. Siguió hojeando hasta que le llamó la atención una anotación en la última semana de diciembre. «¡Expiración del crédito, suma pendiente de pago!»

Ruth estaba sorprendida. ¿Qué podía significar aquello? El único crédito que arrastraba la granja llevaba ya tres años en marcha y nunca había deparado ningún problema. ¡Y acababa de convencerse después de haberlo visto con sus propios ojos!

Todavía se acordaba del inicio del verano del año 1956. Se había hecho cargo de la granja después de la inesperada muerte de su padre, había jubilado al administrador y había adoptado otros métodos para la cría de ganado y para la utilización de los pastos. Todos los vecinos predijeron un futuro de oro para Salden's Hill. Las ovejas prosperaban maravillosamente, la lana era de la mejor calidad, la compra de forraje se había reducido a la mitad debido a la rotación de los pastos. Ruth estaba contenta a pesar de que su padre había muerto. Era feliz y estaba esperanzada como nunca antes en su vida. Se levantaba todos los días de la cama con la cabeza llena de planes y con renovados bríos. Quería poner el mundo patas arriba y criar también cabras además de las ovejas caracul y de las vacas.

Quería montar una quesería propia en Salden's Hill, aparte de adquirir nuevos establos, máquinas nuevas y un generador nuevo con doble rendimiento. La intención de Ruth era convertir Salden's Hill en la granja más grande y lujosa de toda la Namibia central en un periodo de diez años. Planeaba enseñar la fabricación del queso a las mujeres de los trabajadores negros y vender sus productos primero en Gobabis, luego en Windhoek y posteriormente en todo el país. Ya había ideado y probado nuevas recetas para el queso en colaboración con Mama Elo y Mama Isa, queso fresco de cabra con menta, por ejemplo, o queso de oveja con hierbas, además de higos rellenos de queso fresco y queso de oveja macerado en una salsa de nueces y miel, siguiendo una receta que había visto en una revista alemana.

Ruth había soñado con proveer con sus productos a los locales de restauración refinada, hoteles y viviendas de vacaciones de todo el país. Y nadie había dudado de que lo conseguiría. Las cosas parecían funcionar efectivamente tal como había previsto ella. Los corderos caracul habían aportado más dinero de lo esperado en la subasta de primavera que había tenido lugar en Gobabis, y los precios de la lana habían llegado a cotas muy elevadas debido a que en Europa, después de la guerra, se había incrementado la demanda de productos lujosos. Pero entonces, uno de los trabajadores de la granja se dio cuenta de que algunas ovejas se restregaban con tanta fuerza contra el vallado y contra el cercado de los pastos que la lana se quedaba prendida en él, en jirones. Ruth llamó inmediatamente al veterinario, pero este la tranquilizó y le explicó que podía deberse al nuevo forraje concentrado que Ruth había administrado a las ovejas a causa de la sequía. Los animales tenían que habituarse primero al cambio de forraje.

Ruth se quedó de piedra cuando poco después los trabajadores de la granja le informaron de que algunas ovejas se habían puesto a temblar y a rechinar con los dientes, y que el resto del rebaño se mostraba desasosegado. En la escuela de agricultura había oído hablar de la tembladera y conocía los síntomas. Pero ¿podía afectar nada menos que a su rebaño esa enfermedad dañina? ¡Jamás! ¡Una cosa así solo podía pasarle a los demás, pero no a ella, no a su rebaño!

Volvió a aparecer el veterinario, y de nuevo consiguió tranquilizar a Ruth. Le explicó que hacía más de una década que no se había declarado ningún brote de tembladera en aquella zona.

No obstante, Ruth llevó a analizar la primera oveja que murió y mandó que la examinaran en el Instituto Veterinario de Windhoek. El diagnóstico fue un duro golpe para Ruth y para toda Salden's Hill. El rebaño estaba afectado de tembladera y había que sacrificarlo entero. Y eso no fue todo, porque los gérmenes patógenos de la tembladera eran tan resistentes que podían sobrevivir durante años en los pastos y en los establos. De ahí que fuera muy probable que volviera a contagiarse otro rebaño nuevo. Además, los animales sacrificados tuvieron que ser incinerados en un centro de eliminación de cadáveres, lo cual no era precisamente nada barato. En la incineración de sus ovejas, Ruth también vio convertirse su futuro en humo. Adquirir un nuevo rebaño, nuevos establos, nuevos pastos, eso significaba recomenzar del todo y era imposible desde el punto de vista de la financiación.

Ya no recordaba qué vecino le había propuesto que aceptara un crédito en el banco de los granjeros en Windhoek, pero se acordaba perfectamente que a los pocos días apareció por Salden's Hill un caballero bien vestido de mediana edad, que se deshizo en cumplidos hacia Rose y que llegó incluso a besarle la mano. Llegó como un salvador en una situación muy apurada; con un movimiento de la mano les borró todas las preocupaciones y les pintó el futuro de la granja de color de rosa. «Un pequeño crédito en las mejores condiciones, por fortuna no se requiere nada más», afirmó aquel hombre, y lo dijo con un tono tan comprensivo y paternal que Ruth confió en él y aceptó que su madre se hiciera cargo de las negociaciones. Rose poseía sencillamente más habilidad para ese tipo de asuntos y disponía además de una considerable cantidad de encanto cuando ella quería. En cualquier caso, el señor del banco de los granjeros se convertía en una persona muy ágil y activa cuando se encontraba cerca de Rose.

Poco tiempo después, Salden's Hill dispuso de la bonita suma de treinta mil libras que debían ser devueltas en un periodo de tres años en cómodos plazos mensuales. Así pues, había suficiente dinero para comprar un rebaño joven y sano. También había bastante capital para adquirir nuevos pastos colindantes con Green Hills. Los vecinos ayudaron en la construcción de los establos, y en el verano de 1957, Ruth pudo volver a soñar con un futuro prometedor.

Pero habían pasado los tres años y quedaba todavía por cubrir un remanente de quince mil libras, sobre cuyo reintegro no había tenido Ruth motivos para preocuparse hasta el presente porque su madre acordó en su momento con aquel empleado del banco —quien pronto se convertiría en un admirador empedernido de ella— que debería formalizarse otro crédito una vez transcurridos los tres años, crédito que habría que adaptar a las nuevas condiciones de los intereses. «Se trata de un asunto puramente formal», se dijo por aquel entonces. Ciertamente no existía ningún acuerdo por escrito, pero eso no era tampoco necesario. Al fin y al cabo, los granjeros eran gente sincera y honrada. Bastaba un gesto afirmativo con la cabeza, un apretón de manos, y quedaba sellado el acuerdo de esta manera.

Ruth suspiró y se quitó un mechón de pelo de la frente. «¿Quién sabe lo que Tom habrá oído decir?, seguramente habrá entendido mal —se dijo Ruth a sí misma, intentando calmarse—. Las cosas iban bien en Salden's Hill, y cada año se iban poniendo mejor. ¿No habían vuelto sus ovejas a ganar un premio en la primavera pasada?»

Cuanto más se esforzaba Ruth en darse ánimos, con más fuerza se sentía corroída por dentro. Había algo que no encajaba en todo aquello. Se levantó y abrió la ventana para dejar paso a la fresca brisa nocturna. Ruth bostezó con ganas. «Es hora de irse a la cama —pensó—, mañana se aclarará seguramente todo.»

Ruth se despertó completamente molida a la mañana siguiente. No encontró la manera de descansar y durmió solo unas pocas horas, de modo que vivió como una tortura el hecho de tener que levantarse. A pesar de todo se obligó a saltar de la cama, abrió la ventana e inspiró y espiró profundamente algunas bocanadas de aire. Ya a esas horas de la madrugada mostraba el cielo un azul cristalino con tan solo algunas nubes pasajeras de buen tiempo. El sol brillaba en las hojas de las acacias dibujando sombras negras en los muros de la casa. El molino se movía regularmente, en algún lugar cercano cacareó el gallo de Mama Elo, y allá a lo lejos reconoció Ruth a uno de sus rebaños.

Klette, la perra border collie, también estaba despierta y daba golpes a la puerta desde fuera. Ruth se la abrió de buena gana.

—Buenos días, pequeña. Enseguida te pongo algo de comer. ¡Espera un momentito nada más!

Ruth acarició a *Klette* y se metió rápidamente bajo la

ducha. Pocos minutos después apareció en la cocina vestida con una camiseta y un pantalón de peto. Allí la esperaban ya Mama Elo y Mama Isa. Para Ruth, las dos mujeres nama formaban parte de la granja como las acacias y los matorrales; sin ellas era impensable vivir aquí. Ruth dio un beso sonoro en la mejilla a las dos mujeres, a continuación se sentó a la gran mesa de madera y devoró con ganas la porción grande de papilla de maíz que Mama Elo le tendió con un guiño de ojos.

—Y bien, niña, ¿has dormido a gusto? —preguntó.

—Ayer bailarías mucho en el baile de los granjeros, ¿verdad?, y tendrás los pies cansados —añadió Mama Isa, mirando a Ruth con mirada compasiva.

—¡Qué va! —La joven hizo un gesto negativo con la mano y se untó una tostada con mantequilla y gelatina de higo chumbo—. No bailé. Estuve sentada por ahí y me aburrí.

—¿Por qué no bailaste, eh? ¿Te crees muy fina para eso? —preguntó Mama Isa con un tono de enfado.

Ruth suspiró.

—No bailé sencillamente porque no sé bailar. —Tragó un bocado, cogió la siguiente tostada y prosiguió—: Además, nadie quiere bailar conmigo en realidad. No soy ni delgada ni lo suficientemente rubia. No resulta extraño entonces que todas esas fiestas me parezcan un horror.

—Tonterías —repuso Mama Isa—. No estás gorda, lo que pasa es que tienes una constitución física robusta, eso es. Los hombres de mi pueblo se chuparían los diez dedos por una mujer como tú.

—Puede ser —repuso Ruth—. Pero es que yo no soy una mujer nama. Y a los hombres blancos les gustan las mujeres como Corinne.

Mama Elo miró a Mama Isa, a continuación sonrieron

las dos y se encogieron de hombros. ¡Cuántas veces no habían escuchado ya esa queja de Ruth!

—Ya encontrarás lo que te mereces —prometió Mama Isa.

Ruth se echó a reír.

—Por Dios, eso no, precisamente. —Entonces se levantó, llevó la vajilla usada al fregadero, llamó a *Klette* y se calzó las botas—. Voy a estar fuera. Transmite a los trabajadores las tareas que tienen encomendadas. Luego recorreré todo el vallado con el caballo. —Titubeó unos instantes. En ese momento le habría gustado hablar de inmediato con su madre, pero Rose dormía todavía, y el trabajo en la granja no se hacía solo.

—¿Hay alguna cosa más, niña? —preguntó Mama Elo—. Haces cara de estar preocupada.

Ruth se sintió como si la hubieran pillado en alguna falta y miró a un lado.

—No tiene ninguna importancia. Tengo que hablar con mi madre. Quizá lo haga hoy, al mediodía. —Hizo una señal a *Klette*, de modo que la perra se levantó de un salto y empezó a menear el rabo para salir con ella fuera de la casa.

Pocos minutos después, Ruth dio los buenos días a las mujeres de los trabajadores negros de la granja en un tono jovial. Estaban sentadas a las puertas de sus casas, cerca de la casa señorial; la mayoría de ellas llevaban unos pañuelos de colores alrededor de la cabeza y unos vestidos estampados de algodón. Estaban removiendo en unas ollas abolladas que humeaban dispuestas sobre pequeñas hogueras, porque a pesar de que Ruth les había ofrecido varias veces que lavaran su ropa en la lavadora automática, las mujeres nama se negaban a utilizarlas. Al parecer suponían que en el interior de aquellas máquinas ruidosas

—47—

habitaban malos espíritus que se vengarían por el derroche de agua, un elemento muy valioso en aquellas tierras.

En una cuerda tensada entre dos acacias colgaban las primeras sábanas, pero no eran de ese color blanco como la nieve, tal como las conocía Ruth de Mama Elo y Mama Isa —estas no tenían las supersticiones de sus paisanas y habían aprendido a valorar en las últimas décadas los progresos técnicos de la granja—, sino que tenían una coloración gris amarillenta. Ello se debía a que la arena del desierto, que se desplazaba constantemente por los aires, se posaba en las prendas recién lavadas.

Muy cerca de donde estaban las mujeres, los niños más pequeños alborotaban en el patio, golpeaban las piedras con palos y se daban órdenes los unos a los otros. Los niños mayores miraban a sus hermanos con miradas de envidia porque no tenían tiempo para jugar, sino que tenían que prepararse para ir a la escuela. Si querían pillar todavía el autobús escolar a Gobabis, tenían que apresurarse, pues en un cuarto de hora pasaría por delante del portón de entrada a la granja, y hasta llegar allí había que recorrer a pie más de media milla.

—¿Dónde está Santo? —preguntó Ruth, dirigiéndose a una de las espigadas mujeres nama.

—Está donde las máquinas, señorita —repuso la mujer—. Iba a echarle un vistazo al riego.

—Gracias, Thala —dijo Ruth con una sonrisa—. Y no te olvides de que también tenemos lavadoras en casa que podéis utilizar cuando queráis.

La joven hizo un gesto negativo con la mano al tiempo que reía, como hacía siempre que Ruth se lo ofrecía:

—Gracias, pero lo prefiero así; con las máquinas no puedo conversar.

Las demás mujeres nama se echaron a reír. Ruth les

hizo una señal de despedida con la mano y se encaminó a la sala de máquinas en busca del capataz.

Santo era un nama intrépido y venerable que en otros tiempos habría llegado a ser el jefe de la tribu. El padre de Ruth le había contratado como capataz en Salden's Hill hacía más de diez años, y Ruth no podía imaginarse nadie mejor para ese puesto. Santo tenía sin duda una habilidad especial para las máquinas. Fuera lo que fuese lo que se estropeara, Santo volvía a repararlo. Dado que se atrevía incluso con la lavadora, algunas de las mujeres nama afirmaban que Santo era un chamán que no se arredraba ante nada pues era capaz de aplacar incluso a los demonios de la técnica.

Al parecer, Santo se las estaba viendo hoy con otro espíritu maligno, pues estaba completamente inclinado bajo el capó abierto del tractor cuando Ruth entró en la sala de máquinas.

—¡Santo! —exclamó Ruth.

De inmediato apareció la cabeza del hombre por debajo del capó.

—¿Sí, jefa?

El hecho de que Santo se dirigiera a Ruth llamándola «jefa», eligiendo por tanto el tratamiento usual de los nativos a sus patronos blancos, la alegraba cada vez que lo escuchaba porque eso significaba reconocimiento.

—Creo que deberíamos ir a limpiar hoy los abrevaderos —dijo ella—. Además, ayer vi que allá enfrente, en la linde con Green Hills, hay algunas estacas sueltas. Arreglad el vallado y mirad si están todas las ovejas. Deberíais examinar también si hay suficiente forraje en los silos y suficiente gasolina en los depósitos. Y cuando estéis listos, montad dos enrejados para el esquileo, con un estrecho separador intermedio.

Santo dejó la llave inglesa a un lado, se limpió las manos en un trapo, echó la cabeza hacia atrás y se echó a reír.

—Eso es trabajo para dos días, jefa.

Ruth se puso a reír también.

—Lo sé, pero estoy segura de que conseguiréis hacerlo todo. Mañana a primera hora, lo primero que tenéis que hacer es traer acá el rebaño. Metedlo en el enrejado grande para poder empezar con la faena mañana después de desayunar. Los esquiladores vendrán esta tarde. ¡No vayáis a beber tanto otra vez como hicisteis el año pasado!

Santo volvió a reír con una carcajada sonora que resonó en la sala.

—No se preocupe, jefa. Haremos las cosas tal como está usted acostumbrada.

Ruth hizo un gesto afirmativo con la cabeza, a continuación sacó un pañuelo rojo del bolsillo interior de sus pantalones de peto y se lo puso en la cabeza como una mujer nama.

—¿Señorita?

—¿Sí?

—¿Por qué se pone siempre ese pañuelo? Usted tiene un pelo que es una maravilla. Es una pena que lo esconda.

Ruth sintió que se ponía colorada. Se llevó la mano por debajo del pañuelo, tocó su rebelde cabellera pelirroja, heredada de su padre, y sacudió la cabeza con gesto de enfado. Los piropos de los hombres seguían desconcertándola, como si fuera una colegiala.

—Ocúpate del trabajo, Santo, porque no se hace solo.

Dejó plantado a aquel hombre, se fue a la cuadra a buscar a *Hunter*, su caballo, montó en él y se fue cabalgando por los prados. ¡Qué día tan espectacular! A la vista de sus rebaños paciendo, Ruth no pudo menos que pensar en Nath y en su victoria en la competición de levantamiento de ovejas. Había conseguido levantar cincuenta kilos. ¿Nada más que eso? Para un hombre ya formado eso no significaba precisamente ninguna marca impresionante. Cualquiera de sus empleados negros podría levantar más kilos sin despeinarse.

Ruth miró brevemente a su alrededor, pero en ninguna parte podía verse ni una sola persona. Desmontó del caballo con firme resolución, se metió en mitad del rebaño y eligió una oveja que tenía aproximadamente el mismo peso que la oveja de la competición que había ganado Nath. «¡Vamos! ¡Le voy a enseñar a ese quién es aquí el granjero más fuerte!» Tumbó al animal sobre el lomo y le ató las patas delanteras y traseras con una cuerda que extrajo de uno de los numerosos bolsillos del pantalón. A continuación se puso en cuclillas, agarró al animal por la panza y lo alzó. A pesar de que la oveja balaba y pataleaba para liberarse, Ruth consiguió levantarla a la altura de los hombros. Solo entonces desistió profiriendo un suspiro.

Dejó a la oveja en tierra, espiró con fuerza, se enjugó el sudor de la frente y miró con cara de pocos amigos al animal que balaba delante de ella.

—En otros tiempos yo era mejor —dijo, murmurando malhumorada—. En otras épocas te habría levantado de un tirón. Me falta sin duda un poco de práctica.

Nada más soltarle las cuerdas, la oveja se levantó sobre sus patas y se puso a correr todo lo rápido que pudo. Ruth la siguió con la mirada. Durante unos instantes estuvo tentada de volver a probar después de una breve pausa para descansar, pero entonces se echó para atrás. «Dentro de unos días, después del esquileo, estaré otra vez en forma. ¡Y entonces ya veremos quién es el mejor!»

Era ya mediodía cuando Ruth regresó a la casa de la granja, sudorosa y con la ropa sucia. Llenó el comedero de *Klette* de pedazos de carne de cordero guisada, luego se quitó las botas, se lavó las manos y entró en la cocina por una entrada lateral.

Su madre estaba sentada a la mesa ante una taza de café, y Mama Elo estaba preparando algunos sándwiches.

—Hola —saludó Ruth; cogió un vaso, se lo llenó directamente de agua del grifo y se lo bebió de un trago. A continuación levantó la mano para secarse los labios con el dorso, pero vio la mirada atenta de su madre, suspiró y agarró un trapo de cocina.

»¿Qué tal? —preguntó entonces—. ¿Has dormido bien?

Rose asintió con la cabeza. Tenía la piel pálida, y mostraba unas ojeras muy oscuras.

—Dormir, sí he dormido, pero no puedo decir para nada que haya dormido bien.

—Quizá no deberías haber bebido tanto champán ayer —dijo Ruth, pretendiendo hacer una broma, pero Rose apretó los labios.

—Tengo otras cosas en la cabeza en lugar de tomar champán —repuso la madre con acritud.

A pesar de haber conseguido dejar a un lado la oscura premonición durante la mayor parte de la mañana, a Ruth se le hizo de repente un nudo en la garganta, y su corazón se puso a latir aceleradamente. Cogió una loncha de salami de cordero y recibió por esa acción una palmadita cariñosa de Mama Elo en la mano. Se sentó a la mesa. Fue en ese momento, al estar sentada directamente enfrente de su madre, cuando a Ruth le llamó la atención que Rose no solo hacía mala cara, estaba pálida y se le notaba la falta de sueño, sino que además daba la impresión de estar muy preocupada.

—¿Qué sucede, mamá? ¿No te encuentras bien?

Cuando Rose alzó la vista, sus ojos estaban vacíos y yermos como la costa de los esqueletos.

—¿Qué sucede? —preguntó Ruth con apremio.

Rose suspiró, agarró la mano de Ruth y se la estrechó.

—Ven luego a mi despacho. Tenemos que hablar —dijo. Luego se puso en pie abruptamente y se fue afuera con pasos desacostumbradamente cansinos y pesados.

Ruth la siguió con la mirada.

—¿Sabéis vosotras algo más que debería saber yo? —preguntó.

Mama Elo la miró con el rostro afligido.

—Lo tiene complicado, mucho más complicado que hasta el momento. Me gustaría que Rose fuese feliz alguna vez en su vida, de todo corazón.

Ruth tragó saliva cuando vio que a Mama Elo se le deslizaba una lágrima por la mejilla. Ahora ya no tenía ninguna duda de que los hombres de ayer habían dicho la verdad. La granja estaba en apuros.

No fue hasta la mañana siguiente cuando Ruth encontró una ocasión para hablar con su madre. Justo después del desayuno llamó a la puerta del despacho y entró. Su madre estaba sentada detrás del escritorio, y a Ruth le pareció que hacía una cara todavía más pálida y desolada que nunca. Delante tenía una torre de cuadernos, carpetas y papeles.

—Siéntate —le ordenó Rose sin contemplaciones—. Lo que tengo que contarte es un poco más largo de lo normal.

Ruth tragó saliva. Aquella habitación le parecía más sombría que de costumbre, el sol lucía menos luminoso.

Se sentó en el canto de la silla y apoyó los codos en los muslos.

—Soy toda oídos.

—¡No te sientes como un granjero, tú eres una mujer joven! —la reprendió Rose con acritud.

Ruth obedeció, se puso derecha, juntó los pies y posó las manos en el regazo como es debido. Detestaba que su madre la reprendiera; sin embargo, esta vez la tranquilizó aquella reprimenda. «Si mamá tiene ojos todavía para estas nimiedades, la cosa no puede estar tan mal.» Miró a su madre con gesto inquisitivo.

—Tom tiene razón. El cielo sabrá quién se lo ha contado, pero es cierto. Salden's Hill está al borde de la ruina.

A pesar de que ya lo había presentido en realidad, Ruth se asustó hasta el tuétano.

—¡No puede ser! —exclamó, poniéndose en pie.

—Sí que puede ser; es así. O bien tenemos que vender, lo cual es una solución que conviene a mis propósitos, o bien tienes que casarte con un hombre que salde nuestros pagos pendientes —dijo Rose con calma—. Y vuelve a sentarte.

Ruth se sentó sin pronunciar palabra y se quedó mirando fijamente a su madre, con la boca abierta e incapaz de pronunciar una sola palabra. Finalmente sacudió la cabeza con gesto de incredulidad.

—¿Cómo ha llegado a suceder tal cosa?

—¿Te acuerdas del crédito que tomamos hace tres años?

Ruth asintió con la cabeza.

—Pues vence ahora. Tenemos una deuda con el banco de los granjeros de Windhoek de 15.280 libras.

—¿Cómo es eso? No lo entiendo. Estaba acordado que ese crédito se saldaría con la concesión de otro nuevo. Era así, ¿verdad? ¿O no? —preguntó Ruth, todavía incrédula y desasosegada en lo más hondo.

—Sí, estaba planeado así. Eso era lo acordado. El señor Claassen, del banco, así me lo aseguró al estrecharme la mano.

—¿Y a santo de qué no es válido eso ahora?

Rose profirió un suspiro.

—Porque el apretón de manos de un banquero vale tanto como una cagarruta de oveja. Me tiraba los tejos, quería salir conmigo a cenar, seguro que se imaginaba ya los besitos tórridos y demás —dijo con una risa amarga.

Ruth hizo una mueca que le deformó el rostro. Las revelaciones de su madre le estaban resultando muy penosas.

—¿Y qué más? —preguntó.

—Almorcé con él una vez en Gobabis, y después nunca más. Hace poco se interesó de nuevo por mí y volvió a tirarme los tejos. Yo le di calabazas, y una semana después llegó esta carta. —Le tendió a Ruth un escrito del que se evidenciaba que había sido leído una y otra vez.

En el ángulo superior derecho llevaba el membrete del banco de los granjeros, un número de referencia y el distintivo del señor Claassen.

Estimada señora Salden:

Muy a pesar nuestro nos vemos en la obligación de comunicarle a fecha de hoy que no podemos prolongar su crédito que vence el 31 de diciembre de 1959 según consta en el contrato. La situación económica de su granja no ha evolucionado de la manera que habíamos previsto.

Por esta razón le exhortamos a que hasta el 31 de

diciembre del presente año transfiera a una cualquiera de nuestras cuentas el importe pendiente de pago, que asciende a 15.280 libras.

Le saluda muy atentamente,

DIETRICH CLAASSEN

Ruth leyó la carta una segunda vez.

—¿Lo he entendido bien? ¿Pretendía comprarte con el crédito? Si te hubieras ido a la cama con él, ¿podríamos conservar ahora la granja?

La madre de Ruth asintió con la cabeza.

—¿Ves? Esto es lo que pasa cuando no tienes marido. Puede que las mujeres sepamos hacer muchas cosas, pero el poder lo tienen los hombres. Solo podemos acabar perdiendo si no nos sometemos a ellos.

—Pero tú no te has sometido a él.

Rose asintió lentamente con la cabeza.

—Sí, es cierto, pero fíjate a qué precio. No sé si he hecho lo correcto.

Ruth permaneció en silencio unos instantes y luego preguntó:

—¿Y qué vamos a hacer ahora? No tenemos quince mil libras, ¿verdad? ¿O hay alguna otra cuenta de la que no tenga conocimiento yo?

—No. Tenemos que vender la granja. Tom se quedaría quizá con los pastos de Green Hills, pero eso no sería suficiente. Para reunir el dinero tendríamos que vender tantas tierras, que no podríamos alimentar a las ovejas por nuestra cuenta, así que tendríamos que arrendar otros pastos. Y tú sabes mejor que yo que así no se puede llevar ninguna granja. De modo que solo nos queda vender todo. Si tenemos suerte y podemos negociar un buen precio para las máquinas y la casa, quizá podamos comprarnos un piso pequeño en Swakopmund.

Rose miró a Ruth con gesto inquisitivo. Esta negó con la cabeza.

—No —dijo con un hilo de voz—. No, por favor, Dios mío, no lo permitas. Tiene que haber otra solución. —Sintió que se le inundaban los ojos de lágrimas. Hacía años que no lloraba, pero ahora había sucedido lo peor que podía imaginarse: su granja, su vida, su sueño... Todo estaba en ruinas.

Rose carraspeó.

—Sí, en efecto, hay una solución, pero te gustará aún menos que un piso en la ciudad.

—No puede haber nada peor que un piso en la ciudad —repuso Ruth.

—Nath Miller ha pedido tu mano. Su padre ha transferido Miller's Run a su hermano pequeño. Nath quiere demostrar ahora su valía. Tiene dinero. Para él, las quince mil libras son una minucia. Por lo demás, el contravalor es mayor que la paga y señal. ¿Qué dices?

Ruth levantó la mirada.

—Tienes razón, sí que hay algo que es aún peor que un piso en la ciudad.

3

Ruth salió del despacho dando tumbos, como si estuviera aturdida. Se encontraba mal. Aquella desgracia era como una piedra en su estómago, la sentía como una carga sobre los hombros, le enturbió la mirada. Se detuvo frente a la casa señorial, se hizo pantalla con la mano encima de los ojos y miró aquella propiedad como si la viera por última vez. Aquel paisaje de campos le resultaba de pronto cansino y viejo a pesar del sol de la mañana, la cadena de colinas del horizonte le pareció una serie de hombres ancianos, que estaban sentados en un banco con las calvas cabezas gachas y los hombros caídos.

De nuevo volvieron a asomar las lágrimas a sus ojos. Salden's Hill. Sus tierras, su tierra natal. Ella era de allí y de ninguna otra parte. No quería ir a Swakopmund, ni tampoco a Lüderitz y mucho menos a Alemania. Aquí tenía su vida, su pasado, su presente y también su futuro. Si perdía Salden's Hill, perdería todo lo que había significado algo para ella. Y se echaba a perder la misma Salden's Hill porque Ruth era su corazón. En sus venas fluía arena del desierto, su corazón latía al compás de las pezuñas de las ovejas.

Sintió un mareo, y tuvo que apoyarse contra una de las

columnas. Ruth acercó su mejilla a la piedra fresca, se pegó a la columna como si fuera un hombre, como si le ofreciera la energía y la fuerza que ella iba a necesitar ahora sin duda. ¿Qué debía hacer?

Los balidos de las ovejas, que le llegaban a Ruth desde los corrales, la sacaron finalmente del valle de la tristeza y la devolvieron al presente. «Me necesitan —pensó—. Todavía pueden cambiar mucho las cosas. ¡Quien no lucha, ha perdido ya la batalla!»

Ruth se desperezó, estiró los hombros y levantó la barbilla. Tenía que recomponerse. No podía ser útil a nadie si andaba dando vueltas por ahí como un montoncito de tristeza compadeciéndose de sí misma. Hoy iban a esquilar las ovejas y para esa actividad se requería estar plena de toda la energía que ella pudiera aportar. Levantó firmemente la cabeza con la nariz elevada y se dirigió con determinación hacia los establos.

Estaba llegando allí, cuando una moto dobló por una de las esquinas del patio con el motor rugiente. Era una moto de trial que ella conocía demasiado bien. Ruth se detuvo y profirió un suspiro. Solo le faltaba aquello ahora. Se obligó a dibujar una sonrisa en su rostro.

—Bueno, dime, ¿puedes necesitar mi ayuda? —preguntó Nath Miller sacándose el casco y esbozando una sonrisa burlona.

«Tiene la boca como la puerta de un granero —pensó Ruth—. Lo que entra por ella, desaparece para siempre.» Ella contempló cómo estaba despatarrado encima de la moto. Su rostro irradiaba una seguridad de triunfo que ella le envidiaba ahora fervientemente. Nath Miller. El hombre con el que tenía que casarse para librarse de todas las preocupaciones. Al pensar en esto sintió un leve escalofrío.

—Claro que puedo necesitar ayuda —repuso ella.

«Quieres examinar tus futuras propiedades, ¿verdad, Nath Miller?, tus tierras y tu mujer. Pero ya te puedes ir preparando. Te lo voy a poner lo más difícil que esté en mi mano.»

Nath se bajó de la moto, la puso sobre el caballete y se dirigió hacia Ruth. La rodeó con el brazo para atraerla hacia él, pero ella se zafó con habilidad. La sonrisa burlona de Nath se agudizó aún más.

—Venga, ahora no te hagas de rogar —dijo él, llevándose la mano a su suave cabellera castaña que él se había peinado formando un tupé en la frente, y que a Ruth le pareció que además se había engominado.

—A ti se te podría esquilar también un montón —puntualizó ella en un tono seco y cortante.

Nath se echó a reír y tiró del pañuelo de la cabeza de ella de modo que se liberó la indómita melena pelirroja de rizos de Ruth.

—¡Y a ti antes! Con esta lana tuya me gustaría hacerme un par de calcetines.

—¡Hecho! —exclamó Ruth, mirando agresivamente a Nath y tendiéndole la mano como para sellar un acuerdo.

—¿El qué?

—Vamos a hacer una competición. Gana quien haya esquilado el mayor número de ovejas en una hora. El perdedor se queda sin pelo.

—No estarás hablando en serio, ¿verdad? —preguntó Nath, atusándose el cabello con los dedos, como asegurándose de que seguía estando en su sitio.

—Sí, lo digo completamente en serio. A ti te van los juegos, de siempre has sido así. ¿Qué pasa? ¿Tienes miedo de ir el próximo sábado al baile en Gobabis con la cabeza rapada, igual que un presidiario? ¿No deseas saber lo que se siente cuando las chicas te estampen un beso en la calva?

Ruth se dio cuenta de la batalla interior que se estaba produciendo en Nath, y eso le deparó una satisfacción secreta y furtiva.

—¿No dijiste hace dos días en la competición de granjeros que me habías vencido en todas las disciplinas?

Nath tragó saliva.

—Bien, vale. Si es eso lo que quieres... Voy a ganar de todas formas, y me da pena por tu pelo. Puedes estar segura de que no tendré ninguna compasión después. El que pierde, paga y punto. Si eres cariñosa conmigo, quizá te deje el pelo al cepillo para que todo el mundo pueda ver que picas cuando uno se acerca. Y si no eres cariñosa conmigo, ya puedes ir preparándote para que los hombres te estampen sus besos en la calva.

—¿Hecho? —Ruth volvió a tenderle la mano.

—¡Hecho! —exclamó Nath, chocando la mano con ella.

A continuación se dirigieron al establo a buen paso.

Los esquiladores que había solicitado Ruth ya estaban en plena faena. En Salden's Hill había cuatro puestos para esquilar. Las máquinas esquiladoras colgaban del techo con un cable, de modo que los esquiladores podían sujetar cómodamente las ovejas entre las piernas y alcanzar bien todos los lugares con la cabeza esquiladora a pesar de la postura.

Mama Elo y Mama Isa se encontraban también en el establo. Hoy tenían la tarea de recoger la lana esquilada y llevarla al cobertizo contiguo en el que la clasificaban primero dos mujeres nama y luego Ruth.

Santo y otros tres trabajadores de la granja conducían a las ovejas hacia el vallado y desde allí introducían una docena cada vez en el establo. Por el otro lado, otros cuatro trabajadores recibían a los animales esquilados y los marcaban.

Nath y Ruth se colocaron uno al lado del otro en los dos puestos de esquiladores que estaban todavía libres y se midieron con la mirada.

—¿Estás preparado? —preguntó Ruth.

—Te estoy esperando a ti —repuso Nath, arremangándose la camisa y escupiéndose en las palmas de las manos.

—¡Pues allá vamos!

A una señal de su jefa, Santo empujó dos ovejas hacia la zona del esquileo. Ruth echó a correr, agarró una oveja con una mano por las patas delanteras y la tumbó sobre el lomo. Con la otra mano la agarró por las patas traseras y la arrastró hacia el puesto para esquilar. A continuación sujetó entre las rodillas a la oveja, que miraba tontamente a su alrededor al tiempo que balaba, y comenzó inmediatamente a pasarle la cabeza esquiladora por las patas.

Nath llegó tan solo un instante después al puesto de esquilar. Pasó el aparato con tanta velocidad y dureza por la lana, que la oveja empezó a dar balidos ruidosos y a patalear entre sus piernas.

El esquileo era un asunto difícil y hacía sudar mucho. Hacía tanto calor en el recinto que a Ruth le empezó pronto a gotear el sudor por entre el canalillo de los pechos. Tenía pegados pequeños jirones de lana, sangre y heces de oveja por todas partes de su mono de trabajo, y también tenía pringadas las manos. A ello se añadía la postura agachada que debía adoptarse para trabajar. Ya al cabo de la primera docena de ovejas le dolía la espalda, pero ella continuó con el mismo ritmo frenético, como si el diablo le anduviera pisando los talones. De tanto en tanto lanzaba una mirada a Nath, quien también estaba empapado de sudor y realizaba su trabajo apretando los dientes. «¡Espera y verás! —pensó Ruth para sus adentros—, te voy a enseñar lo que es bueno.»

Mama Elo y Mama Isa no quisieron perderse la competición, por supuesto que no. Mama Elo sujetaba en una mano un despertador que normalmente utilizaba ella en la cocina para pasar los huevos por agua en su punto justo o para controlar el tiempo de cocción de un pastel en el horno.

—Veintitrés ovejas para Salden's Hill, veinticuatro ovejas para Miller's Run. ¡Vamos, Ruth, esfuérzate y lo conseguirás! ¡Todavía quedan cinco minutos!

Ruth se sopló un mechón de pelo de la frente, dio un cachetito en el trasero a la oveja que acababa de esquilar y que se apresuró a salir por la portezuela, y se fue a por la siguiente oveja. El pobre animal estaba como mínimo tan agitado como Ruth. Era como si notara que estaba en juego algo más que solo su vellón. La oveja estaba intranquila, trastabillaba entre las piernas de Ruth y apenas permitía que le pasara la cabeza esquiladora de la máquina. Ruth miró a Nath, que acababa de esquilar las patas de su oveja y se disponía a atacar el lomo. Cortaba la lana en tiras largas, de modo que se originaba toda una alfombra de lana. Nath conseguía tan solo en contadas ocasiones esquilar una oveja entera de una pasada; en cambio, Ruth conseguía realizar ese truco las veces que ella quería. Y ahora quería. Precisamente ahora. Se llenó los pulmones de aire y se sosegó de golpe. Agarró con más firmeza a la oveja, le aplicó la cabeza esquiladora y esquiló al animal en una sola pasada.

—¡Sí, vas a conseguirlo! —exclamaron con júbilo Mama Elo y Mama Isa, y Santo ya le tenía preparada la siguiente oveja.

Ruth miró a Nath. También él había acabado con la suya, se puso en pie de un salto y se lanzó hacia el vallado para buscar la siguiente oveja. En el portalón hubo un breve forcejeo entre los dos, pero aunque Ruth era ciertamente de constitución robusta, era también muy ágil. Pasó por entre las piernas de Nath, agarró la oveja y se la llevó al puesto de esquileo. Se puso de nuevo manos a la labor sin levantar la mirada de lo que estaba haciendo. Solo el aplauso de Santo, Mama Elo y Mama Isa la forzaron finalmente a levantar la vista. Había pasado la hora de competición. Ruth había ganado con media oveja de ventaja. Estaba radiante y no reprimió su alegría siquiera cuando Nath la felicitó, compungido, por la victoria.

—Enhorabuena de todo corazón, Ruth —dijo él.

—Las mentiras hacen crecer la nariz.

—No, en serio. Has ganado, te has batido con verdadera valentía en la prueba. Sencillamente no era mi día hoy. Bueno, sea lo que sea. La ganadora puede mostrarse generosa frente al perdedor, ¿verdad?

Ruth asintió con la cabeza.

—Sí, soy de tu misma opinión. Puedes tomarte una cerveza, si quieres.

—No me refería a eso.

—¿Ah, no? —exclamó Ruth haciéndose la tonta, pero golpeándose ostentosamente la mano izquierda con la cabeza esquiladora.

—No irás en realidad a esquilarme la cabeza, ¿verdad?

Ruth tuvo que reprimir la risa al ver la cara que puso Nath. Parecía un niño pequeño al que le piden cuentas por alguna trastada y espera que hagan la vista gorda con él.

—Buscas clemencia, ¿no es cierto?

Nath asintió con la cabeza y sonrió tímidamente.

—Bueno, querido mío, pero ahora no estamos en la iglesia. Lo que uno se juega de palabra es una deuda de honor. ¡Agacha la cabeza!

Las dos mujeres nama se echaron a reír haciendo que

se tambalearan sus turbantes. Santo no pudo reprimirse tampoco y esbozó una sonrisa burlona. Aquello era ya demasiado para Nath.

—¡Largaros, caras de simio! Vuestras risas de negro me están poniendo muy nervioso.

Durante unos instantes, a Ruth se le pasó realmente por la cabeza que Nath podía irse de rositas sin salir trasquilado, pero ahora le dio con determinación al botón de encendido de la cabeza esquiladora y la pasó por la cabeza agachada de Nath hasta dar cuenta del último pelo. A continuación apagó el aparato y le acarició la calva.

—Bien, querido mío. Y solo te digo, para que lo sepas, que no te he rapado al cero porque hayas perdido la apuesta sino porque has llamado caras de simio y negros a mi gente. ¡Y ahora, largo de esta finca! Puedes estar contento de que no vaya por ahí contando por qué te has despedido de tu bonito tupé.

Ruth se dio la vuelta y limpió las esquiladoras pasándoles agua. Seguía estando enfadada. Sabía que entre los blancos, y en especial entre los granjeros blancos, había muchos que no trataban a los trabajadores negros como a semejantes suyos, pero no era ese el caso en Salden's Hill. Aquí contaba cada persona, todas tenían el mismo valor. Lo importante era solamente si se era un buen trabajador y si se podía confiar en la persona o no.

—No lo quise expresar en esos términos —aclaró Nath—. Me refiero a lo de las caras de simio.

—Pero lo dijiste así —repuso Ruth sin dignarse a dirigirle ninguna mirada más. Unos instantes después oyó los pasos de Nath, un portazo y el sonido de la moto al arrancar.

—Bien hecho, jefa. Gracias —dijo Santo, quitándole a Ruth de las manos los aparatos para fijarlos de nuevo a los cables después de la limpieza. La joven granjera le hizo un gesto de rechazo con la mano. De pronto sintió un cansancio infinito.

Windhoek había sido para Ruth desde siempre un sinónimo de infierno. Ahora, ella se encontraba desde hacía unos minutos enfrente de la estación intentando cruzar la calle con desesperación, pero apenas echaba un pie hacia delante se le acercaba un automóvil a toda velocidad tocando la bocina y asustándola, de modo que ella volvía a retroceder a la seguridad que le ofrecía la acera. Había una multitud de personas pululando por allí riendo, insultándose, haciendo ruido al pasar a su lado. Pasó un carro tirado por un asno, un ciclista hizo sonar el timbre, alguien arrancó el motor de un automóvil.

—Hola, es usted pueblerina, ¿verdad? —se dirigió amablemente a Ruth un caballero anciano.

—Si se refiere usted a que soy campesina, tiene usted razón —repuso Ruth, llevándose la mano al pelo con un gesto nervioso. Hoy vestía un pantalón gris de tela a juego con una blusa clara, y se había recogido el pelo en la nuca con un pasador.

—¿Adónde se dirige usted? —preguntó él.

Ruth cerró ligeramente los ojos. Su madre le había advertido siempre sobre los peligros de la ciudad y en especial sobre los hombres. No obstante, en aquella pregunta no fue capaz de encontrar nada reprochable.

—Quiero ir al banco de los granjeros —respondió ella.

—Venga conmigo. Compartamos un taxi. Voy en esa dirección —dijo él, haciendo una señal a un automóvil para que se acercara.

—¿Qué hace aquí en Windhoek? —preguntó ella después de subirse al vehículo y sentarse al lado de aquel hombre en el asiento trasero—. ¿Vive usted aquí?

El hombre negó con la cabeza.

—Soy de Ciudad del Cabo.

—¿Y qué viene a hacer usted en Windhoek? —preguntó Ruth, observando al hombre con más detenimiento. Tenía la piel muy clara, pero Ruth había vivido el tiempo suficiente en África para darse cuenta de que no era completamente blanco.

Él se inclinó hacia Ruth.

—Habrá algo de agitación hoy en la ciudad. Señorita, le aconsejo que regrese enseguida a su granja, tan pronto como haya despachado sus asuntos en el banco. Es un sitio demasiado peligroso este.

Ruth se sorprendió.

—¿Qué es lo que va a pasar hoy?

—¿Es que no escucha usted la radio?

Ruth negó con la cabeza.

—Nuestro receptor está conectado a la batería de un automóvil. Mi madre no quiere la batería en casa porque dice que afea el salón de estar. Así que para escuchar la radio tengo que ir a la sala de máquinas, pero la mayoría de las veces me encuentro demasiado cansada para tal cosa.

El sudafricano se echó a reír, pero en un instante recuperó el gesto serio.

—Los negros están armando bronca. No es que sea algo nuevo, de hecho siempre están armando bronca, pero dicen que hoy van a trasladar a otro lugar a algunos de ellos. Son tontos estos negros, no entienden la medida. En lugar de alegrarse de poder convivir ahora entre ellos y de poder conversar entre ellos, sea en el idioma que sea, y de poder celebrar sus extrañas fiestas y sus rituales, y ejercer incluso su espantosa religión vudú, se creen que se les quiere robar.

—¿Robar el qué? —preguntó Ruth.

—¿Qué sé yo? Sus derechos, su opinión. Siempre andan poniendo peros a todo estos negros. Y si no tienen nada que objetarle al gobierno, entonces se vuelcan contra el tiempo o contra los blancos. En su manera de ver las cosas, los blancos tienen siempre la culpa de todo lo que sucede. «Negro» es ahora la nueva palabra para «inocencia», ¿lo sabía usted? —dijo él, echándose a reír y tratando de encontrar aprobación en su interlocutora.

Ruth dirigió la mirada a otra parte. Aquel hombre le estaba resultando cada vez más antipático. Le repelía lo que decía y cómo lo decía, y aún más cómo se le desfiguraba la boca cuando se reía.

—Solo conozco a los negros de nuestra granja —dijo ella en un tono un poco más áspero de lo que hubiera querido, debido al enfado reprimido—. Los conozco desde hace años, incluso me criaron dos mujeres negras. Les tengo cariño, y nunca he tenido la impresión de que nos echen la culpa de todo lo que ocurre.

El hombre alzó la mano, sonrió con indulgencia y le rozó la rodilla a Ruth con gesto paternal:

—Usted es una pueblerina, mi niña. Aquí en la ciudad imperan otras reglas y otras leyes que en la granja de ustedes. Los negros entienden algo de agricultura y de animales. En su granja, entre los matorrales, no hay nadie que les incite a la lucha contándoles que no son peores que los blancos y que por ello tienen los mismos derechos.

—Todos los trabajadores tienen los mismos derechos en nuestra granja, independientemente del color de su piel. Lo principal es que se haga el trabajo.

Ruth respiró hondo cuando el taxista se detuvo delante del edificio del banco de los granjeros. Hizo un gesto de agradecimiento con la cabeza cuando el sudafricano renunció a la parte de ella en el pago de la carrera, alzó la mano para saludar y siguió con la mirada al automóvil al marchar. Seguía estando asombrada de aquel hombre, de lo que había dicho. Se burló de la opinión que había expresado de que los negros valían menos que los blancos. ¡Que se lo dijeran a Mama Elo y a Mama Isa! Las dos agarrarían la escoba y echarían del lugar al bocazas llenándole de improperios.

Bien, de todas maneras no iba a volver a verlo, y no era el momento oportuno para romperse la cabeza con hombres como él. Ella tenía planes más importantes. Se encogió de hombros y levantó la mirada hacia aquel imponente edificio sobre cuya entrada estaban grabados con letras doradas el nombre y el logo del banco.

Apenas se acercó a la puerta de entrada, se la abrió un empleado en librea.

—Buenos días, señora —la saludó solícito.

Ruth se sobresaltó. ¡Aquello era algo de lo más insólito! ¡Al fin y al cabo ella era granjera y estaba acostumbrada a abrirse ella misma las puertas! No menos exagerados le parecieron aquel gran vestíbulo, con un suelo que resplandecía a la luz de una enorme lámpara de araña, las barandillas doradas de las escaleras y las alfombras rojas. Pero eso significaba que había también granjeros muy ricos, se confesó a sí misma. Mucho más ricos que los pobres granjeros de ganado lanar en la linde del desierto de Kalahari.

Ruth estiró los hombros como para infundirse valor y se dirigió a una de las ventanillas con la cabeza bien alta. Detrás había una mujer joven de aspecto simpático.

—Buenos días, ¿en qué puedo ayudarla?

Tenía una sonrisa seductora, y Ruth comenzó enseguida a sentirse más segura.

—Mire, hemos recibido esta carta de ustedes —dijo Ruth, poniendo la carta de la cancelación del crédito encima de la mesa—. Debe tratarse por fuerza de un malentendido. El señor Claassen nos prometió con un apretón de manos hace tres años que el crédito se prorrogaría. Nos dijo que la cancelación era una pura formalidad para adaptar el importe al tipo de interés actual. Estoy aquí para solventar inmediatamente esa formalidad.

La joven empleada sacudió la cabeza con gesto compasivo.

—Me temo que no voy a poder ayudarla. Los acuerdos que tomamos en esta entidad bancaria los fijamos por escrito en cada caso. Solo así poseen validez jurídica. Su crédito no puede prorrogarse simplemente con un apretón de manos, a no ser que posea usted capitales o bienes con que avalarlo.

—Espere un momento. —Ruth revolvió en su bolso y extrajo un archivador—. Aquí está la lista de nuestras propiedades. En ella figura cada máquina y cada cabeza de ganado. Tenemos mil cuatrocientas ovejas caracul y cuatrocientas vacas. En estos momentos, nuestra situación es mucho mejor que la de hace tres años.

Se disponía a pasarle los documentos a la mujer por encima de la mesa, pero esta hizo un gesto de rechazo con la mano.

—Yo no puedo hacer nada más por usted si le ha sido denegada su solicitud de crédito.

—Pero ¿por qué motivo? ¿Y qué significa, en este caso, «solicitud»? No solicitamos nada, teníamos un acuerdo. —Sin querer, Ruth había alzado en exceso la voz. Los empleados del banco que estaban detrás de otras mesas dirigieron entonces la mirada hacia ella. Incluso hubo uno que se levantó y preguntó a su colega si necesitaba ayuda.

La mujer hizo un gesto negativo con la mano.

—No, todo marcha bien. —Entonces juntó las manos por encima del tablero de la mesa y miró a Ruth con determinación—. Solo puedo repetirle que no podemos ayudarla. Ha cambiado la coyuntura económica. Ha disminuido desde Europa la demanda de lana de oveja caracul. De ahí que la evolución de su granja tenga por fuerza una tendencia regresiva, y eso a pesar de que ahora no perciban ustedes ninguna anomalía. Los próximos años van a ser complicados para todos los granjeros de ganado lanar. Una única temporada prolongada de sequía es suficiente para llevar a la ruina definitiva a su granja. ¡Comprenderá usted que en esas circunstancias no podamos concederle una prórroga de su crédito!

Volvió a realizar un gesto de saludo con la cabeza dirigido a Ruth, y a continuación llamó al siguiente cliente para que accediera a su ventanilla.

Ruth perseveró unos instantes junto a la empleada del banco. Estaba desconcertada y se sentía tan miserable como una cucaracha. Pero entonces le sobrevino de pronto su carácter luchador.

—Espere un momento, por favor. Usted acaba de detallarme prolijamente la situación, pero a pesar de todo no estoy convencida de que su valoración sea la única posible. En los últimos tres años hemos reorganizado el negocio y tenemos planes para que la demanda procedente de Europa no nos afecte tanto. Quiero hablar con el señor Claassen. Ahora mismo.

En el rostro de la mujer joven se dibujó una sonrisa maliciosa.

—Como usted desee. ¿Tiene concertada ya una cita?
Ruth negó con la cabeza.

—Ya me lo había imaginado. Desgraciadamente, así, sin cita previa, no existe posibilidad alguna de hablar con el señor Claassen.

Ruth se estaba descomponiendo de la rabia en su interior. Con sumo gusto le habría dicho a la mujer de la ventanilla lo que pensaba de ella, que no tenía ni idea, que debería visitar primero una granja para saber cómo funciona y poder hablar entonces de prosperidad y de ruina. Pero Ruth sabía también que no conseguiría nada más aquí. Saludó con un movimiento de la cabeza, se dio la vuelta y descendió los peldaños de la escalera de mármol para regresar de nuevo al vestíbulo.

En la salida se dirigió al empleado uniformado, quien, al verla, se dispuso a abrirle la puerta.

—Muchas gracias, joven, pero voy a demorarme un poco más en este edificio. ¿Sería usted tan amable de decirme en qué despacho se encuentra el señor Claassen?

Ruth se había decidido con toda conciencia a utilizar ese lenguaje insoportablemente rebuscado. Una cosa había captado inmediatamente en su breve visita al banco de los granjeros, y era que en él imperaba la apariencia y no la sustancia.

—Despacho 124, primera planta, suba en el ascensor y vaya a la izquierda. Lo encontrará enseguida.

Ruth le dio las gracias con un movimiento de la cabeza y poco después se encontraba delante del despacho mencionado. Llamó a la puerta breve y enérgicamente, pero no esperó a que la invitaran a entrar sino que abrió la puerta de golpe.

Era evidente que Claassen no contaba con ninguna visita. Cuando Ruth entró atropelladamente en su despacho, él se incorporó de un susto por detrás de su escritorio y apartó los pies de encima de la mesa.

—No recuerdo haberle pedido que entrara.

—Eso puede que se deba a la edad que tiene usted —repuso Ruth con gesto imperturbable—. Pero no es motivo para estar preocupado.

Ella soltó el archivador encima del escritorio de Claassen, produciendo un sonoro estampido, y se sentó en el sillón de piel de enfrente sin que la invitaran.

—He venido para fijar por escrito la prórroga acordada del crédito.

Claassen juntó los párpados y se quedó mirando a Ruth de arriba abajo con gesto despectivo.

—La señorita Salden, ¿verdad? Ya recuerdo. Hace tres años hizo notar usted su presencia también con una conducta francamente detestable.

Ruth sonrió.

—En Salden's Hill han cambiado algunas cosas desde entonces, exceptuando mi conducta, por supuesto. Todo eso está en los documentos. ¿De acuerdo?

—En su granja puede que todo siga su curso, pero el mundo sigue girando a pesar de todo. Namibia ha vivido una evolución asombrosa en los últimos años. Antes, la ganadería figuraba en primer lugar. Entretanto, el país exporta principalmente riquezas del subsuelo. La mina Rössing, en las cercanías de Swakopmund, es ahora la explotación minera de uranio a cielo abierto más grande del mundo. Luego están los diamantes. Una tercera parte, mi querida señorita Salden, una tercera parte de las exportaciones se realiza con diamantes. Además exportamos mineral de uranio, cobre, plomo, zinc, pirita y otras riquezas del subsuelo pero en cantidades no tan importantes. ¿Y quiere usted jugar en esta liga con sus ovejas? ¿O ha venido usted quizás a contarme que en sus pastos brillan aquí y allá algunos diamantes entre las cagarrutas de las ovejas? Eso cambiaría sustancialmente las cosas, como es natural. En ese juego sí podríamos involucrarnos.

—No es ningún juego, es nuestra existencia, señor Claassen. Pero muchas gracias por su conferencia. De sus palabras infiero que su banco hace muy buenos negocios. Así pues, ¿qué le cuesta a usted prorrogar nuestro crédito? —preguntó Ruth, tratando de controlarse para no quitarle de la cara a aquel hombre su sonrisa burlona con un tortazo.

Claassen se mojó los labios que parecían lombrices en su rostro, de lo húmedos y brillantes que estaban.

—¿Qué gasto estaría dispuesta a hacer para el crédito? —preguntó él inclinándose hacia delante y deteniendo la mirada en los pechos de Ruth—. Gratis solo sale la muerte, como dice la gente de aquí.

Ruth cruzó los brazos ante el pecho y miró a Claassen con rabia.

Este no esperó la respuesta, sino que siguió hablando directamente.

—Estaba dispuesto a daros facilidades, pero el amor con amor se paga. Y esto ocurre, de una manera muy especial, en el mundo de los negocios. Tu madre, hija mía, no entendió esto. Tú podrías arreglar la torpeza de tu madre. Así pues, el futuro y el bienestar de la granja están por completo en tus manos.

¡Ruth habría podido estremecerse de asco por lo mucho que le repugnaban las palabras y las miradas de Claassen! ¡Y su continuo chasquear con la lengua! Volvió a mirar a Claassen con una sensación de enorme repugnancia. A continuación agarró el archivador sin decir palabra, se lo puso bajo el brazo y se dirigió a la puerta.

—¡Bueno, bueno, señorita mía! ¡Piénselo bien! No tiene por qué salir perjudicada —dijo Claassen, riéndose como una cabra.

«Antes me pongo a mendigar las 15.000 libras en el hotel de lujo de Windhoek que aceptar un solo céntimo de cobre de Claassen», pensó ella mientras abandonaba el banco con paso firme y decidido.

En la calle respiró hondo. El aire se había calentado, entretanto se había cargado de gases de combustión, del humo de la industria y de las emanaciones de una multitud de personas. Ruth sintió una nostalgia de Salden's Hill tan profunda que sus ojos estuvieron a punto de inundarse de lágrimas. Apenas se atrevía a respirar aquella mezcla fétida, le parecía que aquel aire se podía masticar igual que un chicle. Y a pesar de que la temperatura era tórrida y asfixiante, Ruth se estremeció de frío. Miró hacia la fachada del banco y la recorrió con los ojos, contempló de nuevo las ventanas relucientes, recordó los pomos brillantes de las puertas, el suelo de mármol. Todo en aquel edificio resultaba frío, todo parecía gritarle a la cara: «¡Las personas como tú no tenéis cabida aquí!»

Cuanto más contemplaba el banco, más fuertes se hacían sus temblores. Entretanto era mediodía, y del edificio del banco salían empleados vestidos con camisas blancas limpísimas, con la raya del pantalón bien marcada y zapatos de lustre perfecto. Las escasas mujeres entre ellos estaban maquilladas y llevaban vestidos que Ruth no se pondría siquiera para el baile de los granjeros por el profundo escote que tenían y por cómo bamboleaban las faldas. Todo aquí estaba limpio y era frío y uniforme. Miró los rostros de aquellas gentes. Esas personas de aquí, ¿iban a decidir sobre el destino de una granja? ¿Qué podían saber ellas?

Un hombre joven tropezó con Ruth y la empujó por el hombro, pero en lugar de disculparse, desfiguró la boca en una mueca de desdén, y prosiguió su camino llevando a su esposa del brazo.

Ruth se miró hacia abajo, contempló la tela barata y arrugada de sus pantalones, las manchas de sudor en las axilas que dibujaban unos círculos claramente visibles sobre su blusa blanca, y sus zapatos rústicos a los que faltaba cualquier indicio de elegancia. Entonces ya no pudo soportarlo más. Echó a correr como si quisiera huir, corrió sin saber adónde, dobló tres o cuatro esquinas, y de pronto todo el paisaje urbano se volvió completamente diferente.

4

Ruth se detuvo y tuvo que hacer esfuerzos para respirar. Miró a su alrededor. Había algo extraño en aquel lugar. Faltaban los automóviles, las risas, las personas. La vida en la calle parecía como extinguida. Solo dos jóvenes negros pasaron a su lado apresuradamente con las cabezas gachas y manteniéndose cerca de la protección de los muros de las casas.

—¡Alto! —exclamó Ruth—. Por favor, ¿pueden decirme dónde estoy? ¿Cómo llego desde aquí a la estación? —Pero los hombres no se pararon a escucharla y prosiguieron su marcha apresurada sin decir palabra.

Ruth suspiró. ¿Adónde demonios había ido a parar? La calle estaba sucia. Sobre el bordillo de la acera había trozos de papel tirados. Había una papelera tumbada en el suelo y todo su contenido estaba repartido sobre el asfalto. El viento arremolinó un periódico viejo por encima de la acera.

Fue en ese momento cuando Ruth oyó el ruido que procedía de la parte izquierda de la calle, que iba aumentando y decreciendo como en un partido de fútbol. Ruth pudo distinguir algunos coros de gente gritando al unísono, luego voces aisladas y el sonido de cascos de caballos sobre el adoquinado de la calle. Sin pensárselo un instante corrió en dirección al tumulto. Donde había ruido, habría con toda seguridad personas, personas buenas que la entenderían.

Se detuvo en el siguiente cruce grande. Ante ella divisó a una multitud de mujeres y hombres negros. Llevaban pancartas en las que podía leerse en inglés: «Dejadnos en casa» o «Nada de guetos para negros». Las mujeres, así se lo pareció a Ruth, se habían puesto las prendas más vistosas, añadiendo las joyas y el tocado de su tribu. En cambio, los hombres llevaban pantalones de trabajo azules o grises y camisetas sencillas, pero los unía la rabia de sus rostros, una rabia que se podía oler, oír y ver.

—¡Somos personas! ¡Personas como vosotros! —gritó una mujer joven, elevando a su hijo por encima de ella.

La policía montada a caballo rodeaba a la multitud. Ayudándose con los caballos y las porras intentaban apartar a los manifestantes hacia una calle lateral. Los cuerpos de los caballos chocaban con las personas. Un chico dio un grito cuando uno de los animales le propinó una coz.

—¿Qué pasa aquí? —preguntó Ruth. Antes de que pudiera darse cuenta, se encontraba en medio de la manifestación.

—Pasa que el ayuntamiento nos quiere echar de nuestras casas. Los de arriba han organizado un gueto para nosotros, y hoy tenemos que mudarnos a él a la fuerza —respondió un joven negro con unas gafas gruesas, sin retirar la mirada un solo instante de los policías.

«Así que es verdad lo que me ha contado el sudafricano en el taxi», pensó Ruth.

—¡Ven, blanca! ¡Únete a nosotros! Solo ganaremos cuando vosotros nos ayudéis a reclamar judicialmente nuestros derechos. Y si ganamos nosotros, también saldréis ganando vosotros.

La mujer que había pronunciado esas frases era ya bastante mayor. Por el aspecto, la corpulencia y la vestimenta, Ruth no pudo menos que pensar en Mama Elo y en Mama Isa. Y enseguida se colgó Ruth de su brazo y se situó en medio de los negros, levantó el puño igual que ellos, y se puso a vociferar contra la injusticia que sufrían ella y todas las personas en el mundo. Ella vociferaba entre la multitud su rabia por el señor Claassen, y al mismo tiempo por su miedo ante el futuro.

Se puso a golpear con los pies en el suelo y a agitar los puños hasta que quedó completamente empapada de sudor y sin aliento.

Poco después, Ruth vio llegar una limusina desde una calle lateral. Bajó un blanco del automóvil y se puso a contemplar la muchedumbre agitada. Lo reconoció enseguida; se trataba del sudafricano que había compartido con ella el trayecto hasta el banco esa misma mañana. Le habría gustado mucho dejar la manifestación y acercarse a él para señalarse a sí misma y decirle: «¡Mire usted! Yo también soy uno de ellos, me cuento entre los cafres, entre los rostros de simio. Y si no es por el color de mi piel, sí que lo soy de corazón. Y también sobre mí se ha cometido una injusticia.»

Ruth observó cómo el hombre hacía señas a uno de los policías montados y le decía algo. Y vio al policía asentir con la cabeza, acercarse a otro con el caballo y exclamarle también algo que este transmitió al siguiente, y así sucesivamente.

Ruth no perdió a aquellos hombres de vista. En los ojos de los policías resplandecía algo que le resultaba conocido. Los hombres de su entorno mostraban ese fulgor en los ojos cuando se iban de caza. ¡Y así fue, en efecto! El primero agarró el fusil descolgándoselo del hombro, y los demás le imitaron. Ruth contuvo la respiración. «No se les ocurrirá disparar —pensó ella—. ¡No irán a disparar unos africanos del sudoeste a otros africanos del sudoeste!»

La muchedumbre se puso a gritar con mayor furia que antes.

—¿Nos queréis matar porque queremos vivir como personas? —exclamó la mujer de quien Ruth estaba colgada del brazo.

Dos hombres negros buscaron en el suelo algún objeto arrojadizo. Luego todo sucedió con mucha rapidez. Uno de los manifestantes tomó impulso con el brazo y arrojó algo a los policías, una piedra tal vez, o quizás un trozo de madera. Un caballo se encabritó y relinchó. Ruth oyó vociferar a uno de los policías:

—¡Los cafres nos están disparando!

Y los policías apuntaron sus fusiles y dispararon a ciegas hacia la muchedumbre.

Alguien profirió un grito de dolor por detrás de Ruth; un chico cayó al suelo a su lado.

—¡Al suelo! —gritó Ruth—. ¡Todos al suelo!

Se le pasó rápidamente por la cabeza que no iba a servir de nada que todos se agacharan al mismo tiempo, pero ella no estaba en disposición de pensar con claridad, solo era capaz de actuar. Instintivamente percibió que uno de los policías apuntaba en su dirección. Intentó zafarse del brazo de la mujer negra. Esta se resistió, pero de pronto cedió abruptamente ante su resistencia, y la mujer se vino encima de Ruth. Olía a papilla de maíz. Sí, a papilla de maíz y a detergente en polvo, igual que Mama Elo. Y la tela de su vestido rozó el brazo desnudo de Ruth produciéndole el mismo cosquilleo que el vestido de Mama Isa cuando esta la atraía hacia ella para saludarla.

—¡Eh! —exclamó en voz baja—. Me está aplastando usted. Apenas tengo aire para respirar.

Pero la mujer no se movió. Ruth percibió cómo se le estaba mojando la mano, y al retirarla de debajo del cuerpo de la mujer y alzársela ante los ojos, la vio roja de sangre. Ruth profirió un grito de terror.

—¡Socorro! ¡No os quedéis ahí parados! ¡Ayudadme! Esta mujer se está desangrando.

De pronto se agacharon muchas personas por todos los lados hacia donde estaba Ruth. Dos jóvenes intentaron poner en pie a la mujer anciana para que Ruth pudiera deslizarse por debajo y levantarse. El más alto de los dos sacudió la cabeza con gesto de lástima, mientras que el más bajito acomodó la cabeza de la negra en el regazo de Ruth. Incapaz de moverse, Ruth se quedó sentada con aquella mujer moribunda en sus brazos, en medio de la multitud atronadora. Alrededor de ella gritaban y vociferaban muchas personas; pataleaban y corrían, lloraban y lanzaban objetos. Solo Ruth parecía ser intangible, intocable, una isla pacífica en mitad de una sangrienta guerra.

Ruth meció despacito a la moribunda y tarareó una canción que Mama Elo le había cantado a ella cuando era niña. Se había desvanecido la rabia de Ruth hacia el banquero. Solo tenía ojos para la mujer que estaba en sus brazos, rezaba por ella, lloraba. La granja, las preocupaciones por su propio futuro, todo eso había dejado de contar a la vista de esa mujer que pugnaba ahora con la muerte.

—Margaret.

La mujer dirigió sus grandes ojos oscuros hacia el rostro de Ruth y perseveró en su mirada, buscando en él. Y encontró algo, pues de repente esbozó una sonrisa. Ruth se inclinó sobre ella todo lo que pudo para escuchar sus últimas palabras.

—Margaret —volvió a susurrar la mujer negra—. Margaret Salden. Siempre supe que eras una mujer buena.

Entonces cerró los ojos, suspiró una vez más y se volvió tan pesada en los brazos de Ruth, que esta no pudo sostenerla mucho más tiempo. Ruth miró a su alrededor buscando ayuda. ¡No podía dejarla ahí tirada en esa calle sucia, ni siquiera ahora!

—¡Eh! —exclamó en voz baja, pero con la suficiente fuerza como para que la oyeran quienes la rodeaban.

Una mujer se dio la vuelta, la miró, se apercibió de la muerta y profirió un grito.

—¡Davida!

Se separó del hombre que tenía a su lado y señaló con el dedo a la difunta.

—¡Davida!

El hombre exclamó también el nombre de la muerta, luego agarró a su vecino del cuello de la camisa hasta que este vio también a la muerta y comenzó asimismo a gritar.

La anciana se arrodilló al lado de Ruth y apoyó la cabeza de la difunta en su pecho. La meció y se echó a llorar tan desgarradoramente que todo el mundo se quedó parado.

Ruth seguía sentada en el suelo, como aturdida. Veía lo que sucedía a su alrededor. Oía el ruido, el griterío, los llantos y los disparos, pero nada de todo eso penetraba en su conciencia. Ahora estaba pensando de nuevo que Claassen le había denegado la prórroga del crédito y que eso significaba también su fin. Era como si la muerte se hubiera posado también sobre Ruth con el último aliento de la negra. 15.000 libras. ¿Era ese el precio de una vida humana? ¿De la felicidad? ¿O se trataba únicamente del precio de una única noche?

Ruth se detestó a sí misma por albergar esos pensamientos. ¿Cómo era capaz de pensar en su propia desgracia teniendo a la vista a aquella difunta? Ya había visto morir a animales, pero no fue hasta presenciar la muerte de esa mujer cuando vio con toda claridad lo frágil que era una persona, lo frágil que era su existencia. Bastaba tan poco para destruir una vida. Y había que hacer tanto para construir algo. La madre de la difunta, ¿durante cuántos años tuvo que cuidar a su hija? ¿Cuánto amor le había obsequiado? Y había bastado una única bala, una bala diminuta para apagar en cuestión de segundos lo que otros habían ayudado a crecer durante años.

Ruth no sabía si lloraba por la muerta o por ella misma. En su vida se había sentido tan sola, tan abandonada, tan huérfana de padre y de madre.

—Levántese, señorita —le dijo de pronto un hombre que estaba de pie a su lado, un hombre negro con unas gafas gruesas que la estaba mirando—. Levántese, señorita —repitió—. No puede quedarse aquí. Ahí están los policías —dijo, tendiéndole una mano.

Ruth dejó que él la alzara, dio unos traspiés y estuvo a punto de derrumbarse en su pecho. Él la sostuvo hasta que ella sintió que recuperaba las fuerzas en las piernas y podía sostenerse sola.

—¿Qué está haciendo usted en esta manifestación? —preguntó él en un tono de sorpresa—. Ningún blanco se une a nuestras marchas. A lo sumo lo hacen únicamente las buenas personas de los servicios sociales, pero usted no tiene pinta de ser una de ellas. Así que dígame, ¿qué hace aquí?

Ruth se sintió atacada de pronto y reaccionó con despecho.

—¿Por qué no? ¿Está prohibido acaso? —preguntó con voz temblorosa—. Ustedes mismos me invitaron a participar.

—No, no está prohibido —dijo el hombre negando a

su vez con la cabeza—. Apenas existen prohibiciones para los blancos, pero debemos ser desconfiados. ¿Pertenece usted quizás al servicio de seguridad sudafricano? ¿Está usted aquí para detectar a comunistas en nuestras filas?

Miró a Ruth con una intensidad tal que esta se sintió como si él fuera un maestro y ella su escolar díscola.

—¡Suélteme! —exclamó Ruth, pero entonces no pudo menos que echarse a reír.

—¿Qué es lo que le hace gracia? —preguntó el negro con un tono serio en la voz.

—Me hace gracia que me tome usted por alguien del servicio secreto. ¡Una cazacomunistas! ¿Tengo pinta de andar ocupada en echarle el guante al mayor número de comunistas posible? ¿Me habría sentado entonces en la suciedad de la calle y habría mecido entre mis brazos a esa mujer negra?

Sin que Ruth se apercibiera, su voz fue aumentando en intensidad, y se fue volviendo cada vez más colérica. ¿Es que hoy le tocaba acaso estar en todas partes en el lugar equivocado?

Él la apartó un poco de sí y la contempló con atención.

—No —dijo él entonces con un tono decidido—. Tiene aspecto de alguien que no tiene mucho conocimiento de las cosas que están sucediendo en nuestro país.

Detrás de ellos se alzó de nuevo un grito entre la gente. Ruth se dio la vuelta. Algunos negros levantaron a la muerta del suelo y se la llevaron de allí entre lamentos. Ruth les siguió con la mirada. Sin saber por qué, se sentía unida a esa mujer, casi como si fuera una pariente próxima.

—¿Qué va a pasar con ella? ¿Adónde se la llevan?

—¿Por qué quiere saberlo?

—Ella ha muerto en mis brazos. Sus últimas palabras...

—Ruth se interrumpió para tragar saliva para hacer frente a las lágrimas que asomaban a sus ojos.

—¿Se sentía usted cercana a ella? —preguntó el negro.

Ruth asintió con la cabeza.

—He sido la última persona a la que ha visto, con la que ha hablado.

—La llevan a su casa. Allí la expondrán en un velatorio para que los amigos y parientes puedan despedirse de ella. Y a continuación la enterrarán.

—Ella... ella... —tartamudeó Ruth que seguía pugnando con las lágrimas—. Ella pronunció el nombre de mi abuela.

El negro asintió con la cabeza de un modo que indicaba a Ruth con claridad que no se había creído sus palabras. Le pasó brevemente un brazo por los hombros y la miró con gesto irresuelto. Luego profirió un suspiro.

—Si lo desea, puede venir conmigo. Voy a ir a casa de Davida para despedirme de ella. Quizá la alivie a usted volver a verla, pero luego debería volver a su casa.

Ruth asintió con la cabeza. No se había dado cuenta de que la multitud se había disuelto alrededor suyo. Entretanto se escucharon las estrepitosas sirenas de las ambulancias acercándose al lugar. Se detuvieron a pocos metros de distancia de Ruth y del negro. De los coches saltó el personal sanitario dando órdenes concisas. Los policías daban la impresión de estar confusos. Iban lentamente de un lado a otro, montados en sus caballos, con las armas ocultas vergonzosamente a sus espaldas. Aquí y allá había negros arrodillados en el suelo, rezando, maldiciendo, llorando.

—Hay varios muertos más —constató Ruth.

—Once en total, hasta el momento. La policía ha disparado a ciegas contra la multitud.

Ruth miró al negro a la cara por primera vez. Su voz sonaba a un inmenso desamparo. Miró en el interior de unos ojos de color castaño oscuro, agazapados por detrás de unas gafas de cristal muy grueso, vio un rostro ovalado, con una nariz chata y unos labios generosos. Por un instante le vino a la memoria *Daisy*, una oveja que ella había criado con un biberón y cuyos labios se habían cerrado muchas veces en torno a su dedo meñique para chuparlo. Ruth estuvo a punto de echarse a reír por la comparación, pero entonces se fijó en la sangre que había en el suelo y la risa se le quedó ahogada en la garganta.

A pesar de que aquel hombre parecía ser un nativo del lugar, Ruth pudo observar algunos pelos en su barbilla. Era alto, sobrepasaba a Ruth en una cabeza, y era tan delgado que bien podía decirse de él que era un hombre enjuto. Tenía los brazos colgando junto al cuerpo, como si no fueran suyos.

—Lo siento mucho —dijo Ruth en voz baja.

—Usted no tiene la culpa —repuso el hombre. Y añadió acto seguido—: Si usted quiere, puede venir conmigo.

Él le fue abriendo camino por entre la multitud, dio alguna que otra palmadita en los hombros de otras personas, pronunció algunas palabras de consuelo a otras. Ruth estaba un poco sorprendida aún de que los manifestantes no hubieran salido en estampida producida por el pánico cuando los policías comenzaron a disparar sobre ellos. Fue todo lo contrario, pareció que les hubiera afectado una parálisis colectiva que seguía produciendo su efecto en ellos. Ruth seguía al hombre en silencio. Estaba agradecida de que hubiera alguien allí que la aceptara, que le dijera lo que debía hacer, que la llevara de la mano. Por un instante se preguntó por qué no se había montado en el tren a Gobabis como debía haber hecho hacía mucho rato ya. Pero

¿cómo iba a aparecer ahora ante los ojos de Mama Elo y de Mama Isa? ¿Qué podía decirles? ¿Que habían perdido definitivamente la granja y que en la capital estaban disparando a los negros? No, no podía regresar a Salden's Hill hasta haber encontrado una solución para la granja.

Y aún otra cosa más la retenía allí en Windhoek: el nombre de su abuela, Margaret Salden. Ruth sabía que la fundación de la granja se remontaba a la época de sus abuelos. Wolf, el marido de Margaret, había nacido en Alemania, pero sus padres emigraron en 1885, con el pequeño de ocho años, a África del Sudoeste, donde el 30 de abril se fundó la Compañía Colonial Alemana para África del Sudoeste. Esta compañía arrendaba y vendía tierras que no eran de su propiedad, sino que eran de los herero, de los ovambo, de los kavango, de los damara, de los nama. Los naturales de esas tierras no pudieron impedirlo y mucho más rápidamente de lo que pensaban, habían pasado de ser los dueños de África del Sudoeste a esclavos de los blancos.

Margaret, la abuela de Ruth, nació en África del Sudoeste, en la granja de sus padres, en el año 1883. Cuando se casó con Wolf, que era seis años mayor que ella, no había cumplido todavía los dieciocho. Los dos fundaron Salden's Hill, y al nacer Rose en 1903 formaron una familia de verdad.

Rose no le había querido dar más detalles. Cuando Ruth le preguntaba sobre lo que había sucedido en aquel entonces, solo obtenía la callada por respuesta. «Olvídate de las viejas historias —se limitaba a decir Rose—. Lo que pasó, ya pasó, hay que dejarlo en paz. El dolor no se mitiga si se anda hurgando a menudo en la herida.»

Al igual que Rose, tampoco Mama Elo ni Mama Isa hablaban mucho sobre la época anterior al nacimiento de

Ruth. Así que ella sabía únicamente que las dos mujeres negras, que vivían desde tiempos inmemoriales en Salden's Hill, habían criado a su madre. Todo el mundo guardaba secreto al respecto, nadie le decía por qué Margaret Salden no había criado ella misma a su hija. ¿Qué tipo de persona había sido Margaret Salden? Era evidente que la mujer que había muerto en los brazos de Ruth la había conocido. Pero ¿dónde vivía? ¿Seguía Margaret Salden con vida? ¿Qué había sido de ella? ¿Y por qué nadie hablaba de ella en la granja? ¿Por qué no había fotos ni otros recuerdos a la vista?

Los pensamientos se arremolinaban en la cabeza de Ruth. De pronto se sintió tan cansada como si hubiera estado esquilando ovejas todo el día.

—No tan rápido, por favor —rogó ella.

El negro se detuvo y la midió de arriba abajo con una mirada de preocupación.

—No me he presentado. Me llamo Horatio.

Ruth le tendió la mano.

—Ruth Salden. Soy granjera, allá, cerca de Gobabis, de la granja Salden's Hill.

—De ovejas caracul, ¿no es cierto?

Ruth asintió con la cabeza, y Horatio deformó la cara con gesto de rechazo.

—¿Qué no le gusta a usted de las ovejas caracul? —preguntó ella.

—El motivo por el que las crían.

Durante un rato caminaron uno detrás del otro, en silencio. «Tampoco a mí me divierte matar corderos recién nacidos —pensó Ruth con indignación—. Pero ¿cómo voy a ganarme si no la vida? Namibia está formada principalmente por desiertos. Las ovejas caracul son lo único con lo que los granjeros pueden sobrevivir en este entorno.»

—¿Y usted? ¿A qué se dedica usted? —preguntó Ruth entonces—. ¿Trabaja usted en algún lugar?

Horatio se detuvo, se quitó las gafas y se las limpió con el extremo de la camisa.

—Soy historiador. Me han encargado que investigue la historia de mi pueblo.

—¿A qué pueblo pertenece usted?

Horatio se irguió y dio la impresión así de ser más alto y delgado de lo que ya era. Sus ojos despidieron un destello de orgullo.

—Soy un nama.

En la mirada de Horatio vio Ruth que ella debía demostrar de alguna manera la impresión que le hacía esa declaración, así que enarcó las cejas en señal de reconocimiento. Sintió un poco de vergüenza porque si bien sabía que en Namibia había una gran variedad de tribus, nunca se había interesado hasta entonces por las cosas que tenían en común, por sus orígenes y por las diferencias entre esos diferentes grupos humanos. A Ruth no le eran indiferentes sus trabajadores para nada, pero tuvo que confesarse a sí misma por fuerza que en realidad sabía muy poquitas cosas de las personas con las que estaba en contacto directo todos los días.

—¿Falta mucho todavía? —preguntó ella, señalando con el dedo a sus pies—. Me están doliendo mucho los pies.

—¿Qué? ¿Cansada ya? Yo pensaba que los granjeros eran gente con mucho aguante para caminar.

—¿Se cree usted acaso que vamos caminando por nuestros prados? ¿Y con zapatos como estos? Vamos, hombre. ¿Para qué están entonces los caballos, los todoterrenos y las motos?

Horatio rio.

—Todavía nos queda aguantar media milla, pero enseguida estaremos allí.

No podía pasarse por alto que estaban dejando atrás poco a poco las zonas residenciales de los blancos. Las calles se llenaron de baches, las casas tenían un aspecto más pobre, y cuanto más se fueron adentrando en el barrio negro, tanto más miserable se volvía todo alrededor de ellos. En muchas casas había estacas clavadas en las aberturas de las ventanas sin cristales; no había tiendas de joyas ni de prendas de vestir de moda, sino tiendas sencillas de alimentos como judías, lentejas y calabazas.

Delante de las casas semiderruidas había mujeres y hombres mayores sentados en sillas muy desgastadas de plástico, observando lo que ocurría en la calle. Algunos perros esqueléticos buscaban restos de comida en la acequia de los desagües; en las esquinas de las calles había grupos de jóvenes negros con una expresión de rabia en los rostros, sujetando con una mano un pitillo y con la otra una botella de cerveza. Más allá, Ruth pudo divisar las chabolas, unas moradas que ya no podían denominarse casas ni con la mejor de las intenciones. Eran pequeñas y estaban ladeadas, construidas exclusivamente con hojalata cortada y laminada procedente de bidones. Aquí no había ni agua corriente ni electricidad.

Ruth sintió escalofríos a pesar del calorazo imponente. No estaba acostumbrada a tamaña suciedad y miseria, y se fue encontrando cada vez peor. Parecía que Horatio se daba cuenta del estado de ánimo de ella y sin detenerse ninguna vez más la condujo por el entramado de las calles y dobló finalmente por un callejón lateral, muy estrecho, con las paredes de barro. Los charcos de la lluvia de la noche anterior llegaban ahora todavía hasta los tobillos, las paredes de las casas frente a los huertos pelados seguían húmedas a pesar del sol. Flotaba un vapor fino por encima del callejón.

Horatio se detuvo frente a una construcción baja de piedra.

—Es aquí.

Ruth miró a su alrededor. La casa no era menos antigua que las demás, pero estaba bien revocada y muy cuidada. En el huerto de delante de la casa florecía un arbusto de adelfas, las ventanas abiertas de par en par tenían los cristales limpios y por detrás de ellos ondeaban unas cortinas de colores. En la terraza había algunas sillas de mimbre cubiertas con cojines de fabricación casera.

—¿Por qué me causa esta casa una impresión mucho más agradable que las otras casas vecinas? —preguntó Ruth.

Horatio se encogió de hombros.

—No resulta nada sencillo mantener los buenos hábitos y la cultura cuando se es pobre y no se tienen derechos. De la misma manera que a los blancos se les ha inculcado que son mejores y se lo creen, así los negros creen que no valen para nada, ni siquiera para poner flores en los porches de las casas.

—¿Era diferente la mujer difunta? ¿Cómo se llamaba en verdad? ¿Qué tipo de persona era? ¡Cuénteme un poco sobre ella!

Horatio volvió a encogerse de hombros.

—No sé mucho. Se llamaba Davida Oshoha. Unos blancos mataron a su marido hace tres años en unos disturbios. Antes era igual que sus vecinos, pero se transformó desde la muerte de su marido. De pronto se volvió más orgullosa, como si la muerte, la absurda muerte de su marido, le hubiera devuelto la dignidad como persona...

—Ella debió conocer a mi abuela en algún momento.

—Uno tiene la tendencia a creer que oye cosas que le habría gustado oír —dijo Horatio, asintiendo con la cabeza—. Precisamente en las últimas palabras de los moribundos se suele querer interpretar los enigmas propios, como si una persona en el momento de su muerte abarcara todo el conocimiento posible y dispusiera tan solo del tiempo en que se pestañea una vez para transmitir ese conocimiento a los vivos.

—Puede que usted crea eso que dice. Yo, no. Sé lo que oí. Oí el nombre de mi abuela.

Ruth era consciente de que su voz desprendía un tono obstinado, y es que simplemente no estaba acostumbrada a que alguien dudara de sus palabras. En Salden's Hill se hacían las cosas que ella ordenaba, y sin réplica. Tan solo Santo solía expresar de tanto en tanto sus dudas, y eso nunca sin un buen motivo.

Ruth siguió a Horatio al interior de la casa y reconoció enseguida algunos rostros de la manifestación. Había algunas mujeres sentadas en torno a la difunta, llorando. Otras ofrecían rápidamente refrescos y pastelitos de higo a los invitados que iban llegando. Ruth se sentó en un banco que estaba debajo de la ventana y se puso a observar a la difunta y a los demás invitados del velatorio. Dentro de ella no percibía más que vacío, una masa gris e inerte que la llenaba por completo. De tanto en tanto alguien se ponía a entonar un canto triste o algún hombre retiraba con cuidado a una mujer que se había puesto a llorar compulsivamente.

Ruth se quedó mucho rato sentada simplemente allí, contemplando la paz triste de aquella casa, la compasión silenciosa, el dolor compartido. Ya estaba oscureciendo cuando Horatio la tocó con suavidad en el hombro.

—¿Quiere que la lleve de vuelta a la ciudad? No es bueno para una mujer blanca andar sola por estos barrios. Seguramente tendrá reservada una habitación en un hotel cercano a la estación, ¿verdad?

Ruth negó con la cabeza.

—Hace rato que me gustaría haber regresado a mi casa, a Salden's Hill —dijo ella—. No he reservado ninguna habitación aquí. —Y añadió en voz muy baja—: Ni tampoco tengo dinero para un hotel.

—Venga conmigo —insistió el negro a pesar de todo—. Los familiares y allegados quieren estar a solas en estos momentos.

Ruth iba dando tumbos en silencio al lado de Horatio, atravesando el barrio de los negros.

—¿Adónde quiere ir? —preguntó el historiador.

Ruth alzó los hombros.

—No lo sé. Tengo que reflexionar sobre lo que he vivido hoy aquí. Y tengo que averiguar de dónde conocía Davida a mi abuela, todo lo que sabía sobre ella.

Ruth suspiró. La granja estaba en juego, había que tomar importantes decisiones y, sin embargo, no podía hacer otra cosa que pensar en la historia de la mujer negra difunta, en lo que había dicho sobre su abuela. Pero, de algún modo, tenía la sensación de que todos los demás problemas se desvanecerían si lograba resolver ese enigma.

—¿Irá toda la familia mañana al entierro? —preguntó a Horatio.

Este negó con la cabeza.

—Sus padres no viven ya. Sus hermanos y hermanas son mayores, tampoco podrían asistir, ni tampoco los dos hijos varones, porque trabajan en la zona prohibida de extracción de diamantes cercana a Lüderitz y no recibirán a tiempo el permiso para abandonar esa zona. Davida será enterrada en Windhoek, la SWAPO se hará cargo de los gastos. Y este fin de semana habrá una fiesta de despedida en la aldea natal de Davida.

—¿La SWAPO? ¿Qué es?

Horatio sacudió la cabeza.

—Pero ¿qué sabe del mundo? ¿Dónde vive usted? ¿Es que no hay periódicos ni radio en su granja?

—Lo que hay es trabajo, sobre todo trabajo —repuso Ruth con rudeza—. En nuestras tierras nadie tiene tiempo para cosas ociosas.

El negro se detuvo.

—Disculpe usted, no pretendía enervarla. La sigla SWAPO significa South-West Africa People's Organisation. Se ocupa de la defensa de los derechos de los negros. Esta organización sigue actuando en la clandestinidad, pero pronto adquirirá carácter oficial y podrá ocuparse de las necesidades y de las aspiraciones de los negros de toda África. Su objetivo es unificar a todos los pueblos indígenas de África, alcanzar un Estado justo con los mismos derechos para todos. La SWAPO trabaja con esa finalidad.

—¿Y usted pertenece a esa organización?

El historiador sonrió.

—Por el momento trabajo para el Estado. De ahí que no pueda permitirme apenas ser miembro de una organización como la SWAPO que está siendo perseguida y combatida por la policía secreta sudafricana.

Entretanto habían llegado de nuevo al centro de la ciudad.

—Bien, ¿y qué hacemos ahora con usted? —preguntó Horatio.

Ruth miró a su alrededor sin saber qué decisión tomar.

—Si usted quiere, puede venir conmigo —dijo Horatio—. Puede dormir esta noche en la residencia de estudiantes. Conozco a alguien allí que me debe un favor. Y mañana, si también lo desea usted, podemos encontrarnos a las ocho para desayunar.

—¿Y usted? ¿Dónde dormirá? ¿También en la residencia de estudiantes?

Horatio sonrió con el gesto torcido.

—Yo soy negro, ¿se ha olvidado usted ya de eso? Yo iré allí de donde procedo, al barrio de los negros.

Ruth durmió mal esa noche. Los ruidos de la ciudad no cesaron apenas a esas horas, de modo que Ruth no pudo encontrar la calma. Por todas partes se oían ruidos y zumbidos de motores; en lugar de los postreros gorjeos del día de los pájaros oía las sirenas de la policía y de las ambulancias; en lugar de los crujidos familiares de la madera de su casa, oía el griterío de los borrachos.

Había vivido muchas cosas en ese día, tanto como en todo un año en la granja. No le habían prorrogado el crédito, una mujer había muerto en sus brazos. Y luego estaba, además, el nombre de su abuela...

Ruth se puso a pensar intensamente en todo lo que sabía de su familia. No era mucho, la verdad. Sabía que los padres de Rose la habían abandonado en la granja. Y sabía que por aquel entonces Mama Elo vivía con su marido Gabriel, un trabajador de la granja, en una de las cabañas de aborígenes existentes en los terrenos de Salden's Hill. Al no haber dado a luz a ninguna criatura transcurridos dos años, Gabriel tomó a una segunda mujer que vivía en una cabaña de al lado. La segunda mujer se llamaba Eloisa —igual que Mama Elo—, y para evitar confusiones, Gabriel pronto empezó a llamar Elo a la una e Isa a la otra.

Entonces sucedió algo en la granja. Ruth nunca supo qué fue exactamente, pero debía guardar alguna relación con la gran rebelión de los herero del año 1904. Se trataba de un secreto de familia del que no hablaba nadie. Lo único cierto era que su abuela había abandonado la granja y había encomendado a Mama Elo la custodia de su hija Rose. Mama Elo se hizo cargo de la pequeña blanca y la crio con todo su cariño, y posteriormente Mama Isa, quien tampoco pudo dar a luz a ninguna criatura, participó también en la educación de Rose. Las dos mujeres negras se ocuparon de que la chica pudiera vivir conforme a las tradiciones de los blancos, y llegaron incluso a decorar el árbol todas las Navidades. En lugar de estrellitas y de bolas de cristal con nieve, en Salden's Hill colgaban del arbolito higos secos pintados y pequeñas calabazas pintadas, así como muñequitos cosidos por ellas, y el arbolito tampoco procedía de un bosque de coníferas sino que despedía el aroma de eucaliptos, pero dejando esos pequeños detalles a un lado, Mama Elo y Mama Isa se preocuparon de educar a la niña como correspondía a una chica blanca, es decir, la educaron como a una princesa blanca.

Cuando murió Gabriel, las dos mujeres se mudaron a vivir juntas a un ala lateral de la casa señorial para estar noche y día cerca de Rose. Posteriormente llevaron a la pequeña a una escuela para blancos en Gobabis, y más tarde a la escuela de economía doméstica, igual que hacían los otros granjeros blancos con sus hijas. Y para poder llevar a la chica a la escuela de baile de la ciudad, las dos mujeres negras llegaron incluso a aprender a conducir. Fuera lo que fuese lo que recibían las hijas de los granjeros blancos del vecindario, Mama Elo y Mama Isa se ocupaban de que la princesa Rose tuviera esas mismas posibilidades. Llevaron cada domingo a la chica incluso a la iglesia, el lugar en el que el cura blanco anunciaba desde su púlpito que los negros eran más animales que personas.

Todo eso era lo que sabía Ruth por los relatos de las dos mujeres negras. Pero ¿dónde estaba su abuela? ¿Por qué no hablaba nadie de ella y de su marido? ¿Qué trataban de ocultarle con su silencio?

Cuando comenzaba a rayar el alba y se pusieron a cantar los primeros pájaros (con un gorjeo, por cierto, muy distinto al de la granja pues era flojo y pálido y estaba continuamente perturbado por el ruido de los automóviles), Ruth saltó de la cama. Ya estaba bastante cansada de dar vueltas como una croqueta, quería meterse rápidamente en la ducha y bajar a desayunar, pero enseguida se dio cuenta de que en la casa reinaba un silencio absoluto. Al parecer dormía todo el mundo todavía.

«No debería hacer mucho ruido —pensó—. Esto no es el campo, pero de todos modos dispongo de un poco de tiempo.» Así que se enjuagó un poco la boca en el lavamanos junto a la pared, y se roció el rostro con agua. A continuación se vistió, se sujetó el pelo y salió de la residencia dispuesta a dar un paseo.

Casi estuvo a punto de llegar tarde al desayuno. Horatio estaba sentado en el comedor y tamborileaba con sus dedos en el vaso del café. Ruth se fue a por algunas tostadas, preguntó en vano por la papilla de maíz, se untó mantequilla y una mermelada acuosa de naranja en las finas rebanadas de pan y con cada bocado que daba le fue entrando cada vez más hambre.

Terminó antes que Horatio, que había empezado a comer con anterioridad. Al mirarla él con una sonrisa, Ruth interpretó que se estaba riendo de ella.

—Vamos, diga lo que está pensando. No se corte, vamos.

—¿Que estoy pensando el qué? —preguntó Horatio con una mirada inquisitiva.

—Pues que estoy bastante gorda y que no es de extrañar con lo mucho que como y a la velocidad con que lo hago.

Él se echó a reír.

—¿Se cree usted de verdad que yo pueda pensar eso? ¡Pues no, de ninguna manera! ¡Se equivoca usted! Estaba pensando justamente que la rebelión de los herero y de los nama de hace unos cincuenta años aproximadamente tuvo lugar en la misma región en la que vive usted —dijo él mirando a Ruth a través de los cristales gruesos de sus gafas con tal concentración, que ella no pudo menos que creer cada una de sus palabras; de todas formas no sabía si debía sentirse contenta u ofendida con esas declaraciones.

—Humm —dijo ella, agarrando de nuevo la taza de café—. Deberíamos ir yéndonos ya si queremos llegar a tiempo al entierro.

—¿Qué espera usted encontrarse en la ceremonia? Enterrarán a Davida siguiendo el rito cristiano. No va a suceder nada que usted no haya vivido en una situación similar.

Ruth asintió con la cabeza.

—Puede que sea como usted dice, pero quiero rendir un último homenaje a la mujer que murió en mis brazos. Y quiero enterarme de más cosas sobre mi abuela.

Horatio suspiró, puso los platos, vasos y cubiertos en una bandeja y la llevó a la cocina.

Poco después caminaban de nuevo a buen paso a través del barrio de los negros. Cuando llegaron a la casa de Davida ya había congregada allí una multitud de gente. Al poco tiempo salieron de la casa seis hombres negros portando sobre los hombros un sencillo ataúd de madera.

La comitiva fúnebre se formó entre los cánticos de algunas mujeres que seguían al féretro. Un hombre iba dando golpes de tambor. Al paso de la comitiva por la calle sin pavimentar se iban abriendo las puertas de las casas y los vecinos iban saliendo a la calle. Algunos tiraban alguna que otra flor sobre el ataúd de Davida. Los hombres, incluso los más jóvenes, se quitaban las gorras, las mujeres se santiguaban o seguían simplemente el féretro con la mirada hasta que desaparecía por la siguiente esquina.

Un cura de la misión evangélica pronunció un discurso sobre los caminos insondables de Dios y dijo que a todos nos llegaba el momento de abandonar la Tierra para dirigirnos a la eternidad y que entonces se haría justicia ante el trono de Dios para juzgar las acciones buenas y malas de los seres humanos, y también para condenar su soberbia.

—¿Qué ha querido decir con eso? —preguntó Ruth, a quien le parecieron extremadamente inapropiadas las últimas palabras del cura.

—Oh, quizá pretende decir que esa mujer se tomó muchas libertades a pesar de ser negra. Enseguida comenzará a hablar también de humildad —respondió Horatio, en quien, a pesar de la fina sonrisa en los labios, se asomaba una expresión de amargura y de rabia en la voz.

Ruth frunció la frente. Horatio hacía como si hubiera asistido ya a innumerables entierros, pero debía de ser así, en efecto, porque el cura comenzó a hablar entonces de humildad, de servidumbre y de que Dios tiene asignado a cada persona un sitio, y nadie tiene derecho a abandonar ese lugar.

«¿Y dónde está mi sitio? —se preguntó Ruth—. Hasta ahora, yo estaba segura de que era en Salden's Hill. ¿Y ahora? ¿Cuál es mi lugar en realidad?» Una vez que el ataúd quedó depositado en la tierra y que el grupo de la comitiva fúnebre se fue disolviendo poco a poco, Ruth apartó a Horatio a un lado.

—¿Quién de los aquí presentes podría saber algo sobre mi abuela?

Horatio se encogió de hombros, pero luego señaló con el dedo a un anciano.

—Él, quizás. Es viejo, ha visto muchas cosas. Si hay alguien que sepa algo, tiene que ser él sin duda.

—Vale, entonces le preguntaré a él —dijo Ruth, y se dirigió al anciano—. Disculpe usted —se dirigió a él en afrikáans—. ¿Me permite una pregunta, por favor? ¿Conocía usted bien a Davida?

—Desde que era una niña —confirmó el hombre.

—¿Y a Margaret Salden? ¿Le resulta conocido ese nombre también?

Si el hombre se había dirigido a Ruth hasta el momento con toda amabilidad, ahora se echó para atrás, como si Ruth hubiera mentado al demonio. Sus ojos centellearon.

—No, señorita —repuso en inglés—. No había oído nunca ese nombre.

—Si usted conoce a Davida desde su infancia, entonces debe de ser de la parte central de la región del sudoeste y tiene que haber oído hablar por fuerza de mis abuelos —dijo Ruth con insistencia.

El hombre agitó la cabeza enérgicamente y dio dos pasos atrás. Por su semblante se deducía que estaba sintiendo pánico.

—¡No he oído nada, absolutamente nada! ¡Ni tampoco he visto nada, nada de nada, ni he visto, ni he oído decir nunca nada!

Ruth agachó la cabeza.

—¿Por qué nadie quiere decirme lo que sabe? —se preguntó ella en voz baja, más para sí misma que para el anciano—. ¿Cómo puede vivir una persona sin pasado?

Entonces el hombre se pegó a ella.

—No todo el pasado es digno de ser conocido —dijo con toda calma—. Se ha derramado demasiada sangre. La abuela de usted era una buena mujer. Eso, al menos, era lo que pensaba Davida. Así lo creía en 1904, y nunca perdió esa creencia.

El anciano se giró al pronunciar estas palabras y desapareció entre la gente.

Ruth dirigió una mirada de desconcierto a Horatio.

—¿Qué ocurrió en 1904? —preguntó ella—. ¿Qué sucedió en aquel tiempo?

—La rebelión de los nama y de los herero, pero eso ya lo sabe usted. No puedo imaginarme que sus abuelos puedan tener algo que ver con ella. Váyase a casa, Ruth. Olvídese de esta historia. Siga criando sus ovejas y sea feliz.

De repente, Ruth rompió a llorar. Parecía como si le estuviera cayendo encima un chaparrón de la época de lluvias. No podía acordarse de la última vez que había llorado así de desconsoladamente, pero ahora lloraba a lágrima viva, los hombros le temblaban, y sus párpados comenzaban a hincharse.

Horatio estaba a su lado sin saber qué hacer; le daba palmaditas torpes en los hombros.

—Venga conmigo, la llevaré a la estación. Lo que usted necesita ahora es mucha tranquilidad.

—No necesito ninguna tranquilidad. Tengo que saber lo que sucedió —dijo Ruth, mirándole a la cara con una mirada en la que se reflejaba toda su desesperación—. Usted es historiador, usted debe saber cómo se averiguan estas cosas del pasado. Ayúdeme, se lo ruego.

Horatio suspiró, se giró hacia ella.

—No sé cómo ayudarla. Mi especialidad es la historia de los nama; de la vida de los blancos en África del Sudoeste no tengo ni idea.

—¡Por favor! Probablemente acabaré perdiendo la granja, pero antes de que eso suceda, me gustaría saberlo todo, ¿entiende usted? La granja es mi vida. Es mi pasado, y hasta ayer mismo estaba convencida de que era también mi futuro.

El segundo suspiro de Horatio fue más hondo que el primero.

—El periódico *AZ*, el *Allgemeine Zeitung,* que se publica en lengua alemana... En mis investigaciones sobre el levantamiento de los herero me topé en los archivos de ese periódico con algunos artículos interesantes que tenían que ver con los alemanes del África del Sudoeste. ¿Sabe usted cuándo desaparecieron sus abuelos exactamente?

—Conozco el *AZ* —se apresuró a decir Ruth—. La mayoría de los granjeros alemanes lo leen, mi madre también. ¿Adónde tenemos que ir pues? —Ruth se interrumpió para recomponerse durante unos instantes y ordenar los pensamientos que vagaban aceleradamente por su cabeza—. Mis abuelos desaparecieron después del nacimiento de mi madre —dijo entonces con más tranquilidad—. Eso debió de ser en 1903 o un año después.

Horatio sonrió por el empeño que le ponía ella, pero levantó los brazos con un gesto de rechazo.

—No eche las campanas al vuelo tan pronto. El *AZ* no fue fundado hasta el año 1916 —dijo Horatio, mirándola a la cara y profiriendo un suspiro—. ¿Puede decirme usted por qué yo, por descontado, tengo que ayudar a una blanca a investigar la historia de su familia?

Ruth trató de esbozar una sonrisa ladeando la cara.

—¿Quizá porque es usted historiador? ¿Y porque los blancos del África del Sudoeste forman también parte de la historia de usted?

—Probablemente. Quizá —repuso él, mirando a Ruth con una mirada tan penetrante que a ella se le pasó inmediatamente por la cabeza el desorden de su pelo sin peinar y la blusa arrugada.

La redacción y los archivos del *Allgemeine Zeitung* se hallaban, desde su fundación, en el centro de la capital, en la calle Stübel. En el camino hacia allí, Horatio contó a Ruth, que se estaba debatiendo entre la agitación, el miedo y la alegría esperanzada, que el periódico se publicaba cinco veces a la semana y que tenía una tirada de unos cinco mil ejemplares.

—Puede que cada hogar blanco de raíces alemanas en toda el África del Sudoeste extraiga del *AZ* sus informaciones —dijo él, concluyendo sus declaraciones.

Ruth ya sabía todo eso o lo había oído decir alguna vez al menos, y por el momento le daba lo mismo la historia de ese periódico. Cuando había tenido a mano el *AZ* en Salden's Hill, lo había hojeado en ocasiones, pero nunca le habían despertado la curiosidad los numerosos anuncios de conmemoraciones familiares, ni tampoco las informaciones que había en sus páginas sobre Alemania. ¿Qué le importaba a ella ese país en Europa? ¿Tenía alguna importancia para ella quién era en esos momentos el canciller federal y qué decisiones tomaba? No.

Ella se puso a contemplar a Horatio desde un lado, observó cómo daban grandes zancadas sus pies al tiempo que sus brazos se movían al compás. Se mantenía muy tieso, solo la cabeza la tenía un poco inclinada hacia delante, como si así pudiera olisquear los peligros posibles. No era cosa fácil mantener el paso a su lado. Una vez que pasaron junto a la luna de un escaparate, Ruth se vio reflejada en el cristal al lado de Horatio y estuvo a punto de echarse a reír al ver que un negro, delgado y larguirucho, con el pelo como la lana de las ovejas caracul, andaba a toda prisa por la ciudad al lado de una blanca bajita y regordeta, cuya cabeza desgreñada producía la misma impresión que una acacia zarandeada por la tormenta.

Si el vestíbulo del banco de los granjeros le había causado una impresión de ostentación y de espanto, al pisar ahora la redacción del *AZ* se sintió en un ambiente confortable. El suelo estaba desgastado, y olía a café recién hecho. Algunas personas vestidas con prendas desenvueltas corrían sin orden ni concierto por los pasillos. Uno reía, otro echaba pestes, un tercero mantenía una agitada conversación al teléfono.

Una chica joven se acercó a ellos.

—Buenos días, ¿en qué puedo ayudarles?

Ruth tragó saliva. Otra vez volvía a sentirse fuera de lugar. Otra vez percibía con toda claridad que era una persona del campo y que no tenía ni idea de la vida en la ciudad. Contempló a la mujer joven, que llevaba un vestido de verano de lunares blancos y negros y sujetaba su pelo con una cinta blanca, y que era plenamente consciente de su indumentaria práctica, pero poco elegante. La joven despedía una delicada fragancia a violetas, tenía los labios ligeramente pintados, los ojos reforzados con una línea negra y las uñas pintadas con esmalte de color rosa. Mientras Ruth volvía a estar empapada de sudor, aquella joven parecía como recién salida del baño.

Horatio le dirigió una sonrisa.

—Nos gustaría visitar de nuevo los archivos —dijo él.

—¡Ah, claro, la ciencia! ¿Encontró lo que buscaba la última vez que estuvo aquí usted?

¡Qué fácil le resultaba a aquella joven hablarle a un hombre al que apenas conocía! Ruth se sintió de inmediato un poco más insignificante y fea que de costumbre.

Horatio la arrancó de sus pensamientos tocándole suavemente la mano.

—Vamos, tenemos bastante trabajo por delante.

Ruth le siguió a una sala en la que había varias mesas con lámparas y en la que reinaba un silencio absoluto. En los estantes que rodeaban toda la sala se encontraban los tomos encuadernados del *AZ* clasificados por años.

—¿Cómo vamos a proceder? —preguntó Ruth, tragando saliva.

Pasó la vista a lo largo de los estantes. ¿Cómo iba a encontrar entre aquellas inmensas cantidades de papel alguna información sobre sus abuelos? Con aire de desamparo señaló con una mano en dirección a las estanterías.

—Son tantos los periódicos...

—¿En qué año me dijo que nació su madre? —preguntó Horatio, que parecía tan concentrado en Ruth como un dentista con el taladro en la mano.

—En diciembre del año 1903.

—Humm, la rebelión de los nama y de los herero fue en 1904. En ella fallecieron numerosos granjeros blancos. Este periódico no se fundó hasta el año 1916. Me imagino que el *AZ* habrá informado sobre el levantamiento en los aniversarios de la revuelta. «¿Cómo les va a los familiares de las víctimas quince o veinte años después de la rebelión?», etc. Usted ya sabe cómo escriben en las gacetas.

Ruth asintió con la cabeza, aunque en realidad no entendía nada de lo que estaba hablando Horatio.

El joven historiador ya se hallaba un paso más allá en sus cavilaciones.

—Propongo que nos ocupemos en primer lugar del tomo del año 1919, es decir, en el decimoquinto aniversario del levantamiento. Después, ya veremos.

Le señaló a Ruth un asiento con un gesto de la mano y se dirigió con determinación a un estante de la parte delantera de la sala, extrajo dos tomos con la inscripción «1919/I» y «1919/II», los llevó a la mesa y se sentó al lado de Ruth.

—La rebelión de los herero comenzó en enero de 1904 pero se prolongaría durante meses. No acabó definitivamente hasta el año 1906 —expuso Horatio en tono de conferenciante—. Así pues, tenemos que hojear cuidadosamente todos los periódicos antiguos. Fíjese sobre todo en los títulos y en las escasas líneas que están debajo formando como un subtítulo.

—¿Me contará algo más acerca de la rebelión?

Horatio se encogió de hombros.

—Mejor pregunte a quienes estuvieron presentes en ella. Seguramente conocerá a algunos negros que vivieron aquella época, ¿verdad? Déjeles que le cuenten la historia desde su punto de vista, y a continuación pregunte a los blancos. Se sorprenderá de lo diferentes que pueden llegar a ser los recuerdos.

Ruth pensó en Mama Elo y en Mama Isa y asintió con la cabeza. Entonces agarró el primer tomo y fue hojeándolo página por página. A veces se detenía, leía de corrido algunas líneas, pero luego su mirada volvía a vagar de noticia en noticia. Al cabo de una hora le dolían las posaderas, al cabo de dos horas sintió escozor en los ojos. Al cabo de dos horas y media cerró el tomo decepcionada y dirigió la mirada a Horatio.

—¿Hay algo? —preguntó ella.

—Nada. Propongo ir a tomar un café y luego nos ponemos con los tomos del año 1924, el vigésimo aniversario de la revuelta.

Ruth asintió con la cabeza y se levantó de su asiento. Se sentía cansada, molida, como después de una larga conducción del ganado. Le sobrevino la desesperanza.

—¿Y si no encontramos nada? —preguntó un poco después a Horatio, y se puso a soplar con cuidado el café que estaba muy caliente.

—Entonces tendremos que pensar qué podemos hacer —dijo él, se interrumpió, bebió un sorbo y prosiguió hablando—: Debería usted pensar quién podría saber algo más. Pregunte a la gente de su granja.

—Ya lo he hecho, diez, cien veces, sin obtener respuesta.

Horatio se echó a reír.

—En realidad no parece usted una de esas personas que se dan enseguida por vencidas. Insista, no afloje ni un solo instante.

Ruth sonrió.

—¿Se refiere usted al antiguo método de estar dando siempre la lata? Soy toda una especialista.

Apuraron el café y regresaron a la sala de lectura. Apenas había pasado Ruth de las veinte primeras páginas, cuando Horatio silbó ligeramente entre dientes.

—Ha encontrado algo, ¿verdad?

Si Ruth había estado quejándose del calor hacía un momento, ahora sintió de repente un escalofrío. Agarró titubeando el tomo que le pasaba Horatio por encima de la mesa. Respiró hondo, dejó que sus cabellos formaran una especie de biombo entre ella y el mundo y leyó aquel artículo largo. Lo leyó una vez, luego una vez más y hasta una tercera vez, pero ni siquiera entonces fue capaz de juntar las palabras aisladas para formar frases enteras. El corazón le latía violentamente, y tenía dificultades para respirar. Ruth levantó la cabeza, se echó el pelo por detrás de los hombros y miró a Horatio con gesto inquisitivo.

Este entendió de inmediato, agarró el tomo y comenzó a leer en voz alta. Ruth entendió entonces que había habido un asesinato en 1904, cometido en Salden's Hill. Un granjero blanco, Wolf Salden, había encontrado un diamante mientras excavaba en un pozo. Se trataba de una piedra del tamaño de un albaricoque. Un día después encontraron su cadáver. Alguien lo había asesinado.

—El *AZ* afirmaba que el asesino había sido un herero —dijo Horatio, resumiendo el final del informe—. Al fin y al cabo, Salden's Hill se hallaba en las antiguas tierras de los herero. Cuando la policía se personó en el lugar, la granjera Margaret Salden había desaparecido, y con ella, el diamante. Y desde entonces no hay ni rastro del paradero de la mujer ni del diamante.

Ruth asintió con la cabeza. Paulatinamente iba encontrando sentido a las palabras, fue comprendiendo muy lentamente lo que acababa de oír. Era como si se fuera haciendo un claro entre la niebla espesa que había a su alrededor. Oyó murmurar algo a Horatio, algo que sonaba parecido a «fuego del desierto», pero Ruth no le prestó ninguna atención. Se acercó de nuevo el tomo y descubrió la fotografía de una mujer que sostenía a un bebé en brazos. «Margaret Salden, primavera de 1904», ponía en el pie de la fotografía.

—Margaret Salden —susurró Ruth, contemplando aquella fotografía amarillenta y granulada, pasó el dedo lentamente por encima del rostro pálido de la mujer de cabellos largos y revueltos—. Mi abuela.

—Se parece usted mucho a ella. Es su vivo retrato, como si fuera su hermana gemela.

Ruth asintió con la cabeza, sonrió y sintió de pronto ternura por aquella mujer joven con el bebé en brazos.

—¿Qué puede significar este artículo? —preguntó ella.

Horatio evitó la mirada de ella. Ruth estaba demasiado agitada para interpretar nada. Mandó que le dieran algunas hojas de papel y un lápiz, y transcribió el artículo entero, palabra por palabra. Horatio, que entretanto siguió hojeando en otros volúmenes, no le prestó ninguna atención. Ella no se dio cuenta de que él se levantaba y hablaba con la mujer del *AZ*, tampoco le oyó mencionar de nuevo «el fuego del desierto».

Seguía todavía muy agitada una hora después en la estación adonde la había acompañado él.

—Tengo que ir a casa de la familia de Davida Oshoha —dijo ella—. Quizá sepan algunas cosas más sobre mi abuela.

—Yo también quiero ir —dijo Horatio lacónicamente.

Ruth frunció la frente.

—¿Por qué? ¿Qué se le ha perdido allí? ¿Conocía usted a la familia?

Horatio negó con la cabeza, murmuró algunas frases sobre investigaciones de la rebelión de los nama y de los herero, murmuró algo sobre testigos de la época a los que tenía que entrevistar, y dijo para acabar:

—Bueno, vale. El sábado tiene lugar la ceremonia conmemorativa a treinta millas al sur de Gobabis, en la aldea natal de Davida Oshoha. Si usted quiere, podemos ir juntos allí en coche.

Ruth sonrió. Se enjugó las lágrimas del rostro con el dorso de la mano.

—¿Le va bien que pase a buscarle por la estación de Gobabis?

El negro asintió con la cabeza, y entonces Ruth le tendió la mano para sellar aquel pacto de la manera como solía cerrar ella cualquier trato.

5

Algunas horas después de despedirse de Horatio, Ruth salía de la estación de Gobabis y se quedó parada unos instantes delante del vestíbulo. Inhaló el aire, aquel olor familiar a amplitud, a arbustos, un poco a polvo y a hierba seca. Inspiró y espiró hondo y sintió cómo se desprendían de ella la agitación, el ruido y la suciedad de la gran ciudad. En Windhoek se había sentido todo el tiempo pegajosa. Ahora se sentía limpia. Incluso su inseguridad y sus miedos empequeñecieron al estar tan cerca ya de su granja.

Arrojó su bolsa sobre la superficie de carga del todoterreno que estaba aparcado en la plaza de delante de la estación bajo la sombra de una acacia, y condujo de vuelta a Salden's Hill por la carretera de gravilla. Entretanto había atardecido, y el sol estaba tan bajo en el cielo que los árboles proyectaban sombras largas. Algunos jirones de nubes pasaban velozmente por el azul del cielo, claro como el cristal. Ruth no se dejó engañar por su aspecto delicado y juguetón, y pisó el acelerador. Tenía que apresurarse. Pronto, las nubes se apelotonarían formando torres, se teñirían de negro y transformarían la carretera en un lodazal después de un imponente aguacero.

Ruth quiso ponerse a cantar, pero hoy no quería aparecer en ella la despreocupación con la que solía conducir siempre desde Gobabis a Salden's Hill. Entornó los ojos. Como ocurría siempre en la época de lluvias, el sol brillaba hoy con mucha intensidad, deslumbrándola. El aire era tan transparente como el cristal. Todo tenía un contorno como trazado con un compás, e incluso las colinas que se dibujaban en el horizonte tenían de pronto los bordes bien delimitados.

Por fin llegó al portón en el que un letrero amarillo escrito con letra de color verde indicaba que tras él se encontraba el acceso a la granja de su familia. Se bajó del todoterreno, abrió el portón, vació el buzón y siguió conduciendo hasta la casa.

Mama Elo y Mama Isa estaban sentadas en el porche, cada una de ellas con un cesto de judías en el regazo y un cuchillo afilado en la mano. Ruth dio un beso a las dos mujeres, se dejó caer en la silla de mimbre exhalando un suspiro, miró a su alrededor y se sintió por primera vez en muchos días de nuevo un poco más protegida.

—¿Y qué novedades hay? —preguntó Ruth.

Mama Elo y Mama Isa agitaron al unísono sus cabezas de rizos grises.

—No muchas. Se ha roto un trozo de la valla que linda con la granja de los Miller. Nath estuvo aquí y dijo que la arreglaría él.

Ruth asintió con la cabeza.

Mama Elo bajó el cuchillo de cortar las judías.

—¿Y tú? ¿Has conseguido alguna cosa en la ciudad? Has estado mucho tiempo fuera.

Ruth miró los rostros temerosos de las dos mujeres. ¿Qué iba a ser de ellas cuando Salden's Hill dejara de existir? Habían pasado toda su vida aquí. Ahora eran demasiado mayores como para encontrar una colocación en otro lugar. ¿De qué iban a vivir entonces? En Namibia no existían las jubilaciones. Y no les había sido dado tener hijos que las acogieran en sus casas y cuidaran de ellas.

—He estado en el banco de los granjeros —dijo rápidamente—. Todo saldrá bien. Solo necesitamos un poco de tiempo.

Ruth permaneció un rato en silencio, pero luego informó sobre la manifestación de los negros en la que se había visto envuelta por casualidad. A Ruth le habría gustado preguntar a Mama Elo y a Mama Isa sobre su abuela, pero había algo que se lo impidió. Ya les había preguntado con mucha frecuencia sin obtener nunca una respuesta a cambio. E incluso ahora que Ruth sabía que Mama Elo y Mama Isa albergaban un secreto, las dos se negarían seguramente a contarle nada más. Quizás incluso le pondrían todo tipo de trabas para ir durante el fin de semana a casa de la familia Oshoha.

Se levantó y entró en la casa. En el cuarto de trabajo estaba sentada su madre, atenta como siempre a los libros de la contabilidad.

Rose levantó la vista.

—¡Qué bien que estés aquí de vuelta! He estado mirando lo que podríamos vender, pero no es mucho. ¿Qué te han dicho en el banco?

Ruth se sentó, se quitó el pasador del pelo y sacudió sus rizos rojos.

—He hablado con Claassen. Todo sigue como estaba. Hay que saldar la deuda como límite a finales de año o de lo contrario subastarán la granja.

Rose asintió con la cabeza, y a Ruth le pareció que no daba la impresión de estar tan triste como ella habría esperado. Y eso que iban a perder todos su hogar.

—¿No piensas para nada en Elo y en Isa? ¿No te importa nada lo que vaya a sucederles a los trabajadores? —le espetó de repente—. Son cuarenta personas las que viven en Salden's Hill. Somos responsables de ellas.

Rose levantó la vista.

—Y, en tu opinión, ¿qué es lo que tenemos que hacer ahora? Conoces de sobra nuestras posibilidades. Si tanto te importan las gentes de aquí, entonces cásate con Nathaniel Miller.

—Y así perderán su medio de vida todavía con mayor rapidez —replicó Ruth agitada—. No soy tonta, mamá, y Nath Miller tampoco lo es. Si su hermano se hace cargo de Miller's Run, tendrá bastantes trabajadores a su entera disposición. Nath podrá contar con ellos en cualquier momento. Entonces los nuestros estarán de sobra. En el fondo da lo mismo si perdemos la granja en favor del banco o de los Miller.

Ruth se levantó y se volvió hacia la puerta.

—¿Adónde vas?

Ruth miró atentamente a su madre durante unos instantes. ¡Cuánto le habría gustado contarle lo del artículo en el periódico o de lo mucho que se parecía físicamente a su abuela! Pero también ahora se lo guardó para ella.

—Voy a recorrer los prados con el caballo a ver si está todo en orden. No falta mucho ya para que las ovejas jóvenes se vuelvan muy tercas —acabó diciendo.

Sin decir una sola palabra más subió a su habitación. Colgó como es debido en la percha sus pantalones de vestir, se puso el mono de trabajo y se sujetó el pelo con un pañuelo.

De repente estaba su madre en la puerta.

—Ruth, no puedes seguir actuando como si no hubiera sucedido nada. ¿Has pensado qué va a ser de tu vida? ¿En cómo va a ser tu futuro sin la granja?

Ruth se volvió hacia su madre y le lanzó una mirada de desprecio.

—Quien no tiene pasado, difícilmente puede construir un futuro. ¿Cuándo piensas contarme lo que pasó en la granja en el pasado? ¿Cuándo podré saber por fin algo sobre mis abuelos, sobre tu vida aquí antes de que naciéramos yo y Corinne?

¡Cómo detestaba todo ese secretismo! Quería saber a toda costa lo que había sucedido, y quería saberlo antes de perder su hogar en unos pocos meses.

Rose tragó saliva. Después inclinó la cabeza y carraspeó.

—Sí, puede que ahora sea el momento de contarte algunas cosas. Quizá tengamos esta noche una ocasión para ello.

—Puedes estar completamente segura —repuso Ruth, pasando al lado de su madre.

Era ya tarde cuando Ruth terminó su trabajo. La lluvia se había hecho esperar, de modo que arregló la valla de la que iba a ocuparse Nath, atrapó dos corderos que se habían escapado por un hueco, limpió a fondo los abrevaderos y examinó las cubiertas de los pozos. Cuando frotó al caballo con paja para secarle la piel y le puso la avena en el comedero, el sol ya hacía rato que se había puesto tras las colinas. Se fue corriendo, sudorosa y cansada, en dirección a la casa. Allí en el porche, a la sombra que arrojaban las velas, había una persona sentada.

—Hola, mamá.

—Hola, cariño. ¿Quieres una cerveza?

Ruth asintió con la cabeza, aceptó la botella abierta y se dejó caer en la otra silla de mimbre.

—Te lo ruego, utiliza un vaso.

—Mamá, trabajo como un hombre, así que déjame beber como un hombre —dijo Ruth. Se llevó la botella a los labios, dio algunos sorbos fuertes y se limpió la boca con el dorso de la mano.

—Tu padre siempre lo hacía así. También se negaba a beber cerveza en vaso. Solía decir que la cerveza había que beberla de la botella.

Ruth sonrió y guardó silencio. Su madre continuó hablando.

—Yo regresaba aquel día de la escuela de economía doméstica. El señor Lenning, el administrador, que al mismo tiempo era mi tutor, me transfirió oficialmente la dirección de la granja. Me ocupaba de todo lo que había que hacer de puertas adentro de la casa y él hacía lo que haces tú en la actualidad. Un día llegó a la granja un automóvil, un Mercedes. Yo jamás había visto antes un automóvil como aquel. Se bajó de él un hombre joven que hablaba el alemán con un acento tan divertido que era imposible que fuera de por aquí. Resultó que era de Copenhague, de la subasta de las ovejas caracul. Es allí donde se suministra la lana, y él se ocupaba de que se vendiera y de que se procesara. Me besó la mano al saludarme y me pidió agua para su vehículo. Ya era tarde, había comenzado la estación de las lluvias y no conocía los caminos. Venía de Gobabis y quería seguir ruta hasta Marienthal. Yo le ofrecí que pernoctara en nuestra casa y él aceptó mi invitación. Mama Elo y Mama Isa asaron los filetes de antílope más deliciosos que he comido en mi vida. En la bodega quedaban dos botellas de vino tinto. Nos pasamos media noche aquí afuera, comiendo y hablando. Era la primera vez que me encontraba con un hombre en esas condiciones, quiero decir, con un hombre que no apestara a oveja. Los jóvenes de estas tierras solo pensaban en el rodeo por aquel entonces, ninguno tenía modales ni sabía comportarse como era debido, pero aquel forastero me trató como a una princesa. —Rose se rio con sentimiento de vergüenza—. Bueno, por lo menos como a una mujer distinguida.

Rose interrumpió su relato y dejó vagar la vista por las tierras. Ruth vio que estaba deleitándose con sus recuerdos felices. En muy raras ocasiones había visto a su madre así de desenvuelta y alegre como en esos instantes, y parecía verdaderamente hermosa con ese talante.

Ruth era consciente por primera vez de que también su madre era algo más que una madre y una granjera, una mujer con necesidades y deseos. Dio un buen trago a su cerveza y esperó a que su madre encontrara el camino de vuelta al presente.

—Bueno —dijo Rose finalmente encontrando el hilo—. Al día siguiente se marchó, y nueve meses después daba yo a luz a Corinne.

—¿Sabe ese hombre que tiene una hija? ¿Volviste a verle alguna vez?

Rose sonrió.

—No, nunca se lo dije, nunca intenté contactar con Copenhague. No sé lo que habrá sido de él.

—¿Por qué no? ¿No te interesaba?

Rose la miró a la cara.

—Siempre he estado sola, toda mi vida, siempre sola. Por fin quería poseer algo que fuera únicamente mío, ¿lo entiendes? No quería compartir a la niña con nadie, ni con su padre.

Ruth asintió con la cabeza. También ella había estado siempre a solas y entendía demasiado bien ese deseo de su madre.

—Tuve a Corinne y me sentí feliz. Ella tenía una piel

tan delicada, los deditos rosados, los dedos de los pies diminutos. Y desde el principio se pareció a su padre. Nunca fue una chica del campo, una campesina. Corinne estaba llamada a una vida más elevada. ¿Lo ves? Ahora vive con un bóer rico en Swakopmund.

—Humm —gruñó Ruth porque nunca había entendido por qué Corinne debía aspirar a algo mejor, por qué su madre tenía en mayor estima la vida que llevaba su otra hija que la vida aquí en la granja—. ¿Y mi padre? ¿Por qué no te casaste con él? ¿Por qué no le convertiste en tu compañero, en tu esposo? —preguntó en voz baja.

De pronto no estaba segura de si quería escuchar en efecto la respuesta. Ruth había conocido a su padre, que había muerto hacía tan solo cuatro años, pero no sabía cómo había llegado a la granja. Con toda seguridad Ian no fue ningún príncipe de cuento de hadas, como lo había sido el padre de Corinne, quien, por un lance de la fortuna, había encontrado el camino hacia su princesa. No, su padre no era lo que Rose se imaginaba que debía ser un esposo y un jefe para Salden's Hill.

—Sí, tu padre —dijo Rose con un suspiro—. Corinne tenía dos añitos. Lenning contrató a los esquiladores. Yo me encargaba de recoger la lana y de clasificarla. Uno de los esquiladores era un irlandés pelirrojo, un tío fornido que tenía tanta fuerza que habría podido tirar del tren de Gobabis a Windhoek con las manos. Le divertía levantar las ovejas en alto como si fueran de papel. Tenía los dientes blancos y una risa contagiosa... Un día esquilamos más ovejas de lo normal. Estábamos todos sudorosos, teníamos las prendas pegadas a la piel. Yo estaba llena de porquería de oveja y olía a carnero. Y justo aquel día se rompió la bomba del agua. Ya era de noche, no había nadie que pudiera arreglarla. Ian propuso bajar al río, que por suerte llevaba agua esos días, y bañarnos allí. Mama Elo no quería que fuera con un esquilador, pero yo tenía tantas ganas de sentir la piel limpia que le seguí. Nadamos en el río, el agua estaba maravillosamente fresca, e Ian me lavó el pelo en la orilla. Dijo que yo era la mujer más hermosa que había visto nunca, y sus miradas me confirmaron que estaba diciendo la verdad en esos momentos. Me acosté con él, allí mismo, en la orilla del río. Fue muy tierno, con la ternura que solo pueden tener los hombres que tienen muchísima fuerza... Cuando los esquiladores se marcharon, Ian se quedó aquí trabajando en la granja. Bueno, y entonces viniste tú al mundo.

—No me querías tener, ¿verdad? Una hija de un oso irlandés, de un asqueroso esquilador que siempre tenía suciedad debajo de las uñas.

Rose miró a su hija a la cara un buen rato, y a continuación exhaló un suspiro.

—No, al principio no quise tenerte. Imagínate, una mujer soltera con una hija, eso era un escándalo. Desde el nacimiento de Corinne tenía que sentarme en el último banco de la iglesia. No había nadie dispuesto a casarse conmigo porque para todos ellos yo era una perdida. Y entonces vuelvo a estar embarazada otra vez, y de nuevo sin marido a la vista. La dependienta de la tienda de Gobabis no quería servirme. Los chicos de la escuela me lanzaban insultos al pasar yo.

—¿Y por qué no te casaste con Ian? —preguntó Ruth.

—¿Con un esquilador? No, Ruth. ¡No, no y no! Imposible —dijo Rose, cerrando los ojos y levantando las manos hasta el pecho sin pronunciar ninguna palabra más.

Ruth conocía hasta la saciedad el significado de ese gesto, pero hoy no estaba dispuesta a tener ninguna consideración.

—¿Por eso me exigiste que le llamara Ian en lugar de papá, porque te avergonzabas de que tu hija le debiera la vida a un esquilador irlandés, porque él no te parecía bastante bueno? ¿Y yo? Tampoco te parezco suficientemente buena, ¿no es así?

Rose no respondió sino al cabo de un rato:

—Siempre te he querido. Quizá de un modo diferente que a Corinne, pero amarte te he amado siempre, cada día de tu vida.

A Ruth le habría gustado creerse las palabras de su madre, pero no podía. Eran demasiados los años que se había sentido una persona de segunda clase al lado de Corinne, y siempre había creído que eran Mama Elo y Mama Isa quienes la querían a ella, mientras que su madre solo la soportaba. Tragó saliva, se le hizo un nudo en la garganta y tuvo que carraspear para poder formular otra pregunta:

—¿Le quisiste también a él, a mi padre?

Rose levantó la mirada. Tenía el rostro tan desfigurado por el dolor que Ruth no pudo menos que apartar la vista.

—No sé si le quise. No sé siquiera si he amado alguna vez a un hombre. Quizá no sea capaz. Los primeros tiempos fueron muy bonitos con él. Más tarde era un trabajador de la granja, como todos los demás, solo que él tenía su habitación en la casa señorial. No fuimos nunca una pareja, Ruth. Supongo que te sentirás decepcionada con esto, ¿no es así? Puede que lo mejor sea dejar atrás Salden's Hill de una vez por todas y recomenzar desde cero en otra parte, sin el pesado lastre de las viejas historias.

Rose buscó la mirada de su hija, pero Ruth seguía sin poder mirar a los ojos a su madre. No sabía qué decir, de pronto se sentía desanimada, abandonada. Había algo en su interior que había esperado todos esos años a que, un buen día, su madre se desviviera de amor por ella, a que reconociera en Corinne a la persona que era en realidad, una criatura vanidosa y vaga, y en ella, en Ruth, a la persona que podía echarle una mano en todo momento. Sin embargo, Ruth se dio cuenta en ese instante de que eso no sucedería jamás. Corinne y su madre eran como uña y carne, y ella no era nada más que un apéndice al que se acaba uno acostumbrando, nada más que eso. Habría querido gritar, agarrar a su madre de los hombros y zarandearla, pero permaneció sentada y siguió bebiendo de su cerveza a tragos cortos. Era absurdo. Las cosas eran como eran.

Ruth se levantó al terminar su cerveza.

—Estoy cansada, me voy a la cama —dijo ella con un tono duro en la voz. Levantó la mano y se encaminó al interior de la vivienda. Se detuvo en el umbral—. Para vender la granja necesitarás mi firma. Cuando necesitaste el crédito nos traspasaste un tercio a cada una, a Corinne y a mí. Así que no puedes decidir tú sola lo que creas mejor para ti. Y la firma de Corinne cuesta dinero, más dinero del que pueda conseguirse con la venta. Ella querrá tener su tercera parte si vendes la granja, y eso por mucho que la quieras.

Se quedó tumbada mucho rato en la cama mirando fijamente al techo, escuchando al viento sacudir la acacia espina de camello que estaba delante de la casa. «Nadie me ha querido tener a su lado —pensó ella— y no ha cambiado nada hasta la fecha. ¿Qué sucedería si un buen día no estuviera yo aquí? ¿Y si me marchara? Mi madre no me echaría de menos, estoy segura de ello. Y entonces podría vender esta granja que le es odiosa y mudarse donde Corinne a su bonita casa blanca, bueno, eso si Corinne quiere tenerla con ella allí. O se alquilaría un piso en Swakopmund para fantasear con las demás mujeres blancas sobre esos buenos años de otras épocas que en realidad no vivieron en absoluto.»

A Ruth le habría gustado llorar, derramar el dolor que

sentía en su pecho, pero las lágrimas no querían asomar a sus ojos. Corinne era la hija guapa y distinguida del forastero guapo y distinguido. Y ella misma no era sino la hija zafia del esquilador irlandés, la hija que solo daba preocupaciones y que nunca podría llegar a ser como habría debido ser. Nadie la quería a su lado. Así había sido siempre, ¿por qué le dolía eso especialmente hoy? El bochorno era tal, que Ruth no podía estarse quieta en la cama. Se echó un albornoz por los hombros y salió afuera, a los pastos. Se recostó en el vallado de la dehesa, apoyó la cabeza en la estaca superior y se puso a observar el cielo cubierto que apenas permitía ver las estrellas. Las estrellas. Su padre le dijo una vez que hay una estrella en el cielo para cada persona de la Tierra. Y ella le preguntó que cuál era la suya. Ian señaló con el dedo hacia arriba.

—Para ti brilla la estrella más clara del firmamento, la Estrella del Sur —le dijo él—. La verás desde cualquier lugar en África. Estará siempre contigo allí donde tú estés. Solo tienes que mirar al cielo y, no importe donde yo esté, solo tendré que mirar arriba para saber que te encuentras bien.

Sí, Ian la había querido, pero estaba muerto. Ruth profirió un suspiro. La vida se le volvía de pronto de una gravedad y de una injusticia insoportables.

—Anda, si está aquí la chica más guapa de Salden's Hill... ¿Qué haces aquí fuera en mitad de la noche?

—Hola, Nath —dijo Ruth, volviéndose y mirando a Nath con los ojos entornados para no darle ocasión de percibir su agitación interior. A nadie podía importarle lo que pensara y sintiera ella, y el que menos, Nath Miller—. ¿Y tú? ¿No deberías estar ya hace rato en la cama? Los chicos de tu edad necesitan dormir mucho para poder levantar ovejas como es debido a la mañana siguiente.

Ella se le quedó mirando fijamente y sonrió un poco cuando vio la luz de la luna reflejándose en su cabeza rapada como si fuera una charca.

—Además podrías enfriarte. Por arriba —dijo ella, llevándose un dedo a la cabeza.

Él se rio, extrajo de su chaqueta dos botellas de cerveza Hansa Lager, las abrió entrechocando las chapas de ambas, y le tendió una a Ruth.

—¡Salud!

Bebieron en silencio. Luego, Nath señaló con la botella los prados que tenían delante inmersos en la oscuridad gris de la noche.

—En realidad es una pena que todo tenga un final —dijo él—. Siempre me ha gustado Salden's Hill.

—¿Qué significa eso?

Nath rio.

—Vuestra granja ya no es rentable, hay que hacer un cambio radical en la producción. Las ovejas caracul no tienen futuro. Estoy pensando en vacas y sobre todo en una especie de ovejas que dé más leche y carne. Habría que montar una fábrica pequeña, una quesería, ir creciendo poco a poco y luego expandirnos. Windhoek no queda muy lejos de aquí, nos quitarían la producción de queso de las manos.

Ruth se quedó boquiabierta.

—¿Que quieres qué? ¿Montar una fábrica aquí, una lechería? ¿Y vas a tener a los animales metidos todo el tiempo en los establos?

—¿Qué hay de malo en eso? Así es la ganadería moderna. Todo está automatizado. Y, además, tú comenzaste con lo de la quesería, siempre has hablado de querer hacer queso aquí algún día.

—¡Sí, pero no en una fábrica, por Dios! ¿Y el ganado?

¿Van a pasarse los animales todo el día en los establos, sin luz, sin poder ver el cielo ni los prados?

Nath se echó a reír. Levantó la mano como si fuera a acariciar a Ruth en las mejillas.

—Las cosas funcionan así. Quien quiere construir castillos, tiene que hacerse con las piedras más grandes. Ya estoy harto de esta estrechez provinciana. Hay que aprovecharse del ganado como animales útiles que son. Si le preguntáramos a cada oveja por sus deseos, tendríamos aquí mansiones de pura hierba con los tejados repletos de flores —dijo, desternillándose de risa.

Ruth le golpeó con la botella de cerveza en el pecho.

—Toma, agárrala. Yo no bebo con tipos como tú. Pensé que solo te había rapado el pelo, pero ahora veo que he debido pillarte el cerebro también.

La botella se desbordó y la cerveza se derramó sobre la chaqueta de Nath.

—¡Eh! ¿Qué haces? —protestó él—. ¿No puedes tener más cuidado?

—¡Vete de mis tierras!

Ruth se giró con ánimo de marcharse de allí, pero Nath la agarró fuertemente del brazo.

—¡Eh! ¡No irás a dejarme aquí plantado como a un estúpido, ¿verdad?! Tú, no, Ruth Salden.

La agarró de los antebrazos y la atrajo hacia él para estampar sus labios duros en la boca de ella.

Ruth se puso a patalear, intentó zafarse de él, pero no la soltó hasta que ella levantó de pronto la rodilla. Él se llevó las manos a la entrepierna y cayó al suelo con una mirada transida por el dolor.

Ruth retrocedió algunos pasos y dio muestras de querer marcharse de allí, pero su rodilla no había sido lo suficientemente certera porque Nath ya volvía a estar de pie, la agarró y le echó a la cara el aliento agrio de la cerveza.

—¡Así no, mi pequeña! No puedes tratar así a tu futuro marido —dijo, tomando impulso con el brazo y propinando a Ruth un bofetón que la dejó sin aliento.

Ella se echó hacia atrás, horrorizada.

Nath la soltó, con una sonrisa burlona en el rostro.

—No resulta tan difícil obedecer al marido, ¿verdad? —dijo él entre dientes.

—¡Ni se te ocurra abofetearme otra vez! —repuso Ruth con un tono glacial—. No. Que no se te ocurra o te muelo a palos hasta dejarte de todos los colores.

Ruth temblaba de ira, y su ira aumentó todavía más al ver que Nath se había dado cuenta de sus temblores.

Él volvió a agarrarla.

—Estás así de tensa porque no has tenido todavía a ningún hombre en tu cama. Te voy a despabilar. Sé perfectamente lo que quieres, las tías solo andáis queriendo eso —dijo él, tumbándola en tierra boca abajo y arrancándole el albornoz y el camisón.

Ruth estaba como paralizada. Todo lo que ella era capaz de pensar en esos instantes era «no, eso no». Se dio la vuelta bajo las manos de Nath, que le estaban desgarrando las bragas, apretó firmemente las piernas e intentó golpearle con las manos en la cara.

De repente apareció *Klette* por allí, la perra de Ruth. Comenzó a ladrar como si quisiera despertar a todo el mundo. Cuando Nath tomó impulso para propinar una patada a la perra, Ruth se escapó de él, al tiempo que se encendía una luz en la casa.

—¡Lárgate! —exclamó Ruth entre jadeos—. ¡Lárgate o me pongo a chillar!

Nath se levantó con una tranquilidad exagerada, fingida.

—Eres una cabra frígida —dijo él mientras se sacudía la suciedad de los pantalones—. Pero no tengas miedo, ya me ocuparé yo de que vengas a pedírmelo de rodillas, a suplicarme que te lo haga. No puedes hacer nada sin mí, Ruth Salden. ¡Sin Nath Miller no eres gran cosa!

Hizo chascar la uña de un dedo contra el pulgar, se colocó bien la chaqueta y se fue corriendo hasta su moto.

Ruth le siguió con la vista, seguía todavía sin aliento y tenía las dos manos sujetando firmemente su albornoz.

Ruth durmió con mucho desasosiego. Por su cabeza desfilaron salvajemente muchos jirones de pensamientos inconexos. Oyó la lluvia golpear contra el tejado y los cristales de las ventanas, dio vueltas y más vueltas. Finalmente se levantó empapada de sudor a una hora más temprana de la habitual y avanzó a hurtadillas por la casa durmiente.

A pesar de que todavía era muy de madrugada, el sol ya se manifestaba en el horizonte en forma de una estrecha línea roja. Poco después, Ruth cabalgaba en su caballo a galope tendido por los pastos, controló las vallas y los abrevaderos, midió el nivel del agua de los pozos e hizo una estimación del estado del ganado. Trabajó hasta que tuvo la camisa completamente empapada, con el cabello pegado a la nuca y con la lengua tan seca como un haz de leña.

Era ya plena mañana, antes del mediodía, cuando regresó a la casa señorial de Salden's Hill. Se fue corriendo a la cocina y bebió directamente de la bomba del agua.

Mama Elo agitó la cabeza al ver el aspecto de Ruth y fue a buscar una jarra de limonada que había acabado de hacer ella misma. Virtió un vaso lleno y se lo tendió a Ruth.

—Despacito, chica, bebe despacito.

Ruth se secó la boca con el dorso de la mano y se dejó caer en una silla de la cocina.

—Pareces cansada, chica —constató Mama Elo—. ¿Te va todo bien?

—No —se oyó decir Ruth a sí misma—. Nada va bien, absolutamente nada. ¿Dónde está mamá?

—¿Dónde va a estar? Es sábado. Está en el club de los granjeros, en Gobabis.

Ruth asintió con la cabeza con gesto despectivo.

—En la típica tertulia de señoras con collares de perlas y rostros de pastel de crema.

«¿Es que no tendrá otras preocupaciones?», pensó Ruth, sintiendo cómo ascendía el cabreo por su interior.

—Déjala que vaya allá —dijo Mama Elo en tono conciliador—. No tiene realmente muchas oportunidades de hablar con la gente aquí en Salden's Hill. Ella es diferente de ti, ya lo sabes. Ella está hecha para la ciudad. La naturaleza significa para Rose algo que ensucia mucho. Concédele esas pocas horas.

«¿Y qué me concede ella?»

—¿Qué te ocurre, chica? A ti te está afectando algo, ya lo creo que sí. Has cambiado por completo desde que estuviste en Windhoek.

Ruth suspiró.

—La policía de Windhoek disparó a los manifestantes negros. Ya te lo he contado. Asesinaron a una mujer, a Davida Oshoha —dijo Ruth, y no se le pasó por alto que Mama Elo se estremeció ligeramente al escuchar ese nombre. No lo había mencionado cuando contó el suceso por primera vez—. ¿La conocías?

Mama Elo tragó saliva y balanceó la cabeza.

—Puede que haya oído su nombre alguna vez —dijo titubeando.

—¿El de Margaret Salden? ¿El de mi abuela?

A pesar de que Mama Elo le había vuelto la espalda, Ruth vio cómo de pronto comenzaron a temblar los hombros de la anciana.

—Puede que ahora sea el momento —murmuró Mama Elo, que se dio la vuelta muy lentamente, se dirigió dando tumbos a una silla y se dejó caer en ella profiriendo un suspiro largo—. Sabía que tenía que llegar este momento algún día —dijo, mirando a Ruth a los ojos—. ¿Qué quieres saber, chica?

—Todo. Especialmente lo que sucedió aquí en la granja en el año 1904.

Ruth se dio cuenta de que Mama Elo palidecía bajo su piel oscura. Su respiración se hizo más pesada, en la frente aparecieron pequeñas perlas de sudor. La anciana removió las manos en su regazo y volvió a suspirar hondo:

—Yo era todavía muy joven, apenas había cumplido los dieciséis. Tu madre acababa de nacer. El señor excavó un pozo en el huerto, le ayudaron algunos nama. A los pocos días estaba muerto. Yo no estuve ese día en Salden's Hill, pero posteriormente pillé algunas conversaciones de nuestra gente, hablaban del «fuego del desierto», pero no sé nada más —terminó de decir Mama Elo con los labios temblorosos.

Ruth intuía ciertamente que la anciana no le había contado toda la verdad, pero sabía también que no podía atosigarla con preguntas sin mortificarla al mismo tiempo.

—El «fuego del desierto»... ¿Qué es eso? —se limitó a preguntarle.

—Un secreto, chica. El mayor tesoro de los nama, algo así como el santo grial para los cristianos. Un diamante. Se dice que los nama lo perdieron y desde entonces están condenados a sufrir, porque el alma de la tribu está atrapada en esa piedra. La gente contaba que tu abuelo había encontrado un diamante excavando para tener un pozo, un diamante que tenía el mismo aspecto que el «fuego del desierto».

—¿Y mi abuela?

—Cuando regresé, ella se había marchado ya. Ella y el diamante desaparecieron sin dejar rastro. Tan solo Rose estaba todavía aquí. «Ocúpate de ella, Eloisa», ponía en una nota. «Haz lo mejor por ella.» Y eso fue lo que hice.

—¿Mi abuela robó el santo grial de los nama? —preguntó Ruth desconcertada.

Mama Elo balanceó la cabeza.

—Hay muchos que lo creen así, sobre todo personas que no conocían a Margaret Salden. Algunos dicen que quien tiene el Fuego del Desierto consigo, también tiene el poder sobre las almas de los nama. Mi pueblo carece de alma desde que desapareció el diamante.

Ruth se puso en pie.

—¿Adónde vas, Ruth?

La joven se encogió de hombros.

—No lo sé, Mama Elo. Solo sé que tengo que irme. Irme de aquí. Quizá solo por unos pocos días.

—Te ha llamado, ¿no es cierto? Tu abuela te necesita ahora.

Ruth se quedó sorprendida. Sabía que los negros creían en espíritus y en fuerzas sobrenaturales, y también que los muertos seguían teniendo poder durante mucho tiempo sobre los vivos.

—No lo sé, Mama Elo. No tengo contacto con los muertos, a mí no me hablan. Mi abuela no se me ha aparecido en sueños, sino en vida.

La mujer negra sonrió.

—Esa es una señal de que todavía vive y de que te está llamando.

Ruth se inclinó hacia Mama Elo y le dio un beso en la mejilla.

—Adiós, Mama Elo, y gracias. Te quiero.

—Yo a ti también, mi chica. Cuídate —dijo hurgando en su escote para extraer finalmente una piedra. A continuación se sacó por la cabeza la cinta de cuero a la que estaba sujeta—. Toma —le dijo—, esta es una piedra de fuego, una piedra de la nostalgia. Te ayudará cuando estés en apuros.

Ruth sacudió la cabeza con una sonrisa.

—Es tu mayor tesoro, Mama Elo. Consérvalo tú, te ha protegido toda tu vida. Yo no soy una mujer nama, solo soy una blanca. La piedra no tendrá efecto conmigo.

Ruth sabía que Mama Elo habría defendido esa piedra con su propia vida. No podía aceptarla, pero la mujer nama no cejaba en su empeño.

—La he conservado todos estos años únicamente para ti. Eso lo sé ahora. Tómala, la necesitarás. Solo podré dormir tranquila sabiendo que tienes tú la piedra y que te protege. Anula el efecto de todas las maldiciones.

La anciana agarró la cinta de cuero y se la pasó por el cuello a Ruth. La piedra, que no era más grande que un hueso de albaricoque, recordaba el color moreno del azúcar cande. Osciló unos instantes entre los pechos de Ruth y a continuación se adaptó a su nuevo sitio como si siempre hubiera estado allí.

Ruth percibió un hormigueo en todo el cuerpo. A pesar de que solía sonreír con las supersticiones de los negros, sintió como si una llamarada recorriera su interior, una calidez que ella pensaba haber estado buscando siempre, una calidez que la protegía como los brazos de una madre, una calidez que estaba destinada exclusivamente para ella. Cerró involuntariamente los ojos por unos instantes e imaginó ante ella unas llamas oscilantes que le dieron miedo. Y oyó un grito, el grito de una mujer.

Ruth abrió los ojos de golpe y vio una sonrisa en el rostro de Mama Elo. Meneó un poco la cabeza de un lado a otro como para librarse de aquella imagen interior. Tenía que haberla soñado por fuerza. Soñado a plena luz del día. Agarró rápidamente su sombrero, se lo puso.

—Tengo que irme, Mama Elo.

—Que Dios te proteja, chica.

Ruth miró a la mujer negra una vez más a la cara, memorizó su imagen como si temiera no volver a ver nunca más a Mama Elo. Le habría gustado decirle algunas palabras más a la mujer, habría querido darle algún consuelo, pero no se le ocurrió nada que hubiera podido decirle. Así que se limitó a asentir con la cabeza, se llevó los dedos al sombrero y se marchó.

6

Había llovido tanto durante la noche que las calles estaban totalmente cubiertas de barro, e incluso algunos árboles estaban arrancados y yacían atravesados sobre el camino.

Ruth acababa de ponerse en marcha después de su conversación con Mama Elo. Ahora solo quería irse, alejarse de Salden's Hill, distanciarse de su madre y, por encima de todo, apartarse de Nath. Llevaba un mono ligero y sus botas preferidas. En el asiento del copiloto, metida en una bolsa de papel, estaba toda la ropa de ciudad que había podido reunir a toda prisa, y bajo la lona del todoterreno, todas aquellas cosas que solían llevarse cuando salía con el ganado: una pequeña tienda de campaña, una lona vieja, un saco de dormir, cerillas, linternas, una navaja, layas, un cazo abollado y unas cuantas conservas.

Se dirigía a Gobabis para recoger a Horatio en la estación, tal y como habían acordado. Ya había apartado dos árboles del camino con el Dodge, y ahora tenía el tercero ante sí. Ruth bajó del vehículo y empezó a soltar maldiciones al meterse con las botas en el fango hasta los tobillos. Cogió la cuerda de la superficie de carga, la ató primero alrededor del árbol, luego al enganche del remolque de la *pickup* y a continuación apartó el tronco a un lado.

Se limpió el lodo de las botas con un matojo, volvió a subir al vehículo y prosiguió hasta el siguiente árbol. Una de las veces, el Dodge se quedó atascado, y Ruth tuvo que colocar ramas y tablones por debajo para sacarlo del fangal.

Cuando finalmente llegó a la carretera asfaltada de Gobabis, se dirigió al puesto de comida para llevar más próximo, se lavó la cara y las manos, se puso los pantalones de tela negros y una blusa blanca y llegó a la estación justo a tiempo para ver a Horatio salir del vestíbulo. Caminaba ligeramente encorvado, como si quisiera hacerse más pequeño. En la mano derecha llevaba una cartera negra de cuero artificial, mientras que con el dedo índice de la mano izquierda se iba colocando bien las gafas a cada instante. Se paró en mitad de la explanada, mirando a todas partes.

Ruth no pudo evitar sonreír. Horatio era negro, pero aun así cualquiera podía darse cuenta de que era de ciudad. De entre todos los transeúntes era el único que llevaba pantalones de tela y camisa, el único sin botas rústicas y un sombrero de vaquero. Ella bajó la ventanilla, tocó la bocina y se puso a gritar su nombre:

—¡Horatio, Horatio! ¡Aquí!

Al verla, Horatio sonrió y la saludó con la mano. A continuación, se acercó al vehículo con pasos largos y presurosos, arrojó la cartera en la parte de atrás del coche con aire despreocupado, y se subió.

—Hola, ¿cómo le va? —preguntó él—. ¿Se lo ha pasado bien?

Ruth se echó a reír.

—¿Qué ocurre? —preguntó Horatio.

—Habla usted como el cura de la iglesia —respondió ella—. Pero, sí, me lo he pasado bien, si pasarlo bien es estar revolviendo entre la mierda de oveja. ¿Y usted?

—Yo he estado visitando a los parientes de las otras

víctimas —dijo Horatio, tosiendo ligeramente—. He visto derramar muchas lágrimas.

—¡Oh! —exclamó Ruth, y se calló.

La desgracia de ser huérfana de padre y fruto de un embarazo no deseado no era nada en comparación con la tragedia ocurrida en Windhoek.

—¿Vamos? —preguntó Ruth entonces.

—Vamos —asintió él.

Sin mediar palabra recorrieron los primeros kilómetros por un camino que Horatio le había indicado. Tan solo una vez los detuvo un árbol que yacía atravesado en el camino y cuyas ramas secas se estiraban hacia el cielo como suplicantes. Ruth suspiró. Había muy pocos árboles en aquellas tierras, y con cada estación de lluvias quedaban menos. Pronto el sol volvería a arder en el cielo con su fuerza incontenible y los animales encontrarían menos sombra donde refugiarse. Lloraba por cada animal y cada árbol que encontraba la muerte en aquella tierra árida. Por algo se decía que Dios había creado Namibia en un arrebato de rabia. Por sus temperaturas extremas, las escasas lluvias, sus paisajes yermos y polvorientos, formados en su mayoría por rocas y arena, los extranjeros la consideraban una tierra hostil. Cuatro desiertos se extendían por Namibia, y a pesar de todo Ruth adoraba cada rincón de aquel país. En ningún lugar el cielo era tan azul, ni las estrellas tan brillantes, ni las piedras tan diferentes entre sí, ni la arena tenía tantos colores.

Horatio bajó del vehículo, se arremangó los pantalones de tela grises y las mangas de su camisa blanca y se dispuso a retirar el tronco. Sin embargo, no pudo moverlo ni un solo centímetro.

—Así no —exclamó Ruth, que lo observaba con los brazos cruzados. Cogió la cuerda de la superficie de carga, ató un extremo al árbol y el otro al todoterreno e instantes más tarde la carretera ya estaba despejada—. Y ahora no me mire así —le espetó entonces a Horatio, que la miraba con los ojos muy abiertos—. En el campo es normal que las mujeres también hagan estas cosas. Si nos tuviéramos que esperar cada vez a que apareciera un hombre, ya nos habríamos extinguido. Por aquí pasa un coche cada día, como máximo. Cuando hay dos, es que es hora punta.

—No pretendía ofenderla —dijo Horatio con un aire visiblemente divertido, al tiempo que volvía a subir al vehículo.

—¡Bah! Eso ya lo han intentado otros y no lo ha conseguido ninguno —resopló Ruth, apartándose un mechón de la cara y apretando el acelerador tan fuerte que Horatio se echó hacia atrás en su asiento.

Tardaron poco en llegar a Wilhelmshorst. La pequeña aldea, poco más que una enorme granja, estaba situada al pie de una colina. Un camino diminuto y estrecho conducía al interior del pueblo, bordeando las casas de piedra de los indígenas. En el centro había una taberna, un bazar con una gasolinera y un taller mecánico anexos y un letrero en el que se indicaban las próximas subastas de ganado en un radio de trescientas millas. Las casas eran viejas, pero se veían bien cuidadas.

—Alto, ya hemos llegado. Está ahí delante —le señaló Horatio cuando se encontraban cerca de una casa en cuyo jardín delantero habían decorado un arbusto seco con cintas negras.

Ruth aparcó el Dodge un poco más abajo del camino y entró junto a Horatio en la casa en la que tenía lugar la ceremonia. Se sintió un poco fuera de lugar, puesto que apenas había conocido a la mujer a la que honraban. De pronto no sabía por qué había acudido a aquel sitio. Había sido pura casualidad estar presente en la muerte de Davida, y de pronto le pareció poco apropiado hacer preguntas sobre su abuela en el momento en el que le estaban dando el último adiós, por mucho que la difunta hubiera pronunciado su nombre con sus últimos estertores. Estaba ya dispuesta a dar media vuelta y dirigirse de nuevo al coche para esperar allí a Horatio, cuando una negra anciana, desdentada, con finos rizos de caracolillo y los ojos rojos de tanto llorar le tomó las manos entre las suyas.

—Le doy las gracias —dijo la mujer—, gracias por haber estado con mi hermana durante los últimos instantes de su vida y por no haberla dejado sola.

La mujer sollozó, se enjugó las lágrimas del vestido, y a continuación cogió unas gafas de la cómoda de madera y se las puso sobre la nariz. Se quedó mirando a Ruth como si viera a un fantasma ante ella.

—¿Le sucede algo? —preguntó Ruth—. ¿Puedo hacer algo por usted? ¿Quiere que le traiga un vaso de agua?

La anciana sacudió la cabeza.

—El espíritu de los muertos me ha enviado una visión —susurró más para sí que para Ruth. La anciana le soltó las manos y empezó a retroceder con la mirada todavía fija en la blanca.

«Estos negros y sus supersticiones...», pensó Ruth. De pronto la asaltó la nostalgia. Pensó en Rose, que se reía siempre de los negros, de su superchería y de su Dios del fuego, de la veneración con la que Santo y el resto de los granjeros trataban a las vacas, mejor que a sus mujeres en la mayoría de los casos. Pero así era, el ganado era sagrado para los nama, tanto, que al morir el jefe de la tribu, solían envolverlo en la piel de una res. ¡Por no hablar de los espíritus! Tenían uno para cada ocasión, con buenas o malas intenciones.

«El espíritu de los muertos me ha enviado una visión.»
Ruth se hubiera reído de buena gana, pero durante los últimos días habían pasado tantas cosas que le parecían igualmente difíciles de creer, que la risa se le quedó atascada en la garganta. Se limitó a suspirar, cogió un pastelillo de azúcar y se puso a buscar a Horatio. Lo vio en la distancia, estaba en el jardín hablando con un negro, al parecer amigo suyo, y sacudiendo los brazos. Tenía la cabeza echada hacia delante como un pájaro, prácticamente picoteando a su interlocutor con la nariz.

Ruth solo entendía fragmentos de lo que los hombres decían, pero sí que llegó a captar dos palabras: la palabra alemana «desierto», y *vurr*, que en afrikáans significaba «fuego».

Se encontraba a pocos pasos de ellos cuando uno de los hombres se giró. La vio inmediatamente y en el mismo momento le cambió la cara, y su expresión, antes tan amigable, se volvió prácticamente hostil.

—¿Molesto? —preguntó ella.

El negro negó con la cabeza.

—No importa, ya habíamos acabado. Señorita... —dijo, saludándola con un movimiento de cabeza mientras se disponía a marcharse. Los otros dos negros lo siguieron.

—¿De qué estaban hablando? —preguntó Ruth.

Horatio les siguió con la mirada, pensativo.

—De nada importante, solo les he preguntado por sus abuelos.

—¿Por la rebelión de los nama y los herero?

Horatio asintió.

—Bueno, podría ser que todavía estuvieran vivos y que me pudieran decir algo al respecto —dijo el hombre.

Ya de noche, Ruth observó cómo los negros se reunían alrededor de un fuego, que para ellos era sagrado. Se sentó al borde del círculo y escuchó atentamente aquellos cantos extraños, aquellos conjuros foráneos. Era como si estuviera viviendo una vida ajena que, de algún modo secreto, estaba ligada a la suya propia. No quería estar allí y a la vez no quería irse. Se sentía extraña y protegida al mismo tiempo.

Pasó un buen rato hasta que el fuego se extinguió y el alma de Davida Oshoha ascendió al cielo junto a sus antepasados. Los presentes fueron marchándose entonces uno tras otro, despidiéndose efusivamente. Ruth también se levantó. Se quedó dando vueltas lentamente alrededor de los restos de la hoguera y se sentó junto al hermano de Davida, un negro anciano con unas pocas canas. Él la había estado mirando todo el rato a través del fuego.

—¿Está bien Davida, dondequiera que se encuentre ahora?

El hombre asintió pensativo.

—Ahora está donde ya no se tienen deseos. — Se giró hacia ella—. ¿No cree usted que la falta de deseos es la mayor de las alegrías?

Ruth se encogió de hombros.

—No sé, yo nunca he estado falta de deseos, pero tampoco he sido feliz de corazón. Como mucho durante algún instante puntual.

El fuego volvió a resplandecer en el centro, y las llamas ascendían a lo alto. Instintivamente, Ruth se tocó la piedra de Mama Elo e inmediatamente volvió a invadirle aquella sensación de calidez. Cerró los ojos y se le apareció de nuevo la misma imagen que antes, volvió a ver unas llamas que se cernían sobre ella como bocas hambrientas. Pero entonces se le apareció otra imagen, la de dos personas en un cerro bajo la luz del sol crepuscular. Una muchacha muy joven, una niña todavía, y un joven. La mujer tenía la cabeza apoyada sobre el hombro de él, y el joven tenía una mano apoyada sobre el hombro de ella. El cuerpo de la muchacha se estremecía y Ruth distinguió cómo se le caían las lágrimas. Le temblaban los hombros, pero Ruth no alcanzaba a reconocerle la cara. Solo le veía el pelo largo y recogido, que sobresalía de una cofia, un pelo de color rojo, agreste.

De pronto, oyó la voz del hombre joven.

—No llores, Rose, flor de mi vida. Todo se solucionará, todo.

La mujer joven sacudió la cabeza.

—¿El qué? Mi padre te ha puesto de patitas en la calle. Si nuestro matrimonio tenía de por sí pocas perspectivas, ahora ya no tenemos esperanza alguna —dijo volviendo a temblar. Las lágrimas le corrían por las mejillas y se filtraban por la tela del vestido hasta que alcanzaban el suelo.

—Ya encontraré alguna manera —le explicó el joven—. Me iré.

—No, ¡no te puedes ir! No me puedes dejar aquí sola.

—Sí, me iré, me iré allí donde pueda ganar dinero. Dicen que en la bahía de las ballenas han encontrado oro. La zona está bajo custodia del cónsul general imperial de África del Sudoeste, Ernst Heinrich Göring. Le pediré trabajo. Y cuando vuelva tendré tanto dinero que podré casarme contigo.

La muchacha se quedó mirándolo. En sus ojos brillaba la esperanza.

—No estarás mucho tiempo fuera, ¿verdad?

El hombre negó con la cabeza.

—Me daré prisa, y cuando vuelva compraremos estas tierras y la colina verde, claro está. Nos casaremos y tendremos hijos. Primero un niño y luego una niña.

—Rose. —La joven sonreía entre lágrimas—. A nuestra hija la llamaremos Rose.

—Tu abuela era una mujer muy noble. —La voz del anciano devolvió a Ruth a la realidad—. Te pareces a ella cuando era joven, sois como dos gemelas. Si quieres desvelar sus secretos, tienes que ir a Lüderitz. Por eso has venido, ¿verdad? En Lüderitz empiezan y acaban todas las pistas. Allí encontrarás lo que buscas.

Ruth abrió la boca para preguntar algo, pero al mirar a su lado ya no había nadie. El anciano se había marchado, el fuego estaba extinguido. Ruth sintió que se quedaba helada de golpe y se echó una manta sobre los hombros.

El joven negro con el que Horatio había hablado aquel mediodía se acercó a ella.

—Ya va siendo hora de que se vaya, señorita —le dijo con un tono firme en su voz.

—Ahora mismo. —Ruth se levantó y la manta se le cayó de los hombros. El negro se la acercó.

—Tenga, llévesela y lárguese de aquí.

—¿Por qué es tan hostil conmigo? Yo no he matado a Davida.

—Su familia ha traído más desgracias a los nama que todas las guerras anteriores. Su familia tiene la culpa de que seamos hoy esclavos de los blancos. Nos habéis robado el alma, nuestra tierra, nuestra cultura.

Ruth negó con la cabeza.

—Se equivoca, eso es imposible.

El negro se le acercó tanto que sintió su aliento en la cara.

—Nadie se ha atrevido nunca a maldecir a los Salden.

Solo les permitían estar aquí porque todos les tenían miedo, pero yo no tengo miedo. Y yo, nieto de Davida Oshoha, la maldigo a usted, a usted y a toda su familia.

De pronto, la piedra que Ruth llevaba entre los pechos se volvió fría como el hielo, tan fría que le quemaba el pecho. Duró tan solo un instante, pero Ruth supo que recordaría para siempre aquel momento. Echó a correr. Quería irse lejos, muy lejos de aquel lugar.

Mientras corría, creyó sentir la mirada del negro en la nuca como una punzada. «Ya sospeché que no tenía nada que hacer aquí», pensó. Y al mismo tiempo sabía que había hecho bien decidiendo ir hasta allí. Llegó a la carretera sin aliento, aminoró el paso y finalmente se dirigió al coche con pasos regulares. Allí se encontró a Horatio, apoyado en la *pickup* y con las piernas y los brazos cruzados. Al parecer había estado esperándola. Su camisa blanca brillaba en la oscuridad.

—¿Qué le sucede? —le preguntó al verla junto a él, todavía jadeando mientras se recogía el pelo rebelde en la nuca y se lo sujetaba con un pasador.

Ruth se quedó un momento pensando si debía explicarle lo de la maldición. Hubiera querido explicárselo todo, toda su vida, sus miedos, todo. Pero antes de que pudiera dar rienda suelta a la lengua, se detuvo. Él era un nama y no creería a una blanca. ¿O acaso no perseguía la misma causa? ¿La habría maldecido él también en secreto?

—Estoy cansada —se limitó a decir—. Tendríamos que buscar un sitio para dormir.

Horatio asintió y subió al todoterreno como si fuera suyo.

—Conozco un sitio cerca, junto a un arroyo. Podemos pasar allí la noche.

Ruth se sentó al volante, arrancó el coche y volvió a

echar una mirada a la casa en la que Davida Oshoha había vivido. Acto seguido, se adentraron en la oscuridad.

—¿Cómo es que conoce esta zona? —preguntó Ruth al cabo de un rato.

—Antes esta tierra pertenecía a los nama y los herero la conquistaron. Yo la conozco porque conozco el país, porque soy de aquí, soy de esta tierra, pertenezco a este pueblo.

Algo en la voz de él le llamó la atención. ¿Era despecho? ¿Era orgullo o melancolía?

—¿Y usted también cree que las maldiciones funcionan? ¿Cree en el dios del fuego y en todas esas cosas en las que creen los nama? —le preguntó ella.

Horatio sonrió.

—Hay más cosas entre el cielo y la tierra de las que creemos —dijo—. Pero si lo que quiere preguntarme es si creo en el vudú o que los dioses le han dado poder a un hombre por encima del resto para que los destruya, no, entonces se equivoca.

—¿Así que nada de maldiciones ni muñecos con agujas?

—No, Ruth. —La miró con atención, pero Ruth le evitó la mirada—. No tenga miedo, Ruth —dijo él al saber lo que la conmovía—. La religión de los negros funciona tanto como la de los blancos. Yo no soy su enemigo.

Más tarde, la tienda estaba montada, la hoguera encendida en el centro de un círculo de piedras, y Ruth y Horatio estaban sentados el uno al lado del otro en el campo. Ruth alzó la vista hacia el cielo en busca de su estrella. Necesitaba algo que le proporcionara consuelo.

—¿Qué quiere hacer ahora? —preguntó Horatio en voz baja—. ¿Ya ha averiguado lo que quería?

Ruth se encogió de hombros.

—No sé qué he averiguado exactamente. Todavía no lo puedo valorar con claridad, pero mañana mismo continuaré el viaje en dirección a Lüderitz. El hermano de Davida ha dicho que allí empiezan y acaban todas las pistas.

Horatio asintió, cogió un palo y empezó a atizar el fuego con él.

—Yo iré con usted —dijo él con voz firme momentos después.

Ruth se sorprendió. Parecía como si ya lo tuviera decidido desde hacía tiempo.

—¿Por qué quiere venir? ¿Qué tiene usted que ver con la historia de mi familia?

—Nada, nada en absoluto. Lo que me interesa no es usted y su familia, sino únicamente mi trabajo. Lüderitz es la sede del Diamond World Trust. Allí hay también un archivo al que yo tengo acceso como historiador. Tengo que investigar algo y le ofrezco mi ayuda en su búsqueda. Sin mí no podrá acceder al archivo. Y, a cambio, usted me lleva a la costa. Yendo en tren tardaría demasiado. Además, hacía tiempo que tenía pensado ir a Lüderitz.

—¿Y por qué me quiere ayudar si mi historia no le interesa? Y, por cierto, no hace falta que vaya en tren, también hay conexión en autobús.

Horatio se encogió de hombros.

—Quizás una cosa esté ligada a la otra. De la misma manera que todo está relacionado. Además, usted estuvo con una de nuestras mujeres cuando murió en sus brazos. De alguna manera estamos en deuda con usted.

—Tonterías, a mí no me debe nada nadie. Cualquiera habría hecho lo mismo en mi lugar.

Ruth contempló las llamas. Agarró la piedra de fuego y esperó a tener la visión, la imagen del fuego voraz, pero no ocurrió nada. Todo estaba sumido en el silencio y en la calma. Solo a lo lejos ladraban a la luna unos perros salvajes.

Mientras que Horatio no tardó en meterse debajo de la manta, dar las buenas noches a Ruth y cerrar los ojos, ella se quedó un rato más sentada junto al fuego. Iría a Lüderitz. Hasta que no pronunció esas palabras en voz alta no acabó de decidirse. Debía ir a Lüderitz porque quería resolver el misterio de sus abuelos. «Solo quien conoce el pasado puede construir el futuro.» Aquel lema vital que Ian había repetido con frecuencia cobraba sentido por fin. Pero ¿por qué quería ir Horatio con ella?

«Soy un nama», oyó decir a Horatio. Y otra voz siguió: «El Fuego del Desierto es el alma de los nama. Su familia nos ha robado el alma.»

¿Quería acompañarla para encontrar el diamante Fuego del Desierto? ¿Pretendía salvar el alma de los nama?

Ruth se despertó al amanecer. Horatio no estaba. Lo buscó a su alrededor y lo vio un poco más allá, recogiendo leña para el fuego. Ruth se estiró y a continuación se acercó al arroyo, se lavó la cara y llenó el cazo.

Cuando volvió a la hoguera, Horatio la miró con algunas ramas secas en la mano.

—¿Qué le pasa? ¿Se le ha aparecido el dios del fuego? —dijo Ruth con una risa que sonó malévola. A continuación se disculpó—: Lo siento, no quería herir sus sentimientos.

Horatio no le apartó la mirada.

—Parece como si el sol saliera de dentro de usted —le dijo él. En su cara había algo que la propia Ruth solo podía definir como un «recogimiento divino»—. Es como si el pelo le ardiera en llamas.

Ruth esbozó una sonrisa retorcida.

—Ya me las sé todas —le explicó—. Cuando iba a la escuela en Gobabis, los otros niños siempre me gritaban: «¡Pelirroja, pelirroja! ¡La chimenea te arde!»

—No, no, no quería decir eso. —Horatio levantó las manos con un gesto conciliador y Ruth comprendió que había pretendido halagarla. Sintió que se ruborizaba. Buscó una goma en los bolsillos y se recogió el pelo sin musitar palabra.

Un cuarto de hora más tarde estaban los dos sentados junto al fuego con tazas de café humeante entre las manos. Ruth respiró hondo. Disfrutaba del silencio que, en realidad, no era tal, puesto que lo rompía el gorjeo de los pájaros. Inspiró el aroma del campo, olió el polvo, el calor del incipiente día que iba ya en aumento, y el aroma de las plantas. Vio también el brillo del cielo caerle encima, un brillo que pasó del violeta oscuro a un rosa pálido, antes de que el sol lo tiñera todo de un naranja intenso.

—Se está bien aquí, ¿no? No me imagino cómo debe de ser vivir en la ciudad. Me encantan el campo y sus animales.

—A mí también me gusta esta tierra. Es nuestra.

Ruth se volvió.

—¿Otra vez empieza con la rebelión de los nama y los herero?

—No —le respondió Horatio—, solo quería decir que su tierra también es la mía. Porque la amamos. Solo eso.

Ruth se sintió aliviada.

—¿Me puede explicar algo de la rebelión? —preguntó—. Algo de lo que ocurrió en 1904.

Horatio se echó a reír.

—Es pronto todavía para hablar de política y ponernos a discutir. ¿No desea mejor que le explique cómo es que hay hombres blancos y negros? ¿Quiere saber por qué los nama llaman a los blancos «espíritus blancos»? ¿Y por qué los blancos tienen tanto miedo de que los llamen de esa mancra?

Ruth se quedó un momento pensativa. Nunca había tenido tiempo de preocuparse por las costumbres de su tierra. Pero ahora sí que disponía de muchísimo tiempo. En su granja —si todavía podía considerarse suya— tendrían que arreglárselas sin ella por el momento. Santo se ocuparía de todo. Ya estaba bien informado y Ruth confiaba en él.

—Muy bien, cuéntemelo —le pidió Ruth al tiempo que se servía otro vaso de café.

Horatio se apoyó en un tronco.

—El Dios Padre tenía dos hijos —empezó a decir con voz tranquila—: Manicongo y Zonga. Los quería a los dos con todas sus fuerzas, pero solo uno estaba destinado a guiar a los seres humanos, así que les encomendó una tarea. A la mañana siguiente tenían que ir a un lago próximo y bañarse en él. El agua decidiría quién debía ser el verdadero señor de los humanos.

»Zonga, el más sensible y ambicioso, aprovechó la noche para dirigirse a su destino. A la mañana siguiente, llegó al lago antes de que el sol hubiera salido. Se metió en el agua y se llevó una sorpresa. El agua le había limpiado toda la suciedad y el polvo, de manera que se quedó blanco como una azucena.

»Manicongo, el mayor de los dos, era la calma y la serenidad personificadas. Amaba la vida con todas sus sorpresas y sus placeres. Al recibir el encargo de su padre, mandó que le prepararan una copiosa comida, bebió unas cuantas botellas de vino, cantó y bailó media noche y cuando amanecía se fue a la cama. Cuando despertó, ya era mediodía. Se dirigió hacia el lago tan rápidamente como pudo y quiso zambullirse en él. Pero el lago ya no estaba, y de él quedaba únicamente un charco. Manicongo saltó al charco, quiso coger aquella agua con las manos, pero solo se mojó las palmas y las plantas de los pies, y se le quedaron blancas.

»Así, el Dios Padre decidió que el ambicioso Zonga obtuviera el dominio sobre los blancos y el vivaracho Manicongo, sobre los negros. Zonga atravesó el océano y gobernó a su pueblo, transmitiéndole sus habilidades. Así fue como los blancos se hicieron cada vez más y más ricos. Manicongo debía gobernar a los negros y lo hizo tan bien como pudo. Por eso a los negros les gusta tanto comer, beber, cantar y bailar.

»Y, ahora, Ruth, ¿qué me dice? ¿Quién de nosotros lo tiene mejor? —le preguntó Horatio mirándola.

—Tampoco es que nos haya tocado la lotería a ninguno de los dos —respondió Ruth, encogiéndose de hombros—. El que no hace más que trabajar y no conoce el placer tiene poca vida. Y el que solo disfruta y no sabe lo que es el trabajo, tampoco sabe lo que es vivir. La clave está en el medio —dijo mirando a Horatio—. Vuestro dios no es muy listo, creo yo.

Horatio se echó a reír.

—¡Oh, no, no! No es nuestro dios el que lo decidió. Debe de haber sido el vuestro. Nosotros tenemos dos divinidades, una buena y una mala. Juntos determinan el destino de los seres humanos. Tsui-Goab, el dios bueno, vive en el cielo rojo, es decir, donde sale el sol; Gaunab, el dios maligno, es el responsable de las enfermedades, los accidentes... en definitiva, de todo lo malo que les ocurre a los humanos.

—Ya, ya lo sé, el dios bueno del fuego sagrado.

—Exacto, Tsui-Goab, el dios que protege el fuego del sol. Por mi trabajo encontré una tribu de herero que tenían otras creencias. Antes, quiero decir, antiguamente, los herero solo hablaban su lengua, el otjiherero. Por aquel entonces, a los blancos los llamaban otjirumbo, que viene a ser algo así como «cosa gorda y pálida». Los primeros blancos llegaron por mar, pero para los herero el mar era el reino de los muertos. Si alguien volvía del reino de los muertos, debía de ser el más poderoso de los dioses. Los pueblos negros se sometieron inmediatamente a aquellos espíritus blancos y les allanaron el camino para conquistar todo el territorio de los herero.

—¿Ahora mi pueblo tiene la culpa de que el vuestro sea tan supersticioso?

Horatio negó con la cabeza.

—No, no es eso. Solo me imagino cómo debe de ser llegar a un país extranjero y que a uno lo reciban con honores y lo traten como a un dios. Y cómo cualquiera puede aprovecharse de esa hospitalidad.

—Bah —dijo Ruth—, ahórreselo. Usted mismo ha dicho que los negros prefieren disfrutar de la vida. Y es así. Cada uno se forja su propio destino. Además, también hay negros que han sabido arreglárselas. ¿No se ha parado a pensar que a muchos les va ahora mejor que antes? Los niños pueden estudiar, sus padres viven en casas y ya no tienen que ir llevando el ganado por los campos secos. Hay médicos, tren, y calles medianamente urbanizadas. Y todo eso lo han traído los blancos.

Horatio calló.

—¿Qué pasa? —preguntó Ruth en tono desafiante.

—Nada —contestó él—. A veces me gustaría que nos entendiéramos mejor, que los blancos y los negros fuéramos amigos, en lugar de estar echándonos en cara continuamente quién ha hecho qué, cuándo, dónde y quién le ha hecho qué al otro y quién le debe algo a quién. No es tan fácil como usted lo ve. Por esas calles, por el ferrocarril, las escuelas y los médicos hemos tenido que pagar un precio: nuestra cultura y nuestra identidad. No hemos llamado a los blancos. No echábamos en falta los trenes, ni las calles, ni las escuelas, ni los médicos. Cuidábamos del ganado y los ancianos enseñaban a los jóvenes lo que necesitaban saber. Nuestra escuela era la vida. Y si a alguien de nosotros le iba mal, para eso teníamos a los chamanes. No, Ruth, ya éramos felices sin los blancos. Pero ahora están aquí y esperan que vivamos tal y como viven ellos, y, si no, nos llaman vagos. Nadie quiere entender que simplemente somos diferentes. Ni mejores ni peores. Simplemente distintos.

—No hable tanto —suspiró Ruth—. Mejor levántese y ayúdeme a meter las cosas en el coche. Todavía nos queda mucho camino por delante y poco tiempo para estas tonterías. Como mínimo ahora no. —Se sentía avergonzada y había buscado deliberadamente las palabras que pudieran ofenderlo. Bien sabía lo que los blancos habían hecho a los negros, lo que les seguían haciendo al no aceptar su estilo de vida y pretender que la única manera correcta de vivir era la suya propia.

Ruth recogió las cosas en silencio, las puso ordenadamente bajo la cubierta de la *pickup* y se sentó al volante.

—¿Todavía quiere venir conmigo a Lüderitz o prefiere que le deje en la próxima parada de camiones?

—Vamos a Lüderitz —respondió Horatio—. ¿A qué esperamos?

7

Llevaban conduciendo muchas horas y solo se habían detenido dos veces para repostar. Aunque todavía era de día, la oscuridad iba cerniéndose sobre el paisaje, y unos nubarrones negros se arremolinaban en el cielo con sus tonalidades negras y amarillas, amenazando tormenta en el horizonte.

—Va a haber tormenta —dijo Ruth—. Tendríamos que ir encontrando un albergue en algún pueblo o alojarnos en alguna granja.

Horatio miró a su alrededor.

—Por aquí no hay nada: ni granjas ni pueblos, ni siquiera un poblado de aborígenes. Estamos en medio del campo. No me extrañaría que fuéramos los primeros en llegar hasta aquí hoy. No veo ni siquiera ganado en los prados, ni molinos, y mucho menos casas o fincas.

—¿Dónde estamos exactamente?

—En la linde del desierto de Kalahari. Por dondequiera que mires no hay más que arena, arena rojiza y algunos matorrales, hierbajos y madera reseca. Y hace muchísimo calor, ¿no cree?

—El desierto es así —respondió Ruth con un tono seco, a pesar de que tenía la blusa pegada a la espalda, que por el canalillo de sus pechos le corría el sudor a chorro y que el cuadro de mandos del vehículo estaba lleno de arena. Echó mano del mapa de carreteras, que se encontraba encima del asiento del copiloto—. El Kalahari es enorme. Lo que quería saber es dónde estamos, cuál es el siguiente pueblo, si hay una granja cerca o al menos una parada de camiones.

Horatio agarró el mapa y lo desplegó.

—Hace una hora pasamos por Kalkrand, así que la siguiente población debería de ser Mariental. Todavía deben de quedarnos dos horas hasta llegar allí.

Ruth miró las nubes, cuyos bordes habían ido tiñéndose ya del color del azufre.

—No llegamos. Nos pillará la lluvia, y el camino quedará tan resbaladizo que no avanzaremos ni una milla.

—En aquel preciso instante una ráfaga de viento arrancó algunos matojos y levantó una nube de arena.

—¿Qué hacemos entonces? —preguntó Horatio.

Ruth le arrojó una mirada compasiva.

—¿Que qué hacemos? Pues buscar una granja. Usted esté pendiente de los letreros del borde de la carretera, ¿de acuerdo?

—Vale.

El viento se iba haciendo más fuerte a cada minuto, doblando hacia el suelo los pocos matorrales que había al borde del camino, levantando remolinos de arena delante del parabrisas y dificultándoles la vista. Ruth se había ido tan hacia delante que prácticamente tenía la nariz pegada al parabrisas. Los torbellinos levantaban la arena del Kalahari a varios metros de altura. Era como si estuvieran conduciendo a través de una niebla roja y espesa.

—¿Todavía no ha visto ningún letrero? ¿Es que esta carretera no tiene ningún desvío? —Ruth tenía que gritar para que su voz se oyera entre los rugidos del viento.

—Ahí delante hay uno.

—¿Dónde?

—Ahí, a la derecha.

Ruth frenó. Los cristales del vehículo se cubrieron al instante de una gruesa capa de arena. Ruth se bajó, se lanzó contra el viento protegiéndose los ojos con una mano. KANT'S BEESTER & DONKEY PLAAS, anunciaba el letrero en afrikáans. Ruth regresó a toda prisa al vehículo y se metió en él de un salto.

—Una granja de vacas y burros. Es curioso, nunca había oído que se pudieran criar burros —explicó, sacudiendo la cabeza.

—Bueno, de algún sitio tienen que venir.

Ruth puso en marcha el limpiaparabrisas e hizo una mueca al ver que iba dejando líneas dibujadas sobre los cristales. A continuación pisó el acelerador y tomó el desvío que conducía hacia Kant's Plaas. Se detuvo ante una casa de dos pisos, saltó del vehículo e hizo sonar la aldaba. Volvió a levantar la vista hacia el cielo, que ahora había cobrado un tono entre negro y violeta. Los truenos retumbaban en la lejanía.

Finalmente abrieron la puerta. Un hombre rechoncho con pantalones cortos y una camiseta de canalé se hallaba de pie junto a la puerta, con las piernas abiertas. De las botas de trabajo le sobresalían unos calcetines a rayas.

—¿Qué pasa? —dijo el hombre con el tono de un ladrido.

—¿Señor Kant? Estábamos de camino a Keetmanshoop y queríamos preguntarle si podría cobijarnos del mal tiempo.

El hombre se rascó la barbilla. Se le notaba que no era a Ruth a quien había estado esperando precisamente.

—Mi esposa está en casa de su hermana. Tendrán que

prepararse ustedes mismos la habitación de los invitados. Y tampoco tengo mucha comida en casa.

—No se moleste, por favor, nosotros ya tenemos algo y pasaremos la noche en nuestros sacos de dormir.

—De acuerdo, entre —gruñó Kant—. Pero rápido, que no quiero que la tormenta me meta más mierda en casa.

Ruth asintió y volvió corriendo al coche.

—Venga, agarre los sacos de dormir —le gritó a Horatio.

Los primeros goterones empezaban a caer en el techo del vehículo. Horatio tomó el equipaje, y levantando los hombros y con la cabeza gacha fueron corriendo hacia la casa.

El granjero estaba todavía en la puerta. Cuando ambos se disponían a entrar, levantó un brazo a modo de barrera.

—Un momento, un momento. No me había dicho que venía con un cafre. En mi casa solo entran blancos. El negro, que pregunte a mis trabajadores si les queda sitio para él. Las chozas las tienen a una milla hacia el norte.

El estallido de un trueno interrumpió al hombre. Los relámpagos golpeaban como si el mismo Dios estuviera lanzándolos sobre la Tierra.

—Mire, hemos venido juntos. No monte ningún escándalo y déjenos pasar. Ya le pagaremos por su hospitalidad.

Ruth quiso pasar por su lado pero el hombre tenía clavado el brazo en el marco de la puerta como una barrera.

—¿No me ha oído, señorita? En mi casa no entran cafres.

—De acuerdo, señor, usted manda. Pero rece a Dios para que no llegue el día en que necesite la ayuda de un cafre, y si llega, rece porque el cafre esté un poco más dispuesto a ayudar que usted —dijo Ruth, y, acto seguido, dio media vuelta—. Ven.

Sin darse cuenta de que acababa de tutear a Horatio, le agarró de la manga y lo condujo hasta el coche bajo la lluvia, mientras que Kant daba un portazo a sus espaldas.

—Qué vergüenza —gritó Ruth—. Y luego dirán que las gentes del África del Sudoeste son hospitalarias. ¡No me hagas reír! —Estaba tan furiosa que iba dando golpecitos con los dedos en el volante—. ¿Es que a usted no le molesta?

Horatio negó con la cabeza.

—No, no especialmente. Ya estoy acostumbrado. Soy un negro, un cafre, un simio, ¿sabe? Y usted, ¿ha alojado en su casa a un negro alguna vez?

—¿Qué quiere decir? Mama Elo y Mama Isa viven en la casa de la granja, al menos en el ala de los invitados.

—Sí, pero trabajan para usted. ¿Alguna vez ha tenido a un negro de invitado? ¿A uno que se sentara en la mesa con usted, que bebiera de su buen vino y que pasara la noche en la habitación de los invitados?

Ruth sacudió la cabeza.

—¿A qué viene esto? Yo solo conozco a los negros de nuestra granja y a los de las granjas vecinas. Ellos ya tienen sus camas y no necesitan habitaciones de invitados.

—Pero no mantiene una relación de amistad con ninguno de ellos, ¿verdad?

Ruth agitó la mano en el aire.

—Tiene razón, los negros no son mis amigos, pero los blancos tampoco —dijo al tiempo que pensaba en Santo, en su hermosa mujer, en Elo, en Isa y en Nath—. Pero si tuviera que elegir, creo que preferiría tener amigos negros. Y en Salden's Hill nunca hemos rechazado a nadie que necesitara ayuda.

—Oh.

—¿Eso es todo? ¿Un oh? ¿Y ahora qué hacemos?

Horatio se encogió de hombros.

—Usted es la mujer del campo, la que tiene experiencia. Yo solo soy un simple cafre de ciudad.

—Pues vale, sigamos conduciendo mientras podamos. En algún sitio habrá una cabaña para pastores. Pasaremos la noche allí.

Encendió el motor y se fue alejando lentamente de la granja. La lluvia caía sobre el tejado del vehículo como si fueran piedras, y la suciedad de los cristales se mezclaba con la lluvia, caía en arroyos de un gris rojizo y dejaba una capa opaca que les tapaba la vista.

—¡Ahí detrás, ahí hay una choza! —exclamó Horatio, haciendo una señal con la mano en la oscuridad—. Ahí, ¿la ve?

—Parece una morada para trabajadores temporeros. Esperemos que no esté ocupada y que con este tiempo al viejo Kant le dé demasiada pereza echar un ojo a su choza.

Tuvieron suerte. La choza de piedra, baja e inclinada, estaba vacía. Tenía las ventanas tapadas provisionalmente con tablones clavados. Dentro había una vieja cocina de gas sin gas, además de una mesa tambaleante y dos sillas con el asiento desgastado por el uso. El suelo estaba lleno de suciedad y de las paredes colgaban telarañas.

—No es precisamente el Hilton, pero es mejor que emparse bajo la lluvia.

—¿El qué?

Ruth levantó la vista.

—El Hilton. Una cadena de hoteles muy famosa y carísima. La conozco por las revistas de mi madre.

—Ajá.

Ruth sacó el saco de dormir y lo tendió en el suelo.

—¿Tiene hambre todavía? —preguntó.

Horatio negó con la cabeza.

—Pero una cerveza estaría bien ahora.

—Coja una. —Ruth rebuscó en su bolsa de lona y tendió a Horatio una botella de cerveza Hansa Lager—. No está fresca, pero creo que igualmente le valdrá.

—Voy a salir debajo del colgadizo. Un tiempo así no se ve muy a menudo en la ciudad.

Ruth lo siguió. Apoyados uno al lado del otro en la pared, observaban el cielo. Todavía tenía un color violeta oscuro, y de vez en cuando los rayos partían la oscuridad. La tierra de delante de la choza, normalmente polvorienta, estaba humedecida por la lluvia que caía sobre el techo y se filtraba por él a goterones. En los charcos iban estallando las burbujas.

—Como si Dios hubiera decidido que se acabara el mundo —dijo Ruth en voz baja—. Ya veremos si mañana podemos salir de aquí. El camino estará todo embarrado. Solo podremos ir seguros por el camino de grava.

Horatio asintió.

—«El dios del fuego está enfadado», solía decir mi abuela cuando venía una tormenta, y yo siempre tenía mala conciencia porque pensaba que ese dios estaba enfadado conmigo.

—No es muy humilde que digamos, ¿no? —se rio Ruth—. ¿De verdad creía que Dios montaba todo este circo solo porque se le había olvidado recoger el coche de juguete?

—Yo no tenía coches de juguete. No tenía ningún juguete que se pudiera comprar en una tienda —contestó Horatio en tono alegre—. Solo una pelota de trapo, un neumático de plástico y una especie de muñeco que mi madre misma había cosido. Ah, y una vez mis hermanos me hicieron un cochecito con cajas de fruta viejas y ruedas de cochecito de bebé.

—Oh —dijo Ruth al tiempo que bajaba la mirada.

Entretanto, la lluvia se había hecho tan fuerte que tuvieron que abandonar su refugio bajo el colgadizo y entrar en la choza.

—Yo crecí en una cabaña de chapa. Mis dos hermanos mayores eran fuertes como osos. Ya de jovencitos podían ocuparse del trocito de tierra que teníamos detrás de la casa, y ambos cuidaban las cabras. Yo, por el contrario, era débil y tenía tendencia a enfermar. Una vez tuve que cuidar yo de las cabras porque mis hermanos tenían que ir a por leña. Así que me senté en un trozo de tierra seca del prado con un bastón en la mano y no tenía que hacer nada más que vigilar las dos cabras. Con el bastón iba dibujando formas en el polvo y de vez en cuando les echaba una ojeada. Cada vez estaban un poquito más lejos, pero siempre lo suficientemente cerca como para reconocerlas. Sin embargo, dejaron de moverse de pronto. Yo pensaba que debían de estar cansadas y las dejé tranquilas. Hacía calor, así que si la gente lo pasa mal por el calor, ¿por qué no iban a estar cansadas también las cabras? Yo estaba ahí sentado, mirando de vez en cuando aquellas dos manchas grises, plantadas con toda tranquilidad en mitad del campo. Cuando empezó a caer la noche, quise levantarme e ir a buscar las cabras. Y entonces fue cuando me di cuenta de que llevaba todo el tiempo mirando dos rocas. Las cabras se habían ido. —Horatio se detuvo y miró a Ruth—. ¿Lo entiende? No veía bien pero nadie se había dado cuenta, nadie había tenido tiempo de darse cuenta. Y así perdí las cabras, lo más valioso que poseía mi familia.

Aunque intentó ocultar su desesperación tras una sonrisa, Ruth vio en su cara la gran decepción de su vida. Le cogió de la mano un instante.

—Usted no pudo hacer nada por evitarlo. No tenía la culpa de tener mal la vista.

—Ya lo sé. En cualquier caso, mis padres no tenían dinero para unas gafas. Cuando el vecino murió, heredé las suyas. Con ellas veía borroso, pero si me colocaba algo muy cerca de los ojos no había problema. —Horatio se detuvo—. El vecino era conserje en una escuela de misioneros y tenía algunos libros. Dado que nadie me quería para trabajar después de haber perdido las cabras, empecé a leer. Leía todo lo que me caía en las manos. El cura se dio cuenta de mi avidez por la lectura y me prestó sus libros. También fue él quien se encargó de que fuera a la escuela. Mis padres estuvieron de acuerdo. En la escuela daban de comer gratis y así mis padres tenían una comida menos que darme. El maestro era un baster, el hijo de un blanco y una negra de la tribu de los khoikhoi.

—¿Una mujer de los hotentotes? —le interrumpió Ruth.

—Sí, creo que los blancos los llamáis así. Los nama son los auténticos hotentotes, pero los san también están relacionados con ellos. A mi maestro le interesaba mucho la historia y pronto se convirtió también en mi mayor afición. Los otros niños no me prestaban atención, como mucho se reían cuando me tropezaba con mis propios pies. Era un inútil jugando al fútbol, y en cambio solía sacar notas sobresalientes. Pero no deseaba otra cosa más que poder meter el gol decisivo algún día. Solo una vez, por un día, quería ser la estrella del fútbol en la escuela. Pero bueno, en lugar de eso me llevaba alguna paliza de vez en cuando porque hacía demasiadas preguntas en clase. Decían que le hacía la pelota al profesor, pero no era verdad,

lo que pasa es que no tenía otra cosa más que mis conocimientos. Acabé la escuela siendo el mejor estudiante. Tampoco era muy difícil, porque era el único que no tenía que
trabajar luego en casa. Podía pasarme todo el tiempo metido en libros.

»Para la familia, yo seguía siendo un inútil. Yo sabía
que querían que me marchara, aunque nunca llegaron a
decírmelo. Era una boca más que alimentar, y además inútil, alguien que ocupaba una plaza para dormir. El maestro se empecinó en que fuera a la universidad. ¡Un cafre
en la universidad, imagínese! Eso no se había visto nunca,
y en realidad tampoco fui estudiante oficial. Me dejaban
ir a las clases, pero nunca estuve matriculado como los
blancos. Oficialmente, yo trabajaba allí como conserje. Y
volví a tener suerte. Alguien se dio cuenta de mi don para
las lenguas. Me dejaron estudiar Historia y las lenguas de
los negros, así como utilizar la biblioteca. Estaban seguros de que más tarde me podrían utilizar como interme-
diario. Después de mis "estudios", me obligaron a trabajar para la Administración de Sudáfrica, para los blancos.
Y yo accedí, porque si no, no me hubieran dejado presen-
tarme a los exámenes.

—¿Qué pretendía el gobierno con todo aquello? —preguntó Ruth en voz baja.

—Se creía que los nama eran los protectores de los diamantes —explicó Horatio—. Y, claro, un nama que tra-
bajara para los blancos y que pudiera revelar los secretos
de su propio pueblo les servía de ayuda. Una vez acaba-
dos los estudios rechacé trabajar para aquellos tiburones
de diamantes. Al fin y al cabo, me había comprometido a
trabajar para la Administración de Namibia, pero no para
la economía. Yo quería escribir una tesis sobre los distintos pueblos y tribus de Namibia y sus lenguas. Pero has-

ta hoy no he podido encontrar ningún director para mi tesis. Soy un don nadie que vive de pequeños trabajos de investigación... En estos momentos estoy trabajando en un estudio sobre la sublevación de los nama y de los herero en 1904 desde el punto de vista de los negros, una investigación para los blancos. Ahora ya lo sabe.

—¿Y todavía quiere ser una estrella del fútbol? —preguntó Ruth.

Entretanto, se había hecho tan oscuro en la choza que Ruth no podía verse ni su propia mano delante de los ojos. No sabía dónde estaba Horatio exactamente, pero oía su respiración y hablaba en la dirección de la que provenía el sonido.

—Sí, estaría bien ser una estrella del fútbol —se rio Horatio—. Pero ¿ha visto alguna vez a un jugador de fútbol con gafas? —Ruth lo oyó girarse—. ¿Y usted? ¿Con qué sueña? —le preguntó él.

«Con ser alta, delgada y guapa, tener las piernas de una jirafa y el garbo de una gacela, y también con poder conservar mi granja y poder producir fantásticos quesos algún día, claro está», pensó Ruth, pero permaneció callada.

—Que descanse bien —le dijo él después de un rato.

—Y usted también.

Ruth tuvo que confesarse que la historia de Horatio la había conmovido. Él también era alguien a quien nadie quería y a quien nadie necesitaba. ¿Por qué quería ir con ella a Lüderitz? ¿Quería demostrar que era un buen nama? ¿Quería ir con ella solo para recuperar el Fuego del Desierto para su pueblo? ¿O quería mostrárselo a sus padres, a sus hermanos y a sus antiguos compañeros de escuela?

A la mañana siguiente había cesado el viento, pero todavía se cernían las nubes sobre el campo, tristes y grises como una sábana vieja. Ruth suspiró. Iba a ser un día duro. Después de toda aquella lluvia, los caminos estarían resbaladizos y no sería fácil conducir por ellos. Despertó a Horatio. A continuación bebieron café, comieron unas cuantas galletas secas y se pusieron en marcha.

El motor del Dodge traqueteó.

—¿Entiende de motores? —preguntó Ruth.

—¿Cómo? No, qué va. No sé nada de motores. Ni siquiera sé conducir.

Ruth reprimió un suspiro y miró de reojo a Horatio, que tenía la cabeza gacha y se limpiaba las gafas con el borde de la camisa. Ella conducía desde los doce. Por aquel entonces, claro está, lo hacía en secreto y solo cuando Ian se sentaba junto a ella al volante, pero desde los catorce conducía en público e incluso iba a la ciudad. La mayoría de sus conocidos no tenían licencia de conducir. ¿Y para qué? Había tanto tráfico en Namibia como lluvia en el desierto. Pero tan importante era la lluvia en el desierto como el arte de la conducción lo era para aquellos que vivían en el desierto o en sus inmediaciones.

Lentamente, sin acelerar mucho, Ruth siguió conduciendo. Cuando podía, iba evitando los charcos de agua que se habían formado en el camino.

—Me desprecia, ¿no?

—¿Qué? —Ruth se sobresaltó al oír la pregunta de Horatio. Estaba concentrada al máximo y tenía la mirada fija en el camino resbaladizo y lleno de baches.

—Que me desprecia, ¿o no es verdad?

—No, no le desprecio. Mire, tengo que estar pendiente de la carretera. ¿Y qué motivos tendría yo para despreciarle?

—Lo noto en su voz. Me desprecia porque no sé nada de las cosas con las que usted tiene que lidiar a diario. No tengo ni idea de ovejas. Ni siquiera soy capaz de vigilar un par de cabras. Si hay un árbol cruzado en el camino, no tengo ni idea de cómo deshacerme de él. Me resulta complicado encender un fuego, no sé nada de motores. Es normal que me desprecie. Un hombre de verdad, sea blanco o negro, tendría que saber todas esas cosas.

Ruth reconoció el desánimo y la tristeza en la voz de él.

—Ya conozco a muchos hombres que arreglan coches y saben pastorear. La mayoría de ellos son peludos como carneros y huelen igual.

No eran precisamente las palabras de consuelo y compasión que Ruth hubiera querido decir, pero Horatio se rio en voz baja y volvió a mirar por la ventana. Al cabo de un rato dijo:

—Podríamos pasar por Keetmanshoop para ir a Lüderitz.

—¿Keetmanshoop? —preguntó Ruth, frunciendo el ceño—. ¿Y qué demonios tenemos que hacer allí? Yo pensaba que íbamos en dirección a Keetmanshoop, pero que a la altura de Mariental nos desviaríamos por otro camino hacia la derecha.

—Keetmanshoop fue fundada por un alemán. Muchos de los que estaban relacionados con las minas de Lüderitz vivieron más tarde en Keetmanshoop. Llegaron de la ciudad fantasma de Kolmanskop. Allí quizás encontremos pistas sobre sus abuelos. Todavía se conserva la antigua oficina de correos. Quizás alguien sepa algo por allí que le pueda interesar.

—¿Y hay también allí pistas sobre los nama? Mire, no tengo ni idea de qué significa todo esto, pero ¿por qué quiere llevarme hasta Keetmanshoop?

—Ahora mismo su desconfianza no me adula —dijo Horatio con un suspiro.

—Tampoco es mi obligación subirle la autoestima —respondió Ruth, si bien hacía pocos minutos aquello era justamente lo que pretendía.

—Lo crea o no, quería hacerle un favor. No sé lo que podría necesitar, pero pienso como un científico. Si hay testigos de la generación de sus abuelos que, además, hayan tenido alguna relación con los diamantes, es muy posible que se encuentren allí.

—¿Quiere decir testigos del diamante Fuego del Desierto? Por fin sé lo que pretende. —Ruth aceleró tanto que Horatio se echó hacia atrás en su asiento.

—Oiga —oyó decir a Horatio en voz baja—, yo no soy su enemigo, Ruth.

Tenía una respuesta mordaz en la punta de la lengua, pero de pronto apareció ante ellos el letrero de Mariental, y, justo detrás, una parada de camiones. Ruth detuvo el vehículo, repostó y llenó dos bidones de gasolina y tres de agua.

No había ni un alma en la parada, tan solo unas cuantas sillas de plástico junto a tres mesas como parientes perdidos. Un hombre mayor con una camisa gris estaba apoyado detrás del mostrador, observando por entre los dulces.

—El Dodge, depósito lleno, y tres bidones —dijo Ruth. El hombre asintió con la cabeza sin pronunciar palabra, se inclinó hacia la ventana y leyó lo que indicaba el surtidor de gasolina.

—¿Algo más?

—Tres bocadillos, dos chocolatinas y dos cafés.

—¿Adónde van?

—En dirección a Keetmanshoop —contestó Ruth—, y luego tomaremos el desvío de la B1 hacia Lüderitz.

—No es muy buena idea.

—¿Por qué?

—La B1 está cortada. La policía empezó ya durante la noche las tareas de limpieza. La mitad del camino tiene socavones. Más allá de Mariental no hay ni electricidad ni teléfono.

—¿Por la tormenta?

El hombre asintió.

—Nunca había visto una cosa así. En comparación, las cataratas Victoria son una mierda.

Ruth asintió.

—¿Y cómo está la cosa al este de la B1?

El hombre se encogió de hombros.

—Esta mañana vino un camión. Había pasado por el Kalahari, desde Gibeon hasta Spielmans Lodge y luego hasta aquí.

Ruth sacudió la cabeza.

—La arena debe de estar empapada. El Dodge se quedará atascado.

—Es muy probable. Entonces o se esperan o van hacia el este.

Ruth señaló a un mapa colgado en la pared.

—¿Hacia el este, entonces? Pero ¿cómo? ¿Por la C19 en dirección a Maltahöhe?

—Sería una posibilidad —respondió el hombre—. Diez millas más allá de Mariental hay una granja. Si no me equivoco, de allí sale un camino de tierra que vuelve a Gibeon.

Ruth asintió, revolvió en su cartera y le dio al hombre lo que le debía.

—Mucha suerte —gritó el hombre cuando Ruth se disponía a marcharse.

—Gracias, la necesitaré.

Entretanto, Horatio había limpiado los cristales del vehículo. Ruth le acercó un bocadillo y un café. Comieron y bebieron en silencio.

—¿Y ahora cómo seguimos? —preguntó finalmente Horatio, al tiempo que se sacudía unas migas de la camisa.

—En dirección a Maltahöhe por la C19. La carretera principal, la B1, está cerrada más allá de Mariental. —Ruth abrió la puerta del coche y saltó al asiento—. ¿Nos vamos?

—¡Espere! —gritó Horatio, y desapareció en la parada de camiones. Instantes más tarde volvió con cuatro bocadillos más.

—¿Qué se trae entre manos?

—Nada, solo quería asegurar provisiones.

—Vaya... —dijo Ruth, sacudiendo la cabeza—. ¡Estos hombres de ciudad!

Acto seguido se pusieron en camino.

El paisaje a izquierda y derecha de la carretera era totalmente diferente al de antes. La hierba, antes dura y de color gris, había adquirido ahora una tonalidad verdosa y bordeaba la pista, que aquí era de tierra compacta, cubierta solo parcialmente por la gravilla. Aquí y allá encontraron ramas en el camino, pero no había árboles caídos. Aun así, una vez tuvieron que parar por un rebaño de vacas que lo estaba cruzando. Dos jinetes conducían a los animales de vuelta al prado entre gritos:

—¡Moveos, moveos!

—Están bien cebados —señaló Ruth en un tono de experta profesional—. Deben de tener dos años. Ya se podría sacar un buen dinero con ellos en una subasta, pero yo me esperaría todavía hasta que parieran una o dos veces, y luego ya los vendería.

—Ajá —dijo Horatio al tiempo que le tendía un bocadillo a Ruth—. Tenga, cójalo. Ahora tampoco podemos hacer otra cosa...

Cuando, un rato después, los ganaderos les hicieron una señal, siguieron conduciendo despacio. Horatio silbó. Había bajado la ventanilla de su lado y sacaba por ella la cabeza al viento.

—No sabía que el campo podía ser tan fresco —explicó mientras seguía silbando.

—No haga ruido un segundo —le increpó Ruth.

—¿Qué pasa?

—El motor traquetea. No funciona bien, ¿no lo oye?

—¿Y eso qué significa? —le preguntó Horatio, fijando en ella la mirada.

El vehículo empezó a dar sacudidas, luego dio un salto y se quedó parado.

—¡Mierda! —Ruth retiró la llave de contacto y saltó del vehículo. Levantó el capó y comprobó las bujías, el aceite y el líquido refrigerante. Todo en orden—. Va, venga, dime qué te pasa. —Ruth miraba desesperada el motor de su todoterreno.

Horatio se había acercado a su lado.

—Quizá sea la correa trapezoidal —sugirió.

—Bah, ¿y usted qué sabrá?

—Nada, pero una vez vi en el cine una película en la que un coche tenía la correa trapezoidal rota y la joven heroína tenía que quitarse las medias.

—Ajá, ya veo por qué se acuerda. Lo único es que yo no llevo medias. —Volvió a inclinarse sobre el motor, lo removió un poco por dentro como remueve un niño las espinacas y finalmente sacó una correa delgada. La miraba sin poder creer lo que veían sus ojos.

—¿Eso es una correa trapezoidal? —preguntó Horatio. No pudo evitar esbozar una sonrisa.

—¡Venga! —gruñó Ruth—. Coja su maletín y su cepillo de dientes y venga de una vez. No sé cuánto más aguantará el tiempo.

Estaba enfadada y ni siquiera pensaba en ocultar su mal humor. En la cabina del conductor buscó un cinturón con bolsillos de cuero a izquierda y derecha, metió en ellos la cartera y el cepillo de dientes, se ató el cinturón y cerró el coche.

—¿Qué hacemos ahora? —preguntó Horatio.

—¿Que qué hacemos? Pues vamos a ir hasta la siguiente granja y allí intentaremos encontrar una correa trapezoidal.

—¿O unas medias?

Ruth se detuvo y fulminó a su acompañante con la mirada.

—En vez de mirarle los muslos desnudos a la mujer en el cine, más le hubiera valido ver exactamente cómo reparaba el hombre la correa.

Ruth dio media vuelta y se alejó caminando a paso enérgico. Horatio la siguió bamboleando los brazos.

Dos horas después por fin habían llegado a una granja. En el cartel de la entrada constaba el nombre de NORMAN'S GREEN, si bien en los alrededores no había nada verde, por ninguna parte. El paisaje era tan seco y árido que las pocas plantas que había tenían una tonalidad gris y se distinguían poco del suelo.

Llegaron delante de la casa de una sola planta, cuyas ventanas blancas brillaban por la luz grisácea.

—Hola —gritó Ruth—, ¿hay alguien ahí?

Nadie respondió. Dio la vuelta al edificio y así llegó al establo. Había una puerta abierta y dentro se oían ruidos de ovejas balando, hombres charlando y aparatos eléctricos en funcionamiento.

—¡Hola! —volvió a gritar. Inmediatamente los aparatos dejaron de sonar. Un joven y un hombre mayor asomaron la cabeza. Cada uno tenía una oveja sujeta entre las rodillas y una máquina de esquilar en la mano derecha.

—¿Qué quería, señorita?

—Oh, mi coche se ha quedado parado por culpa de la correa trapezoidal. A dos horas de aquí en dirección a Mariental. ¿No tendrán por casualidad... ejem... unas medias o algo así en la casa?

El joven se rio. El mayor preguntó:

—¿Qué coche es?

—Un Dodge 100 Sweptside.

—Es posible que justamente disponga de una correa trapezoidal, a no ser que quiera hacer una chapuza sí o sí. Pero ahora no me puedo mover de aquí, ya ve usted, estoy con las ovejas. Mañana a primera hora llega el camión, y para entonces todas estas bestias tienen que estar esquiladas. Los esquiladores no han venido, supongo que por la tormenta. A saber dónde estarán ahora...

—Si me pudiera dar la correa en un momento, yo misma lo arreglo...

—Lo haría, señorita, pero la tendría que buscar y no tengo tiempo para eso.

El hombre volvió a encender la máquina y se inclinó sobre la oveja.

Ruth lo observó durante un instante y elevó la mirada al cielo que seguía cubriendo la tierra con su color todavía gris.

—¡Mire! —volvió a gritar, esperando a que los hombres apagaran de nuevo los aparatos—. Yo soy granjera, vengo de Salden's Hill, en Gobabis. Yo misma tengo ovejas y les podría ayudar a esquilarlas. Déjennos a mí y a mi acompañante pasar aquí la noche y mañana por la mañana, cuando el camión se haya ido, nos ocuparemos de mi vehículo.

Al ver que el hombre mayor la miraba con escepticismo, Ruth se quitó la blusa con decisión.

—¿Tienen algún mono o algo así para mí?

El muchacho le señaló unos pantalones que colgaban de un gancho junto a la puerta.

—Coja esos.

Sin ningún tipo de reparo, Ruth se quitó los pantalones negros, se enfundó los tejanos, se los arremangó hasta las rodillas y se pasó una cuerda por la pretina.

—Listos. ¿Queda sitio para mí?

El mayor de los dos, sin musitar palabra, le señaló una máquina de esquilar que colgaba del techo.

—Pues empecemos.

Ruth abrió el vallado, puso panza arriba a una oveja con un solo gesto, la agarró de las patas delanteras y la puso en el sitio. A continuación, se colocó al animal entre las piernas para que no pudiera escaparse, encendió el aparato y empezó a esquilar.

Durante un instante, los hombres la miraron sin poder articular palabra. Ruth levantó la mirada.

—Bueno, tanta prisa no tendrán, si tienen tiempo de quedarse mirando a una granjera mientras trabaja.

El más joven esbozó una sonrisa, mientras que el mayor se dio un golpecito en el sombrero y se dispuso a continuar con su tarea con un ¡bravo!

Nadie había prestado atención a Horatio, que se había quedado en la puerta con la camisa arremangada y sus elegantes zapatos de ciudad cubiertos de polvo. Ruth levantó la vista y le increpó:

—¿Quiere quedarse mirando o prefiere ser un poco útil?

—Mejor lo segundo —respondió Horatio.

—Entonces agarre la lana y póngala en la mesa de clasificación y barra el suelo entre los sitios.

—Sí, jefa.

E inmediatamente tenía los brazos llenos de lana. Pocos minutos después, su camisa blanca ya estaba cubierta de heces de oveja, gotitas de sangre e hilachas de lana. Impasible, iba dejando la lana en la mesa de clasificación y barriendo el suelo alrededor de los esquiladores, como si hubiera pasado media vida de ayudante en una granja ovina.

8

Horatio se lamentó y se llevó las manos a la espalda dolorida.

—Creo que nunca en mi vida había estado tan sucio.

Estaba frente a la casa señorial y se esforzaba por quitarse la mugre de los zapatos junto al muchacho joven que se hacía llamar Tom.

—Para ser un hombre de ciudad te has deslomado.

Tom abrió dos botellas de cerveza Hansa Lager y le tendió una a Horatio. A continuación, ambos bebieron con un sonoro «¡ah!» y se limpiaron la espuma de la boca.

—Y la chica, la granjera de Gobabis, ¿cómo dices que se llama?

—Ruth.

—Bueno, es mejor que todas las chicas de por aquí. Una así nos haría falta aquí en la finca. ¿Sabes algo más de ella?

Horatio sacudió la cabeza.

—Tiene una granja propia y no creo que esté muy pendiente de los hombres.

Tom frunció el ceño.

—¿Por qué no? Todas las chicas quieren casarse, sean granjeras o no. Está en su naturaleza. Lo de tener hijos y eso.

—En la suya no.

—¿Y cómo lo sabes? ¿Se lo has preguntado?

Horatio se echó a reír:

—Mírame, soy negro. ¿Alguna vez has visto a un negro preguntándole a una blanca por sus planes de boda?

Tom sonrió de mala gana y a continuación chocó su botella contra la de Horatio.

—Tienes razón, compañero. No lo he visto nunca. Pero eso no quiere decir que no pueda pasar. Entonces, ¿crees que podría tener yo alguna posibilidad con ella?

Horatio observó a Tom. Era un muchacho alto con manos fuertes y una cara que inspiraba confianza y honradez. Sin duda sería un buen marido y un padre orgulloso. Pero la idea de ver a Ruth junto a aquel hombre no le agradaba en absoluto.

—Olvídate del tema. Por lo que sé, ya está comprometida.

—Ya me lo había imaginado —respondió Tom—. No hay muchas mujeres como ella por aquí.

Ruth estaba bajo la ducha, disfrutando del agua caliente. Le dolía la espalda después de haber pasado horas encorvada. Sin embargo, sonreía al pensar en Horatio, que había estado arrimando el hombro como si su trabajo fuera ayudar a esquilar cada día. Se había arremangado los pantalones y se había limitado a echar una mano sin formular muchas preguntas. El ambiente de trabajo le había resultado inesperadamente agradable, ya que entre aquellos hombres, a diferencia de los de Salden's Hill, no había una competición por ser el mejor esquilando o el más rápido, sino solamente trabajo y concentración interrumpidos por pequeñas pausas en las que, sin mediar palabra, se iban pasando las cervezas.

Hacer, hacer, y no preguntar ni hablar demasiado. Era una forma de trabajar, una forma de vivir que Ruth apreciaba mucho. Hablando, tal y como le habían enseñado, no se solucionaba nada.

Más tarde, sentada junto a los demás delante de la chimenea después de una comida compuesta de costillas de cordero, alubias y tocino, se sentía ligera, casi libre de preocupaciones. Sostenía una botella de cerveza en la mano y miraba las llamas. Una de las ventanas estaba abierta y el fresco de la tarde penetraba por ella haciéndola tiritar.

—¿Por qué no está usted en su granja? —le preguntó Walther, el mayor, que resultó ser el padre de Tom.

Ruth no se lo pensó mucho para responder. Se encontraba tan a gusto en aquella casa, se sentía tan protegida entre gentes de su misma clase, que dejó a un lado su desconfianza habitual.

—Mi granja está al borde de la quiebra. Tendría que casarme con el vecino para salvarla, pero sé que quiere montar una lechería, quiere devastar mis tierras y... —vaciló durante un instante— y dominarme a mí también. Y no puede ser. En cualquier caso, yo soy la única que quiere salvar la granja. Mi madre preferiría vivir en la ciudad.

Walther asintió.

—Para los granjeros es difícil, y todavía más para las granjeras —dijo el hombre—. Algunos de por aquí también han tenido que tirar la toalla. Pero ¿por qué quieren ir a Lüderitz?

Ruth miró a los ojos al hombre mayor. En ellos vio interés y ganas por saber de ella.

—Mis abuelos, según dicen, se vieron involucrados en

el levantamiento de los nama y de los herero —explicó ella—. Mi abuelo perdió la vida y mi abuela desapareció con un diamante muy valioso. Me gustaría averiguar lo que pasó entonces en Salden's Hill, asegurarme de que realmente es de donde soy y de que merece la pena luchar por la granja —dijo, y se echó a reír un poco cohibida—. Pero quizá también esté buscando fuerzas para lo que me espera.

Walther asintió con tranquilidad y a continuación se dirigió a Horatio.

—¿Y usted? ¿También es de Salden's Hill?

El historiador negó con la cabeza.

—No, yo estoy trabajando en la historia de mi pueblo, los nama, y espero encontrar más informaciones al respecto en los archivos de la Compañía de Diamantes de Lüderitz.

Walther volvió a asentir con tranquilidad. Entonces Tom empezó a hablarles de su granja, de un programa de cría programada y de un nuevo sistema para combatir las malas hierbas de los prados. Walther señaló con el dedo a Horatio y Ruth no pudo evitar echarse a reír al verlo. El historiador estaba tumbado en el sillón con las piernas estiradas y los brazos colgando por encima de los reposabrazos a izquierda y a derecha. Las gafas se le habían resbalado por la nariz y tenía la cabeza apoyada sobre el pecho. Iba profiriendo leves ronquidos.

Walther se levantó.

—Os he preparado una habitación, podéis ir a dormir. Todos estamos cansados. Justo después del desayuno me ocuparé del Dodge.

Hizo una señal con la cabeza a Tom y este se dirigió al negro y le dio un golpecito en el hombro hasta que abrió los ojos.

—Ven, te enseñaré dónde puedes dormir.

Una vez que ambos hombres salieron de la habitación, Ruth se levantó.

—Yo también me voy a la cama.

—Un segundo, chica —le pidió Walther, que había vuelto de nuevo.

Ruth volvió a sentarse.

—¿Sí?

—¿Confías en él? En el negro, quiero decir.

Ruth se encogió de hombros.

—No lo sé. Hasta ahora solo he tenido buenas experiencias con él, pero apenas lo conozco.

Walther se encendió un cigarrillo y fue expulsando el humo lentamente.

—¿Qué sabes tú sobre los nama?

Ruth sacudió la cabeza.

—No mucho, lo que saben todos los blancos.

—¿Y qué sabes del diamante Fuego del Desierto?

Ruth no pudo evitar estremecerse cuando Walther pronunció el nombre del diamante. No estaba segura de haberlo mencionado durante la conversación.

—Nada —respondió.

—Pues entonces te contaré yo algo. Una parte de los nama creen que la piedra Fuego del Desierto es el mayor tesoro de su tribu. El diamante contiene el fuego sagrado y en él no se puede extinguir nunca ese fuego. La piedra es una reliquia y un dios a la vez. En su brillo se muestra su poder. Vigilado por el jefe de los nama, el Fuego del Desierto siempre ha protegido a los negros de las desgracias. Hasta el día en que llegaron los blancos. Ellos robaron el Fuego del Desierto, les arrebataron a los negros sus tierras y sus mujeres y los esclavizaron. Las creencias de los nama afirman que la pérdida del diamante ha provocado el sufrimiento de los nama, y que este sufrimiento no se acabará hasta que el jefe de la tribu no haya recuperado el Fuego del Desierto. ¿Lo entiendes, chica? —dijo Walther, mirándola con insistencia.

Ruth sacudió la cabeza.

—¿Qué quiere decir con eso? Que el «diamante del desierto» es sagrado y que simboliza el alma del pueblo, eso ya lo sabía yo.

—Los nama siguen buscando la piedra aún. Todavía siguen mandando a muchachos jóvenes y fuertes para que la encuentren.

—¿Y usted cree que Horatio también anda buscándola? ¿Que me está utilizando para llegar a ella?

Walther se encogió de hombros.

—No quiero decir nada. El joven ha trabajado muy bien, tiene un semblante honrado y es bueno con los animales. Solo quería advertirte. De granjero a granjera.

Ruth le dio las gracias. Le gustaba Horatio, sus maneras torpes pero esforzadas, su sonrisa blanca. Se sentía cómoda en su presencia, ni muy gorda ni muy delgada, sino en el punto justo. Él le daba la sensación de que podía ser tal y como era. Aunque tampoco le había pasado inadvertido que él, en ocasiones, la miraba pensativo, como si se preguntara hasta qué punto podía serle útil. En aquellos instantes era cuando le asaltaban las dudas.

Se llevó la mano a la cinta de cuero que sujetaba la piedra de Mama Elo. Cuando la tocó mirando las llamas de la chimenea que estaban ya extinguiéndose, le aparecieron imágenes en la oscuridad. Una mujer joven se hallaba en un cerro verde, el mismo que en su primera visión. La mujer miraba al horizonte, protegiéndose los ojos del sol con la mano. Apareció un jinete. Se acercaba rápidamente y la joven se llevó las manos a la garganta por la excitación y fue dando pasitos hasta que no pudo contenerse más y echó a correr al encuentro del jinete.

—¡Wolf! —le gritaba—. ¡Wolf!

Y él también gritó, espoleando más a su caballo.

—¡Rose mía! ¡La más bonita de todas las rosas!

Se abrazaron, se besaron. Una y otra vez la mujer cogía la cabeza del hombre entre sus manos y lo miraba. Una y otra vez le pasaba los dedos por los hombros como si le costara creer que había regresado.

—Me aprietas —dijo el hombre, soltándose con cuidado—. Ahora todo irá bien, Rose mía. Ahora empieza nuestra vida —dijo, sacándose de la cartera un certificado con un sello lacrado, y se lo tendió a la muchacha.

Ella lo cogió, lo leyó, abrió bien los ojos y gritó:

—¡Salden's Hill! Lo has conseguido. Nuestra granja, nuestra propia granja.

Entonces se colgó del cuello del hombre.

—Sí, Salden's Hill. Pero eso no es todo, amor mío.

—¿Ruth? ¡Ruth! ¿Está todo bien?

—¿Cómo? —Ruth se estremeció como si acabara de despertarse de un sueño. Se miró el vello del antebrazo, que se le había erizado—. No es nada, debo de haberme quedado traspuesta.

Walther estaba delante de ella. Le había puesto una mano en el hombro.

—Ve a dormir, chica. Mañana será otro día.

A la mañana siguiente, Walther arregló el Dodge, les llenó los bidones de agua y deseó un buen viaje a Ruth y a Horatio.

Entretanto, el camino se había vuelto como mínimo transitable, así que después de dos horas Ruth y Horatio se desviaron por la B1 que, para su alegría, también se encontraba en buen estado.

—¿Qué, tiene agujetas de ayer? —preguntó Ruth, que hasta entonces había estado muy parca en palabras. Se había pasado la mañana pensando en las palabras de Walther, había pasado revista mentalmente a todas las conversaciones que había tenido con Horatio. Ruth no era una mujer que pudiera vivir en la inseguridad. Tenía que saber a toda costa a qué atenerse con Horatio.

—Bueno. Uno se acostumbra. Al trabajo, quiero decir.

Horatio miró por la ventanilla con aire relajado. Llevaba una camiseta que Tom le había regalado por lo sucia que había quedado su camisa.

De pronto, Ruth frenó el vehículo, se apeó a un lado de la carretera y miró a Horatio a los ojos.

—¿A quién pertenece el Fuego del Desierto en realidad? —le preguntó.

—¿Qué? —Horatio retiró los pies de la guantera.

—¿A quién pertenece el diamante Fuego del Desierto?

—¿A qué viene esto?

—La piedra tiene que tener un dueño, ¿no? Todo tiene un dueño. Usted ha venido conmigo para recuperar la piedra para los nama. Usted ha venido conmigo para que los blancos no puedan dominar más a los negros. ¡Admítalo de una vez!

Horatio sacudió la cabeza. Se echó a reír, pero no era una risa de alegría. Volvió a sacudir la cabeza, se bajó del vehículo y caminó unos cuantos pasos por la carretera.

Ruth también se bajó del Dodge, pero se sentó unos pasos más allá, debajo de una acacia, y observó el enorme nido que los pájaros tejedores habían construido en el árbol. Llena de admiración, contempló las múltiples entradas que, a buen seguro, daban cobijo a trescientos pájaros.

En Salden's Hill también había un árbol con un nido como aquel. Tenía un diámetro de aproximadamente dos metros y Ruth lo recordaba siempre allí. Ian le había contado que aquellos nidos podían durar hasta treinta años, y Ruth siempre había estado fascinada por el arte constructivo de aquellos pájaros grandes como la palma de la mano.

Horatio dio media vuelta y se acercó a ella lentamente. Se quedó de pie a un paso de ella, mirándola. Le temblaban los labios, tenía las aletas de la nariz hinchadas de la rabia, los ojos le brillaban por detrás de los cristales de las gafas.

—¿Sabe lo que es usted? —le preguntó, y prosiguió sin esperar respuesta alguna—. Usted es una blanca reaccionaria, una racista, por no decir algo peor.

Ruth arrancó un manojo de hierba, lo masticó sin inmutarse y asintió.

—Eso lo dicen todos los negros de los blancos alguna vez. Y ahora empieza usted. Cuénteme, entonces, ¿por qué está a la caza del Fuego del Desierto?

Horatio resopló de nuevo, pero a continuación se sentó al lado de Ruth.

—No se trata del diamante. Eso es una superstición. Los negros jóvenes, sobre todo los de las ciudades, ya no creen que una piedra pueda cambiar su destino. Muchos de ellos se han unido a la SWAPO, luchan en la clandestinidad contra la opresión del régimen de *apartheid*. Ya verá, la SWAPO no tardará mucho en ser oficial.

—¿Y si no se trata del diamante, qué es lo que pretende? ¿Y a quién le pertenece de pleno derecho?

Horatio se quedó callado. Miró hacia el campo, observando algunos buitres que debían estar dando vueltas sobre el cadáver de un antílope, una gacela, un ñu o un kudu.

—Por ley, el diamante le pertenece a su familia, a la familia Salden. En cualquier caso, lo encontraron en su posesión y así lo registraron. Hay una sentencia judicial al respecto. Es del año 1905 y sigue todavía vigente. Pero ¿de qué sirve una sentencia si su abuela desapareció con la piedra?

—De nada —afirmó Ruth—. Y por eso también puede decirme por qué anda tras el diamante. Y, además, ¿cómo sabe lo de la sentencia? ¿Por qué no me había dicho nada?

—Vayamos por partes. Lo primero, dígame, ¿qué iba a hacer yo con un diamante? —preguntó Horatio con aire cansado, pero a Ruth no le entraba en la cabeza que no tuviera ningún uso que darle—. Lo segundo, hemos estado juntos en los archivos del *Allgemeine Zeitung*. Lo he leído en un artículo de 1924. Pensaba que usted también lo habría leído.

Keetmanshoop, la pequeña ciudad del sur del país, antes solía llamarse Swartermodder, es decir, lodo negro. La habían fundado antaño los alemanes, y la Compañía Misionera del Rin había construido una pequeña iglesia en 1866 y le habían cambiado el nombre por el de Keetmanshoop. Ruth se acordaba de todo aquello por las clases de historia de la escuela.

Miró a su alrededor con curiosidad. Al parecer, la ciudad actual era sobre todo un asentamiento formado por casas simples y medio abandonadas y un centro urbano en el que las calles no tenían nombre sino un número. No había restaurantes ni pubs, pero sí un salón de café, una gasolinera, una tienda de comestibles, un médico alemán, la Oficina de Correos Imperial y una estación en la que los trenes de Windhoek hacían parada de camino a Lüderitz.

Ruth encontró una habitación barata en el antiguo local de una sociedad de tiro, pero a Horatio solamente le ofrecieron una habitación en un ala del edificio, sin agua corriente ni electricidad. A pesar de eso, ambos fueron a pasear por la ciudad aquella tarde. No había nadie por las calles. Ni siquiera en el barrio de los negros había gente sentada en las típicas sillas de plástico frente a las puertas. En una antigua plaza, el viento iba arremolinando un periódico viejo. Por lo demás, Keetmanshoop permanecía abandonada y en silencio.

Ruth y Horatio se detuvieron delante de la iglesia de los misioneros. En los últimos tiempos había sido objeto de algunos conflictos. Los habitantes de la ciudad querían conservar la iglesia, pero el gobierno de Sudáfrica la había cerrado dado que sostenía que en medio de una ciudad de blancos las misiones no tenían ningún sentido. La puerta estaba cerrada con candado por esa razón, en el banco que había junto a la entrada faltaba un tablón y la plaza estaba cubierta de cagadas de pájaros.

—Dios mío, qué lugar más horrible —constató Ruth—. Parece increíble que alguien pueda vivir, reír o amar aquí. —Fijó la mirada en una *pickup* que pasaba junto a ellos, un Chevrolet de color negro lacado, cuyos cristales traseros estaban cubiertos con papel oscuro—. Pero parece que para algunos la ciudad sigue guardando mucho interés.

Horatio lanzó una mirada fugaz al vehículo y se encogió de hombros con indiferencia.

Ruth se protegió los ojos con la mano para poder ver mejor. La *pickup* se detuvo delante de un pequeño albergue. De él salieron tres jóvenes negros. Uno de los hombres le pareció vagamente familiar, pero Ruth no recordaba dónde podría haberle visto antes. Tenía una memoria horrorosa para las caras humanas, pero por otro lado podía distinguir casi a todas y cada una de sus ovejas caracul. Las personas se parecían demasiado entre sí, pensaba. Dirigió a Horatio una mirada inquisidora, pero él le había dado la espalda al Chevrolet y observaba la fachada de la pequeña iglesia sin ver cómo los tres tipos desaparecían por una angosta calle lateral.

De pronto, Ruth tuvo una idea. Si tenían que pasar la noche en aquel pueblo de mala muerte, al menos que valiese la pena. Volvió a mirar rápidamente a Horatio, que seguía escrutando la pared con fervor como si quisiera dibujarla. Acto seguido se alejó de allí sin pronunciar palabra.

Rápidamente encontró lo que buscaba. La Oficina de Correos Imperial se hallaba en la plaza mayor de la ciudad, delante de una plaza en la que crecían un puñado de árboles y que los habitantes llamaban «Central Park». O como mínimo así lo identificaba un cartel.

El vestíbulo de la oficina de correos era pequeño y frío y se encontraba tan desierto como el resto de la ciudad. Una mujer joven estaba sentada detrás de un mostrador, aburrida, mirándose las uñas.

—Perdone, estoy buscando un archivo de la historia de la ciudad o algo por el estilo.

La mujer frunció el ceño.

—No sé si hay algo así en Keetmanshoop. Vaya a ver a Sam Eswobe. Si hay alguien que sepa algo de la ciudad, ese es él.

—¿Dónde puedo encontrarlo?

La joven se quedó un momento pensativa.

Un negro anciano que acababa de entrar arrastrando los pies acudió en su ayuda.

—¿Dónde puede estar Sam? —dijo entre risas—. Su

vieja le habrá echado de casa a escobazos. Estará sentado bajo el aloe, junto al cementerio.

Ruth le dio las gracias y le pidió que le indicara cómo ir al cementerio. Ya de camino, estuvo alerta por si veía a los tres jóvenes negros, pero solamente se cruzó con un perro vagabundo, dos gallinas que se peleaban por unos granos de trigo y dos mujeres herero, reconocibles por sus grandes cofias y sus anchos vestidos de colores, que estaban de cháchara bajo un árbol. Por una ventana abierta ondeaban unas finas cortinas al viento, y en algún lugar se oía a un hombre silbar. Más allá de eso, la ciudad seguía como muerta.

Vio el árbol de delante del cementerio ya desde la lejanía, estirando sus ramas de unos cinco metros hacia el cielo. Cuanto más se acercaba Ruth, mejor distinguía la corteza pergaminosa del árbol. Una vez su padre le había explicado que antiguamente los negros vaciaban las ramas para fabricar aljabas para las flechas. Aun así, a Ruth aquellos árboles le recordaban más a dientes de león, enormes dientes de león semicirculares.

Debajo del árbol había un banco y, sentado en él, un anciano. Llevaba un sombrero como los granjeros blancos. Sí, ese debía de ser Sam Eswobe. Así lo había descrito la mujer de la oficina de correos.

Ruth se acercó a él.

—Buenos días, ¿es usted Sam Eswobe?

—Sí, soy yo, señorita. Sam. Así me llamo —dijo al tiempo que se levantaba el sombrero mugriento con un dedo y se quedaba observándola. A continuación le indicó que se acercara con un guiño—. Venga, señorita. Tengo mala vista. Solo veo lo que tengo justo delante —añadió, riéndose entre dientes—. Y aun así, solo veo la silueta.

—Oh, lo siento.

—No tiene por qué sentirlo, señorita. También tiene ventajas no tener que verlo todo. Venga acá, siéntese conmigo.

El hombre dio un golpecito con la mano en el banco y Ruth se sentó.

—A juzgar por su voz, es usted blanca. Habla afrikáans como la gente de allá arriba, de Gobabis. Todavía es joven y probablemente muy guapa, pero usted todavía no lo sabe.

—Sí, es verdad, vengo de Gobabis. Pero guapa no soy.

—¿Por qué no? —preguntó el anciano.

—¿Que por qué no soy guapa? —le preguntó ella de nuevo, desconcertada.

—Sí.

—Lo dice como si fuera decisión mía. Soy un poco fornida, como mi padre. Tengo el pelo rojo y rizado, y pecas en la cara como moscas en un matamoscas.

El hombre se echó a reír.

—Ya lo decía yo: usted es guapa. Y la belleza, niña mía, no tiene nada que ver con un culo gordo o un pelo rebelde. Solo hace falta que usted misma se vea guapa y los demás la verán así también.

—Si fuera tan fácil —dijo Ruth con un suspiro.

—Es así de fácil, créame. Ya ve que no se necesitan buenos ojos para ver.

Ruth se rio cohibida y preguntó:

—¿Lleva mucho tiempo aquí en Keetmanshoop?

—Toda mi vida. Yo ya estaba aquí cuando se construyó la antigua iglesia de los misioneros. Ya estaba aquí cuando la gran lluvia se la llevó y también cuando la volvieron a construir. Pero entretanto he vivido y trabajado en Kolmanskop —explicó el anciano, y su voz sonó orgullosa al decirlo.

—¿Entonces, es usted uno de los primeros?

—Efectivamente.

—Así pues, debe de saber mucho de diamantes y de dónde encontrarlos, ¿no?

El viejo Sam se incorporó.

—¿Qué quiere saber? ¿Es usted una cazadora de diamantes? —preguntó, adoptando de pronto un aire hostil.

Ruth sintió que había ido demasiado lejos y demasiado rápido y por ello prosiguió con cautela:

—No, no soy cazadora, soy granjera. Pero me gustaría saber cuál es el diamante más grande del mundo.

—El «cullinan» —respondió el anciano como si estuviera en clase. Acto seguido se repantingó en el banco—. Lo encontraron en 1908 cerca de Pretoria. Dicen que pesaba más de una libra, incluso más de seiscientos gramos.

—¿Qué pasó con él?

—Se lo llevaron a Europa y allí lo partieron en cien piedras. La mayor de ellas recibe el nombre de «la gran estrella de África». En la actualidad, las nueve más grandes pertenecen a las joyas de la corona británica.

—¡Oh! —exclamó Ruth sorprendida—, no lo sabía. ¿Y aquí, cuándo se encontraron los primeros diamantes?

El anciano esbozó una sonrisa, puso su mano en la rodilla de Ruth y se inclinó hacia ella.

—Oficialmente en 1908, pero eso es un cuento. Un cuento de los blancos que se creen que la vida empezó aquí con ellos.

—No le entiendo —confesó Ruth.

—Señorita blanca, no hay nada que entender. Los herero, los nama y el resto de tribus del país no eran ni son tan tontas como dicen los blancos. Hace mucho, mucho tiempo, antes de que naciéramos usted y yo, los nama encontraron un diamante que contenía el fuego sagrado.

Ruth contuvo la respiración.

—Cuénteme más sobre esa piedra.

—No hay mucho que contar. Los nama le construyeron un cofre y le rezaban oraciones. Para ellos era una señal, un símbolo de sus sagrados antepasados. Entonces llegaron los blancos y los nama escondieron su reliquia sagrada. Muy pocos sabían dónde estaba la piedra. Nunca permanecía en un mismo lugar durante mucho tiempo, de igual manera que los nama no pudieron quedarse demasiado tiempo en un mismo lugar.

—¿Y ahora dónde está?

El anciano se encogió de hombros, volvió a echarse hacia atrás y se colocó bien el sombrero.

—No lo sabe nadie —contestó rascándose la barbilla con la mano, y a continuación prosiguió—: seguramente es mejor que sea así. La piedra ha desaparecido. Los nama deben confiar en su propia suerte. ¿Lo entiende?

—No —contestó Ruth con toda sinceridad.

—El fuego debe brillar en ellos, y no en una piedra sin vida. La fuerza debe venir del interior de las personas, son ellas quienes deben hacerse responsables de sus propias vidas. Los antepasados no les ayudarán.

—Pero la SWAPO...

—Quizá la SWAPO, quizá cada uno en el sitio donde se encuentre. Los negros pueden aprender mucho de los blancos, y al revés. Lo único que es seguro es que una piedra no es más que una piedra, y que una piedra está fría aunque dentro de ella brille un fuego —dijo el anciano, cruzando los brazos sobre el pecho—. Ahora váyase, chica. Eso es todo lo que sé.

Ruth se levantó.

—Se lo agradezco muchísimo.

El hombre asintió con la cabeza y, cuando Ruth ya se había alejado algunos pasos, le gritó:

—¿Sabe lo que resulta curioso, señorita?

—No.

—Que hacía décadas que nadie preguntaba por el diamante Fuego del Desierto, y hoy es usted ya la segunda persona que lo hace.

—¿Qué? —El interés de Ruth volvió a despertarse. Se le aceleró el corazón—. ¿Ha venido a preguntarle alguien antes que yo?

El anciano asintió. Sin ser consciente de ello, Ruth echó mano de la piedra del collar. El sol de poniente le brillaba directamente en la cara. Fijó la mirada en la bola de fuego roja y de pronto sintió un cosquilleo en la mano que sujetaba la piedra. Y de nuevo volvieron a aparecer unos rostros ante ella.

Vio a una joven embarazada que corría hacia el cerro verde. Se protegía el vientre con una mano y, con la otra, transportaba una cesta de mimbre. Con pasos rápidos se dirigía a una choza de pastores que se hallaba a los pies del cerro. Poco antes de llegar, miró a su alrededor y entonces penetró en el interior de la choza.

Un negro yacía en una cama de paja. Una herida en la pierna le sangraba abundantemente. Se revolcaba por el suelo de un lado para otro, la frente le hervía por la fiebre. La muchacha sacó una botella de agua de la cesta e intentó darle agua al enfermo. A continuación le cubrió la frente con un trapo húmedo, y trató de curarle la herida de la pierna, con lo que el hombre profirió un grito. Ella le puso un poco de sopa en la boca con una cuchara, le cambió el trapo de la frente y le dio más de beber. De pronto se detuvo. Se oía el galope de un caballo. La mujer miró por una ventana sin cristales de la cabaña y vio a algunos jinetes aproximándose. La arena que levantaban formaba una nube tan espesa que la muchacha solo alcanzaba a verles la silueta. Cogió la cesta y metió en ella todo lo que delataba su presencia.

—¿Vienen? —preguntó el hombre.

La mujer asintió.

Temblando por el esfuerzo, le indicó a la mujer que se acercara con un gesto. Le señaló una pequeña abertura en la pared, en la que faltaba un ladrillo.

—Saque el paquete que hay dentro. Escóndalo bien. Es una reliquia. Lo que hay dentro del paquete es para usted. Cuélguese la piedra, la protegerá.

La mujer hizo lo que el hombre le había dicho. Se escondió el objeto envuelto en trapo debajo de la falda, y el otro, en el corpiño.

—Ahora váyase, rápido.

—¡Pero no puedo dejarle solo! —se rebeló la mujer.

El hombre torció el gesto.

—¿Quiere morir conmigo? ¿Usted y su bebé? ¡Váyase y no regrese!

La mujer estaba indecisa, pero entonces le hizo al hombre la señal de la cruz en la frente.

—Que Dios le proteja —dijo. Y añadió—: Perdóneme por querer salvar a mi bebé.

—Ha hecho más usted por mí que cualquier otra persona —contestó el hombre—. No tiene motivos para echarse nada en cara. Pero, por favor, proteja ese paquete. No permita que se derrame más sangre por él.

Y entonces la imagen desapareció. Ruth temblaba. De pronto sentía frío. Abrió los ojos y vio que entretanto el sol ya se había puesto. El banco de delante estaba vacío, el anciano había desaparecido.

Esa noche, Ruth no pudo dormir. Cogió una botella de cerveza de la nevera del local, arrojó una moneda a la lata prevista para ello y salió. Encontró un banco detrás de la casa, se sentó, fue bebiendo de la lata a tragos lentos y se quedó pensando en las extrañas palabras de aquel anciano.

«La fuerza debe habitar en las personas, no en las cosas que estas veneran. Las piedras están muertas y en los muertos no hay fuerzas. La fuerza que parece que poseen se la dan las propias personas.» Ruth había oído esas palabras con claridad, pero no recordaba que el hombre se las hubiera dicho a ella. Solo se acordaba de cómo la piedra había empezado a arder y cómo habían aparecido las imágenes con el sol de poniente de fondo. Ahora, no obstante, la piedra permanecía fría en su mano.

Ruth dejó caer la mano cuando oyó pasos tras ella. Horatio se sentó a su lado y ambos se pusieron a contemplar el cielo estrellado sin pronunciar palabra.

—Cuando el sol le brilla en el pelo es como si ardiera en llamas —dijo él en voz baja—. Pero a la luz de la luna es como la plata líquida —dijo él, y su cara tenía una expresión dulce e inquieta. Cogió una manta y se la echó a Ruth con cuidado sobre los hombros—. No quiero que enferme —le dijo, mirándola a los ojos.

Ruth le devolvió la mirada, y esta vez sus ojos parecían ópalos negros. El fuego del interior de sus ojos parecía provenir directamente del alma de Horatio.

Este levantó una mano lentamente y le apartó con dulzura un mechón de la frente. Ruth sintió aquella caricia en la piel y su cuerpo empezó a temblar como si estuviera quedando congelado.

Hubiera preferido apoyar la cara en la mano de Horatio, pero no se atrevía. Jamás un hombre la había tocado de aquella manera. Horatio le pasó los pulgares por los labios con dulzura. Ruth cerró los ojos cuando la cara de él se acercó a la suya, esperó que la boca de Horatio se posara en la suya, pero no sucedió nada. Ella tragó saliva y se lo quedó mirando.

Él estaba otra vez sentado en el lugar de antes del banco y la observaba.

—Es usted bella como el fuego, clara como la luz y, en la noche, oscura como la piel de mi madre —le susurró.

Ruth sintió que aquellas palabras eran un gran halago y se cohibió todavía más. Se acercó la botella a los labios y bebió por no saber adónde dirigir la mirada ni qué hacer con la sed de su garganta, con aquella vergüenza y aquella rigidez que maldecía en secreto; tampoco sabía qué hacer con el cosquilleo que de pronto sentía en el vientre. Por un instante se acordó de Corinne. Su hermana, la guapa, a buen seguro habría sabido qué hacer en un momento como aquel. Ella, en cambio, estaba a punto de echarse a llorar por la vergüenza.

Ruth se alegró de que Horatio también se abriera una botella de cerveza, la chocara contra la suya y bebiera.

Un rato después, él dijo en voz baja:

—Tendríamos que regresar. Usted tendría que volver a Salden's Hill, mañana mismo, a primera hora.

—¿Y eso por qué? —preguntó Ruth—. Mañana llegaremos a Lüderitz. ¿Por qué tendría que abandonar mi objetivo ahora, cuando estoy tan cerca de conseguirlo?

—Su granja la necesita. Las gentes que viven allí la necesitan.

—¡Bah! —exclamó Ruth haciendo un gesto negativo con la mano—. Ya se las apañarán sin mí. Seguro que mi madre buscará un alojamiento en Swakopmund, cerca de la casa de mi hermana. Mama Elo y Mama Isa ya lo tienen solucionado. Quedará alguna parcela de tierra en la que podrán vivir tanto tiempo como quieran. Los trabajadores se instalarán en alguna otra parte. ¿O es que quiere librarse de mí así de pronto? ¿Hay algo en lo que le moleste? —Su buen humor parecía haberse desvanecido. Las dudas habían vuelto a tomar el control.

—Confíe en mí, Ruth, no quiero perjudicarla, pero créame que volver a casa es lo mejor que puede hacer.

Ruth se alejó un poco de Horatio, entornó los ojos y miró a Horatio a la cara escrutadoramente.

—¿Sabe acaso algo que yo debería saber también? —preguntó, y por unos instantes se acordó de la *pickup* negra y del joven cuya cara le había resultado tan familiar—. ¿Qué ha estado haciendo esta tarde?

—He estado paseando por la ciudad después de que usted desapareciera. También he estado en el café y he hablado con algunas personas, aunque no me ha servido de mucho.

—No puedo evitar pensar que usted sabe mucho más de lo que me cuenta.

Horatio sacudió la cabeza.

—No sé nada, absolutamente nada. Pero aquí no solo estamos hablando de sus abuelos, sino también de un diamante de unos ciento sesenta gramos. Si se trabaja y se pule, le pueden quedar quinientos quilates. Ahora mismo, por un quilate en bruto se pagan aproximadamente trescientos dólares estadounidenses. Es mucho dinero lo que está en juego, Ruth. Muchísimo dinero. Han matado a muchas personas por menos. Y no me gustaría que a usted le pasara algo.

Ruth se levantó de un salto.

—¡Ah, ahora lo entiendo! —dijo entre dientes, furiosa—. Todo es por el dinero. Usted quiere la piedra. Usted. Para usted solito. ¿Y sabe lo que le digo? Que su Fuego del Desierto me tiene sin cuidado. Yo solo quiero recuperar mi vida, mi pasado y, por encima de todo, mi granja.

9

Ruth no le contó nada a Horatio de su encuentro con el anciano bajo el árbol ni sobre el Chevrolet y los tres hombres. Horatio tampoco le dio más información sobre cómo había pasado la tarde y la noche anterior, ni con quién había hablado. Iban conduciendo por la carretera en silencio.

Ruth se había levantado especialmente temprano aquella mañana. Se había propuesto abandonar a Horatio allí y seguir sola hasta Lüderitz. Pero cuando salió del local, el historiador ya estaba apoyado en el vehículo y actuaba como si nada hubiera pasado durante la noche anterior. Y Ruth había entrado en el coche con la misma naturalidad y le había abierto la puerta del copiloto.

Las nubes se habían disipado. El cielo era tan azul que su brillo quemaba en los ojos. El sol picaba con sus aguijones afilados. Se detuvieron una vez para repostar en la ciudad de Goageb. En Aus, el último lugar que quedaba antes de entrar en la zona de acceso prohibido de las minas de diamantes, almorzaron en un local de la estación y tomaron café. A continuación pasaron por el parque de Naukluf y llegaron a Lüderitz cuando el reloj del campanario de la iglesia daba las cuatro de la tarde.

Con la esperanza de conseguir más información, Ruth y Horatio se habían vuelto a detener antes en Kolmanskop, pero la ciudad hacía honor a su sobrenombre de ciudad fantasma, pues las casas estaban abandonadas, la arena se había adueñado de ellas y por todas partes flotaba el espíritu de tiempos pasados. Hacía años que nadie vivía allí y por ello tampoco había nadie que hubiera podido dar más pistas a Ruth.

Hacía fresco en Lüderitz, las ráfagas de niebla de la costa atravesaban la ciudad como jirones de algodón. El viento soplaba con tanta fuerza que Ruth inmediatamente concedió toda credibilidad a los letreros que desaconsejaban aparcar el vehículo en la dirección del viento. Este levantaba remolinos de arena que golpeaban la cara de Ruth. Los dientes le rechinaban, los ojos le quemaban, y oía las partículas de arena atacando la pintura del vehículo. Ruth sacó un pañuelo de la mochila y se lo ató delante de la cara. Los ojos se los protegió con unas gafas de sol.

—Ahora parece una mezcla entre una nómada y una estrella del cine norteamericana —se burló Horatio.

Ruth se rio de mala gana y contempló el paisaje árido a su alrededor. Las casas estaban construidas directamente en los peñascos, recostadas en la roca grisácea. Horatio echó un vistazo alrededor del aparcamiento. A Ruth le pareció que buscaba algo.

—¿Todo en orden? —le preguntó.

Horatio asintió con un aire distraído. Parecía preocupado o, como mínimo, alerta.

Ruth estaba segura de que algo sabía o algo se traía entre manos que no quería que ella supiera. Había una parte de ella que se resistía a esperar algo malo de él, pero también había en su interior algo que mantenía su antigua desconfianza en estado de alerta. Miró a su alrededor. A bastante distancia, detrás de un árbol y casi oculto por él, halló una *pickup* negra. Se acercó a ella unos cuantos pasos hasta que se dio cuenta de que era una Chevrolet. Horatio la había acompañado, e incluso se inclinó un poco para poder leer el número de la matrícula.

—¿Conoce este coche? —preguntó Ruth sin estar segura de si era el mismo que habían visto el día anterior en Keetmanshoop.

—No —le aseguró rápidamente Horatio—. Me gusta, eso es todo. Si tuviera dinero, creo que me gustaría conducir un vehículo así —dijo, riéndose con la timidez de los chicos pequeños cuando afirman con rotundidad que algún día volarán a la Luna.

Ruth sintió ascender de nuevo en ella el enfado de la noche anterior.

—Bueno, cuando encuentre el Fuego del Desierto, ya se lo podrá permitir. Pero antes debería aprender a conducir. Lo de cambiar una correa trapezoidal ya lo sabe hacer —dijo ella, dándose la media vuelta con brusquedad.

Horatio echó a correr tras ella.

—Mire —le dijo, y Ruth de pronto se dio cuenta de que la mayoría de sus frases empezaban así—. Mire, Ruth. No deberíamos pelearnos. Ambos tenemos el mismo objetivo, así que es importante que confiemos el uno en el otro y que colaboremos.

—¿Ah, sí? ¿Tenemos el mismo objetivo? ¿Y cuál es? —preguntó ella sin poder evitar que su voz estuviera impregnada de un tono de burla.

—Ambos queremos descubrir el misterio de sus abuelos y del diamante.

Ella tuvo que reconocer que tenía razón. Aun así, un diablillo en ella la obligó a seguir preguntándole:

—Lo que a mí me interesa es mi futuro, mi vida entera, mi tierra natal. ¿Y a usted? ¿Qué es lo que le interesa?

Horatio sonrió vagamente.

—No tengo mucho que objetar a sus argumentos. A mí me interesa mi trabajo, pero créame, para mí mi trabajo es tan importante como para usted el suyo.

Ruth dio el tema por zanjado y señaló un edificio enorme con el dedo.

—¿Es eso?

Horatio asintió.

—Sí, ahí está la administración y el archivo de la Compañía Alemana de Diamantes, que ahora se llama Diamond World Trust, abreviado, la DWT.

Ruth recorrió la fachada con la mirada. Aquel edificio administrativo, descuidado, cubierto de pintura gris y lleno de ventanas relucientes, le recordaba al banco de Windhoek, y no era un recuerdo agradable. Por un instante le pareció ver una cara detrás de los cristales, pero, a pesar de las gafas, el sol la cegaba tanto que no se atrevió a confiar en lo que estaban viendo sus ojos.

—¡Venga usted! —dijo Horatio—. He registrado nuestros nombres en el archivo.

Recorrieron el aparcamiento uno al lado del otro. El viento les silbaba en los oídos, levantando aquí y allá hojas u otras porquerías y arrastrándolas por el lugar.

—No sabía que el viento pudiera ser tan fuerte —explicó Ruth nada más entrar en el edificio. A continuación se quitó el pañuelo y las gafas—. ¿Qué pasa? —preguntó. Horatio volvía a estar delante de ella mirándola fijamente.

—Nada —balbuceó él, tragando saliva—. Que está usted muy guapa, eso es todo.

—¡Venga, va! —le respondió Ruth, molesta—. Ahórrese los cumplidos. Yo ya sé que soy tosca y que estoy demasiado gorda y que tengo un pelo rebelde. Ya tengo bastante con eso, tampoco hace falta que usted encima se burle. Déjeme en paz y lárguese —dijo ella, sintiendo cómo le asomaban las lágrimas y dándose la media vuelta abruptamente.

Detrás de la recepción, que parecía más una portería, había un hombre sentado leyendo una edición antigua del *Allgemeine Zeitung*.

—Quiero entrar en el archivo —exigió ella con un tono áspero.

El hombre bajó el periódico.

—¿Apellido?

—Salden. Ruth Maria Salden.

El hombre hojeó unas listas, resiguiendo un sinfín de columnas con el dedo.

—Lo siento, señorita, no está usted registrada.

Ruth abrió la boca para replicarle, pero Horatio se le adelantó.

—Claro que estamos registrados. Horatio, Horatio Mwasube, de la Universidad de Windhoek. Me acompaña mi ayudante Ruth Maria Salden, también de la Universidad de Windhoek.

Ruth iba a contradecirlo, presa del enfado, pero Horatio le tomó la mano y se la apretó con tanta firmeza que ella se calló.

El hombre volvió a echar un vistazo a la lista y entonces asintió y tendió a Horatio la llave de una consigna.

—Para ir al archivo tienen que entrar por la puerta de la izquierda. Tienen que guardar sus cosas en la consigna. En el archivo está prohibido tomar fotografías, y todas las notas se las tienen que enseñar al personal. Además tendrán que identificarse.

Horatio dio las gracias y se llevó consigo a Ruth.

—¿Qué es todo esto? —susurró ella, soltándose la mano.

—Los archivos no son públicos, solo se puede entrar con un permiso especial. No monte ahora un escándalo, se lo pido por favor.

—Ah, y usted sí que puede entrar, ¿no? Una llamada de Windhoek y le esperan con las puertas abiertas.

—No, no ha sido tan fácil. Tuve que robar papel de carta del secretario del rector. Puse un sello, falsifiqué la firma del rector y recé porque no llamara nadie haciendo preguntas. Así que cierre la boca y venga conmigo.

Ruth se quedó callada, visiblemente impresionada. Guardaron sus cosas en la consigna que les habían asignado y acto seguido entraron en el archivo. Detrás de la puerta había un vigilante.

—¡Identificación! —vociferó el hombre como respuesta al saludo de Horatio.

Ambos le mostraron sus pasaportes sin pronunciar palabra y observaron cómo el vigilante anotaba sus datos.

—El archivo solo estará abierto una hora más —gruñó el hombre—. Así que dense prisa, por favor.

Horatio asintió y llevó a Ruth a un rincón en el que había dos escritorios vacíos. Como días atrás en la redacción del *Allgemeine Zeitung*, Ruth estaba impresionada por la cantidad de libros. En Salden's Hill también tenían una estantería con libros, pero a Ruth nunca le habían interesado las novelas. Si leía alguna vez, eran libros de cría de ovejas o vacas. A su modo de ver, el resto era una pérdida de tiempo, una ocupación para vagos. Pero allí le intimidaban un poco tantas estanterías llenas. Quizá tendría que haber leído más para no sentirse tan ignorante a los ojos de Horatio. Ignorante y, sí, un poco tonta. Ruth contuvo un suspiro.

—Tenemos que ser sistemáticos —dijo Horatio en un susurro—. No tengo ni idea de cuándo se destapará mi argucia, pero creo que lo mejor es que para entonces ya estemos lejos.

—¿Por qué hace todo esto? —preguntó Ruth.

—Luego, luego —contestó Horario.

Desapareció entre las estanterías y, poco después, volvió con dos archivadores.

—Mire, aquí está la crónica de Lüderitz. Y aquí está la de la Compañía Alemana de Diamantes.

Le tendió la crónica de la ciudad y, minutos después, Ruth ya se hallaba sumida en la lectura:

El 1 de mayo del año 1883, el ayudante de comerciante Heinrich Vogelsand, de 21 años de edad, compró por encargo del comerciante Franz Adolf Eduard Lüderitz, natural de Bremen, la bahía de Angra Pequena y cinco millas del terreno del interior correspondiente de manos del cacique de los nama, Josef Frederick, por la cantidad de 200 fusiles antiguos y 100 libras inglesas.

Mientras que Frederick suponía que se trataba de cinco millas de las inglesas, que equivalían a 1,61 kilómetros, tras el cierre del contrato Lüderitz dejó claro que se tomaban como base las millas prusianas de 7,5 millas. El cacique de los nama se sintió engañado al ver que había vendido la mayor parte de las tierras de su pueblo.

—¡Se acabó! —se oyó decir a la voz del vigilante, amortiguada solo en parte por los estantes repletos de papeles—. Es hora de cerrar y yo me quiero ir a casa.

Ruth sintió el impulso de cantarle las cuarenta, pero se acordó de las palabras de Horatio y mantuvo la boca cerrada. Aquello era un mundo desconocido para ella en el que imperaban reglas que no entendía.

Horatio dejó los archivadores en su sitio y, a continuación, salieron los dos del archivo. Oyeron a alguien que bajaba las escaleras tras ellos, pero no le prestaron atención.

—¿Quiénes eran esos y qué querían? —El hombre alto y delgado de pelo canoso y ojos sorprendentemente azules se había metido en el archivo prácticamente sin que nadie se diera cuenta.

El vigilante se estremeció.

—No lo sé, jefe. Estaban en la lista.

El hombre observó al negro con desprecio.

—Enséñame dónde estaban registrados.

—Claro que sí, jefe —dijo el vigilante negro, apresurándose a por la lista y tendiéndosela a su jefe.

Este se pasaba la mano por el traje de lino al tiempo que iba repasando las entradas del día.

—Ruth Salden —dijo entre murmullos—. Ruth Maria Salden. Vaya, por fin. Llevaba tiempo esperándote. —Se detuvo y se dirigió a su subordinado—. ¿Qué han leído la mujer y el cafre? ¿Qué han cogido de los estantes, qué han apuntado, qué han preguntado?

El vigilante se estremeció ligeramente al oír aquella manera ofensiva de referirse al negro.

—No lo sé, jefe, no les he prestado atención.

—No me extraña. Eres tan negro como idiota. ¡Largo de aquí!

—Sí, jefe.

El vigilante recogió su fiambrera y desapareció mientras su jefe iba recorriendo las estanterías.

—¡Ajá! —exclamó de pronto al tiempo que sacaba un archivador que no estaba colocado como el resto—. La crónica de Lüderitz. —Sacó el volumen del estante, lo hojeó un poco y volvió a colocarlo en su sitio.

»¡Vigilante! —exclamó con un grito tan potente que uno de los cristales vibró ligeramente.

—Dígame, jefe.

El vigilante se había cambiado de ropa y ahora estaba delante de él con unos pantalones de tela gastados y una camisa azul.

—¿Han dicho esos si volvían mañana?

El vigilante negó con la cabeza.

—Decir no han dicho nada, pero yo creo que no han acabado lo que querían hacer. Estaban a mitad del trabajo cuando les he dicho que teníamos que cerrar. ¿Ocurre algo, jefe?

—Tú ocúpate de lo tuyo. Y si mañana vuelven, presta atención a lo que leen. Si no te acuerdas, apúntatelo. ¿Escribir sí que sabes, no?

—Claro que sí, jefe. Aprendí en la escuela de misioneros.

—Vale, vale... Tú haz lo que te digo. Cuando se hayan ido, vienes y me lo cuentas. ¿Lo has entendido?

El negro asintió con diligencia.

—¿Se les permite leer todos los archivos, jefe?

El blanco se quedó un momento pensativo. Acto seguido, se dirigió a una estantería, sacó un archivador y lo metió en una caja de cartón llena de manchas que estaba colocada debajo de un escritorio. Luego se dirigió de nuevo al negro:

—Claro que pueden leer lo que quieran. Después de todo tienen un permiso, y nosotros nos atenemos al reglamento, ¿lo entiendes? —El blanco se sacó una moneda del bolsillo de la chaqueta y se la lanzó al negro igual que se le lanza un hueso a un perro—. Y ahora lárgate.

—Claro, jefe, y muchas gracias, jefe.

El negro se guardó la moneda y acto seguido se dio media vuelta y salió del archivo. Su jefe, en cambio, volvió a su despacho y tomó una decisión.

Ruth y Horatio se habían metido en un pequeño bar y bebían cerveza.

—¿Qué ha averiguado? —preguntó Ruth.

Horatio sacudió la cabeza.

—Me temo que no mucho. ¿Y usted?

—He leído que Adolf Lüderitz, el comerciante de Bremen, engañó a los nama y les robó muchas tierras. ¿Es verdad?

Horatio asintió y miró hacia delante. A continuación miró por la ventana y a Ruth le pareció que se estremecía ligeramente.

—Mire —dijo él—. Quizá lo mejor sería que volviera a casa, de verdad. Puede ser peligroso.

—¿Por qué lo cree? La vida es peligrosa. ¿Por qué se empeña en enviarme de vuelta a Salden's Hill?

Ruth estaba irritada. Había llegado muy lejos, había dejado la granja sola durante mucho tiempo. ¿Cómo podía creer Horatio que ella consentiría que, poco antes de su objetivo, la mandaran a casa como a una niña pequeña?

Su acompañante tragó saliva y se quedó mirando la mesa de madera.

—Simplemente me preocupo por usted, ¿es tan difícil de entender?

Ruth se quedó callada. Nunca nadie se había preocupado por ella. Como mucho Mama Elo y Mama Isa, siempre estaban preocupadas por su salud, le advertían que no anduviera descalza por las baldosas de la cocina, que no saliera a la calle con el pelo mojado, que mantuviera los riñones calientes y que comiera fruta cada día. Fuera de eso, Ruth tenía que hacer frente a las dificultades sola, ya fueran toros enfurecidos, ladrones de ganado dispuestos a pelearse o comerciantes de lana insidiosos. Tenía fuerza y coraje y sabía defenderse. Solo cuando Horatio la miraba preocupado como en ese momento notaba una calidez y se sentía débil como una rama a merced del viento. Ruth sabía que en aquellos momentos se olvidaba de sus fuerzas, y aquello no podía ser. Así que carraspeó y retiró la mano que había alargado en dirección a la de Horatio por encima de la mesa.

—Ya va siendo hora de que me cuente algo de las sublevaciones de los nama y de los herero. Hace tiempo que sé que tienen algo que ver con la historia de mis abuelos.

Horatio asintió.

—De acuerdo, pues. Empezaré por el principio. Los nama y los herero siempre habían sido tribus enemigas. Cuando empezó el asentamiento y la administración de los alemanes, los pocos herero rebeldes firmaron un contrato de protección con los alemanes por el que estos también les protegerían frente a los nama. Entonces llegó la peste del ganado, en 1897. La mayoría de los herero, que habían vivido siempre del pastoreo, perdieron la mayor parte del ganado. Posteriormente una plaga de langosta asoló los campos, de manera que el resto de reses murieron de hambre. Los blancos se aprovecharon de la situación desesperada de los herero y les compraron el resto de las tierras por una miseria, de manera que muchos herero tuvieron que ponerse al servicio de los blancos como granjeros. De un día para otro muchos tuvieron que trabajar sus propias tierras en calidad de esclavos. Como es natural, los herero se rebelaron. Cada dos por tres se daban conflictos entre los negros y sus caciques. Las tensiones aumentaron y finalmente los blancos exigieron al gobierno que la pena del castigo corporal, ya abolida, fuera introducida de nuevo.

Horatio rebuscó entre sus papeles y sacó un documento.

—Mire, aquí está. Es una copia de la solicitud de julio de 1900 al Departamento Colonial del Ministerio de Asuntos Exteriores. Es una copia del documento original. ¿Se la leo?

Ruth asintió.

—«El aborigen no entiende de indulgencia ni de clemencia a largo plazo, no ve en ellas más que debilidad y, como consecuencia de ello, se vuelve arrogante e insolente ante los blancos, a quienes tendría que aprender a obedecer por estar supeditado a ellos moral e intelectualmente» —citó Horario. A continuación observó a Ruth en silencio.

A Ruth le pareció que él estaba esperando a que se le quedaran grabadas a ella en la mente aquellas palabras.

—Me mira como si hubiera redactado yo la solicitud —se quejó ella.

—Bueno, muchos blancos siguen pensando lo mismo.

—Pero yo no, ¿y sabe por qué no?

—No.

—Porque soy mujer, por eso. Quite la palabra «aborigen», sustitúyala por «mujer» y sabrá lo que piensan los hombres. Y no solo los hombres blancos.

Horatio la contempló fascinado.

—Su gesticulación es más viva que en una película policíaca en el cine —dijo él, y se asustó al ver que los ojos de Ruth empezaban a brillar peligrosamente de furia.

—¡Mire! —gritó ella tan fuerte que los que estaban sentados alrededor de ellos se giraron hacia su mesa—. Usted es exactamente igual. Se llena la boca de opresión, pero no me toma en serio ni por un segundo. Y todo porque soy mujer. Y por eso no es usted mejor que un blanco, en nada. Y solo porque es negro no es racista sino chovinista.

Tan pronto como hubo pronunciado aquellas palabras, Ruth se mordió la lengua.

—Perdone —dijo ella en voz baja—. Siga explicándome lo de la rebelión.

—Solo si me deja terminar y no me insulta más.

Ruth inspiró profundamente y a continuación miró a derecha y a izquierda.

—¿Y bien?

—De acuerdo, me callaré —cedió Ruth—. ¡Y ahora hable de una vez!

—Empezó una época de lucha política de trincheras. Los alemanes no estaban preparados para una guerra en su colonia, pero los herero se armaron. Por aquel entonces había aproximadamente setecientos cincuenta mil herero, y siete mil de ellos eran buenos guerreros dispuestos a todo. Se congregaron en la región de Waterberg. Al principio los blancos pensaban que se trataba de una guerra de sucesión, dado que el cacique de los herero, Kaojonia Kambazembi, acababa de morir. En lugar de eso, el nuevo cacique, Samuel Maharero, dio una orden a su pueblo.

Horatio hojeó entre sus papeles y extrajo otro documento. Se puso a leer.

—«Okahandja, enero. A todos los herero de estas tierras: yo, Samuel Maharero, cacique de la tribu, he dispuesto una orden para toda mi gente para que no vuelvan a poner las manos encima de ingleses, baster, damara, nama y bóers. A todos estos no los tocaremos. ¡No lo hagáis!»

Dejó el papel a un lado y se incorporó.

—De esta manera, la enemistad entre las tribus y los

clanes de los nativos había llegado a su fin porque había un nuevo enemigo que los unía a todos: los alemanes. Al principio se arrojaron al cuello de los colonos alemanes, y después de los ataques a las granjas les siguieron los de las líneas ferroviarias, los depósitos y las estaciones de comercio. En todo el país había escaramuzas entre las tropas alemanas y los guerreros herero y nama. Finalmente, el general Lothar von Trotha asumió el mando de las tropas alemanas. Era un hombre que no vacilaba. En agosto dio la orden de cerrar el cerco a los guerreros negros en las inmediaciones de Waterberg y exterminarlos. Cuando los negros huyeron al desierto, el general Von Trotha dio la orden de perseguir a los que huían y cortarles el acceso al agua. En octubre del mismo año, Von Trotha envió una proclama a los herero que marcó el inicio de un pogromo. Si no tiene nada que objetar, Ruth, voy a leerle esa orden.

Ruth se había apoyado la barbilla en la mano derecha y tenía el codo sobre la mesa. Suspiró y acto seguido sacudió la cabeza y dijo en voz baja:

—No puedo creer lo que escucho, no quiero pertenecer al mismo pueblo que aquellos que condujeron a todo su pueblo al desierto. ¿Cuántos hombres, cuántas mujeres y niños, cuántas reses perdieron la vida entonces?

Horatio alzó un poco las cejas y a continuación sacó un papel escrito a máquina de entre sus documentos.

—Aquí puede leer la orden de Von Trotha. Aquí está escrito, bien claro.

—Léamelo, por favor.

—«Yo, general de los soldados alemanes, mando esta carta al pueblo herero. Los herero han dejado de ser súbditos alemanes. Han asesinado, han robado, han mutilado las orejas, la nariz y otras partes del cuerpo a los soldados malheridos y ahora, por cobardía, quieren abandonar la lucha. Yo digo a los herero: todo aquel que llegue a una de mis unidades y me entregue a un jefe de tribu como prisionero recibirá mil marcos; el que me traiga a Samuel Maharero recibirá cinco mil marcos. No obstante, el pueblo herero deberá abandonar estas tierras. Si no lo hace, yo mismo se lo obligaré a hacer con las armas. Dentro de las fronteras alemanas se disparará contra cualquier herero que lleve o no armas o ganado, y no se tendrá clemencia por las mujeres ni por los niños. Estas son mis palabras para el pueblo herero. El general del káiser de Alemania, Lothar von Trotha.»

Horatio miró a Ruth a los ojos.

—Claro está que por «herero» los alemanes no solo se referían a los herero, sino también a los miembros de otras tribus. Nunca han puesto mucho empeño por diferenciar los distintos pueblos. Un negro es un negro, todos son cafres para ellos.

—¿Es eso cierto? —interrumpió Ruth, que de algún modo se sentía también culpable—. ¿Es verdad que los herero cortaban las orejas y la nariz a los alemanes? ¿Y que no solo mataban a los granjeros sino también a sus mujeres e hijos?

Horatio levantó la vista.

—Sí, lo hacían. Era la guerra. Una guerra que los blancos habían empezado al robarnos nuestras tierras.

Ruth se quedó un rato pensativa mientras la camarera les servía otra cerveza. No quería volver a pelearse con Horatio.

—Explíqueme cómo continúa esa historia. ¿Qué pasó con los herero y los nama en el desierto?

—Ya se lo imaginará. No tenían agua, no tenían animales, no podían ni comer ni beber. Al principio murieron los más débiles, los ancianos y los niños. Entretanto, en Alemania empezaban a poner reparos contra la orden de exterminio de Von Trotha. Por indicación expresa del Estado Mayor en Berlín debía acabarse con la matanza de los negros y convertirlos en esclavos. Pero ya era demasiado tarde. Quince mil negros ya habían perdido la vida cuando once enviados de los negros se dirigieron a Ombakala para negociar con los alemanes. Las tropas alemanas abrieron fuego sin vacilar. Y así el cacique Maharero se vio obligado a huir a territorio británico con el resto de sus gentes, unas veintiocho mil personas.

—Hasta ahora solamente ha hablado de los herero. Y los nama, ¿qué tienen que ver ellos en la rebelión? —preguntó Ruth.

—Espere, ahora voy con eso. En julio de 1904, el nama Jakob Morenga lanzó un ataque contra granjas alemanas con once de sus seguidores. Seguro que Salden's Hill fue blanco de uno de esos ataques. Los alemanes se defendieron y mataron a algunos de los nama rebeldes. Además, otro de los jefes de los nama, Hendrik Witbooi, rompió la alianza con los alemanes y se cambió oficialmente de bando. Ahora los nama y los herero estaban del mismo lado. Cuarenta alemanes cayeron víctimas de los ataques de los negros, pero a los niños y a las mujeres se les perdonó, y en ocasiones incluso los llevaron al estacionamiento de tropas alemanas más cercano. Es posible, Ruth, que su abuelo fuera una de las víctimas de aquellos ataques. La huida de su abuela sería prueba de ello.

—Pero no tiene sentido que hubiera dejado a su hija atrás —replicó Ruth rápidamente.

—Sí, tiene razón. Escuche cómo sigue. Yo sé que es un poco complicado y confuso, pero si realmente quiere saber lo que pasó, no puedo ahorrarle algunos detalles. —Horatio se detuvo un instante y tomó un trago de cerveza del vaso—. Por todo el territorio hubo batallas, sangrientas en su mayoría. Es cierto que los alemanes estaban mejor equipados con maquinaria de guerra, pero no consiguieron poner fin a los tumultos ni en 1904 ni en 1905. El 29 de octubre de 1905 abatieron a Hendrik Witbooi mientras intentaba atacar un convoy de transporte alemán. Los demás nama estaban tan asustados que se rindieron en masa. Pocos meses después empezaron las negociaciones de paz. Hasta entonces, la guerra se había cobrado la vida de diez mil nama y veinte mil herero.

Horatio tomó la botella de cerveza y se la terminó de un trago.

Ruth miró por la ventana, absorta. A continuación asintió brevemente, se agarró la trenza, se desató la goma y volvió a atársela.

—Yo creo —dijo ella entonces— que Salden's Hill fue blanco de los primeros ataques de los nama. Por aquella época trabajaban allí muchos de ellos, como ahora, por lo que les debió de resultar fácil colar a otros nama en las tierras. Además, como ya he dicho antes, mi abuela huyó y dejó a su hija atrás.

—Quizá su abuela huyó porque sabía que los nama perdonaban la vida de los niños. ¿No sería una razón plausible?

Ruth asintió, sumida en sus pensamientos. De pronto, no pudo soportar más el ambiente cargado de humo de aquel bar. Visualizó mentalmente la granja y cómo debía de ser en 1904. Aunque había nacido mucho después de la rebelión, se sentía culpable.

—Voy a estirar las piernas —dijo cuando ya casi había salido del bar, antes de que Horatio tuviera tiempo de pagar la cuenta.

Ruth se dirigió hacia el sol de poniente. Su mano se deslizó hasta la piedra que le colgaba entre los pechos. No se asustó cuando esta se deslizó fría como el hielo entre sus dedos. Miró hacia el sol y volvió a sentir aquel cosquilleo que ahora se había apoderado de todo su cuerpo. Y, contemplando la puesta de sol, se apareció ante sus ojos una nueva imagen. Vio Salden's Hill, algunas chozas en llamas. Una mujer gritaba y un bebé lloraba. Vio a un hombre metido en un pequeño pozo hasta la cintura. El hombre se agachó y alzó una piedra que parecía un cristal de azúcar cande del tamaño de un puño. Tenía la piedra sujeta en la mano.

Una mujer entró en la imagen. Ruth no podía verle la cara.

—Te lo suplico —exclamó la mujer—. Por el amor de Cristo, te ruego que dejes esa piedra —siguió diciendo, pero el hombre solo negaba con la cabeza. En ese momento se oyeron unos disparos y el hombre cayó de bruces, mientras la enorme piedra caía en el barro.

La mujer se volvió a mirar, vio un fusil y también una cara, pero solamente vio las sombras.

—¡Dame la piedra! —le ordenó alguien—. Venga, suéltala, dame esa maldita piedra.

La mujer sacudió la cabeza. En ese mismo instante, el hombre apuntó al bebé con el arma.

—Venga, dámela. Si no, mato al niño.

—¡No, por favor! A mi bebé no —gritó la mujer cayendo de rodillas mientras se rebuscaba en el corpiño entre un mar de lágrimas. De pronto, desde otra dirección aparecieron hombres montados a caballo que empezaron a disparar.

—¡Mierda! —rugió el hombre con el arma. Antes de huir, volvió a dirigirse a la mujer—. ¡Te encontraré! Donde quiera que vayas, te encontraré.

10

El desayuno en la pensión de Uschi fue tan alemán como una salchicha de Francfort. Había panecillos blancos de mantequilla, confituras demasiado dulces de fresa procedentes de una fábrica en Alemania, además de miel y queso para untar. Ruth habría preferido comer papilla de maíz, pero Uschi torció el semblante de una manera despectiva cuando ella se lo pidió.

—Yo como aquí, como he comido siempre en Alemania. Me atengo a las tradiciones, ¿vale? —le repuso en puro dialecto de Hesse.

Ruth supuso que Uschi estaba tan apegada a sus tradiciones de Hesse porque esperaba un día poder servirle a la mesa su mermelada pringosa y sus panecillos pastosos a Oppenheimer, natural de Friedberg, un famoso comerciante de diamantes y propietario de minas.

Al contrario que ella, Horatio mordía los panecillos con tanto placer que las migas salían disparadas en todas direcciones.

—No todo lo que viene de Alemania es malo —dijo con un tono de aprobación mientras se untaba la confitura de fresa generosamente en el panecillo.

—Pero es malo para los dientes —protestó Ruth—. Me

salen las caries solo con mirar. Mama Elo y Mama Isa han comido toda su vida papilla de maíz y no les han puesto nunca ni un empaste siquiera.

—Es un argumento convincente —declaró Horatio, extendiendo la mano para agarrar otro panecillo.

—Dese prisa ahora —le apremió Ruth—. Tenemos que ir al archivo.

Aunque había vivido en Namibia desde que nació, a veces le resultaba difícil acostumbrarse a la lentitud de sus gentes. Era impaciente, todo tenía que resolverse enseguida. Ruth no conocía los ratos libres ni el ocio, y eso de disfrutar de la lentitud era para ella un concepto tan peregrino como la nieve.

Horatio siguió masticando y llegó incluso a pillar otro panecillo del cesto, mientras Ruth, impaciente, tamborileaba con los dedos en el tablero de la mesa.

—¿Qué es exactamente lo que vamos a buscar hoy? —preguntó Ruth, deslizando hacia ella el cestito con el último panecillo.

—Veamos. Su abuelo fue asesinado en 1904. Encontraron el primer diamante en el año 1908 durante la construcción del ferrocarril. Por tanto, deberíamos enterarnos de lo que pasó durante los años en que su abuelo estuvo por esta zona.

—Ajá —dijo Ruth, apoyando de nuevo la barbilla en sus manos. Ella había estado dándole vueltas a pensamientos similares durante la noche, como por ejemplo, de dónde había sacado su abuelo el dinero para comprar Salden's Hill.

Ruth estuvo pensando en lo que había oído y visto en sus visiones. Volvió a echar mano de la piedra. Suspiró. Se resistía a creer en las imágenes que la misteriosa piedra de fuego de Mama Elo le ponía ante los ojos como por arte de magia. Ruth no confiaba para nada en las cuestiones sobrenaturales. Ella creía solo en lo que podía ver y tocar. Y, sin embargo, era como si el pasado de sus abuelos estuviera atrapado en la piedra de Mama Elo. Cuánto se había reído por las noches y cómo había ridiculizado su superstición. «Ya soy igual que una negra —había pensado de sí misma—. Lo siguiente será mandar canonizar a mis vacas y tratarlas de usted para que el dios del fuego no me guarde rencor.» Pero pese a toda la sorna con la que trataba de protegerse, una parte de ella creía en esas imágenes que veía, una parte de ella creía en fuerzas que no pueden verse ni tocarse. «Las historias de Mama Elo y de Mama Isa me dejan la cabeza hecha un lío», se había dicho como consuelo siendo consciente al mismo tiempo de que eso no se correspondía con la verdad.

—Creo —dijo ahora con mucha cautela, como si temiera que las palabras pudieran resquebrajarse en su boca— que mi abuelo fue a buscar oro en la bahía de las ballenas. Y cuando regresó de allí, compró la granja y se casó con mi abuela.

Horatio asintió con la cabeza, como si no le sorprendiera mucho aquello.

—¿Y trajo oro?

Ruth negó con la cabeza.

—No sé nada de eso. Creo que no. Mama Elo y Mama Isa me habrían hablado alguna vez de oro entonces. Y mi madre solo posee joyas en perlas y platino. «El oro», suele decir mi madre, «es la riqueza de los pobres, de los que no tienen nada de lo que presumir».

Ruth se rio brevemente.

—Entonces, su abuelo debió invertir todo el dinero en la granja.

Ruth asintió con la cabeza y se levantó.

—Vamos a trabajar. Ya le hemos hecho perder bastante tiempo al buen Dios.

El vigilante negro del archivo les atendió con no menos desconfianza que el día anterior. Hizo que le enseñaran otra vez los pasaportes, volvió a anotar los datos y los acompañó de mala gana a sus escritorios.

—Me enseñarán todos los documentos que vayan a consultar. ¿Lo han entendido? —preguntó con un gruñido.

—¿Por qué? —preguntó Ruth—. ¿Qué le importa a usted lo que leamos nosotros?

—¡Chis! —Horatio se colocó un paso por delante de Ruth y le hizo señas para que se calmara—. Mi colega es nueva y no posee apenas experiencia en el trabajo en los archivos. Por supuesto que le enseñaremos todos y cada uno de los documentos antes de leerlos, y después le mostraremos todos los apuntes que realicemos al respecto.

El vigilante asintió malhumorado con la cabeza y se largó nuevamente a su mesa.

Ruth siguió consultando la crónica de Lüderitz, pero no encontró ninguna nota sobre sus abuelos. «¿Por qué extrañarse? —pensó—. Wolf Salden no estuvo nunca aquí.» Pero algo más extraño le resultaba el hecho de no encontrar tampoco ninguna anotación sobre su abuela. Ruth se puso a pensar en lo que habría hecho ella si hubiera encontrado un diamante tan grande y en la huida no hubiera tenido nada más que esa piedra. No se habría dirigido a un comerciante callejero, porque eso habría resultado demasiado llamativo y, además, era imposible que un simple comerciante de diamantes de la calle tuviera suficiente dinero para una piedra tan grande como el Fuego del Desierto.

«Iría a una mina de diamantes. Allí disponen de los mejores contactos y llevan el registro —pensó Ruth—. Así pues, quizás encuentre allí alguna anotación sobre mi abuela en los años posteriores a 1904.»

Sin darse cuenta, había adoptado el modo científico de proceder de Horatio. Hojeó las páginas adelante, atrás, leyó cada palabra, observó todas las imágenes, pero fue en vano. Al parecer, en Lüderitz nadie había tomado nota de una mujer llamada Margaret Salden.

Decepcionada, Ruth dirigió la mirada a Horatio, que estaba completamente inmerso en la lectura de la crónica de la Compañía Alemana de Diamantes. Tomaba apuntes con mucho empeño, revolvía entre sus documentos y comparaba datos.

—¿Qué tal? ¿Ha encontrado algo? —preguntó Ruth.

Horatio negó con la cabeza, pero Ruth vio el destello febril en sus ojos y no le creyó.

—Tengo que ir al baño —dijo ella, y Horatio asintió con la cabeza.

El vigilante exigió que Ruth registrara su ausencia de la sala por escrito, y volvió a controlarle el pasaporte cuando regresó del lavabo.

Entonces se dirigió a una hilera de estantes, y sacó un dosier aquí y otro más allá. Esperaba toparse por casualidad con algo que le pudiera poner sobre alguna pista. Se detuvo sorprendida. En un lugar de la estantería faltaba un clasificador. Ruth dedujo por el polvo que debía de haber estado allí hasta hacía muy poco, poquísimo tiempo. Espió a través del hueco y vio que tenía enfrente directamente el escritorio de Horatio. Pero ¿dónde se había metido el historiador?

Ruth se puso de puntillas y creyó no poder dar crédito a lo que veían sus ojos. Horatio estaba sentado en el suelo, debajo del escritorio; encima de las rodillas tenía un clasificador lleno de polvo, a su lado una caja de cartón que Ruth había tenido por una papelera poco convencional. ¿Qué estaba haciendo ahora? Ruth contuvo la respiración. Horatio miró en todas direcciones, luego arrancó dos hojas del clasificador, las dobló en un abrir y cerrar de ojos y se las metió en el bolsillo del pantalón.

Ruth salió de repente de detrás del estante y pilló a Horatio todavía en el suelo.

—¿Qué hace usted ahí? —preguntó ella.

—Oh, mi lápiz. Se me ha caído al suelo.

—¿Nada más?

—No, nada más. ¿Qué más podía ser?

—¿Y en la caja de cartón?

Horatio golpeó levemente la caja con la mano.

—¿En la caja de cartón? ¿Qué pasa con ella?

Ruth respiró hondo y expulsó el aire.

—Nada —dijo a continuación—. No es nada. Solo estoy un poco nerviosa porque el vigilante es una persona muy hostil.

Pero, secretamente, ella decidió doblar la guardia. Horatio le estaba ocultando algo, algo muy importante de lo que no quería hablar. ¿De qué lado estaba el negro en realidad? ¿Podía fiarse de él? ¿Era su amigo, como decía él siempre, o se contaba entre sus enemigos? Echó un vistazo a su reloj de pulsera.

—Ya es casi mediodía. Me está zumbando la cabeza. No creo que vaya a encontrar nada en los clasificadores. Por lo menos no en la crónica de Lüderitz.

—¿Significa eso que quiere marcharse?

Ruth asintió con la cabeza y entornó ligeramente los ojos.

—Tengo hambre.

En ese mismo instante apareció el vigilante con una

fiambrera en la mano, y sacó a todo el mundo de la sala de lectura.

—Volvemos a abrir a las tres en el caso de que no hayan terminado.

Horatio profirió un suspiro muy dramático, y luego se dispuso a recoger sus cosas.

—¿Vamos a comer algo? —preguntó él cuando estuvieron al sol delante del edificio.

Ruth buscó las gafas de sol en su bolso.

—¿Cómo dice? Ah, no. No tengo hambre todavía.

—Pero si acaba de decir que sí.

—Pero ahora ya no. No quiero comer nada —dijo, poniéndose las gafas de sol. Y a continuación se fue caminando pesadamente sin volverse a mirar a Horatio. Solo le oyó exclamar por detrás:

—Nos vemos después.

Ruth levantó una mano en señal de saludo y aceleró su paso; casi echa a correr como si quisiera huir de Horatio. Ella quería estar a solas ahora, tenía que ordenar sus pensamientos. Y le faltaba movimiento. Desde siempre había podido reflexionar mejor caminando o moviéndose.

Anduvo a buen paso por la ciudad, que estaba muy pegada a un gigantesco peñón, como si buscara protección ante las olas y las tormentas del océano Atlántico. Por la costa fluía la corriente de Benguela que envolvía la ciudad en niebla todas las mañanas. Ruth caminaba deprisa por las calles sin fijarse en nada. Pasó al lado de los pescaderos que vendían ostras y langostas, y subió montaña arriba hasta la iglesia del peñón.

Ruth se sentó en un banco, contempló unos instantes las magníficas ventanas de cristal de colores, pero seguía sin encontrar la calma en su interior. «¿Qué estoy haciendo aquí? —se preguntó—. ¿Por qué no me subo al coche y me marcho de vuelta a Salden's Hill? ¿Qué he conseguido hasta el momento? Nada. Absolutamente nada. Mi abuelo está muerto, mi abuela está desaparecida y supuestamente está en posesión del alma de los nama. Yo llevo una piedra encima que me proyecta imágenes con las que no sé qué entender. Quizá tenga la imaginación agitada en exceso, quizá me encuentre agotada mentalmente porque no estoy acostumbrada a este tipo de viajes, a esta conducción sin rumbo fijo. Debería regresar a casa, debería vender una parte de los rebaños y de los pastos. Si a pesar de ello no alcanzara el dinero para conservar el resto de la granja, debería acercarme por la casa del anciano Miller. Es rico; quizá me dé un préstamo aunque no me case con su hijo Nath. Si quiere garantías y no se me ocurre nada mejor, me dirigiré entonces al marido de Corinne. Aquí, en Lüderitz, no puedo salvar mi granja.»

Iba a levantarse y a marcharse de la iglesia del peñón con paso enérgico, pero se sintió como cosida a la banqueta. Le asomaron las lágrimas a los ojos. Dirigió una mirada al altar y sintió la humedad en sus mejillas. «No puedo —pensó—. No puedo renunciar ahora. Ahora estoy aquí, ahora tengo que averiguar lo que sucedió por aquel entonces, en 1904, en Salden's Hill.» Al pensar en Horatio, se deslizaron más rápidamente las lágrimas por las mejillas. Hasta que le observó esta mañana en secreto en el archivo, Ruth había creído que tenía un amigo. Le había ocultado que había arrancado las dos hojas del clasificador y se las había guardado. Todas las palabras bonitas que le había dirigido él, todos los cumplidos que le había hecho, nada de todo eso había sido expresado con sinceridad.

Se pasó una mano por la larga cabellera. «Una vez —pensó profiriendo un suspiro—, una sola vez no me he sentido torpe ni gorda ni fea en presencia de un hombre. Una vez casi consigo creerme las palabras de un hombre, pero entonces va y resulta que ese hombre no es sino un impostor. —Ruth juntó las manos—. ¿Qué voy a hacer ahora?» Pensó en su madre y en Corinne, y de pronto le entraron de nuevo las fuerzas.

—No, no quiero vivir así. No voy a albergar jamás un rencor insaciable contra mis antepasados ni a echarles la culpa de todas mis desgracias. He aprendido de mi padre que cada uno es responsable de sí mismo, que cada cual tiene una historia que le marca. Y yo me he puesto en marcha para encontrar esa historia. Por tanto, ¿por qué arrojar ahora la toalla?

Sin darse cuenta, Ruth había expresado en voz alta sus pensamientos. Y para sorpresa suya se sentía un poco más aliviada ahora. Se levantó, salió del agradable frescor de la iglesia, caminó junto a los escaparates de la calle Bismarck y entró finalmente en una pequeña cafetería que estaba bastante llena a pesar de que ya era la primera hora de la tarde. Las mesas estaban ocupadas por blancos que bebían cócteles y conversaban a grito pelado. Ruth pidió un bocadillo, una Coca-Cola y una porción de carne en tiras, y se puso a escuchar las conversaciones de los demás clientes. Pudo distinguir giros en inglés, en alemán y en afrikáans.

—Disculpe, señora, ¿está libre este asiento?

Ruth levantó la vista. Ante ella estaba un hombre joven cuyos ojos azules brillaban como el mar una mañana de verano. A pesar de que Ruth no se sentía de humor para estar en compañía, asintió con la cabeza brevemente y señaló con la mano la silla libre.

—Sí, por favor.

—¿Es recomendable esa carne en tiras? —preguntó el hombre con la mirada puesta en el plato de ella.

—No es ni mejor ni peor que en otro lugar —repuso Ruth.

El hombre se echó a reír y se le formó un hoyuelo en la mejilla izquierda. Se apartó el cabello rubio oscuro del rostro y se arremangó la camisa azul de modo que Ruth pudo ver el caro reloj que llevaba.

—Tiene razón —dijo—. Esas tiras secas de carne tienen el mismo sabor en todas partes, independientemente de si la carne es de vaca, de órice, de antílope saltador o de kudu. Solo son diferentes las especias. Por cierto, donde mejor la he probado ha sido en Gobabis. ¿Conoce usted esa zona?

Ruth, que normalmente no tenía interés por las conversaciones de cafetería, aguzó los oídos.

—¿Gobabis? ¿Dónde? ¿En el restaurante de Stephanie?

—Sí, exacto. Fue allí. Estaba deliciosa, simplemente deliciosa.

Ruth se rio abiertamente.

—Entonces comió seguramente carne de mis vacas —dijo sintiendo el bien que le hacía hablar de su tierra, de su casa. Era como si en todo el desorden y el trajín hubiera encontrado de pronto un ancla diminuta donde fijarse.

—Ah, ¿es usted granjera?

—Sí.

—Permítame comentarle que me había imaginado de otra manera a las granjeras de verdad.

Ruth entornó un poco los ojos.

—¿Cómo se las imaginaba? ¿Qué aspecto debe tener una granjera en su opinión?

El hombre volvió a reír, y de nuevo observó Ruth el hoyuelo de su mejilla izquierda.

—No lo sé exactamente, pero de alguna manera altas

y anchas de hombros, con botas y sombrero de vaquera, con una camisa a cuadros de color rojo y blanco y un pañuelo en torno al cuello. Y con una vozarrona, ¿me explico?, una voz potente para vocear a los animales y un poco áspera por los muchos cigarrillos que fuman y de los que no se privan siquiera cuando van a caballo. Y luego, su manera de andar, ¿me mira un momento?

Se levantó, colocó los brazos un poco en ángulo y dio algunos pasos por la cafetería con las piernas abiertas.

Ruth no pudo menos que soltar una carcajada estruendosa.

—No, yo no soy así, pero existe ese tipo de granjeras, es cierto. Kathi Markworth, nuestra vecina, es así, por ejemplo —dijo Ruth, inclinándose hacia delante y susurrando a continuación con un deje burlón—: incluso escupe al suelo y empina el codo que no veas.

Ruth estaba disfrutando cada vez más de la conversación. Se le fue quitando de encima la tensión, y fue sintiéndose ligera.

—No, eso no me lo puedo imaginar de usted. Yo la veo montada a caballo con el pelo ondeando al viento, elegante y vigorosa, como una amazona. Y cuando se baja usted del caballo, lo hará con gracia, mientras que su vecina Kathi seguramente desmontará igual que si cayera del caballo un fardo mojado, al tiempo que van saliendo de su boca los tacos más tremendos. Y apuesto a que usted mantiene la botella de cerveza en la mano igual que sostienen sus copas de champán las señoras distinguidas de Windhoek y de Swakopmund.

Ruth volvió a reír a carcajadas y negó con la cabeza.

—No, no, eso no es verdad. Soy una granjera que tiene que vérselas con los esquiladores de ovejas. Estoy acostumbrada a cargar sacos y a arreglar vallas. Me gusta beber cerveza directamente de la botella. En cambio, no entiendo mucho de champán.

Ella se miró las manos y detectó un poquito de suciedad debajo del dedo índice de la mano derecha.

—¿Puede imaginarse que todavía no me he pintado las uñas una sola vez en mi vida? —preguntó, y se maravilló acto seguido de sí misma. ¿Cómo era posible que le estuviera contando a un desconocido esos detalles tan íntimos de su vida? No había hecho eso nunca. La confusión en su mente parecía ser mayor de lo que había pensado en un principio.

El hombre extendió los brazos por encima de la mesa, tomó la mano de ella entre las suyas y se puso a contemplarlas.

—Sería un desperdicio si lo hiciera. Tiene usted unas manos maravillosas, con unos dedos de pianista.

Ruth retiró la mano. Aquel hombre la estaba azorando, incluso mucho, pero se sentía bien cerca de él. Irradiaba una despreocupación, una ligereza tal que Ruth no había experimentado siquiera en su temprana adolescencia, pero que siempre había admirado en sus compañeras de su misma edad.

—¿Qué hace usted en Lüderitz? —preguntó Ruth para disimular su rubor.

—Oh, pues vivo y trabajo aquí —dijo, inclinándose sobre ella—. Soy de aquí incluso. Un auténtico lüderitzo, por decirlo de alguna manera.

—¿Y dónde trabaja?

Él se encogió de hombros.

—Estudié derecho como mi padre, y como el padre de mi padre. Ahora trabajo para la Diamond World Trust, en la sección jurídica. Ya ve usted, nada emocionante. Cada día actas, cada día tragando polvo. Apuesto a que su trabajo en la granja es mucho más variado y entretenido.

—Oyéndole a usted, pensaría cualquiera que lo que desea en secreto es convertirse en granjero —constató Ruth.

El hombre no repuso nada, se limitó a señalar el vaso vacío de Coca-Cola de Ruth.

—¿Me permite que la invite a algo? Hacía mucho tiempo que no conversaba tan a gusto con una mujer encantadora. Irradia usted un brillo a su alrededor, ¿no se lo ha dicho nunca nadie?

Ruth, azorada, se llevó la mano a un mechón de su pelo. Horatio le había dicho algo similar, pero ¡bah!, Horatio. ¿Quién podía decir que no se trataba de una mentira, de una falsedad?

—Me gustaría tomar un café.

—Con mucho gusto.

Estuvieron un ratito sentados a la mesita en silencio hasta que la camarera trajo las bebidas. Ruth miraba por la ventana, y por un momento pensó que vería entre la multitud el rostro de Horatio con sus gafas de cristales gruesos.

—¿Y qué la trae a usted tan lejos de su granja aquí, a Lüderitz? —preguntó el hombre—. Por ahí dicen que los pocos turistas que vienen prefieren pasar nuestra ciudad de largo porque aquí no hay nada que ver según las guías turísticas. Dígame entonces ¿qué hace usted por aquí?

«Ni yo misma lo sé exactamente», pensó Ruth, y dijo:

—¿No vamos a presentarnos primero?

—Oh, le ruego que me disculpe. Soy Henry Kramer —dijo el hombre levantándose y estrechando cuidadosamente la mano que Ruth le tendió—. Henry Kramer, tengo treinta y dos años, soy jurista, soltero, cuarenta y tres es mi número de los zapatos. ¿Desea saber algo más?

Ruth rio y negó con la cabeza. A continuación dijo:

—Me llamo Ruth Salden, soy granjera y me gusta llevar botas recias de trabajo. No sé caminar con tacones altos.

—Ese calzado no está concebido para caminar, me refiero a los tacones altos, ¿no lo sabía usted?

—No.

—Los tacones —explicó Henry Kramer en un tono docente— los han inventado hombres débiles para las mujeres fuertes. Las mujeres no tienen por qué caminar con ellos, deben apoyarse en los brazos de los hombres, confiar en la fuerza masculina.

—Oh, está bien saberlo. A partir de ahora mismo solo llevaré mis zapatos blancos de tacón cuando salga con un hombre.

—Para eso están pensados. ¿No le apetece exhibir sus zapatos esta noche para ir a cenar? Conozco un local estupendo en el que sirven las mejores ostras y langostas de esta zona.

Ruth torció el gesto.

—No creo que mis zapatos blancos combinen mucho con las ostras.

—En cualquier caso, mi deseo es poder mimar de verdad a la dueña de esos zapatos blancos, tal como se merece —dijo Henry Kramer, mirando profundamente a los ojos de Ruth.

A ella le pareció que le acariciaba la cara con su mirada. El azoramiento le volvía a impedir saber qué decir o hacer, así que sus dedos resbalaron por encima de la mesa y desmenuzaron el terrón de azúcar que estaba pensado en realidad para endulzar el café.

—Puede pensárselo todo el tiempo que quiera —dijo el hombre tratando de sacarla del apuro—. En cualquier caso, yo la estaré esperando aquí a las ocho en punto.

Ruth asintió con la cabeza, contenta por evitar una decisión precipitada. Se bebió casi de un trago el café todavía caliente y se despidió a toda prisa.

—Tengo que irme, todavía me quedan algunos asuntos por despachar —dijo ella sin saber exactamente qué la movía a marcharse de allí, probablemente el azoramiento que estaba sintiendo. Nunca un hombre había ligado con ella de esa manera.

—Lástima —repuso Henry Kramer con galantería—. Tanto más espero poder verla entonces esta noche como invitada mía. Ni se imagina el encanto que tiene esta pequeña ciudad a la luz de la luna.

Ruth frunció el ceño.

—Oh, se lo ruego, no me malinterprete. No era mi intención ofenderla. Es eso que le dije a usted antes de que con pocas mujeres puede uno conversar tan a gusto como con usted. Y si le gusta Lüderitz cuando le enseñe los lados más bellos de la ciudad, quizá se decida usted a venir por aquí otra vez.

Ruth sintió que se le ponían coloradas las mejillas. Se dio la vuelta y se fue de la cafetería sin decir nada. Estuvo tentada de echar un vistazo por el gran ventanal e incluso de saludar con la mano a Henry Kramer, pero no se atrevió, siguió caminando insegura y puso rumbo a una zapatería de la calle Bismarck, que seguía muy animada de gente.

La atendió una dependienta malhumorada y acabó comprándose un par de zapatos muy cerrados por delante y con un tacón mínimo. A pesar de que los zapatos no eran especialmente altos, Ruth solo era capaz de caminar con ellos realizando un gran esfuerzo. Sin embargo, eso que ella había observado y comentado en otras mujeres con espíritu crítico, ahora ya no le parecía tan mal. Ruth se encontraba henchida de una alegría hasta entonces desconocida, excitante. No pensaba en otra cosa que en la noche, una noche en la que sorbería ostras con Henry Kramer a la luz de las velas...

Interrumpió sus sueños abruptamente cuando en plena ebullición mental se le pasó por la cabeza que no tenía nada que ponerse. Se detuvo ante un escaparate con la bolsa de los zapatos en una mano, y vio un vestido rojo que se parecía al que llevaba siempre Corinne cuando iba al baile. La asustó el precio marcado en el cartelito, pero entonces levantó la barbilla con gesto obstinado. «¿No me anda diciendo Rose siempre que tengo muy poquitos vestidos?», se dijo a sí misma dándose ánimos. Y acto seguido entró con decisión en la tienda.

Miró a su alrededor con cara de sorpresa. No había estado nunca en una tienda tan elegante. Las paredes estaban provistas de barras doradas de las que colgaban vestidos de todos los colores, azul, negro, blanco, rojo e incluso amarillo. Algunos de los vestidos llegaban hasta el suelo, otros se mostraban únicamente por el cuello.

Ruth fue palpando con cuidado las telas que resbalaban en sus manos como agua corriente, pura y fresca. Pensó en sus compras en Bemans, una tienda de ropa en Gobabis con muchos rincones, a la que iba una vez al año por obligación. Se probaba siempre unos pantalones de tela negra y una blusa blanca, y se llevaba a casa dos de cada. Aparte se compraba también docenas de camisetas blancas y tres monos de trabajo. Si se encontraba de muy buen humor, adquiría también unos pantalones tejanos y una camiseta roja, pero hasta aquel momento no se había comprado nada diferente a aquello.

—¿Puedo ayudarla en algo?

—¿Cómo dice?

Ruth no había visto venir a la dependienta que la estaba mirando de arriba abajo con la mayor discreción posible. Sin embargo, Ruth percibió aquellas miradas y bajó la vista. De repente no entendía que un hombre de tan buen ver pudiera invitar a cenar a una chica tosca como ella, que vestía unas prendas arrugadas, prácticas y de ninguna manera elegantes. ¿No se estaría burlando de ella? Ruth sintió un escalofrío. La mirada de la dependienta confirmaba perfectamente lo que ella estaba pensando en secreto.

—¿Para qué ocasión está buscando usted ropa? ¿Busca un vestido o tal vez un disfraz, o más bien ropa deportiva?

Ruth tragó saliva.

—Pues no lo sé en realidad. Un vestido quizá. —Se sentía tan apocada que le tembló la voz un poco.

—¿Para un baile o más bien para un cóctel por la tarde? ¿O es para una celebración festiva, una boda quizá?

—No, más bien para una cena.

—¿Una fiesta?

Ruth apretó los labios, deseó estar lejos de allí y negó con la cabeza.

—Ah, entiendo —dijo la dependienta asintiendo con la cabeza—. Debe tratarse de una cena romántica en pareja.

Antes de que la mujer siguiera formulando más hipótesis sobre la vida privada de Ruth, ella agarró el vestido rojo de la barra, se lo colocó por delante y se contempló en el espejo.

—Quiero probarme este de aquí.

La dependienta movió la cabeza con gesto de no estar muy convencida con la elección de Ruth, pero no obstante dijo:

—Pruébeselo. Los probadores están ahí detrás, a la derecha.

Ruth asintió con la cabeza y se dirigió a los probadores. Tardó un rato en desvestirse y en ponerse el vestido rojo. Luego se colocó expectante delante del espejo, pero no vio en él lo que había esperado; no vio a una persona nueva sino a una mujer granjera con un vestido que parecía como si fuera a ir al baile de los granjeros. Entornó un poco los ojos, se giró a la izquierda, a la derecha, pero siguió pareciéndole lo mismo.

La voz de la dependienta le llegó a través de la cortina de felpa.

—¿Está todo bien? ¿Está contenta?

¿Contenta? No, Ruth no estaba contenta. Había esperado algo diferente, algo que conocía por las revistas de Corinne, el patito feo que se pone un vestido nuevo y ¡plas!, se convierte en un bello cisne. Eso era pura mentira en su caso. Lo había supuesto, pero no había querido admitirlo. Ruth corrió la cortina a un lado.

—No sé muy bien —dijo, bajando los ojos, desvalida.

La dependienta sonrió.

—Usted tiene un cabello precioso. Debería lucirlo. Mírese aquí, mi amor, el vestido rojo le quita esplendor a su pelo. Rojo con rojo es una combinación que pocas veces armoniza. Mírese este vestido verde —dijo la mujer, sonriéndole amable y animadamente.

Ruth agarró el vestido titubeando, se lo puso delante.

—¡Pero este escote! —dijo con perplejidad—. Puestos así, me puedo colgar directamente un letrerito al cuello en el que ponga «oferta especial».

La dependienta sonrió mostrando los dientes.

—Pruébeselo, mi amor. El escote hay que llenarlo bien, y yo no veo motivos para estar preocupada por ello.

Ruth suspiró, pero se embutió en el vestido.

—Suéltese el pelo —le aconsejó la dependienta por fuera.

Ruth se quitó la horquilla, esponjó su melena, elevó la barbilla. Y de pronto le miraba desde el espejo la mujer que siempre había querido ser, o por lo menos a veces. Una mujer no muy bonita, pero agreste y femenina.

—¡Eso es! —exclamó con júbilo corriendo la cortina a un lado.

—No está mal —dijo la dependienta sorprendida—. Ya le dije que el verde le sentaba muy bien. ¿Desea ropa fina a juego?

Ruth frunció la frente.

—¿Qué voy a hacer en una cena romántica con sábanas de seda?

—No, no, mi amor. —Ruth vio que las comisuras de los labios de la dependienta se estremecían con gesto divertido—. Me refiero a la ropa interior. Ropa fina, de seda, lencería.

—¿Se necesita eso? —preguntó Ruth—. ¿No se me va a romper solo con ir al lavabo? ¿No es demasiado fresco? Para los riñones, quiero decir.

Ruth se imaginó las miradas desaprobatorias de Mama Elo y de Mama Isa.

—Bueno, esas prendas no están hechas para darle calor a usted, sino que deben procurar más bien que usted se sienta bonita y atractiva. Tienen que gustarle al hombre al que usted ama.

A Ruth le habría gustado preguntar que tenía que ver la ropa interior con los sentimientos de un hombre, pero entonces recordó la prenda de encaje de Corinne, que a ella le había parecido siempre la boba decoración de un pastel de bodas. Sin embargo, antes de que pudiera seguir con sus reflexiones, la dependienta le había tendido en el probador unas enaguas de seda verde, cuyo color era un tono solo un pelín más claro que el vestido.

Ruth se estremeció al ver el letrerito con el precio. Por una suma de dinero así se compraría en Bemans, la tienda de ropa de Gobabis, toda su ropa interior y le darían además un tendedero. Se imaginó las caras de los trabajadores de Salden's Hill cuando vieran de pronto tendidas a secar unas enaguas como aquellas. ¡Y si pasaba por allí Nath Miller, no veas! No pudo menos que sonreír mostrando los dientes. ¡Mejor no imaginárselo!

«No —se dijo Ruth a sí misma un instante después conminándose a la calma—. Una cosa así está pensada para las mujeres de la ciudad. Esto no es para mí.»

—¿Y qué tal? —preguntó la dependienta.

Ruth le tendió las enaguas a través de la cortina.

—No, mejor lo dejo. Vivo en una granja. Las ovejas se comerían en un instante esas enaguas tendidas al sol. ¿Y qué iba a decirle yo después al veterinario?

—¿Y lencería fina?

—¿Se necesita eso también?

—Por supuesto. Un hombre que la invita a usted a una cena romántica, quizá quiera contemplar después con usted las estrellas. Y si a usted le gusta, quizá lo invite luego a tomar una taza de café.

Ruth asomó la cabeza por el probador.

—Vivo en una pensión. No creo que tengan café allí después de las ocho de la tarde.

La dependienta suspiró levemente.

—Bueno —dijo entonces—. No tiene que ser necesariamente café lo que quiera él de usted.

—¡Huy! —exclamó Ruth, tapándose la boca con la mano—. ¿Se refiere usted a eso?

La dependienta asintió con la cabeza y le tendió poco después un picardías tan diminuto que a Ruth le pareció que no serviría ni para pañuelo. Por miedo a que se le desgarrara en las manos, renunció a ponerse aquella diminuta prenda en el estrecho probador. En lugar de ponérsela, se imaginó el aspecto que tendría con ella puesta, probablemente como un angelote con problemas de peso. ¡No, aquel picardías no resultaba nada apropiado para ocultar algo en ella! Así que Ruth devolvió la prenda poco después con decisión.

—No necesito esto. Con los pijamas tengo suficiente. Y como más me gusta a mí dormir es con una camiseta.

«Dios mío, ¿cuánto costará el vestido solo? —pensó al mismo tiempo—. Probablemente me darían en Gobabis un carnero sano por esa suma. —Pero al instante sacó el labio inferior hacia fuera—. Pero ¿de qué me sirve un carnero si pronto ya no tendré ni granja?» Así que se vistió y se fue con paso decidido hacia la caja en la que ya se había colocado la dependienta.

—Por favor, no me tenga por impertinente, pero ¿ha pensado en maquillarse un poco para esta noche?

Ruth tragó saliva y sacudió enérgicamente la cabeza.

—Oh, no, no me va eso.

—Solo realzar un poco los ojos —dijo la dependienta mirando a Ruth casi con timidez—. Tengo de todo aquí. ¿No va a querer probarlo siquiera?

—Yo... ejem... Todavía no sé si voy a ir esta noche. A la invitación, quiero decir. Probablemente no se trate tampoco de una cita muy romántica.

La dependienta ladeó un poco la cabeza.

—Pero ¿por qué no, mi amor?

—Porque... porque... Ay, tampoco lo sé —contestó Ruth, encogiéndose de hombros.

—¿Es simpático?

—Sí —dijo Ruth—. Muy simpático, incluso.

—¿Le hace reír a usted?

—Sí, también.

—¿Muestra interés por lo que usted hace?

Ruth asintió con la cabeza.

—Entonces debería acudir a la cita. ¿Qué puede pasar? Va usted a comer bien, le dirán cumplidos, quizás hasta beba champán. Y si usted, en contra de lo esperado, encuentra en él algo que no le guste, entonces puede pedir un taxi en el restaurante y volverse a su pensión. Así pues, ¿de qué tiene miedo?

Ruth sonrió con el gesto torcido.

—Tiene usted razón. ¿Qué tengo que perder? Todo lo contrario, por fin voy a vivir también yo una aventura.

—Así está mejor, mi amor. No deberíamos dejar pasar las tentaciones. Quién sabe si regresarán más tarde. Y ahora siéntese aquí. Pase lo que pase, esta noche va a estar usted muy atractiva. Un momento, enseguida regreso.

Mientras la dependienta desaparecía tras una cortina, Ruth se dejó caer en una silla, entregada a su destino. Aquella mujer tenía razón. Si pasaba cualquier cosa, podría levantarse y marcharse en cualquier momento. Y cuando regresara a la granja, incluso podría participar en las conversaciones de sus amigas sobre sus temas favoritos. Seguramente le sentaría bien no estar al menos una vez en fuera de juego. Y si le resultaba necesario comprarse un vestido y maquillarse...

—Bien, ya estoy aquí de vuelta —dijo la dependienta, interrumpiendo los pensamientos de Ruth. Llevaba consigo una cajita blanca de plástico con una pasta negra que a Ruth le recordó el betún. Traía además un cepillo diminuto—. Abra bien los ojos y trate de no pestañear —le advirtió. A continuación le pasó el cepillito por las pestañas con tal intensidad que Ruth pensó que iba a quedarse ciega por fuerza después del tratamiento, pero entonces la mujer se sacó un lápiz del bolsillo y se puso a trabajar en las cejas de Ruth. Para acabar desenroscó un tubo pintalabios y se lo pasó por los labios a Ruth—. Bueno, ahora ya está lista, mi amor. ¿Quiere mirarse un momento?

Le sostuvo delante un espejo y Ruth se miró en él maravillada.

—Esa soy yo —constató ella con un gesto de sorpresa.

—Sí, es usted. Guapísima, ¿no es cierto?

Ruth no contestó, pero le habría gustado asentir.

—Dígame —preguntó con timidez—. ¿Es difícil? Me refiero a lo del maquillaje?

La dependienta se echó a reír.

—Claro que no, todo es cuestión de práctica. En realidad es muy sencillo. Solo necesita un poco de tinta china para las pestañas. Para ello ponga una gota de agua en la cajita negra. Si no tiene agua a mano, también vale con un poco de saliva. Con el cepillito se aplica la crema negra. Aquí tiene, este es el lápiz para las cejas. Repase con él un poco las cejas, eso realzará sus ojos. Y para acabar, un poco de pintalabios, no muy estridente ni demasiado rojo, para que la tonalidad no desentone con el color de su pelo. Y no lo olvide: el pintalabios no deja mancha.

Ruth sonrió mostrando los dientes.

—Quizá me lleve el cepillito negro y el tubo pintalabios la próxima vez —dijo ella—. El vestido tiene que bastar para hoy.

Al pagar la cuenta unos minutos después, Ruth trató de reprimir los remordimientos, y es que al final decidió llevarse también los utensilios de maquillaje y tuvo que obligarse a no convertir la suma en forraje para el ganado o en rollos para el vallado de los pastos. Sin embargo, una vez que se despidió de la simpática dependienta y salió de la tienda, se impuso su obstinación. «¿Por qué no iba a permitirme una cosa así? —se preguntó—. Si en lugar de mí, fuera Corinne quien dirigiera la granja, habría con toda seguridad más picardías en Salden's Hill que ovejas.»

11

Ruth deambulaba por las calles, loca de alegría cargando con las bolsas con su nuevo vestido, los zapatos y el maquillaje. Cada vez que pasaba por un escaparate miraba hacia dentro. Se habría puesto a saltar y gritar de contento por la alegría que le provocaba su nuevo yo y por la excitación ante aquella noche. Sentía el estómago como si lo tuviera lleno de polvos efervescentes. Corinne solía hablar siempre de aquel cosquilleo y, cuando lo hacía, Ruth fingía que sabía de qué hablaba. Pero aquella era la primera vez que ella misma experimentaba aquella sensación. De pronto le pareció como si todos los transeúntes de la calle Bismarck de Lüderitz le dedicaran una sonrisa benévola.

«Lüderitz —pensó Ruth—, Lüderitz es una ciudad maravillosa, aquí no soy igual que en Gobabis, soy otra. ¿Puede una ciudad cambiar a una persona?»

—¡Ruth, Ruth, espere!

Ruth se sobresaltó, se detuvo y se giró hacia la dirección de donde provenía la voz. Horatio iba corriendo hacia ella con las gafas descolocadas y despeinado como si hubiera pasado las últimas horas en el archivo y se hubiera estado tirando del pelo.

—¿Qué pasa? —Ruth hizo un esfuerzo por parecer todo lo altanera de que era capaz. Alzó la barbilla, se irguió y echó los hombros hacia atrás.

Horatio se detuvo delante de ella. Un brillo le iluminó la cara al verla. Le miró la cara, el pelo suelto, y le cambió la expresión al ver la amplia sonrisa de dientes blancos de ella.

—Si tiene algo que decirme, dígalo rápido —dijo Ruth con un tono impertinente—, esta noche tengo una invitación para una cena romántica.

En un instante, la cara de Horatio se ensombreció.

—¿Con quién? —preguntó él.

—Eso a usted no le importa. Yo no le pregunto lo que hace cuando no está —le dijo, recordando las hojas que había escondido a toda prisa, la humillación que había sentido al ver que le estaba ocultando algo manifiestamente importante.

—De acuerdo —asintió Horatio, ahora también ofendido—. Solo quería decirle una cosa que quizá sea importante para usted. Pero si tiene algo más urgente...

—¿Y qué es? —preguntó Ruth, echándose el pelo hacia atrás. Horatio se acercó un paso más y fijó la mirada en la cara de Ruth—. ¿Qué le ha pasado? Está cambiada, ¿se encuentra bien?

Ruth tragó saliva.

—Estoy maquillada y ya está. Y ahora, si me disculpa, tengo prisa —dijo ella, y sin volver a dirigirle la mirada, pasó rápidamente por su lado.

—Vaya al mercado —gritó Horatio detrás de ella—. Vaya ahora mismo.

—¿Qué? Ya he ido de compras.

—Vaya al mercado. Allí hay un joven justo al entrar. Lleva una cadena que podría interesarle.

—¡Bah! Yo ya tengo una cadena.

—¡Vaya! Ya verá que es importante.

Ruth asintió brevemente, sin girarse, y dio la vuelta a la siguiente esquina. Allí miró el reloj. Ya era tarde, las primeras tiendas estaban bajando las persianas de hierro. Solo le quedaba una hora para prepararse para la velada con Henry Kramer. Una hora para ducharse, ponerse el vestido nuevo, cepillarse el pelo, acortarse la nariz, perder diez kilos y reducirse los pies dos tallas. Imposible de conseguir. Y todavía era más imposible pasar por el mercado.

—Bah —murmuró con un tono de desprecio—. Que vaya el diablo y coja él la cadena. Mañana será otro día.

Se dirigió a la pensión, dedicó a la propietaria un saludo alegre e instantes más tarde desapareció con una toalla en la única ducha, situada al final del pasillo.

Un rato después estaba en su habitación, cepillándose el pelo con largas pasadas hasta que le cayó por la espalda suave y ondulado. Se miró en el espejo que colgaba en el interior de la puerta del armario. Su cara era un óvalo claro, casi blanco, pero con un resplandor dorado y cientos de puntitos marrones. «Como cagadas de mosca», pensó Ruth, e hizo una mueca. Sus pestañas, pintadas de negro, parecían patas de mosca; sus cejas oscuras, signos de admiración puestos en horizontal. Se mordió los labios, tal y como había aprendido de Corinne, para que cogieran un poco de color, pero la bella mujer que había visto en la tienda había desaparecido. El vestido, que antes le parecía de ensueño, le colgaba como si quisiera huir de su cuerpo.

Ruth no entendía qué había propiciado aquella transformación. ¿Acaso la tienda estaba hechizada? ¿Había sido un sueño todo lo que había visto allí? ¿El bello cisne había vuelto a convertirse en un patito feo sin darse cuenta?

Ruth tragó saliva y apretó los dientes.

—Esta noche seré una mujer guapa —gruñó en voz baja. A continuación se incorporó y echó los hombros hacia atrás. Y mira por donde, de pronto sus pechos parecían menos redondos y el vestido ya no era tan soso. La imagen del espejo mostraba tanta piel que Ruth tuvo la sensación de estar prácticamente desnuda. Metió la mano en el armario con la intención de sacar su chaqueta de punto gris preferida, pero ella misma vio que no combinaba en absoluto con el vestido. «Prefiero congelarme.»

Se puso los zapatos, suspiró hondo al tiempo que iba atándose las correas estrechas. Entonces volvió a mirarse en el espejo, esta vez mucho más satisfecha. Solo había una cosa que enturbiaba la imagen de la mujer joven y glamurosa: la cinta de cuero de la piedra que le colgaba en el pecho.

«No te la quites nunca, ¿me oyes? Te protegerá de lo malo.» Ruth creyó oír la voz de Mama Elo, pero sus manos se deslizaron hasta el cuello y desataron la cinta. En aquel preciso momento Ruth sintió como si un golpe de frío le recorriera el cuerpo. Creyó quedarse tan fría que los dientes le castañeteaban y se le erizó el vello del antebrazo. «Son los nervios, las elevadas expectativas —se dijo en un intento por tranquilizarse—. Después de todo nunca antes me habían invitado a una velada romántica.» Pero entonces oyó un gimoteo, como si un niño estuviera solo en una habitación oscura y tuviera miedo. Rápidamente metió la cinta en la caja de zapatos vacía y la empujó debajo de la cama. En aquel preciso instante cesó el gimoteo, y el frío desapareció.

Ruth volvió a sacudirse el pelo y salió de la pensión como si quisiera huir de alguna desgracia. Recorrió la calle a toda prisa hasta que empezó a sudar. No se detuvo hasta pasadas tres bocacalles de la pensión. El café estaba cerca, por lo que durante el resto del camino Ruth se obligó a ir más despacio.

Ruth vio a Henry Kramer ya desde lejos. Parecía estar esperándola y, con las manos metidas en los bolsillos de su traje ligero de verano, iba dando pasos subiendo y bajando la calle. Ruth se quedó parada en la esquina y se ocultó detrás de un árbol para observarlo. Vio cómo miraba a su alrededor y a continuación echaba un ojo al reloj, daba una docena de pasos a la derecha, volvía a mirar a ambos lados de la calle y otra vez echaba un ojo al reloj, suspiraba y de nuevo daba una docena de pasos en la dirección contraria sin disimular su impaciencia.

Ruth estaba conmovida. Nadie la había esperado nunca con tanta impaciencia. Quizá sí a su ganado, cuando llegaba tarde a una subasta, quizá sí a los corderos de sus ovejas caracul, pero a ella, nunca.

Abandonó su escondrijo detrás del árbol y se encaminó al café como si tuviera todo el tiempo del mundo y estuviera acostumbrada a hacer esperar a los hombres.

—¡Ya está aquí, por fin! —la saludó Henry Kramer.

Ruth frunció el ceño. Él se echó a reír.

—Oh, no, no era un reproche. Solo que estaba deseando verla. ¡Deje que la mire!

Bajo la mirada de él, Ruth volvió a sentirse prácticamente desnuda. Tuvo que reprimirse para no cruzar los brazos encima del pecho. «Dios mío —imploraba en silencio—, deja que parezca un cisne, solo por esta vez.»

—Está usted estupenda —dijo Henry Kramer.

Ruth lo observó y buscó en su mirada lo que había visto escrito en la de Horatio aquella tarde. Una forma de admiración tácita. Pero no había nada.

—Está realmente estupenda —volvió a salir de su boca—. Como la sirena del cuento.

—Gracias.

—Venga, iremos en mi coche.

La tomó del brazo y la llevó hasta un coche descapotable. Ruth no conocía la marca pero supuso que era muy caro. Por todas partes centelleaba el cromo, los mandos estaban hechos de madera reluciente y los asientos, de cuero blando.

—Por favor... —Henry Kramer le abrió la portezuela con un gesto galante. Dos muchachas blancas los miraron con la boca abierta y estallaron en risitas cuando Henry Kramer les guiñó alegremente. A continuación se sentó al lado de Ruth, se giró hacia el asiento trasero y le acercó un paquete envuelto en papel de seda.

—¿Qué es? —preguntó Ruth.

—Un detalle.

—¿Y por qué me regala algo? No es mi cumpleaños, no le he hecho ningún favor y ni tan siquiera mi carnero ha inseminado a sus ovejas.

Henry se echó a reír.

—No le dé mayor importancia. Me encanta agasajar a las mujeres bellas con regalos.

Ruth toqueteó el paquete con desconfianza.

—Y a mí no me gusta en absoluto que me vean como una mujer a la que hay que agasajar con regalos.

—Vamos, no sea mala conmigo. Ábralo y ya verá que no me quedaba más remedio.

Ruth no entendía nada, pero abrió el papel de seda, que crujía ligeramente. ¡Un chal blanco! Y tan finamente tejido que se le deslizaba entre los dedos como una tela de araña.

—Me había olvidado decirle que íbamos a ir en mi coche, así que pensé que podía coger frío durante el trayecto. Por eso le he comprado el chal. Ya ve que con él solo quería arreglar mi propio fallo.

Ruth no fue capaz de darle las gracias. Dejó una y otra vez que la fina tela le resbalara por los dedos, admirándola, haciendo esfuerzos por miedo a que se le rompiera al instante. Entonces la extendió, se la puso sobre los hombros y se sorprendió de que la tela fuera tan delicada como la espuma de baño. De pronto, Ruth se olvidó de toda su preocupación por ser un patito. Se sentía bella. El chal, aquella cosa preciada y frágil que se sentía tan natural sobre la piel, la embellecía. Las risas de las dos muchachas, las miradas de admiración que le dedicaron a Henry Kramer, todo eso la embellecía a ella. El vestido, el hombre atractivo, el coche de lujo... todas aquellas cosas propiciaban que Ruth también se sintiera preciada y valiosa.

Henry la observó con una mirada escrutadora, pero a Ruth no le salió ninguna palabra de agradecimiento.

—¿No nos vamos? —preguntó ella finalmente—. Me muero de hambre.

—Como quiera la señora.

Henry Kramer pisó el acelerador y se deslizaron por la ciudad de Lüderitz en dirección a la iglesia del peñón.

—¿Adónde vamos? —preguntó Ruth.

—A un hotel en primera línea de playa. Ya sé que le gusta comer bien. El buen comer se encuentra sin duda entre las cosas más bellas de la vida. De vez en cuando todo el mundo tendría que hacer un banquete. Y hoy es el día idóneo para ello, ¿no cree?

Se detuvieron delante de un edificio de piedra justo delante del mar. Las olas golpeaban la playa con suavidad; las gaviotas graznaban por encima de sus cabezas.

—¿Y bien? —preguntó Kramer—. ¿Le gusta?

Ruth contempló la luz cálida que emergía de un sinfín de antorchas clavadas en el suelo alrededor de una pequeña alberca.

—Sí —contestó ella—. Me gusta este lugar.

Se bajó del coche y fue andando con torpeza por la gravilla con sus nuevos zapatos negros de tacón. Una vez casi estuvo a punto de torcerse el tobillo, por lo que Henry tuvo que agarrarla del brazo.

—¿Me cree ahora cuando le digo que este tipo de zapatos lo idearon los hombres?

Ruth asintió sin pronunciar palabra y la dejó asombrada que la agarrara del talle. Kramer había reservado una mesa para dos personas en un rincón de la terraza. Ya estaba puesta. Había porcelana alemana, vasos de cristal, cubertería de plata y servilletas de Damasco de seda. En el centro resaltaba un candelabro de plata del que manaba una luz suave de velas. Olía a adelfas.

El viento que llegaba a aquel rincón era cálido y suave. En el cielo brillaban las estrellas como un precioso collar de diamantes.

—Este lugar es maravilloso, de verdad —dijo Ruth en voz baja.

—¿El ambiente ideal para una mujer bella?

El camarero llegó y les tendió la carta de bebidas, pero Kramer no la miró sino que, sin preguntar a Ruth, pidió dos copas de champán como aperitivo.

El champán llegó y ambos brindaron.

—Por las próximas veladas de ensueño con usted —propuso él como brindis.

A Ruth le habría gustado decir algo, pero no supo qué. Se sentía un poco aturdida. Kramer había cogido las riendas de la noche y a Ruth no le quedaba más que admirarlo todo. No estaba acostumbrada a aquello y la irritaba. Al mismo tiempo disfrutaba de no tener que ser la responsable de todo por una vez, de dejar que las cosas pasaran, y confiar en un hombre. ¿Y quién merecía más confianza que Henry Kramer? Un hombre que hasta le había comprado un chal para sus hombros desnudos.

—Gracias —dijo ella simplemente, pero Kramer hizo un gesto negativo con la cabeza.

—Yo soy quien tiene que darle las gracias. No todos los días tengo la oportunidad de llevar a una sirena a cenar. Y siguiendo con el mismo tema, ¿a las sirenas les gustan las ostras? ¿O fuera del agua prefieren comer carne?

Ruth no había comido nunca ostras. ¿De dónde iba a sacarlas en Salden's Hill? En cambio, en casa comía carne casi cada día, por lo que sentía una gran curiosidad por probar los frutos del mar de los que tanto había oído y sin los que, tal y como Corinne le había contado, los guapos y ricos del mundo no podían vivir. Pero ¿cómo se comían las malditas ostras? Ya se veía allí sentada, manipulando una ostra durante un buen rato y con torpeza hasta que se le escurriera por el canalillo. No pudo evitar reírse.

—¿De qué se ríe?

—Nunca he comido ostras.

—Pues ya va siendo hora.

Henry Kramer pidió una docena de ostras para cada uno como entrante. Mientras esperaban la cena, Ruth preguntó lo que quería preguntarle desde la primera vez que lo vio:

—¿Por qué se interesa por mí? Quiero decir, un hombre de ciudad, seguramente acomodado y de mundo... ¿por qué quiere estar con una mujer de campo como yo, que seguramente todavía lleva algo de mugre de cabra debajo de las uñas?

Henry Kramer se apoyó la barbilla en la mano y se quedó mirando a Ruth un largo rato.

—¿No se lo puede figurar usted misma? —le preguntó finalmente.

Ruth negó con la cabeza.

—En la ciudad todo es artificial, las luces, los olores, las mujeres. La mayoría de ellas ya no sabe reír o llorar de verdad. Si lloran, solo es por ellas mismas. Si hablan, siempre es para coquetear. Si ríen, lo hacen como un coche ruidoso. No van a nadar al mar porque les estropearía el peinado. No van a caminar por el campo porque no tienen el calzado adecuado y les podrían salir ampollas. No van en bicicleta por miedo a formar unas pantorrillas musculosas. No van a pescar porque no saben estar calladas y además tienen miedo de oler luego a pescado y algas. Para todo lo que pasa, para todo lo que hacen, necesitan un manual de instrucciones. Se han olvidado de cómo ser ellas mismas y dan más credibilidad a las revistas estúpidas que a sus propios instintos.

—¡Oh! —dijo Ruth sin que se le ocurriera nada más.

—Usted es diferente, Ruth. En usted todo es auténtico. Si ríe es porque está contenta, porque hay algo que la alegra. Si tuviera que ir a una caminata con esos zapatos, seguramente después de pocos metros los tiraría y seguiría andando descalza. Y apuesto a que ya se ha bañado muchas veces de noche en un río sin que le importe su pelo. Seguramente ni siquiera llevaba puesto un traje de baño.

Ruth se ruborizó. Tenía razón, ella no tenía traje de baño. Y se había bañado a menudo desnuda en el río. Sin embargo, a él no se lo imaginaba con facilidad en una granja. Con su coche, sus trajes caros y sus uñas inmaculadas, simplemente no era un hombre de campo.

Cuando el camarero trajo las ostras, Ruth observó el plato con un aire entre confuso y divertido. Estaba lleno de cosas extrañas de color marrón negruzco y rodajas de limón puestas encima de una gruesa capa de hielo. Con cuidado, dio un golpecito con el dedo sobre una de aquellas cosas.

—Así que esto son las ostras.

—Exacto, recién traídas de la costa. Frescas del día. Desde Lüderitz se exportan a todo el mundo, ¿y sabe por qué? La corriente de Benguela hace que aquí las ostras maduren más rápido que en Europa. Después de nueve meses ya se pueden coger. Están consideradas las mejores ostras del mundo. En París, por ejemplo, solamente se consiguen en los restaurantes más caros. Y en Londres hay un centro comercial muy famoso en el que se pueden comprar. En Berlín también. Seguro que ya ha oído hablar del KaDeWe.

Ruth negó con la cabeza.

—Los centros comerciales no me interesan especialmente. Y menos todavía si no puedo comprar en ellos. ¿Yo qué voy a saber que en algún sitio hay un KaDeWe? ¿Qué tienen de especial las ostras? No tienen un aspecto muy espectacular, precisamente.

—El sabor, Ruth. Lo que tienen de especial es su sabor único. No hay nada en el mundo que sepa igual. Además se dice que las ostras son afrodisíacas.

Ruth frunció el ceño, cogió una ostra con la mano y la roció con limón como había visto hacer en la mesa de al lado.

—¿Y ahora?

—Ahora llévesela a la boca y sórbala.

Ruth hizo lo que Kramer había dicho. Levantó la ostra y sorbió... y se estremeció.

—¿Qué pasa?

—Creo que esta estaba en mal estado —dijo Ruth.

Henry Kramer cogió la concha vacía y la olió.

—¡Huele que es una delicia!

—Puede ser, pero sabe como el agua sucia del puerto.

En ese momento Henry Kramer se echó a reír, tanto, que echó la cabeza hacia atrás. Tardó un rato en tranquilizarse, en el que Ruth se quedó sentada, con pinta de tonta.

—Las ostras no... ¡usted sí que es una delicia! ¡Como el agua del puerto! ¿Sabe lo que le digo? Que tiene razón. Las ostras no tienen buen sabor. Seguramente todo el mundo piensa como usted pero nadie se ha atrevido a decirlo en voz alta. ¡Que se lleven las ostras! —exclamó, haciendo una señal al camarero y pidiéndole que retirara las ostras.

—¿No están en buen estado, señor? —preguntó el camarero desconcertado.

—Saben como el agua sucia del puerto —comentó Henry Kramer, y volvió a echarse a reír al ver la cara perpleja del camarero.

—¿Le traigo otras frescas?

—No, gracias, tráiganos un plato de filetes de antílope y unas patatas fritas de guarnición.

Cuando el camarero se hubo marchado con las ostras, Ruth se fue moviendo de un lado a otro en el asiento.

—He dicho algo malo, ¿verdad? He metido la pata y le he dejado a usted en ridículo.

—No, no piense eso. —Henry extendió la mano sobre la mesa, le cogió la suya y se la acarició suavemente—. Es lo que le decía antes, usted es auténtica. Dice lo que piensa y no se deja engañar por las apariencias.

—Gracias —dijo Ruth, creyendo que era lo que tenía que decir en aquel momento. Como antes, tampoco ahora se sentía extraordinariamente bien.

—Esta tarde no ha contestado a una de mis preguntas —dijo él cambiando de tema—. ¿Qué le ha traído hasta Lüderitz? ¿Qué hace aquí?

Ruth hizo un gesto negativo con la mano.

—Nada, tengo que solucionar algunas cosas.

—¿Y no las puede solucionar en Windhoek o en Gobabis? Las dos ciudades están mucho más cerca. ¿O es verdad que es una sirena y tiene que volver de vez en cuando al mar?

Ruth miró hacia el mar. Se oía el oleaje y se respiraba el olor a sal. A continuación, sacudió la cabeza.

—En realidad ya no sé exactamente lo que quiero hacer aquí. O lo que quería hacer.

En aquel momento Ruth se dio cuenta de que estaba diciendo la verdad. Había vida más allá de la granja. Todavía no estaba segura de creérselo, pero ya no podía contener aquella vocecilla que lo afirmaba en su interior. Era como si de pronto viera la vida con otros ojos. Había tantas cosas que no sabía, y de repente experimentó unas ganas inmensas de conocer el mundo y a la gente que vivía en él.

Henry Kramer apoyó el antebrazo en la mesa y se inclinó ligeramente hacia ella.

—¿Por qué motivo se fue? —preguntó él. Su rostro tenía un aire atento y concentrado, y su mirada benefactora descansaba sobre ella.

Ruth se encogió de hombros.

—Quería irme lejos. En casa las cosas se pusieron muy complicadas de repente.

—¿Qué quiere decir?

—¿Seguro que lo quiere saber?

—Sí, claro —contestó Henry Kramer—. Sería un honor para mí que me dejara involucrarme en su vida.

Ruth lo miró desconcertada. Odiaba que los hombres solo supieran hablar de sí mismos, y en cambio, para aquel, era un honor escuchar su historia. Aquello nunca le había ocurrido. Horatio también había querido involucrarse en su vida, pero quién sabe lo que pretendía con ello. Henry Kramer, en cualquier caso, se interesaba de verdad por su vida. De eso estaba segura.

—Mi granja está al borde de la quiebra —empezó a explicar, dubitativa—. A mi madre ya le va bien. Ella hace tiempo que sueña con vivir en la ciudad. Pero toda mi vida, lo que quiero, mi hogar, mi tierra, mi ganado, todo se ve amenazado. Antes de que acabe el año tengo que reunir quince mil libras inglesas. Si no, subastarán Salden's Hill. O todavía peor, me tendré que casar.

—¿Y todo eso qué tiene que ver con Lüderitz?

—No lo sé. Nada, seguramente. Estuve en el banco en Windhoek y acabé metida en una manifestación de negros. Una mujer murió en mis brazos. Sus últimas palabras fueron el nombre de mi abuela, Margaret Salden. Nunca conocí a mi abuela. Llevaba años desaparecida cuando nací yo.

—¿Y ahora la está buscando?

—Sí. Desapareció en 1904 y abandonó a su hija, a mi madre.

Henry Kramer asintió.

—Debió verse en un gran apuro. Ninguna mujer abandona a su bebé recién nacido así sin más.

Ruth movió la cabeza.

—Quizá —dijo, pero entonces se calló, tomó la copa y bebió mientras Kramer seguía mirándola con interés. Le podría haber hablado del diamante, del Fuego del Desierto, pero entonces él podría pensar que codiciaba la piedra y su valor. Pero no era ese el caso, la piedra le era indiferente.

—¿Y no ha vuelto a tener noticias de su abuela?

—No.

—¿Y por qué ha venido a buscarla precisamente a Lüderitz?

Ruth sonrió.

—Un anciano que conoció a mi abuela me dijo que tenía que venir aquí. Dijo que en Lüderitz empezaban y acababan todas las pistas.

Henry Kramer hizo una mueca.

—¿Y cómo lo sabía el anciano?

—No lo sé. Quizá sepa más de lo que me dijo. En cualquier caso, ahora estoy en Lüderitz. Estuve en el archivo del Diamond World Trust.

—¿Y bien? —preguntó Henry Kramer, adoptando de pronto un aire tenso—. ¿Qué encontró allí?

Ruth se encogió de hombros.

—Nada.

Henry Kramer se echó hacia atrás.

—¿Y entonces? ¿Piensa seguir buscando?

—No lo sé. De verdad que no lo sé. Seguramente mi abuela lleva mucho tiempo muerta y yo estoy perdiendo el tiempo aquí en lugar de luchar por Salden's Hill. Tendría que regresar. Quizá consiga vender mis corderos a buen precio y conservar parte de mis tierras.

Henry Kramer asintió. Le tomó la mano y se la apretó suavemente.

—Sí, las antiguas historias también pueden traer decepciones consigo. Parece que su granja la necesita.

Ruth arqueó las cejas.

—¿Así que usted también quiere que vuelva a Salden's Hill? —preguntó.

Henry Kramer se echó a reír.

—¡No, por Dios! Daría lo que fuera por que se quedara más tiempo en Lüderitz. Mire, Ruth, usted me gusta tanto que no puedo ni ser egoísta. Pero si me permite que se lo diga, puede estar segura de que disfruto cada hora que paso con usted y que solo espero una cosa: que el tiempo se detenga. Y si le puedo ser de ayuda en su búsqueda, no se lo piense dos veces y dígamelo.

Ruth le dio las gracias con un movimiento de cabeza. Eran justo las palabras que había esperado. Era una sensación tan agradable estar junto a Henry... En su presencia se sentía comprendida y protegida como no se había sentido antes con ningún otro hombre.

Los platos principales interrumpieron los pensamientos de Ruth. El camarero los sirvió con un gesto inexpresivo. Mientras comían reinó el silencio. Ruth casi se había convencido de que realmente era mejor volver. Pero entonces no volvería a ver a Henry Kramer. No habría más cenas románticas, nadie que le dijera que era guapa y auténtica y divertida. Ruth exhaló un suspiro.

—¿Qué pasa? —preguntó el hombre.

—Nada —respondió Ruth—. Es que esto es tan bonito con usted que no puedo evitar pensar que pronto se acabará.

—No tiene por qué, Ruth —contestó Henry cogiéndole de nuevo la mano—. En usted he encontrado un tesoro, y a un tesoro no es fácil renunciar. Gobabis no está en el fin del mundo.

Ruth tragó saliva y bajó la mirada.

El camarero llegó, retiró los platos y les sirvió vino blanco frío en las copas. En aquel preciso instante se oyó música. Un pequeño cuarteto de cuerda había entrado en la terraza e iniciaba ahora el baile.

Henry Kramer se levantó, se abrochó la chaqueta de la americana y se inclinó galantemente ante Ruth.

—¿Me concedería este baile?

—Yo... yo no sé bailar —contestó Ruth.

—Ruth, esto es un vals. No hay ninguna mujer que no sepa bailar el vals. Solo hay hombres que no saben llevar a las mujeres. Venga, confíe en mí.

Él la ayudó a levantarse y le pasó la mano por la cintura. Y Ruth bailó el vals. Era tal y como le había dicho. Su cuerpo reaccionaba ante el movimiento más delicado de sus manos, girándose a la izquierda y a la derecha. Se sentía ligera y airosa en sus brazos. Sentía de repente como si sus pies obedecieran a una fuerza desconocida por ella hasta entonces. Todo en ella, todo, se transformó en música.

Cuando el vals llegó a su fin, ella estaba delante de Kramer, casi sin aliento, y lo miraba con los ojos brillantes. Él le puso las manos en la cara y le devolvió la mirada. Entonces se acercó lentamente a ella. Ruth vio sus labios, su boca tierna con un aire voraz, pero, ¡ay!, era tan lisa y tan suave y la tenía tan cerca... Y cuando los labios de él rozaron su boca, delicados como una mariposa, como un soplo de viento cálido, Ruth cerró los ojos y se inclinó hacia él.

12

Ruth tarareaba mientras subía flotando las escaleras de la pensión con las zapatos negros de tacón colgando de su mano derecha. Estaba algo ebria, debido al champán y a los besos de Henry, y se rio para sus adentros cuando oyó el reloj de la sala de desayunos dando las dos. Nunca había salido hasta tan tarde.

Abrió la puerta de la habitación, la cerró tras de sí con el talón, dejó caer el chal y los zapatos en el suelo y se tumbó en la cama.

—¡Ah! —suspiró, soñando con los ojos abiertos—. ¡Ah!

Nunca se había sentido tan embravecida, tan despreocupada, tan traviesa y alegre. Le gustaría haberse quedado fuera y haber trepado al nogal para cantarle una serenata a la luna.

Alguien llamó a la puerta. Por un momento pensó que era Henry. ¡Henry! Su corazón dio un vuelco y se puso a cabalgar desbocado dentro de su pecho.

—¡Ruth, abra! ¡Es importante! —oyó exclamar. No era la voz de Henry, sino la de Horatio.

El corazón de Ruth se detuvo en pleno galope y cayó en un trote confuso.

—¿Qué pasa? —preguntó en un tono frío.

—Abra, por favor. Tengo que hablar con usted.

Ruth abrió la puerta a regañadientes. Horatio se coló en la habitación y se detuvo perplejo al verla con el vestido verde.

—¿Por qué me mira de esta manera? —le preguntó visiblemente enfadada.

—Yo... esto... nada.

—¿Y bien? ¿Qué le pasa?

—Solo quería preguntarle si ha estado en el mercado.

—¿Con este vestido? —Ruth se giró con un aire travieso de un lado a otro delante de Horatio.

—No, más bien no.

—Ha acertado. He estado en todas partes menos en el mercado. ¿Por qué tendría que haber ido?

—¿Ha olvidado lo que le conté? Lo del chico negro, la cadena... ¿Ya no se acuerda?

Ruth frunció el ceño. Sí, algo le sonaba. Pero ¿el qué? Por mucho que se esforzaba no lograba recordarlo y cerró los ojos. De repente todo parecía darle vueltas. Sintió cómo Horatio la agarraba de los hombros y la sacudía.

—¡Ruth, no se duerma ahora! En el mercado había un chico nama. Llevaba una cadena al cuello. De ella colgaba un camafeo con su retrato.

—¿Qué? —Ruth se desprendió de Horatio—. ¿He sido yo la que ha bebido champán y es usted el que está borracho? —preguntó, divertida—. ¿De qué me está hablando? ¿Cómo puede ser que un chico al que no he visto jamás lleve por ahí mi retrato colgando del cuello?

—¿No lo entiende, Ruth? No tiene por qué ser su retrato. Puede tratarse también del retrato de su abuela.

Esto despertó a Ruth de golpe. Se sacudió y pidió a Horatio que le repitiera de nuevo todo lo que le acababa de decir.

—¿De verdad que no ha estado en el mercado? —pregunto incrédulo.

—No —reconoció Ruth compungida.

—Esperemos que siga allí cuando el mercado abra de nuevo dentro de un par de horas. Venga conmigo de todos modos, ¿o vuelve a tener otros planes?

—¿Qué? No —dijo Ruth, negando con la cabeza. Buscó con las manos el armario para sostenerse en pie. La habitación dio una vuelta alrededor suyo. Se oyó a sí misma, como a través de algodones, diciendo—: Creo que no me encuentro muy bien.

—¡Mama Elo, cierra la ventana, los pájaros están haciendo demasiado ruido! Y el sol me está acuchillando los ojos. ¡Haz que desaparezca todo esto! —gimió Ruth, poniéndose la mano sobre la frente e intentando taparse la cabeza con la almohada. Entonces oyó a alguien riendo en voz baja. Se sorprendió. Aquella risa no podía ser de Mama Elo.

Abrió un ojo con cuidado y vio un papel pintado floreado que le pareció vagamente familiar, pero que ciertamente no era el de su habitación en Salden's Hill. Lentamente, porque el menor movimiento le causaba dolor, abrió también el otro ojo y vio un armario abierto, cuya puerta mostraba el espejo del interior.

—¿Dónde estoy? —preguntó, y se giró boca arriba para luego gemir de inmediato—: ¡Oh, Dios mío! ¡Mi cabeza!

—¡Tome, bébase esto!

Ante ella apareció una mano negra sujetando un vaso de agua.

Se incorporó a duras penas y tragó el agua.

—Muy bien, ¡y ahora esto! —La mano negra le ofreció dos pastillas.

Ruth las cogió y se las tragó junto con el resto del agua.

—Aspirinas —dijo la voz—. Van bien para la resaca.

Ruth parpadeó. Al lado de su cama había un hombre negro, que poco a poco fue adoptando la forma de Horatio.

—¿Dónde estamos? —preguntó Ruth—. ¿Qué ha pasado?

—Estamos en Lüderitz, de hecho estamos buscando a su abuela y el diamante Fuego del Desierto. Pero me da la sensación de que anoche encontró algo muy diferente. Algo que, en todo caso, solo es soportable con alcohol.

—Ah, sí. —Poco a poco, los recuerdos de Ruth le volvieron a la memoria. Recordó a Henry Kramer. Una risita apareció apagada en su cara—. Comí ostras —susurró con cierta alegría—. Y bailé un vals.

—Enhorabuena —dijo Horatio en un tono seco—. Pero ahora tenemos otras cosas que hacer en nuestra agenda. Venga, levántese. Tenemos mucho que hacer hoy. Primero iremos al mercado.

—¿Al mercado? ¿Había algo allí?

—Efectivamente. Un chico que lleva al cuello una cadena de la que cuelga un camafeo con su retrato.

Ruth se reanimó al instante. Se enderezó como un palo.

—Es verdad —dijo apartando las sábanas. Estaba a punto de saltar de la cama cuando se percató de que solo llevaba la ropa interior—. Sea tan amable de girarse —le espetó.

Horatio se rio e hizo lo que le habían ordenado.

—Por supuesto, pero adivine quién la desvistió y la metió en la cama anoche.

—¡Oh! —Ruth agarró las sábanas y las apretó contra su pecho—. Bien, pero eso no le da ningún derecho a mirarme cuando ya no me encuentro desvalida. Así que, venga, fuera de aquí. En diez minutos estaré abajo para desayunar.

—Como quiera. Doy por sentado que hoy tiene intención de tomar grandes cantidades de café y de agua.

—¡Fuera! —gritó Ruth al tiempo que lanzaba una almohada en dirección a la puerta para reforzar sus palabras.

Un cuarto de hora más tarde, Ruth entraba en la sala de desayunos con el pelo mojado.

—Está usted muy pálida —le informó Horatio.

—Sabe Dios que no se puede decir lo mismo de usted —le espetó Ruth. Cogió dos rebanadas de tostadas y huevos revueltos, pero dejó ambas cosas después de un par de bocados.

—¿No está bueno? —preguntó Horatio con una expresión inocente.

Ruth sacó el labio inferior hacia delante.

—Anoche comí tan bien que ahora no me apetece estropear el buen sabor que tengo en la boca con esta bazofia.

—No tenía ni idea de que el agua sucia del puerto fuera tan sabrosa —dijo Horatio riéndose—. Habla en sueños, Ruth. ¿No se lo había dicho nadie?

Ruth empujó el plato.

—¿Cómo lo sabe?

—He estado velándola toda la noche.

—¿Quiere decir, entonces, que ha pasado toda la noche en mi habitación y me ha estado mirando mientras dormía? ¡Qué desfachatez!

—Sí, lo hice. —La voz de Horatio había subido de tono—. No podía dejarla sola de ningún modo. Habría acabado vomitando mientras dormía y se habría ahogado.

Pero puede creerme si le digo que realmente no fue ningún placer.

Ruth bajó la cabeza avergonzada y miró los coágulos blancos y amarillos de los huevos revueltos.

—¿He dicho alguna cosa más?

—Nada importante. Cotilleos típicos de las pavas jóvenes.

Ruth estaba pensando en darle las gracias a Horatio, pero el comentario sobre las pavas la enfureció.

—No tenía por qué escuchar, si tanto le molestaba.

—Tampoco me ha molestado.

—Ah, vale.

—Sí, vale.

Sin mediar media palabra, Ruth dejó que le llenaran de nuevo la taza de café. También en silencio, Horatio bebió un vaso de leche tras otro de un modo que a Ruth le pareció provocadoramente lento.

Ruth se puso a tamborilear en la mesa con los dedos, con impaciencia.

—Deje de comportarse como si hubiera herido sus sentimientos —espetó ella finalmente—. ¡Hable de una vez! ¿Qué tipo de chico era? ¿De dónde era? ¿De dónde sacó la cadena? ¿Por qué la llevaba puesta en el cuello?

Horatio bajó el vaso de leche.

—No tengo ninguna respuesta a todo eso que me ha preguntado, Ruth. Me acerqué a él y le pregunté de dónde había sacado la cadena. Pero no me respondió, sino que se puso a revolver en sus cosas, como si yo no estuviera. Tuve la sensación de que tenía miedo.

—Magnífico —exclamó Ruth—. Ahora solo tenemos que esperar que no le haya metido tanto miedo que hoy haya decidido quedarse escondido en su casa —dijo, agitando la cabeza con gesto nervioso. Seguro que Henry

Kramer hubiese sido más hábil. Quizá tendría la cadena, ¡cielos! Habría comprado al chico entero y la cadena y se los habría ofrecido en una bandeja de plata.

—Escúcheme bien —se encolerizó Horatio—. Ayer estuve trabajando, conseguí información y estuve buscándolo mientras usted se divertía con hombres extraños y se entretenía en locales refinados.

Ruth sabía que él tenía razón y de inmediato tuvo mala conciencia. «Pero fue bonito —pensó—. ¿Acaso no tengo derecho a un poco de romanticismo por una vez en mi vida?» Para cambiar de tema, inclinó la cabeza hacia un lado y le preguntó:

—Dígame, ¿ha tenido novia alguna vez?

—¿Por qué quiere saberlo?

—Mmm, no, por nada.

—Sí... alguna vez... después de unas cervezas y eso... pero...

Ruth no le dejó acabar.

—¡Ajá! ¡Justo lo que pensaba! ¿Y quiere saber por qué nunca ha tenido novia? Porque no tiene ni idea de mujeres, ¡por eso! —Sin querer admitirlo del todo, Ruth se enfadó también consigo misma. Durante algunas horas había perdido de vista por completo la finalidad de su viaje.

—Vaya, y el champán de anoche la convirtió en una especialista en asuntos del corazón, ¿verdad? —contestó Horatio en un tono cortante.

Ruth se encogió de hombros, calló un momento y después colocó una mano sobre el antebrazo de Horatio.

—Dejemos de pelearnos. Al fin y al cabo, estamos en el mismo barco. Ambos queremos encontrar a mi abuela y el diamante Fuego del Desierto. Pongámonos manos a la obra antes de que malgastemos más el tiempo.

Horatio se preparó para contestarle, pero Ruth simplemente se puso en pie, abandonó la sala de desayunos y poco después ya estaba delante de la pensión, lista para marcharse. Se dirigieron al mercado en silencio. Ruth miraba fijamente a los hombres con los que se cruzaban, mientras Horatio se esforzaba por captar la atención de las mujeres.

De repente, estando a solo una manzana del mercado, Horatio gritó:

—¡Allí! ¡Es él!

El chico se giró, vio a Horatio y salió corriendo. Horatio le siguió a toda prisa.

Ruth miró a su alrededor y pensó un momento en qué debía hacer. Entonces descubrió una angosta callejuela, la cruzó apresuradamente, chocó rápidamente con el chico y le agarró del brazo.

—¡Estate quieto! —le gritó cuando él intentó soltarse—. ¡Estate quieto de una vez o llamo a la policía! —Ruth no tenía ni la menor idea sobre qué podía contarle a la policía, pero sabía por experiencia que la mayoría de los negros temían a los agentes del orden. Y, de hecho, la amenaza surtió el efecto deseado. El chico siguió agitándose, pero menos enérgicamente que antes.

»¿Dónde está la cadena? —preguntó una vez que Horatio llegó donde estaban.

El chico bajó la mirada al suelo polvoriento, hizo un dibujo en el polvo con el dedo gordo del pie desnudo y agitó la cabeza obstinadamente.

—¡Oye! ¡Que estoy hablando contigo! —le espetó Ruth con agresividad—. ¿Me vas hacer el favor de responder?

El chico volvió a negar con la cabeza sin alzar la vista.

—Déjeme a mí —se inmiscuyó Horatio—. Creo que sabe aún menos sobre hombres negros de lo que sabe sobre hombres blancos —dijo, poniéndose delante del chico y agarrándole de la barbilla—. ¡Mira a la señorita blanca! —le ordenó, y le levantó tanto la barbilla que su mirada tenía que ir a parar forzosamente en Ruth.

El chico se estremeció del susto, tragó saliva y se santiguó como un cristiano.

—¿Conoces a esta mujer? —le preguntó Horatio.

El chico miró a Ruth con los ojos como platos.

—¿Eres el fantasma de la mujer blanca? —preguntó, y dio un paso atrás asustado.

Ruth sacudió la cabeza.

—Piensa lo que quieras. Si eso te ayuda, entonces soy un fantasma. ¿Dónde está la mujer blanca? ¿Dónde está la cadena?

El chico sacudió la cabeza. Abrió la boca como si fuera a hablar, pero la volvió a cerrar de inmediato. Las aletas de la nariz le temblaban y todo el color había desaparecido de sus labios.

—Escucha, no voy a hacerte nada. Este hombre negro es mi testigo. Tampoco quiero nada de ti, ni tu alma, ni tu cuerpo, ni tampoco tu dinero. Solo quiero ver la cadena. Y quiero saber dónde está la mujer blanca —dijo, colocando la mano en el cuello del chico y tirando de una cinta de cuero hasta hacer salir el colgante que llevaba escondido dentro de su camisa.

Ruth lo miró pasmada, como si fuera ella quien ahora veía un fantasma.

—Es el retrato de mi abuela —susurró sorprendida, y acarició suavemente con el dedo los rasgos de una cara tallada en marfil. Entonces agarró al chico por los hombros y lo sacudió—. ¿Dónde está la mujer blanca? ¿La conoces? ¡Dime ahora mismo todo lo que sepas de ella!

Como el chico seguía mirándola pasmado y sin decir palabra, Ruth probó de otra manera.

—Si me cuentas lo que sabes, te daré un regalo. Puedes pedirme una cosa.

El chico negro apretó los labios y negó tercamente con la cabeza.

—Nadie puede decir dónde está la mujer blanca. Nadie puede saberlo —espetó.

—¿Por qué no? —preguntó Ruth.

—Porque la mujer blanca proviene de los antepasados. Los antepasados han enviado a la mujer blanca para que proteja el alma de los nama.

—¿El alma de los nama? ¿Quieres decir la piedra? ¿El diamante? ¿El Fuego del Desierto?

El chico se encogió de hombros.

—No sé nada de ninguna piedra. Nadie ha visto nunca el alma de los nama. El alma es invisible. Solo la mujer blanca puede verla. Ella sabe todo lo que pasa. Incluso sabe lo que cada uno piensa en secreto.

—¿Has visto alguna vez a la mujer blanca con tus propios ojos? —preguntó Ruth con dulzura y con un tono de voz con el que solo hablaba a sus ovejas caracul.

El chico asintió.

—Por las noches, cuando oscurece, entonces es cuando puede verse a la mujer blanca. Es cuando ella sale de su cabaña. No puede salir con el sol porque se le quemaría la piel. Por eso solo se la puede ver y hablar con ella de noche.

Ruth se arrodilló para poder mirar al chico a los ojos, pero el chico le apartó la vista.

—¿Has hablado alguna vez con la mujer blanca? —le preguntó.

El chico negó con la cabeza.

—Pero ella me ha hablado. A menudo.

—¿Y qué te dijo?

—A veces me pregunta si me va todo bien. Y entonces yo digo que sí.

—¿Y si no?

—Si no, no me dice nada.

Ruth profirió un suspiro.

—¿Hay que tirarte de la lengua para que hables?

El chico retrocedió y se tapó la boca.

—¡No, no, no quiero hacerle nada a tu lengua! Es una expresión que se utiliza cuando alguien habla poco. ¿Qué les dijo a los otros niños?

—Una vez, cuando mi hermana era todavía muy pequeña, la tomó en brazos y la besó en los párpados. Mi madre estaba al lado. «¿Cómo debería llamarse?», le preguntó mi madre a la mujer blanca. Y la mujer blanca dijo lo que siempre dice cuando las mujeres le preguntan.

—¿Qué fue lo que dijo la mujer blanca?

El chico cerró los ojos, puso su índice en la barbilla, como si tuviera que esforzarse por recordar.

—Dijo que todas las niñas deberían llamarse Rose.

Ruth se estremeció y miró hacia Horatio, que estaba detrás del chico y le había colocado una mano en el hombro.

—¿Dónde está ahora la mujer blanca? —preguntó Ruth, esforzándose por no delatar su agitación. Tenía el corazón hecho un nudo en la garganta.

—Pues en su cabaña. Todavía hace sol.

—¿Y dónde está esa cabaña?

—Allí donde yo vivo.

Ruth tuvo que contenerse para no perder la paciencia.

—¿Y dónde vives?

El chico miró la posición del sol y después señaló en una dirección.

—Vivo allí.

—¿Cómo se llega hasta allí?

—Andando. Pero hay que andar muchos días hasta que se divisa la ciudad sobre la colina.

—¿Y qué ves por el camino?

—El mar —dijo el chico—, justo por detrás de la zona prohibida.

—¿Es posible que se esté refiriendo a la bahía de los hotentotes? —dijo Horatio.

El chico lo miró y asintió con empeño.

—Sí, así es como los otros la llaman. Allí en la bahía de los hotentotes tengo que girar a la derecha.

—¿Hacia el campo? ¿Adentrarte en el desierto del Namib?

—Claro que hacia el desierto, ¿adónde si no? —El chico miró a Ruth maravillado—. Me tengo que girar así hasta que diviso los montes Awasi en la distancia, y entonces caminar hacia ellos. Cuando sus contornos se vuelven claros, se llega a un oasis. Y desde allí ya no queda mucho.

—¿Cuánto tardas en recorrer el trayecto?

—Si todo va bien, dos días. Paso la noche en casa de unos parientes en la bahía de los hotentotes. Al día siguiente, camino hasta la colina. Entonces vendo en la ciudad las cosas que mi gente ha tallado y regreso después a casa.

—¿Completamente solo?

—No, suelo encontrar a gente que me acompaña un rato y compartimos un trecho del camino. Además ya soy mayor.

—Por supuesto —asintió Ruth, y se tragó el comentario que tenía en la punta de la lengua. «Eres un chico pequeño y valiente», pensó.

—¿Vas a darme mi regalo? —preguntó el chico.

—Claro, ¿qué quieres? ¿Un coche o quizás una pelota?

El chico señaló una parada a un par de metros de distancia e hizo un ademán a Horatio y a Ruth para que lo siguieran. Una vez allí señaló unas gafas de sol de plástico de color verde chillón que tenían las patillas decoradas con mariposas plateadas de plástico.

—Esto.

—¿Unas gafas de sol?

El chico asintió con gesto serio.

—De acuerdo. —Ruth cogió las gafas del expositor, pagó al comerciante y se las tendió al chico.

Él se las puso de inmediato y sonrió.

—Gracias, señorita.

—De nada.

El chico miró al sol.

—Tengo que irme —anunció.

—Que te vaya bien —dijo Ruth, pero el chico sacudió la cabeza.

—Solo se dice «que te vaya bien» cuando no se espera volver a ver a ese alguien. Pero nosotros sí vamos a volver a vernos pronto.

—¿Cómo lo sabes? —le preguntó Ruth—. ¿Lo dices porque soy el fantasma de la mujer blanca?

—No, porque lleva colgada del cuello una piedra que la atrae hacia nosotros. Es una piedra de la nostalgia. Lleva a las personas de vuelta hacia aquellos que se la enviaron.

13

Ruth contempló al chico alejarse durante un rato y después se giró hacia Horatio.

—Y ahora, ¿qué hacemos? Lo mejor hubiera sido que lo acompañáramos a su tribu. Si nos damos prisa quizá podamos ir allí con el Dodge y simplemente llevarlo.

Como Horatio no respondía, Ruth se puso nerviosa. Le agarró del brazo.

—¡Venga! ¡Vamos! ¿A qué espera? Si no actuamos de inmediato, el chico se nos escapará. ¡Dios mío! ¿Por qué no se me ha ocurrido antes? ¿Por qué lo he dejado marchar?

—No tenemos ni idea de si el chico volverá hoy a su poblado. De todos modos, mañana es la fiesta en el centro de la ciudad y habrá un mercadillo enorme. Doy por sentado que quería deshacerse de nosotros. Seguro que mañana aún sigue aquí.

—Sí, quizás —admitió Ruth, y se calmó un poco. Le venía muy bien quedarse un día más en Lüderitz. Así podría mantener su cita con Henry, a quien tenía ganas de ver al mediodía. Si lo pensaba bien, realmente lo mejor era dejar que el chico se marchara solo. Podía anunciar su visita de modo que la tribu pudiera prepararse para su llegada y evitar que pensaran que eran enemigos.

«Henry.» Ruth contuvo un suspiro. Apenas pasaba un minuto sin que pensara en él. Casi no podía aguantarse para verle, para hablar con él, pero Horatio no debía saber nada de aquello.

—Bueno —se limitó a decir finalmente—. Entonces viajaremos mañana al Namib. ¿Y ahora? ¿Qué hacemos ahora? Aún faltan dos horas para el mediodía. ¿Volvemos al archivo?

Horatio negó con la cabeza.

—Yo no, Ruth. Yo... yo... tengo una cita. Es importante.

—Ah, ¿sí? ¿Qué tipo de cita?

Horatio hizo un gesto negativo con las manos.

—Bueno, hay algo que tengo que comprobar.

—¿El qué? ¡Por Dios!

Horatio quería tomarle la mano a Ruth, pero cambió de idea a medio camino.

—Todavía no se lo puedo decir. Sé demasiado poco. Las especulaciones no nos sirven de nada. Necesitamos hechos. Y eso es lo que voy a buscar. Por eso tengo esa cita.

—Habla con adivinanzas, como un chamán del desierto.

—Lo siento.

—Yo también.

—Entonces, hasta luego.

—Nos vemos.

—Adiós.

—Sí, adiós, que le vaya bien.

Ruth siguió a Horatio con la vista hasta que dobló la esquina. Se sentía abandonada, un poco fuera de sí y se dio cuenta de cómo se le disipaban las ideas. Por un momento volvió a la realidad. Una *pickup* negra pasaba por la calle y parecía seguir el mismo camino que Horatio. Ruth dio un paso adelante con la intención de identificar la marca del vehículo. Pero ya sabía que se trataba de una camioneta Chevy.

—Llevo demasiado tiempo entre negros. Poco a poco empiezo también a ver fantasmas —murmuró. En una ciudad como Lüderitz seguro que había varias camionetas Chevy de color negro.

Enfadada consigo misma, dejó de otear la esquina y se giró. Su mirada se posó en una mujer joven que caminaba por la acera del brazo de un hombre muy alto. Vestía un pantalón blanco largo hasta el tobillo, unas bailarinas, una camisa a cuadros azules y blancos y unas gafas de sol que le cubrían media cara. Ruth se quedó fascinada. La mujer tenía un aire muy femenino, joven, guapa y alegre, exactamente lo que Ruth quería para ella misma. Al menos de vez en cuando, y ahora que había conocido a Henry Kramer, más a menudo que antes.

Siguió a la mujer con la mirada, sonrió y tomó una decisión.

—Parece que la ciudad ejerce un cierto encanto sobre ti, un encanto que también te hace más atractiva que nunca —dijo Henry Kramer acercándola hacia él y besándola en la frente y en el pelo. Entonces tomó la mano de Ruth y la alzó—. Date la vuelta.

Ruth hizo lo que le había pedido y giró sobre sí misma. Llevaba unos pantalones pirata nuevos de color azul marino, una camisa de topos blancos y azules y las bailarinas blancas, nuevas.

—Estás encantadora. Una granjera genuina con estilo y buen gusto. ¡Ay! ¡Llevo un montón de años soñando con esto! Ven, siéntate aquí a mi lado.

Ruth resplandecía. ¡Volvía a sentirse tan guapa! Se le olvidó que en el probador, antes de comprarlos, tuvo la impresión de que con aquellos pantalones sus piernas parecían columnas griegas hechas para soportar casas enteras. Y también dejó de pensar que las bailarinas le apretaban después de caminar solo medio kilómetro y que, dentro de una hora como mucho, le resultarían insoportables.

—¿Qué tal has dormido? —preguntó Henry—. Yo he soñado contigo. Fue magnífico. Estábamos tumbados piel sobre piel, corazón con corazón y tu pelo nos cubría como una tienda de campaña.

—Sí —respondió Ruth azorada. Recordó que Horatio había pasado toda la noche a su lado para asegurarse de que no se ahogara en su propio vómito. Entonces le vino a la mente el chico de la cadena—. He encontrado una pista sobre mi abuela —se le escapó—. Hay un chico negro, un joven nama, que llevaba un camafeo de marfil al cuello. El camafeo lleva un retrato de mi abuela.

—¿Dónde lo has encontrado? ¿Dónde está ahora el chico? ¿Qué aspecto tenía? ¿Dónde vive? ¿Vive tu abuela en ese mismo lugar? ¿Cómo se llega hasta allí? —Henry se había quedado de piedra y no podía parar de hacer preguntas.

Ruth se estremeció.

—¿Que dónde está ahora el chico? No tengo ni idea. Seguramente en algún lugar de la ciudad. Al fin y al cabo, mañana es la fiesta en el centro de la ciudad. Ha descrito el camino hasta su poblado —dijo, riéndose desconcertada—. Bueno, decir «descrito» es exagerar. Desde aquí a la bahía de los hotentotes, y desde allí en dirección a los montes Awasi y girar en el primer oasis. —Se interrumpió y añadió, más para sí misma—: Quizá lo mejor habría sido acompañar al chico a su tribu inmediatamente.

Cuando levantó la vista, Henry tomó su cara entre sus manos.

—No, querida, has hecho lo correcto. Has esperado tanto para encontrar a tu abuela que ya no viene de un día. Pero yo no te descubrí hasta ayer.

Ruth se echó a reír.

—Quizá tengas razón. Quizás es mejor esperar. A los aborígenes no les gusta que les sorprendan.

—¿A la derecha o a la izquierda?

Ruth meneó la cabeza confusa.

—¿Qué quieres decir?

—El oasis de detrás de los montes Awasi. Allí hay que girar, has dicho. ¿Hacia la derecha o hacia la izquierda? —Henry había puesto una cara muy profesional y miraba a Ruth como si se tratara de una clienta.

—¿Tanto te importa? —preguntó ella.

—Sí, claro. Creo que debería acompañarte cuando vayas hasta allí. Porque quieres ir allí, ¿no es cierto? ¿Mañana quizá?

—Sí. No. No sé.

—¿Qué te pasa, Ruth?

Ella se llevó una mano a la frente y suspiró.

—Todavía no sé exactamente cuándo iré al Namib. Estoy muy bien contigo, pero quizá preferiría estar sola cuando vea a mi abuela por primera vez.

Ruth mantuvo en secreto que, en cualquier caso, no estaría sola, sino que planeaba hacer la excursión al Namib con Horatio. Era necesario que Henry Kramer no lo supiera. No quería que pensara mal de ella. ¿Quién sabía bajo qué circunstancias encontraría a su abuela? Quién sabía si Henry la pondría en evidencia finalmente, diciendo que ella solo buscaba el diamante, ahora que sabía que su granja estaba en las últimas...

—Te comprendo perfectamente. —Henry hizo ademán de tomarle la mano con aire comprensivo—. Podría esperarte cerca del poblado.

—Sí, quizá —repuso Ruth, y se calló.

—Pareces confusa —afirmó Henry al tiempo que le acariciaba la mano.

—No, no estoy confusa. Solo pensativa. ¿Sabes? En las últimas dos semanas me han pasado tantísimas cosas... Tengo que ordenarlas en mi cabeza antes de poder decidir cuál es el siguiente paso que hay que dar, ¿comprendes?

—Espero que tengas mucho cuidado en todo lo que hagas.

— Y a ti, ¿qué te pasa? —preguntó Ruth, apoyando los codos encima de la mesa.

—¿Por qué lo preguntas? ¿A qué te refieres?

—Estás tenso, Henry. Como si se te estuviera agotando el tiempo.

—Lo siento, queridísima. No quería que lo notaras, pero ya veo que no puedo ocultarte nada. Sí, tienes razón. Estoy hasta el cuello de trabajo.

—¿Por qué no has dicho nada? Podrías haberme llamado a la pensión.

Henry se encogió de hombros, extendió los brazos y giró las palmas hacia arriba.

—No quería decepcionarte, queridísima.

Diez minutos después, Ruth se hallaba sola en la mesa. El servicio le había traído una *boerewors*, una salchicha caliente y grasienta. Ruth la probó, se estremeció y apartó el resto de la salchicha sin tocarla.

—Una Coca-Cola, por favor —pidió.

Volvió la vista hacia abajo y se miró. «Quizá no debería haberme comprado estos pantalones», pensó brevemente. Entonces no pudo evitar sonreír. Le encantaría ver la cara de Henry si fuese a buscarla para almorzar a Salden's Hill un día normal de trabajo. ¡Imposible! Seguro que ese día medio rebaño se habría escapado a través de una verja rota o se habría producido cualquier otro imprevisto. «O amor o trabajo —pensó—. Ambas cosas no son posibles. Los que trabajan no tienen tiempo para el amor. Y los que aman no tienen tiempo para trabajar.»

Se asustó. Desde que habían llegado a Lüderitz ya no se reconocía. Amor y trabajo, tenía que haber algún modo de conciliar ambas cosas. Si no, ¿de dónde venían los niños?

«Estoy cansada —pensó—. Esta última noche ha sido demasiado corta para mí. Regresaré a la pensión a dormir un rato para estar fresca y guapa para Henry esta noche.»

Pagó, se levantó y se encaminó a la pensión.

—¿Sí? ¿Quién es? —Ruth se levantó de la cama y tuvo que apoyarse brevemente en la mesa porque aún no estaba despierta del todo. Ya volvían a llamar a la puerta, esta vez con más energía.

»¡Ya voy! ¡Ya voy! —exclamó, frotándose los ojos. Se acercó a la puerta, la abrió con más fuerza de la que habría sido necesaria, y se quedó perpleja ante la vista de un ramo de rosas rojas.

—Tenga, son para usted. Ya me gustaría a mí que alguien me enviara algo así —le dijo la patrona de la pensión tendiéndole el ramo.

Ruth hundió la nariz en él para inspirar el agradable aroma.

—¿Quién las envía?

La patrona de la pensión se rio.

—No lo sé. ¿Tantos admiradores tiene que ya no sabe distinguirlos?

Ruth notó la malicia en sus palabras, le arrancó el ramo de las manos y buscó la tarjeta. La leyó allí mismo.

—¿Y bien? ¿De quién son las rosas? —La patrona de la pensión asomó la cabeza por la habitación, llena de curiosidad.

—Ciertamente no son de Hacienda —respondió Ruth mordaz, y soltó un «¡buf!» entre dientes mientras la dueña se marchaba ofendida.

Ruth cerró dando un portazo, apoyó la espalda contra la puerta y sonrió con la boca entreabierta. Entonces pasó un dedo suavemente por los aterciopelados pétalos de color rojo oscuro.

—Gracias, Henry —susurró. Volvió a aspirar el aroma unos instantes, contempló las flores y se sintió joven, bella y despreocupada como cada vez que se trataba de Henry Kramer. Volvió a leer la tarjeta. «Rosas para la rosa más bella —ponía. Y continuaba—: Me gustaría verte esta noche. Tengo novedades importantes para ti.»

¿Esta noche? Ruth miró hacia la ventana. El cielo se había vuelto anaranjado. Debió de quedarse dormida profundamente. Dirigió la vista al reloj de la mesilla de noche. Eran las siete. Había dormido casi cuatro horas. Agarró la toalla a toda prisa, se metió en la ducha y se lavó el pelo. Acababa de regresar a la habitación cuando llamaron de nuevo a la puerta.

—¿Quién es?

—Soy yo, Horatio.

Ruth suspiró, se puso la blusa y abrió la puerta.

—¿Qué ocurre?

—Tengo que hablar con usted. Es urgente. —Su mirada se posó sobre las rosas, que Ruth había puesto en un cubo de plástico amarillo—. ¿Es su cumpleaños o algo parecido?

—Una mujer no necesita que sea su cumpleaños para que un hombre le envíe flores —respondió ella con insolencia. Se colocó notoriamente delante del espejo y se puso a cepillarse el pelo mojado.

—Así que las flores son de su admirador, ¿verdad? Del tal Henry Kramer.

Ruth se dio la vuelta.

—¿De dónde ha sacado ese nombre? ¿Ahora se dedica a espiarme?

—No, pero habría sido mejor que lo hubiera hecho.

—¡Buf! —Ruth colocó sobre su palma la latita con el rímel negro, escupió dentro y se puso a remover la pintura con un cepillito minúsculo—. ¿A qué viene esto?

—A que Henry Kramer no es para nada quien usted cree que es. No es su amigo, Ruth.

Ruth dejó que el cepillito se hundiera y se acercó a Horatio.

—No tengo ni idea de por qué se empeña en intentar aguarme la fiesta continuamente —dijo presa de la ira—. De hecho, tampoco tengo ni idea de qué es lo que quiere de mí. Ya hace tiempo que he dejado de tragarme la historia de sus investigaciones sobre la rebelión de los herero. Así que absténgase de hablar mal de Henry Kramer. Y ahora: ¡largo!

Lo agarró del brazo y lo condujo hacia la puerta.

—No, Ruth, tiene que escucharme. Se trata de su seguridad. No soy su enemigo.

—¡Fuera! He dicho que largo. ¡Y rápido! —Le empujó el último par de metros hasta fuera, cerró de un portazo y giró la llave en la cerradura.

A través de la puerta oyó la voz de él:

—Ruth, escúcheme. No le quiero ningún mal. Al contrario, quiero protegerla. Escúcheme. ¡Solo un minuto!

Ruth se acercó a la pequeña radio que había en la mesita de noche, la encendió y subió el volumen al máximo. Entonces continuó maquillándose, se cepilló el pelo y se miró en el espejo con toda la calma del mundo. Cuando el reloj marcaba las ocho menos diez se puso a escuchar atentamente a través de la puerta. Silencio total. Horatio se había marchado.

Unos minutos más tarde, ella se escabullía de la pensión a hurtadillas. Llevaba el chal nuevo en una mano y las bailarinas en la otra para no hacer ruido por el pasillo. «Está celoso —pensó—. ¡De ahí todo ese teatro!» Que Horatio también pudiera estar prendado de ella era algo que la halagaba y la enfurecía al mismo tiempo.

Aquel pensamiento se desvaneció rápidamente. Henry estaba delante de la puerta esperándola. Llevaba una camisa blanca limpia y, al verla, se pasó la mano por el pelo de forma juvenil y esbozó una sonrisa de oreja a oreja.

—¿Te has vuelto más guapa desde este mediodía? —le preguntó.

Ruth rio.

—No, solo he dormido casi cuatro horas y ahora me siento tan relajada como si llevara tres días sin hacer nada.

—¡Oh! Magnífico. Tengo muchas cosas que hacer contigo esta noche, queridísima mía. Por favor... —dijo abriéndole la portezuela del coche. Ruth se subió. Sobre el asiento trasero vio un cesto de mimbre y una manta.

—¿Qué planes tienes? —preguntó.

—Mira hacia arriba. ¿Qué ves?

—Una bola de fuego que brilla, roja como las ascuas, y que poco a poco desciende tras la colina.

—Y ¿qué hueles?

Ruth olfateó.

—Se huele un poco la contaminación y el sudor de la ciudad. También hay un olor a frutas, a mar, a sol.

—¿Y qué sientes sobre la piel?

Ruth contempló su brazo desnudo.

—El viento cálido. Es un poco como una caricia.

—Muy bien. Podrás disfrutar aún mejor de todo ello durante un picnic.

—¡Oh! —respondió Ruth—. Un picnic.

—¿Qué pasa? ¿No te gusta ir de picnic?

—Sí, claro, me encanta —respondió. Pensó en las comidas al aire libre que había vivido hasta entonces, generalmente conduciendo el ganado, y se horrorizó. Ataban los caballos y buscaban a ver si había agua cerca donde poder lavarse la cara y las manos al menos. Entonces montaban un hornillo, preparaban café o té, o bien bebían cerveza directamente de la botella. Comían los bocadillos que habían viajado con ellos en las alforjas desde el amanecer. Por la noche, las lonchas de queso estaban tiesas y enrolladas hacia arriba, las salchichas habían cambiado de color y el pan parecía cartón viejo. El café y el té servido en tazas de hojalata tampoco tenían un sabor demasiado agradable. Siempre se quedaba impregnado algo del sabor de la lata.

Y aquello no era lo más desagradable que recordaba de un picnic. Lo peor eran las moscas que revoloteaban alrededor de las personas y los bocadillos, de modo que se necesitaba una mano para comer y la otra para ahuyentarlas. Eso sin contar todos los demás insectos, cuya única intención era chupar la sangre. Tan pronto acababan de comer, se envolvían en el saco de dormir y buscaban un lugar en que no hubiera una rama que le apretara a una contra la rodilla, una piedra que se clavara en la espalda, ni hierbas que le arañaran a una en la frente. No había manera de quedarse mucho tiempo en un mismo lugar.

Mientras Henry conducía hacia el interior bajo la templada puesta de sol, Ruth pensó que no podría quitar las inevitables manchas de hierba de sus bailarinas blancas, ni las manchas de sangre seca de su camisa, causadas por los insectos.

—Tengo muchísimas ganas de que disfrutes de la naturaleza conmigo —dijo Henry en ese momento, y le regaló una amplia sonrisa.

Ruth sonrió un poco por obligación.

—Sí, yo también.

—Bueno, ¡ya hemos llegado! —informó Henry, y aparcó el coche junto al borde de la carretera—. ¡Ven, por aquí! —La llevó un par de metros hasta el cauce seco de un río situado entre afiladas rocas. Entonces sacó la manta a cuadros del coche y algunas almohadas mullidas y lo dispuso todo en el suelo delante de ellos. Extendió un mantel blanco de seda en el centro de la manta, colocó encima la champanera y sacó del cesto copas de champán de pie largo.

«Solo falta un candelabro de plata», pensó Ruth, medio divertida, medio impresionada. Lo que Henry estaba montando no tenía nada que ver con un picnic de ganaderos. Y de hecho, ahora Henry estaba sacando un candelabro de plata del cesto, le colocó una vela y la encendió. Le siguieron cazuelitas y escudillas y latitas y cajitas y sartencitas y cestitas todas llenas de delicias.

Ruth estaba de pie a su lado mirando fijamente la manta, que cada vez se iba llenando con más cosas, y se sintió como si estuviera en un gran hotel al aire libre. No le habría extrañado que Henry sacara un violinista de su cesta mágica o que encendiera unos grandiosos fuegos artificiales.

«¡Vaya! —pensó Ruth—. Esto es lo más bonito y romántico que me ha pasado nunca.» Su mirada se posó en la cara de Henry, llena de ternura y de admiración.

—¿Me permites invitarte a la mesa? —Henry le ofreció la mano a Ruth y la aguantó mientras ella se dejaba caer sobre la manta.

Ruth probó una empanada, mordisqueó un higo, saboreó un pedazo de queso de cabra, comió un pedazo de pan crujiente, bebió un sorbo de champán, comió un poco de mantequilla con sal y dejó que una trufa se fundiera en su boca. Para entonces estaba ahíta, se reclinó sobre la manta, con el brazo derecho bajo la cabeza y la mano izquierda sobre el estómago, agradablemente lleno. Se sentía satisfecha, cómoda y ligera y, si le hubieran preguntado cómo se imaginaba el paraíso, habría respondido: «exactamente así».

Justamente ahora, Ruth se dio cuenta de que había caído la noche. El cielo vestía de negro y estaba bordado de fulgurantes estrellas.

—¿Qué has hecho esta tarde? —preguntó finalmente, mientras contemplaba las estrellas y notaba la mano de Henry sobre su muslo.

Oyó como él suspiraba hondo y se enderezaba de golpe.

—¿Qué pasa?

—Nada, pero no quiero estropear esta magnífica velada —respondió Henry.

Ruth se recostó de nuevo y se arrellanó.

—Entonces seguro que no será muy importante —dijo ella. ¿Qué podía ser tan urgente? Todo podía esperar hasta que acabara aquella noche mágica.

—Pero es que tengo que hablar contigo. —La voz de Henry sonaba tensa.

—¿Sí? —Ruth cerró los ojos, reclinó la cabeza sobre el hombro de él, le tomó la mano y hundió su cara en la palma—. ¿Tenemos que hablar a toda costa? —susurró ella—. Prefiero que me beses.

Inmediatamente notó los labios de Henry en los suyos, pero su beso parecía nervioso, más como una obligación. Ella se irguió.

—Venga, di, ¿qué pasa? ¿Qué es eso que tienes que explicarme sí o sí?

Henry también se enderezó, se sentó con las piernas cruzadas delante de Ruth, tomó la mano de ella y jugueteó con los dedos.

—Como jurista del Diamond World Trust tengo acceso a ciertos documentos que no están almacenados en el archivo. Mi intención era ayudarte, Ruth. Debes creerme.

—¿Sí? —Ella era todo oídos. Le habría gustado asir su cadena con la piedra de fuego, la piedra de la nostalgia. Pero entonces recordó que aquella tarde la había depositado de nuevo en la vieja caja de zapatos que guardaba bajo la cama porque no le parecía lo suficientemente elegante. Frunció el ceño, separó su mano de la de Henry y se la llevó al regazo.

—¿Qué pasa?

—No sé cómo explicártelo sin lastimarte, cariño, pero he encontrado el nombre de tu abuela en una vieja lista.

—¡Ajá! Continúa. —El corazón de Ruth se aceleró en su pecho temeroso. El malestar se extendió en su interior.

—Bueno, ofreció a la empresa que le comprara un diamante, el Fuego del Desierto.

—¿Ah, sí?

«Hizo lo mismo que habría hecho yo», pensó Ruth tranquilizada.

—Sí. En aquella época no era posible tasar el valor de

una piedra de inmediato. Era necesario consultar la bolsa de Amberes. Eso llevaba su tiempo. La empresa, que entonces estaba solo en manos de alemanes, hizo esperar a Margaret Salden y la citó para otro día.

—¿Y?

—Ella no se presentó a la cita.

—¿Eso es todo? —Las manos de Ruth se agarrotaron. Se sentía como en la consulta de un médico que está a punto de comunicar un diagnóstico grave.

—No, por desgracia eso no es todo. Las investigaciones indican que Margaret Salden vendió el diamante a un desconocido y, de hecho, por un importe muy alto. Con el dinero se compró un pasaje de barco hacia Europa. La Compañía Alemana de Diamantes escribió algunas cartas a Alemania, pero tanto el Fuego del Desierto como tu abuela habían desaparecido. Lo que parece seguro es que empezó una nueva vida en Alemania con un nombre falso.

Aunque no creyó nada de lo que acababa de oír, Ruth asintió. ¿Qué pintaba Margaret Salden en Alemania? Y si realmente había ido a Alemania, ¿por qué no había hecho que Rose se reuniera con ella más tarde? No, no podía creer lo que Henry le estaba contando.

—Pero entonces, ¿cómo es posible que un chico negro nama lleve al cuello un camafeo de marfil con su retrato? —inquirió.

Henry Kramer alzó la mano y acarició la cara de Ruth. Ruth le acarició también.

—¡Dime! ¿Cómo puede ser?

—No lo sé. Los nama son, como todos los negros, hasta cierto punto, imprevisibles. ¿Quién sabe la de mentiras que te habrá contado el chico? El retrato podría ser viejo, podría haberlo encontrado.

Ruth negó con la cabeza.

—No puedo ni imaginarlo. El marfil amarillea con el tiempo. Su camafeo era blanco como un huevo de gallina recién puesto.

—Bueno, ¿quizá lleva el retrato como protección contra un hechizo? Al fin y al cabo, tu abuela robó el alma de los nama. Para los inocentes negros debe de tratarse del demonio en persona. Quizá piensen que «demonio conocido, demonio vencido», y por eso llevan el camafeo tallado a su imagen y semejanza.

¡No! No podía ser eso. Ruth miró al cielo, que había perdido su brillante vestido y solo tenía estrellas, alejadas millones de años, estrellas que a lo mejor ya ni existían.

—¿Ruth? ¿Ruth? ¿Por qué no dices nada? ¿Acaso no me crees? Solo te he contado lo que aparece en nuestras actas.

—Creer no significa saber. No estuve allí. No conozco a mi abuela. ¿Cómo puedo saber si es cierto lo que dices?

El hechizo de la noche había desaparecido por completo. Ruth se sintió traicionada de un modo que no podía explicar. De repente sintió nostalgia, añoranza de su vida normal, de la granja, de *Klette*, de Mama Elo y de Mama Isa.

—Sea lo que sea, no debes ir al poblado nama bajo ningún concepto —prosiguió Henry, que parecía no haberse dado cuenta del cambio de humor de Ruth—. Podría ser que los negros te tomaran por el diablo o por una especie de espíritu maligno que debe ser eliminado para que mejore su situación. Podría ser incluso que te mataran si te vieran.

Ruth asintió ausente. No sabía cómo debía reaccionar ante las advertencias de Henry. ¿Se suponía que su abuela era una criminal? ¿Una mujer que abandona a su hija sin motivo y desaparece secretamente con un diamante? Ruth no podía ni quería imaginarse semejante cosa. Todas las otras abuelas podían ser capaces de algo así, pero no la suya.

—¿Ruth?

Salió de sus pensamientos con un sobresalto. Por un momento había olvidado la presencia de Henry.

—¿Sí? ¿Has averiguado alguna cosa más que yo no sepa o que realmente tenga que saber?

Él ladeó ligeramente la cabeza y se encogió de hombros.

—No sé qué significado tiene, pero empiezo a estar preocupado por ti. En la empresa se dice que algunos nama buscan el paradero del diamante. Es algo que hacen una y otra vez. Su Fuego del Desierto tiene gran importancia para ellos. Serían capaces de matar por él. De hecho, ya se mataron por él hace años. Hace exactamente cinco años hubo una cruenta batalla, aquí en Lüderitz, entre dos tribus nama que deseaban hacerse con la piedra. Y justamente acaba de aparecer alguien que hace demasiadas preguntas. Dice ser un historiador, un negro con unas gafas de cristales muy gruesos.

—¿Qué tiene de raro que un historiador negro busque viejas historias?

—Sus investigaciones podrían ser inofensivas, por supuesto —admitió Henry—. Inofensivas y al servicio de la ciencia. Pero esta tarde se ha reunido con otros negros que conducen una camioneta Chevrolet *pickup* de color negro y que ayer le compraron secretamente armas a un comerciante sudafricano. También han comprado provisiones para un viaje por el desierto, además de una docena de bidones de gasolina y de agua.

—¿Quizá van a visitar a unos parientes?

—¿Con el maletero lleno de armas?

—Podría ser que estuviera allí la suegra —dijo Ruth, bromeando.

—¡No seas ridícula, Ruth! Solo quiero lo mejor para ti. Quiero evitar a toda costa que te suceda nada. Ten cuidado y prométeme que no irás al Namib, ni hablarás con ningún negro, ni les dirás nada que tenga que ver con diamantes.

Ruth asintió automáticamente. Todo le daba vueltas en el interior de la cabeza. Le hubiera encantado estar sola en aquel momento y, al mismo tiempo, ansiaba tener un hombre en cuyo hombro poder apoyarse, alguien que le dijera qué estaba bien, qué era lo correcto y qué es lo que debía hacer.

—¿De dónde has sacado todo esto? —preguntó finalmente.

Henry Kramer se rio en voz baja.

—Tengo mis fuentes, he pedido a unas gentes que me informaran de cualquier cosa inusual. Lo he hecho por ti, querida.

Ruth se acercó las rodillas al pecho y las rodeó con los brazos. Algo pareció contraerse en su interior.

—¡Ven aquí, queridísima! —Henry Kramer abrió los brazos y Ruth se apoyó en él. En sus besos saboreó ella lo agreste e indómito; sus brazos delataban la fuerza que poseía; su espalda mostraba una voluntad recia. Ruth se imaginó a sí misma como abocada a un mar turbulento, empujada de un lado a otro, arriba, abajo, entregada.

Con los besos y el roce de los dedos de él, sus pensamientos volvieron a sosegarse, desaparecieron. Y Ruth rio y lloró y suspiró y se agitó y volvió a reír y suspiró, jadeó, gritó de júbilo, exhaló un grito largo y finalmente se quedó en silencio y completamente llena, satisfecha.

Ruth y Henry caminaron de la mano por el cauce seco del río.

Henry había colocado primero las cosas del picnic en

la cesta, las había puesto en el coche, había sacudido la manta y las almohadas y también las había guardado. Ruth había estado observando cómo él recogía todas las cosas. Ahora era una mujer. Acababa de convertirse en una mujer. Recién nacida. Con cuidado fue colocando un pie delante del otro. Al notar las rocas calientes bajo sus pies supo que podía caminar. Caminar y hablar y reír y pensar. Justo acababa de pensar que todo iba a ser diferente ahora que ella se había transformado. Estaba un poco decepcionada de que el desierto siguiera oliendo a desierto y de que el cielo siguiera estando infinitamente lejos.

«Y Henry Kramer sigue siendo Henry Kramer.» Ruth reprimió un suspiro. Le maravillaba que él no le hubiera llegado al alma, a pesar de que ella lo amaba, aunque acababan de hacer el amor. Hasta ahora había creído que cuando una dormía con un hombre, era como una boda, un compromiso de pareja, un «conocerse mutuamente». Había creído que después de la primera vez juntos lo sabría todo sobre él, que habría compartido todos sus secretos a través de la piel y viceversa. Había creído que después sería la mitad de un par, y ahora se daba cuenta de que la mitad de un par seguía siendo solo uno.

Mientras le observaba cómo vertía los restos de las escudillas y de las cazuelitas descuidadamente en la arena, cómo vaciaba el resto de la botella de champán y ni siquiera amontonaba arena con el pie sobre los restos, como si todo aquello le resultara pesado, no supo si debía sentirse alegre o decepcionada.

Pero cuando él tomó su mano y le besó las puntas de los dedos, Ruth se sintió de repente como la mitad de un par. Un par que quizá solo necesitaba algo más de tiempo para fundirse por completo el uno en el otro.

14

Apenas llegó a su habitación, Ruth se arrodilló en el suelo y pescó la caja de los zapatos. Volvió a sacar la piedra de la nostalgia, su piedra de fuego con la cinta de cuero, y se la colgó al cuello. Se sentía sola sin Henry. Tenía ganas de sentirse segura y esperaba que la piedra saciara esas ganas con su calidez.

Fue entonces cuando vio la carta en el suelo. Alguien debió de deslizarla por debajo de la puerta durante su ausencia. La levantó, leyó su propio nombre, reconoció la letra de Horatio y de pronto volvió a sentir un cansancio infinito. «Estos hombres —pensó— dan más trabajo que una manada de carneros pendencieros.»

Sin prestarle atención, Ruth se guardó la carta en el bolsillo de sus pantalones nuevos. Se desvistió rápidamente, se puso la camisa del pijama y se metió en la cama. Buscando consuelo, Ruth rodeó con la mano la piedra de la nostalgia y miró a través de la ventana abierta buscando su estrella; pero antes de que pudiera encontrarla en el cielo estrellado de la noche, se había quedado ya dormida. Soñó; soñó con una mujer que llevaba a un bebé en brazos y que pegaba su mejilla a la mejilla del bebé dormido. Le resbalaban las lágrimas por el rostro, y Ruth reconoció que la mujer se hallaba ante una casa en llamas. «Duerme, mi Rose, mi Rosita, duerme, duerme.» La mujer dio un beso suave al bebé en la frente, se quedó mirando fijamente su rostro pequeño como si quisiera memorizar cada una de sus facciones. Había una mujer negra al lado que extendía los brazos hacia el bebé, y este se agitó ligeramente y emitió unos sonidos burbujeantes. «Tiene que apresurarse, señora —dijo la negra—. Deme a la pequeña.» La mujer miró como petrificada a su niña, hasta que la mujer negra le desprendió despacito el bebé de sus brazos. «¡Váyase, señora, rápido!» La mujer asintió con la cabeza de una manera mecánica pero se quedó parada con los brazos vacíos, como si no supiera adónde dirigirse. El fuego era cada vez más intenso, las llamas asomaban ya por el entramado del tejado. «Cuídamela bien, Eloisa —susurró la mujer, y volvió a acariciar una vez más al bebé en las mejillas enrojecidas—. Cuídamela bien, prométemelo.» «Se lo prometo por mi vida y por la vida de mis antepasados. La cuidaré y la protegeré, no solo la educaré como si fuera mi hija, sino que la sacaré adelante con la educación que le corresponde a una chica blanca.» «Se me rompe el corazón dejarte aquí sola, mi Rose, pero no puede ser de otra manera —susurró la mujer—. ¡Perdóname, por favor! Volveremos a vernos algún día, te lo prometo. —Volvió a dar un beso al bebé y abrazó también a la negra—. Muchas gracias, Eloisa.» La otra mujer asintió con la cabeza. «No se preocupe, señora. Usted es una buena madre, la mejor madre que una pueda imaginarse. Y no la está dejando sola, sino que está haciendo lo único posible para que pueda vivir.» «Sí, eso es lo que me dice la razón, pero el corazón me pesa tanto...» «¡Váyase ya, rápido! —Se acercaba un hombre llevando a un caballo por las riendas—. Es ahora o nunca, señora. Si no parte usted ahora mismo, no tendrá ninguna posibilidad más. Van a venir enseguida.» La mujer asintió con la cabeza, se subió al caballo y se fue cabalgando a través de la noche.

Cuando Ruth despertó, se llevó la mano inmediatamente a la piedra. Respiró hondo al palparla. «Me está llamando —pensó—. Mi abuela me está llamando. Sigue estando aquí, y está muy cerca. Sea lo que sea lo que Henry Kramer haya averiguado, no puede ser cierto. La gente habla mucho cuando no tiene nada mejor que hacer. Y sea lo que sea lo que pretende Horatio, no parece que vaya a desempeñar yo ningún papel importante. Mi madre tiene razón. Cada cual es su prójimo.» Miró hacia la ventana y descubrió en el horizonte un delicado destello rosáceo. Se sentía descansada y fresca, como si hubiera dormido muchas horas. Saltó de la cama con una firme resolución, agarró sus cosas y dejó la pensión sin dejar ninguna nota para Horatio ni para Henry Kramer.

Ruth arrancó el Dodge, condujo el automóvil hasta la siguiente gasolinera, llenó el depósito y los bidones, compró algunas botellas de cerveza y de Coca-Cola así como algunos bocadillos y preguntó al propietario del puesto la distancia que había desde Lüderitz hasta los montes Awasi.

—¿Por qué quiere ir todo el mundo de pronto a los montes Awasi? —gruñó el hombre—. Usted es la segunda persona en dos días que me lo pregunta. Son cien millas, aproximadamente, pero le costará avanzar porque el camino está cubierto de arena en muchos tramos. Espero que tenga buenos neumáticos.

—Los tengo. Gracias.

Ruth salió de la tienda de la gasolinera y examinó de nuevo si los neumáticos tenían suficiente presión, y a continuación condujo en dirección a la bahía de los hotentotes.

No había ninguna carretera por la costa, pero incluso si hubiera habido una, Ruth no habría podido transitar por ella porque toda aquella zona estaba cerrada, el acceso estaba prohibido por ser la zona de extracción de diamantes. Así que no tenía otro remedio que atravesar el desierto.

El aire era todavía fresco, y Ruth viajaba con las ventanillas abiertas atravesando la ciudad dormida. Había visto a muy pocas personas a esas horas por las calles, la mayoría negros que tenían por delante una gran caminata hasta sus puestos de trabajo. Algunos transportaban frutas y verduras al mercado a lomos de un asno, otros iban de camino hacia la mina. Ruth los reconocía por las caras grisáceas debido a la falta de la luz del sol en su piel, ya que pasaban muchísimo tiempo en la húmeda oscuridad de la mina de diamantes.

Cuando Ruth dejó finalmente atrás la ciudad, el sol ya se había elevado de su lecho y calentaba el aire con tanta intensidad que Ruth tuvo que cerrar las ventanillas. A izquierda y a derecha de la carretera se extendían las dunas amarillas de arena como cuerpos de mujer. Cuando el viento soplaba por encima de las dunas, parecía que se les pusiera la piel de gallina, igual que a una mujer en pleno arrebato amoroso. Una y otra vez se elevaban de la arena los haces de hierba seca y apelotonada de la estepa, movidos como juguetes por el viento. Ruth esperaba que no refrescara, porque en una tormenta de arena no solo no podría seguir avanzando sino que era bastante probable que el chasis de su Dodge quedara enterrado después en la arena.

A pesar de que todo estaba en silencio a su alrededor, a Ruth le retumbaban los oídos. Era un silencio consolador, interrumpido tan solo por el ruido del motor del Dodge. Ante Ruth se extendía el desierto del Namib; por encima de ella, el cielo tenía una coloración azul hinchada y las nubes pasaban por debajo como corderos recién nacidos. Ruth detuvo el vehículo y bajó la ventanilla para disfrutar unos instantes de aquel silencio.

Al cabo de un rato siguió conduciendo. Dos avestruces pasaron a pocos pasos de distancia a la izquierda del automóvil, se detuvieron y siguieron a Ruth con la mirada para luego girar y seguir corriendo en otra dirección. Allá en el horizonte, Ruth reconoció enseguida el perfil de la montaña Kirchberg, que con sus mil metros de altura se esforzaba en vano por tocar el cielo. La montaña, abrupta y arrugada, sobresalía por entre las dunas de color amarillo intenso, como el rostro alargado de una solterona.

Un grupo de antílopes saltadores se cruzó por el camino de Ruth, que se rio por los saltos salvajes de esos animales que realizaban a plena carrera, como por pura alegría desbordante. Una pequeña manada de cebras pacía a lo lejos la hierba de los matorrales. Pasaron unos antílopes órice, seguramente de camino hacia el abrevadero más próximo.

El sol seguía elevándose cada vez más alto, el aire se fue calentando más y más. Ya muy pronto sintió Ruth que se le quedaba la lengua pegada al paladar, tenía el pelo de la nuca húmedo, el sudor se le deslizaba por entre el canalillo de los pechos.

Ruth se detuvo debajo de un árbol con una sensación de agotamiento intenso. Se bebió una Coca-Cola, se comió un bocadillo, rellenó la cantimplora de agua fresca y prosiguió el viaje. Se topó una vez con un todoterreno con el emblema del Parque Nacional de Namib-Naukluft grabado en la puerta. Ruth sacó el pie del acelerador y se puso a buscar en la guantera el permiso para transitar por el desierto del Namib que había comprado en la gasolinera, pero el conductor del todoterreno no se detuvo, sino que tan solo se llevó los dedos al sombrero en señal de saludo cuando Ruth estuvo a su altura.

Aparte de este encuentro fugaz, Ruth estaba sola, absolutamente sola, pero se sentía muy a gusto. La amplitud infinita de la naturaleza no la atemorizaba, sino todo lo contrario, le procuraba una sensación de seguridad, de protección y de paz. Al contrario de lo que le sucedía en la ciudad, no sentía ningún temor en estos parajes inmensos alejados de toda forma de civilización. Ciertamente echaba de menos a Henry y podía imaginarse que sería muy bonito tenerlo a su lado, pero por otra parte se sentía feliz de estar sola. Quería llegar como fuera donde estaba su abuela, tenía que despachar un asunto que no le concernía a él.

Ruth se preguntó durante unos instantes por qué no sentía la necesidad de compartirlo todo con Henry. Ella había creído siempre que eso formaba parte del amor; sin embargo, lo que la unía a Henry era diferente, más perentorio, más exigente. Era bonito y embriagador. Y, no obstante, cuanto más se adentraba ella sola por el desierto, cuanto más tiempo estaba ella ocupada consigo misma, con sus pensamientos y con sus sentimientos, tanto más echaba de menos la proximidad y la confianza en su relación con Henry. Y esos eran también ingredientes imprescindibles según la idea que ella tenía del amor.

Ruth frenó para dejar pasar trotando a dos ñus. «Quizás estoy queriendo demasiadas cosas de golpe —reflexionó ella—. Un amor así requiere seguramente de mucho tiempo para desarrollarse. La confianza y la proximidad tienen que ir creciendo, mientras la pasión y el deseo nos sobreviene como una tormenta. —Se rio mostrando los dientes—. Ya me oigo hablar igual que un personaje de una novela romántica», pensó, y siguió conduciendo.

Ya llevaba algunas horas de camino y contaba con toparse en cualquier momento con el oasis que el chico había descrito. Sin embargo, este se estaba haciendo esperar. Cuando Ruth lo divisó finalmente, el calor se había vuelto del todo insoportable. Ruth sudaba por cada uno de sus poros, tenía arena pegada en el paladar y entre los dedos, y el Dodge estaba también recubierto de una fina película de color gris amarillento.

El oasis no era más que una laguna diminuta, una gran charca en la que abrevaban los antílopes saltadores y órice, los kudus, los facóqueros y los antílopes acuáticos. Había un grupo de árboles a cierta distancia, y al lado, un mirador de cazadores. Bajo ese mirador estaba sentado un chico.

Cuando Ruth detuvo el vehículo, el chico se levantó y se dirigió hacia el Dodge.

—Ya ha llegado usted, por fin —dijo—. Llevo esperándola aquí desde hace un buen rato.

Llevaba puestas las gafas verdes de sol que Ruth le había comprado en Lüderitz y se las colocó ahora por encima de su pelo negro crespo.

—Pero ¿cómo has llegado hasta aquí? —preguntó Ruth con cara de sorpresa—. ¿No ibas a quedarte en Lüderitz? —Ella había puesto sus esperanzas en encontrar aquí al chico, pero en el fondo no había contado con ello.

—Cuando la piedra de la nostalgia nos llama, tenemos que obedecer a su llamada —repuso él lacónicamente—. Por favor, venga aquí. Tengo hambre.

Ruth tendió al chico una botella de Coca-Cola y un bocadillo.

—¿Les has hablado a tus gentes ya de mí? ¿Y a la mujer blanca?

El chico hincó el diente en el bocadillo, asintió con la cabeza y tragó un bocado.

—Tuve que hacerlo. La piedra de la nostalgia, ¿no lo sabe usted?

Ruth negó con la cabeza, se encogió de hombros, se llevó la mano unos instantes a la frente, a continuación colocó las manos en los lados de la cara y se giró lentamente dando una vuelta completa sobre sí misma.

—Es hermoso este paisaje de aquí, se siente una casi como en el paraíso.

—¿Dónde está su marido? —preguntó el chico.

—¿Qué marido? —Ruth estaba completamente segura de que no había hablado de Henry Kramer en presencia del chico—. ¿Y cómo te llamas?

—Karl.

—¿Cómo?

—Me llamo Karl, sí, con nombre de rey. La mujer blanca me dijo que tenía el valor y la inteligencia de un rey, por eso me puso mi madre ese nombre. Mi hermano se llama Wolf.

—¡Ajá! —A Ruth ya no podía sorprenderle nada.

—También puede llamarme Charly si quiere. Así me llaman casi todos.

—Bien, Charly.

—¿Y qué ocurre con su marido? ¿Tenemos que esperarle?

Ruth miró al chico sin entender.

—¿A quién te refieres?

—Pues al nama alto de las gafas.

—¡Ah!, te refieres a Horatio. No es mi marido. Ni siquiera es mi novio. Como mucho es un amigo nada más, pero tampoco eso lo tengo ahora demasiado claro.

—Es su marido —insistió Charly.

—¿Cómo se te ocurre decir eso?

El chico levantó la vista como si no pudiera comprender lo lenta que era ella en entender las cosas.

—Porque la ama a usted, y porque usted lo ama, y él y usted forman pareja. Eso lo ve hasta un niño.

Ruth suspiró.

—Enseguida me di cuenta de que no debí haberte comprado las gafas de sol porque te oscurecen la vista —dijo Ruth, subiéndose al Dodge e indicándole al chico que se sentara en el asiento del copiloto—. ¿Qué dirección tomamos?

—A la izquierda. Voy a mostrarle el camino, por eso estoy aquí.

Ruth pisó el acelerador y se pusieron en marcha. Al principio, el camino era todavía bastante reconocible, pero al cabo de un rato, Charly le fue indicando direcciones en las que no podía reconocerse ningún camino. Ruth conducía completamente concentrada porque no estaba acostumbrada a conducir sobre la arena. No había ningún punto por el que pudiera orientarse. En una ocasión, el automóvil patinó por una maniobra equivocada del volante, pero Ruth volvió a dominarlo enseguida.

El chico permanecía en silencio, pero la contemplaba en todo momento de reojo.

—¿Qué ocurre? —preguntó ella finalmente—. ¿Por qué tienes la mirada clavada en mí todo el rato?

—La mujer blanca dijo que cuando usted venga, ocurrirá el milagro que hemos estado esperando todos tanto tiempo. Usted liberará el alma de los nama.

—No te hagas grandes ilusiones con esas promesas. Estoy aquí por motivos completamente diferentes.

—Sé que la mujer blanca tiene razón, pero también sé que usted todavía no lo sabe, como no conoce muchas otras cosas que son palmarias y que están a la vista de todo el mundo.

—Bueno, entonces he tenido mucha suerte de encontrarte.

El chico agitó enérgicamente la cabeza.

—No a mí, sino a la piedra de la nostalgia.

—¡Ah, vale!

Ruth palpó la piedra y volvió a sentir un hormigueo en el cuerpo.

—Así que ha sido esta la que me ha traído hasta aquí.

—Eso es.

Ruth dirigió una mirada burlona a Charly y estuvo tentada de decirle lo que pensaba sobre las supersticiones de los negros, pero el chico estaba señalando con el dedo en ese momento hacia delante.

Ruth frenó tan abruptamente que el automóvil volvió a patinar de nuevo y dio una vuelta sobre su propio eje. Se quedó mirando fijamente a través del parabrisas sucio, como si no pudiera dar crédito a lo que estaban viendo sus ojos.

Frente a ella había una mujer que parecía salida de las dunas, rodeada por una corona de hierbas de la estepa que le llegaban hasta las rodillas. Se mantenía muy erguida a pesar de que los años habían teñido de blanco la larga cabellera que le llegaba hasta la cintura. El viento le mecía levemente algunos mechones en la cara. La mujer sonrió y extendió los brazos lentamente.

—¿Estoy soñando? —preguntó Ruth—. ¿Ves lo que estoy viendo yo?

—Por supuesto que lo estoy viendo —repuso Charly—. Es la mujer blanca. Ha venido para darle a usted la bienvenida.

Ruth se bajó del coche y se encaminó hacia la mujer blanca como si la movieran unos hilos invisibles. Por un instante se preguntó qué debía decir, si «hola, abuela» o quizá «buenos días, mujer blanca», pero la mujer no esperó a que Ruth abriera la boca, sino que la abrazó simplemente y la estrechó contra ella. Ruth sintió en sus brazos la misma sensación de seguridad que sentía en su cama de la granja. El aroma que despedía aquella mujer le resultaba tan agradable y familiar que Ruth deseó no tener que separarse nunca más de ella. Era como si hubiera encontrado por fin un hogar, el hogar que había estado buscando durante toda su vida.

De pronto le fueron viniendo las palabras a los labios.

—¡Aquí estás! ¡Aquí estás, por fin!

Y la mujer rio levemente y dijo:

—¡Y aquí estás tú! ¡Aquí estás, por fin!

A continuación agarró a Ruth de la mano, le acarició el rostro con la otra, le pasó un dedo por las cejas, por los párpados, por la nariz, dibujó el contorno de la boca y volvió a repetir:

—¡Aquí estás, por fin! —Luego preguntó—: ¿Cómo está Rose?

—Te echa de menos —repuso Ruth. En ese mismo momento se dio cuenta de que, en efecto, Rose había echado de menos a su madre todos esos años, había sentido la nostalgia de una persona que la amara sin reservas como solo puede hacerlo una madre.

La mujer asintió con la cabeza, saludó al chico y se llevó consigo a Ruth.

Apenas llegaron a la cresta de la duna, se desplegó ante

Ruth un paraíso. Detrás de la duna se ocultaba un oasis verde, un lago diminuto alimentado por una pequeña corriente de agua, árboles, arbustos y una docena de viviendas *pontok* hechas con ramas y arcilla. Delante de las casas estaban sentadas unas mujeres negras con sus hijos desnudos pegados al pecho, que hablaban, reían y señalaban con el dedo a la mujer blanca.

Una exclamó algo a la más próxima, y entonces se alzó un revuelo. De las chozas salieron más mujeres y niños que se reunieron en la plaza entre los *pontoks*. Sobre una gran hoguera daba vueltas una gran broqueta con un antílope despellejado, empalado en ella. Al fuego había unas tinajas tiznadas de negro.

—Así que esta es tu aldea —dijo Ruth en un tono de constatación.

—Es mucho más que eso, es mi tierra —repuso Margaret Salden.

—¿Dónde están los hombres?

—Han estado cazando toda la noche para tener carne para el banquete de hoy. Ahora están tumbados, detrás de la empalizada, descansando a la sombra.

Ruth se detuvo.

—¿Eres feliz aquí?

Margaret Salden asintió con la cabeza.

—No, no soy feliz. Me faltáis vosotras, me habéis faltado todos estos años, pero estoy muy contenta aquí, este es mi hogar.

—Y yo también. También aquí me siento como en casa —se entrometió en la conversación Charly, de quien se habían olvidado por completo.

Mientras Margaret elogiaba al chico y lo enviaba abajo, hacia la aldea, Ruth contempló el rostro de su abuela. En sus ojos claros parecía reflejarse el cielo sobre el desierto del Namib. Tenía el rostro cubierto de diminutas arrugas, veteadas como el valioso mármol que se hacían enviar los granjeros ricos desde la localidad italiana de Carrara. La boca de Margaret Salden se distinguía notoriamente de todas las bocas blancas que Ruth conocía, una boca que la edad no había doblegado, que no se había contraído para acabar siendo apenas algo más que una línea, no, la boca de Margaret Salden era la boca de una mujer joven que siente ilusión por el futuro, una boca plena y henchida, dispuesta en todo momento a mostrar una sonrisa.

Ruth estaba tan emocionada que se quedó sin palabras. Esa boca decía mucho más de su abuela y de la vida que había llevado que todos los relatos posibles. Esa boca hablaba de una vida que había merecido la pena vivir.

—¡Eres tan guapa! —le espetó Ruth de pronto.

Margaret sonrió, y acarició suavemente las mejillas de Ruth.

—Tú lo eres también, mi niña —dijo, contemplando a Ruth con atención.

—Estás buscando a Rose en mí, ¿verdad? —preguntó Ruth.

Margaret asintió con la cabeza.

—No la encontrarás. He salido a mi padre, un oso irlandés. Rose es diferente. Es espigada y grácil, tiene tus ojos, pero un pelo oscuro, ondulado, en el que no ha aparecido ningún mechón blanco hasta la fecha.

—Entonces ha salido a Wolf. ¿Y cómo es de carácter?

Ruth profirió un suspiro.

—No lo sé, de verdad. ¿Quién conoce a su propia madre? Está buscando algo, me dijo Mama Elo. Siempre ha estado buscando algo, pero nadie sabe el qué. Desde que te he visto, creo que eres tú a quien ella ha estado siempre buscando.

—Quizá sea efectivamente como dices —repuso Margaret, y en su hermosa boca se dibujó un rasgo de dolor, pero cuando las mujeres nama comenzaron a cantar y a dar palmadas junto a la empalizada, volvió a surgir la sonrisa en ella.

Comenzaron a aparecer los hombres por entre los *pontoks*, se sentaron en el suelo cerca de la fogata y les dirigieron unas miradas amistosas.

—Ven, la fiesta va a comenzar enseguida —dijo la abuela tirando de Ruth para ocupar un sitio en medio de los demás.

Y a pesar de que a Ruth le resultaba extraño todo aquello, se sentía muy a gusto en medio del desierto del Namib, en una aldea de aborígenes, de la mano de su abuela.

De pronto fue consciente de que ahora ya no debía temer nada más, que todo iba a ir bien a partir de ahora.

15

Pasó mucho rato hasta que se consumió el contenido de todas las ollas y hasta que retiraron la pesada brocheta de la fogata. Los hombres y las mujeres habían saludado a Ruth a su manera, cantando canciones, tamborileando, incluso bailando, pero ninguno de ellos había cruzado una sola palabra con ella. Solo los niños se habían acercado con curiosidad hasta Ruth para tirarle de su larga cabellera pelirroja, sonriendo con la cabeza ladeada y hablándole en un idioma extraño. Y ella les devolvió la sonrisa, a pesar de no entender una sola palabra. No había dejado de mirar una y otra vez a Margaret, como si tuviera que convencerse de que la mujer de la duna era en realidad su abuela, y no un espíritu que la piedra de la nostalgia había hecho aparecer con la forma de su abuela. Alguna que otra vez tocó brevemente la mano de Margaret, para apretársela y acariciarla ligeramente. Pese a lo extraña y curiosa que estaba resultando la celebración, Ruth tenía la sensación de estar protegida con su presencia, una sensación que no poseía desde los días de su infancia.

Pero ahora la fiesta había tocado a su fin. Los niños dormían, las mujeres habían recogido los cacharros y se habían metido en sus *pontoks*. Los hombres habían hecho una reverencia a la mujer blanca desde lejos y se habían acostado también. Solo Ruth y Margaret Salden permanecían todavía sentadas junto a la fogata mirando las brasas.

—¿Cómo sucedió todo? —dijo Ruth al cabo de un rato interrumpiendo el silencio—. Cuéntame toda la historia.

—¿Qué es lo que sabes? —preguntó Margaret.

Ruth se encogió de hombros.

—No mucho, en realidad casi nada. Lo que sé lo sé por mis sueños, de los cuales deduzco que están en relación con la piedra de la nostalgia.

Se sacó la piedra por el escote para mostrársela a su abuela.

Margaret asintió con la cabeza y bebió un sorbo de agua.

—De esa piedra se dice que obra milagros, pero no he creído en ella hasta ahora, después de haberte conducido hasta aquí. Mírala con atención. ¿Qué ves en ella?

Ruth frunció los labios.

—Pues una piedra. Por el color parece azúcar cande, un poco sucia. Por las márgenes parece que tenga unas vetas negras pegadas. Es cortante de un lado, como si hubiera sido tallada; por el otro lado es agradable al tacto y manejable, como si fuera su forma natural, propia.

Margaret Salden sonrió.

—Es un trozo del Fuego del Desierto, un diamante en bruto.

Ruth puso unos ojos como platos y se quedó mirando fijamente a la piedra.

—¿Un diamante? ¿Tan grande? Dios mío, ¿he estado llevando todo este tiempo al cuello la solución a todos mis problemas, como si fuera una muela de molino?

Margaret asintió con la cabeza.

—Esas cosas pasan a veces.

—¿El qué?

—Que la solución de nuestros problemas nos hace muy desdichados y nos empuja al suelo como una losa. Te lo ha dado Eloisa, ¿no es cierto?

—Sí, Mama Elo me lo dio cuando partí de Salden's Hill.

—Es una mujer maravillosa, está llena de sabiduría, de la cabeza a los pies. ¿Qué te ha contado? Me refiero a la piedra.

Ruth entornó los ojos para poder concentrarse mejor, y a continuación resumió las imágenes de sus sueños.

—Ya puedes creer lo que te ha contado la piedra —dijo Margaret al acabar su nieta el relato—. Todo lo que has visto en sueños, sucedió exactamente así.

—Solo ignoro una cosa. ¿Cómo fue a parar el Fuego del Desierto a tus manos?

Margaret profirió un suspiro.

—Eran tiempos movidos los de aquel entonces. La rebelión de los nama y de los herero se extendía por todo el país. A pesar de que nosotros nos contábamos entre los que se habían construido una granja en las tierras de los herero, sabíamos que los negros tenían razón en sus reclamaciones, pero ¿quién entrega algo que ya ha pagado una vez con dinero, incluso habiendo sido tan poco ese dinero...? Un buen día (yo ya estaba embarazada, pero a pesar de ello recorría a caballo los pastos porque nuestros ayudantes negros se negaron a seguir trabajando para nosotros) me encontré a un nama que estaba herido de un disparo en una pierna y que parecía sufrir alguna que otra lesión interna. Yo quería mandar a buscar a un médico, pero él me lo prohibió. Así que me lo llevé conmigo a un viejo cobertizo y le atendí lo mejor que pude. Él era todavía muy joven, quería vivir, ¿me explico? Además estaba completamente seguro de que sus hermanos de tribu vendrían a por él más tarde o más temprano. «Poseo algo sin lo cual no pueden vivir. Ya verá, señora, cómo vendrán mañana y me llevarán a casa», me dijo, y hablaba con tanta convicción, que le creí. Pero nuestra zona estaba ocupada entretanto por los herero. Los soldados alemanes conquistaban ciertamente cada día territorios, pero los negros volvían a arrebatárselos por la noche. Era un caos infernal, nadie sabía con exactitud por dónde transcurrían los frentes. Había lugares en los que los nama y los herero luchaban codo con codo como hermanos contra el enemigo común, pero en otros lugares estaban enfrentados. Y en medio estaban acampadas siempre las tropas alemanas que disparaban a diestro y siniestro, y que no tenían en mente otra cosa que expulsar a todos los negros hacia el desierto para que se murieran allí de sed. Y en nuestro cobertizo teníamos a ese joven nama. Sus ojos resplandecían por la fe que tenía en el futuro. No estaba dispuesto a morir allí. Yo hice lo que pude, tienes que creerme. Eloisa me ayudaba. Hacía infusiones y preparaba ungüentos con hierbas del desierto, cocinaba platos ligeros, cada dos días mataba una gallina para ayudar al hombre a recuperar las fuerzas con unos caldos revitalizantes. Un día incluso fui a la farmacia de Gobabis y pedí penicilina exponiendo un falso pretexto, pero nada surtía el efecto deseado en su salud. El joven nama iba debilitándose con cada día que pasaba. Se le había inflamado la pierna, tenía los contornos de la herida muy ennegrecidos y deliraba con las altas fiebres. A pesar de todo, su confianza seguía siendo firme. ¡Ruth, tendrías que haber visto sus ojos! Todo en su interior estaba inflamado, destrozado; lo único que lo mantenía en vida era su esperanza. No habría imaginado jamás que fuera posible una cosa así.

Ruth vio cómo asomaban las lágrimas a los ojos de su abuela al recordar aquellos sucesos. Tomó la mano de Margaret entre las suyas y se asustó de lo fría que estaba. Le tendió el vaso de agua. Una vez que vio que la anciana lograba recomponerse del todo le preguntó en voz baja:

—¿Y qué pasó entonces?

—Se producían muchas escaramuzas alrededor de la granja. Podía darse por hecho que no tardarían mucho tiempo en aparecer por allí los herero o los alemanes. Y ese día llegó. Cuando el joven negro oyó los primeros disparos de la artillería, se extinguió su fe. Pude ver en su cara el abatimiento, se puso pálido, y cada vez estaba más y más débil. Entonces, los alemanes enviaron exploradores a caballo. El negro oía los resoplidos de los animales desde su escondrijo y supo que había llegado su hora. Era el momento de renunciar, el momento de morir, pero también era el momento de hacer una revisión de su vida. Me entregó un paquetito y me hizo jurar que protegería el paquetito como a mi propia vida. Y dijo que destruyera el paquetito el día que reinara la paz y que hubiera justicia por igual para negros y blancos.

—¿Y en el paquetito estaba el diamante Fuego del Desierto?

—Así es. No lo vi hasta que regresé a la casa de la granja. Tu abuelo Wolf, para quien la última voluntad de un moribundo todavía era algo sagrado, escondió el diamante en un agujero del pozo recién excavado. Ahí debía permanecer hasta que se restableciera la paz. No sabemos quién nos delató finalmente, a nosotros y al joven nama. En nuestra granja trabajaban por aquel entonces no solo personas de la tribu herero, sino también de los damara, de los owambo, de los nama e incluso algunos san. Uno de ellos debió de descubrir al herido y se lo comunicó a los alemanes. Quizá fue nuestro administrador alemán. Nunca lo supimos. En cualquier caso, al día siguiente encontramos el cadáver del joven negro. Le habían castrado, le habían pinchado en los ojos, le habían cortado la lengua y le habían dejado sin dientes. Eloisa nos ayudó a Wolf y a mí a enterrarle según el rito nama. Dos días después traía yo a mi hija al mundo. Entretanto seguían los combates en torno a la granja. Unas veces ocurrían lejos de Salden's Hill, pero luego se acercaban, enmudecían durante algunas horas para proseguir después con más intensidad si cabía. Transcurrió una eternidad, pero en ese tiempo se veían por la granja cada vez más forasteros que no estaban allí por la rebelión... Y entonces fue cuando llegó la noche que transformó mi vida. Eloisa nos informó que se planeaba un ataque a Salden's Hill. Wolf se rio, pero Eloisa nos insistió que abandonáramos la granja. Wolf acabó cediendo finalmente. Sacó el diamante Fuego del Desierto del escondrijo en el agujero del pozo. Y entonces todo sucedió con mucha rapidez. Primero llegaron los rebeldes; luego, los soldados. Prendieron fuego a la casa, mataron a los pocos trabajadores que nos quedaban. Wolf, tu abuelo... Él... Él... —Margaret no pudo continuar hablando porque las lágrimas ahogaron su voz.

Transcurrió un buen rato hasta que encontró de nuevo las palabras. Ruth le acariciaba suavemente la espalda.

—Le pegaron un tiro al ir a sacar la piedra. Le disparó un blanco. Todavía hoy sigo viendo ante mí el rostro del asesino. Podría pintarlo, sería capaz de dibujar cada línea de su cara. Su odio. Su codicia. —La anciana se interrumpió, bebió algunos sorbos y continuó hablando—: Yo salvé la piedra, la escondí junto a mi corazón. Sabía que tenía que marcharme enseguida de Salden's Hill. Tenía que marcharme para salvar la vida de mi hija.

—¿Por qué no te llevaste a Rose contigo?

Margaret hizo un gesto negativo con la cabeza.

—Era tan pequeñita y tan tierna. Habría sido imposible huir con ella. Habría muerto en el intento. Yo no tenía ni idea de en dónde iba a obtener la siguiente comida, no sabía dónde había agua ni un lugar para pernoctar. Así que la dejé con Mama Eloisa. Sabía que ella defendería con su vida a mi Rose. Y estaba también segura de que no estaría huyendo durante mucho tiempo, y que pronto podría regresar a buscar a Rose. ¿Lo entiendes, Ruth? Mi vida estaba en peligro. Si Rose hubiera permanecido conmigo, eso habría podido significar su muerte.

—¿Huiste a caballo mientras ardía la casa señorial? —preguntó Ruth—. Así lo he visto yo en mis sueños.

Margaret asintió con la cabeza.

—Sí, fue así. Cabalgué sin saber adónde ir. Ya no tenía ningún hogar, y lo que era aún peor, no sabía quiénes eran mis enemigos. ¿Eran los herero que deseaban robar el alma de los nama? ¿Eran renegados nama que querían vender el diamante? ¿O eran alemanes quienes me seguían el rastro? No sabía en quién podía confiar, me escondí en el desierto, evité los poblados. Con Rose habría tenido que arrojar la toalla y habríamos muerto las dos, o de hambre o por los disparos de los perseguidores.

—Pero entonces fuiste a Lüderitz, ¿verdad?

—Sí. Simplemente ya no podía más. Todo seguía estando revuelto. Seguía sin ver la luz al final de mi huida, y se me estaban acabando las fuerzas. Y luego estaba esa piedra... Créeme, Ruth, no pasaba ningún día que no maldijera el diamante. Por culpa de esa piedra había tenido que abandonar a mi hija, por culpa de esa piedra había tenido que morir mi marido, y por culpa de esa piedra estaba yo fugitiva. No deseaba otra cosa que librarme finalmente del Fuego del Desierto. Así que forjé un plan. En Lüderitz me dirigí a la Compañía Alemana de Diamantes. Allí dije que quería vender la piedra. Vi el destello en los ojos de aquel hombre. Mostraba su codicia tan abiertamente que me entró el pánico. Me dijo que no podía decirme en ese momento el valor del diamante, tenía que preguntar primero en Europa y que eso tardaría solo unos pocos días, pero que no serían muchos y que le dejara la piedra allí porque estaría más segura en la caja fuerte. Me apremió y me atosigó, llegó incluso a amenazarme disimuladamente. Yo le dije que no sabía si tenía derecho a vender la piedra porque no era mía, solo me la habían confiado. Aquel hombre estuvo pensando unos instantes y luego mandó entrar a su despacho al abogado de la empresa y a un notario. El notario me expidió en un abrir y cerrar de ojos un documento que probaba que yo era la propietaria del diamante Fuego del Desierto. Las leyes estaban formuladas de tal manera que yo, según las disposiciones vigentes, era en efecto la propietaria del diamante, pues al fin y al cabo lo había obtenido en mi finca, en Salden's Hill. No importaba para nada que me lo hubiera confiado un nama. Lo importante eran las tierras en las que había muerto el hombre, es decir, según las leyes en vigor, yo era la heredera legal y, como tal, estaba autorizada a vender la piedra. Hice como si aquella noticia me alegrara enormemente, pero me negué a depositar allí el diamante Fuego del Desierto. Prometí que regresaría al cabo de algunos días. Agarré el documento de propiedad y desaparecí. Debí de interpretar muy bien mi papel de mujer desamparada y confusa, en cualquier caso me creyeron aquellos tiburones de diamantes. Hice circular entonces por Lüderitz el rumor de que quería vender un diamante en bruto. Fui a diferentes comerciantes y formulé preguntas. Sí, incluso llegué a ir al despacho de un armador y adquirí un pasaje para un viaje en barco a Hamburgo después de vender mi reloj y mis joyas. Entonces fue cuando vi de pronto al hombre que había asesinado a mi marido. Iba caminando por Lüderitz como si no tuviera nada que ocultar, como si todo el mundo fuera suyo. Subí a bordo del barco, ocupé mi sencillo camarote y dejé en él una maleta vieja que había adquirido anteriormente en el mercado. Poco después volví a ver a aquel hombre por segunda vez. Se encontraba en el muelle y hablaba airadamente con el propietario del barco. Poco antes de que zarpara el barco, salí a hurtadillas de él. Dejé Lüderitz al amparo de la oscuridad de la noche y me puse en camino hacia la bahía de los hotentotes. Allí vivían unos parientes de Eloisa y esperaba que ellos me proporcionaran cobijo.

—¿Querías ir a Alemania? —preguntó Ruth, interrumpiendo el relato de su abuela.

Margaret Salden negó con la cabeza.

—No, desde el principio había planeado comprar el pasaje del barco como maniobra de distracción, para utilizarlo como una pista falsa, pero ni presentía que aquel hombre andaba ya pisándome los talones. No te voy a aburrir con las peripecias de mi peregrinación por el desierto, Ruth, ya habrá tiempo para eso. Solo te diré que me quedé con los nama y que esperé a que se declarara la paz. Siempre llevaba conmigo el Fuego del Desierto. Me llegaron noticias de que la gente en Lüderitz suponía que me había ido a Hamburgo y que me estaban buscando allí, bueno, estaban buscando el diamante, sobre todo los de la Compañía Alemana de Diamantes. Cada día extrañaba a mi hija. Con el tiempo fui dándome cuenta de que esta tribu se estaba convirtiendo en mi familia. Pasaron muchos años cuando por fin enmudecieron las armas. Y yo me quedé aquí a vivir.

—¿Por qué no regresaste en algún momento a Salden's

Hill? ¿Por qué no fuiste a por Rose después? —preguntó Ruth.

Margaret profirió un suspiro.

—Estuve mucho tiempo luchando con esa posibilidad, pero si hubiera regresado, se me habrían echado inmediatamente encima los cazadores de diamantes, ya fueran negros o blancos. Habría vuelto a poner en peligro mi vida y la vida de Rose. No sabía lo que había sido del asesino de mi marido, no sé si andaba al acecho por si volvía a aparecer yo algún día. Y tampoco podía ir a buscarla así, sin más. Hacía años que no la veía. Un bebé se adapta rápidamente a su nuevo entorno. Estaba segura de que Eloisa estaba siendo una buena madre para ella. ¿Debía yo arrancarla de su entorno familiar y llevármela al desierto? ¿Debía obstruirle todas sus oportunidades de labrarse un buen futuro? Yo solo deseaba que Rose fuera feliz, una chica que pudiera ir a la escuela y aprender, una chica que tuviera un oficio, un hogar, quizás incluso un marido e hijos. Todo eso no le habría sido posible aquí. Ruth, yo solo deseaba lo mejor para mi hija, pero ni siquiera en la actualidad sé qué habría sido lo mejor para ella.

Margaret se calló, y Ruth se dio cuenta de que estaba agotada. Le pasó un brazo por los hombros, se acurrucó contra la anciana.

—Te ha echado de menos —repitió—. Todos estos años, Rose ha estado echando de menos a su madre. Mama Elo hizo todo lo que pudo, pero ella es negra y su mamá era blanca.

—Pero están bien, ¿no es cierto?

—Sí, están bien. Y ahora deberíamos irnos a dormir. Solo una cosa más. ¿De dónde procede la piedra que los nama llaman la piedra de la nostalgia, la piedra que llevo yo al cuello?

—La llevaba colgando el joven nama en la granja. Como ya te he dicho, es un trozo del Fuego del Desierto. Quien la lleva consigo, se halla bajo la protección especial de las divinidades nama. Me la dio a mí, y yo se la di a Eloisa, pues por aquel entonces no conocía la importancia de esa piedra. Para alivio mío se demostró que yo actué correctamente por aquel entonces.

Ruth se levantó y le tendió la mano a su abuela para alzarla. Margaret señaló con el dedo una choza de madera que quedaba algo apartada.

—Ahí vivo yo, y ahí vamos a dormir.

Las dos mujeres caminaron del brazo en dirección a la choza. En el trayecto se le pasó algo más a Ruth por la cabeza.

—¿Cómo reaccionaron los nama cuando se enteraron de que tú tenías el Fuego del Desierto?

—No fue fácil. Durante mucho tiempo anduvieron divididos entre dos pensamientos. Por un lado les parecía que yo era una enviada de los antepasados, pero, por otro, desconfiaban de mí por ser blanca. ¿Cómo podía tener esa piedra una blanca? El jefe de la tribu, que ya no vive en la actualidad, pronunció finalmente su veredicto. Yo era una enviada de los antepasados, y juzgó que si yo hubiera deseado algo malo, no me habría internado en el desierto del Namib. Yo había devuelto el alma a los nama, y por ese motivo me otorgó los mismos honores que a un antepasado nama.

16

Al despertar Ruth a la mañana siguiente, se encontraba sola, y sin embargo estaba feliz. Miró a su alrededor con los ojos despabilados y una sonrisa en la boca, reconoció las pieles, reconoció la choza. «Abuela —pensó—, por fin te he encontrado.» Ruth no sabía exactamente qué debía hacer ahora y cómo hacerlo, pero eso no era importante por el momento. «Ahora todo irá bien. Todo volverá a ponerse en su sitio.»

La choza daba la impresión de ser más pequeña con las primeras luces del día, más pequeña de lo que había supuesto Ruth a oscuras. Y estaba amueblada de la manera más sencilla que pudiera imaginarse. En el suelo había dos lechos hechos con pieles; en la pared, debajo de la ventana, había una vieja mesa de madera con un cajón, sobre la mesa un candelabro con una vela de cera de abejas que incluso ahora despedía un aroma acogedor. A la izquierda, junto a la ventana, había una estantería de madera de baldas amplias, ocupadas por algunas prendas de vestir. Junto a una anticuada palangana con soporte había una silla, y sobre la silla había una jarra y jabón, con una toalla al alcance de la mano.

Miró a su alrededor. Margaret había colgado en la pared de enfrente unos pañuelos de colores, y cada superficie libre estaba decorada con objetos tallados en madera y marfil. Ruth reconoció algunos animales, a un hombre mayor, un trozo de madera al que la naturaleza había dado una forma de cocodrilo. Y entonces, casi tapada por dos libros, vio una foto. Ruth saltó de la cama por la curiosidad de saber qué salía en ella. Agarró la fotografía amarillenta y la contempló con una sonrisa. Se veía a un hombre de pelo negro ondulado que sostenía en brazos a un bebé. El bebé gritaba, pero el hombre se reía a carcajadas.

—Mi abuelo —susurró Ruth—. El abuelo y la pequeña Rose.

Contempló la fotografía unos instantes más y luego la colocó con cuidado en su sitio para no dañarla. Durante la noche se había enterado de que había otro oasis en las proximidades. Ruth quería ir allí a bañarse, a quitarse del cuerpo el polvo del viaje para poder presentarse a su abuela fresca y perfumada. Sacó la toalla del gancho y agarró el jabón.

Desde afuera penetraba en la choza un oscuro murmullo. Se oían voces agitadas por todos lados, pero no se mezclaba con ellas ninguna risa, ningún canto, ninguna palabra chistosa. Había algo amenazador flotando en el aire, y Ruth percibió cómo la angustia le contraía el corazón. Salió atropelladamente de la choza y se topó inmediatamente con un grupo de mujeres negras que la miraban con los ojos como platos.

El murmullo enmudeció y dio paso a un silencio que hizo que a Ruth se le helara la sangre en las venas.

—¿Qué ocurre? ¿Dónde está mi abuela? —preguntó Ruth en afrikáans.

Las mujeres levantaron las manos con gesto de desvalimiento. Algunas miraban al suelo, dos mujeres jóvenes lloraban.

Charly salió de entre el gentío completamente pálido a pesar de su piel oscura.

—Ha desaparecido, señora. Cada mañana es ella la primera en estar junto al fuego. Siempre, sí, todos y cada uno de los días, pero hoy no estaba. Estamos preocupados. Las mujeres tienen miedo, los hombres están inquietos. Creemos que la han secuestrado.

—¿Qué? ¿Secuestrado? Pero ¿por qué? ¿Y quién puede haber hecho una cosa así? —preguntó Ruth, percibiendo cómo se apoderaba el pánico de ella. Se quedó mirando al chico con los ojos completamente abiertos.

Charly se encogió de hombros, luego señaló a las huellas de neumáticos que llegaban hasta muy cerca de la choza.

—¿Qué significa esto? —preguntó Ruth dirigiéndose a Charly. Iba a agarrarlo por los hombros para que soltara las informaciones que ella necesitaba ahora con tanta urgencia, pero el chico rompió a llorar.

—Hemos estado buscando por todas partes. Por todas partes, señorita.

Ella asintió con la cabeza, le creyó sin dudar. Perder a la mujer blanca era una cosa mala para esa tribu. Ruth respiró hondo y se conminó a no perder precisamente ahora los nervios; entonces se llevó la mano a la frente, miró alrededor e intentó combatir el pánico creciente.

—¿Puede reconocerse el lugar del que procedían las huellas de los neumáticos?

Charly asintió con la cabeza.

—Han tomado el mismo camino que nosotros tomamos ayer.

—Así que alguien ha debido de seguirnos. Y he tenido

que ser yo, por descontado, quien ha puesto a ese alguien tras la pista.

A Ruth se le pasó por la cabeza Horatio... Horatio y los hombres de la Chevy *pickup*, de los que había hablado Henry Kramer. Estaba asustada hasta el tuétano, su corazón latía violentamente contra su pecho. Y como si el terror hubiera despertado sus recuerdos, recordó de pronto dónde había visto a uno de esos hombres negros. Fue en el velatorio de Davida Oshoha. Se trataba del hombre que se había dirigido a ella de una forma muy antipática, ¡el hombre que había afirmado que los Salden no habían hecho otra cosa que traer desgracias a su pueblo! El hombre que se había dado a conocer como el nieto de Davida, el hombre a quien Horatio conocía muy bien, el hombre que la había maldecido, a ella y a todos los Salden.

—¡Pero qué tonta fui! —exclamó, dándose un golpe en la frente—. ¿Cómo pude confiar en Horatio? Él es quien ha secuestrado a mi abuela. Ha sido él. Desde el principio no tenía en la cabeza nada más que el diamante Fuego del Desierto. ¡Dios mío, qué tonta he sido y qué ciega he estado!

Lo mejor para ella habría sido prorrumpir en sollozos, pero Ruth sabía que eso no iba a ayudarla, así que respiró muy hondo otra vez para reunir los fragmentos de sus pensamientos.

—Me voy de vuelta a Lüderitz —dijo dirigiéndose a Charly—. Ahora mismo. No pueden llevar el diamante a ningún otro lugar que allí, donde vive ese hombre. Mi abuela está en Lüderitz, lo estoy percibiendo con claridad.

Charly retrocedió unos pasos y señaló con el dedo un árbol.

—El automóvil que ha estado esta noche aquí es negro, señora. Mire, hay un poco de pintura todavía en el tronco

—dijo el chico, señalando una incisión en el tronco del árbol a la altura de la cintura—. Aquí, señora, el coche tuvo que chocar contra el árbol en la oscuridad de la noche. Venga, mírelo usted misma.

Ruth se acercó a mirar. Había una marca, en efecto. La corteza del árbol estaba arrancada, había una raya horizontal, como un corte, y en los bordes estaban pegadas unas diminutas huellas de pintura negra. Eso bastaba para confirmar su hipótesis. No podía ser de otra manera. Los hombre de la *pickup* negra y Horatio estaban compinchados. Ruth habría podido maldecir de sí misma por la confianza que con tanta ligereza había manifestado al historiador, le habría gustado pisotear en la arena del desierto la buena fe y los sentimientos más que amistosos que había tenido por él, pero no era el momento para tales manifestaciones. Ya saldaría las cuentas con Horatio más adelante.

—Me voy ahora mismo —dijo ella.

Charly asintió con la cabeza y se dirigió a las mujeres de la aldea. Una de ellas se adelantó y tendió a Ruth un paquetito con provisiones y una calabaza hueca llena de agua hasta los topes y cerrada con hierbas de la estepa.

—Tengo que mostrarle dónde está su coche, señora —dijo Charly, haciendo una seña a Ruth para que le siguiera—. Lo escondí un poco anoche.

—¿Que has hecho qué? ¿Escondiste mi coche? ¿Acaso eres Popeye o qué?

Charly la miró sin entender.

—Estas cosas las solemos hacer en el desierto —explicó el chico—. Los coches son raros por aquí y son objetos muy codiciados. Conduje el coche hasta detrás de una duna.

—¿Tú?

—Sí, yo.

—Pero ¿cuántos años tienes en realidad? ¿Y dónde has aprendido a conducir?

El chico sacó pecho con un gesto ostensible de orgullo.

—Tengo doce años, y he aprendido a conducir con el hombre que me llevó ayer. Simplemente miré cómo lo hacía él. Una vez nos quedamos parados en el desierto. Él arregló el coche, y yo seguía las instrucciones que él me daba, unas veces pisaba el acelerador y demás.

—¡Ajá! —repuso Ruth nerviosa.

—Pero venga usted, yo le guío.

Ruth se había olvidado ya del chico incluso antes de que desapareciera su imagen del retrovisor. Conducía por el desierto del Namib como si la persiguieran todos los demonios. Condujo durante horas sin pensar en comer ni en beber. El sudor se le deslizaba a chorro por la espalda, quedaba detenido en la frente y en el labio superior, se acumulaba por debajo de sus pechos, pero Ruth no le prestaba ninguna atención. Entraba la arena por las ventanillas abiertas, se alojaba bajo sus manos al volante, entre los dientes. Evitó a una manada de cebras, pasó a toda velocidad al lado de grupos de antílopes saltadores sin dispensarles siquiera una mirada.

Al cabo de tres horas comenzó a hervir el agua del radiador, pero Ruth solo se detuvo brevemente para vaciar en él el agua fría de la calabaza hueca, llenó el depósito con el contenido de sus bidones y siguió pisando fuerte al acelerador.

La arena le quemaba en los ojos, le secaba los labios, pero Ruth no lo notaba. Un solo pensamiento la impulsaba hacia delante: tenía que encontrar a su abuela antes de que fuera demasiado tarde.

Respiró hondo cuando divisó la colina de Lüderitz. Paró el Dodge delante del primer cuartel de la policía y entró atropelladamente.

—¡Han secuestrado a Margaret Salden esta noche! —dijo Ruth gritando—. Tienen que enviar inmediatamente a una patrulla de búsqueda. ¿Es que no me oye? ¡Ha desaparecido mi abuela!

El policía que estaba detrás del mostrador ni se movió.

—Despacito, señorita, pero luego de un tirón. Piense con toda calma quién va a heredar a la anciana, y entonces sabrá usted quién la ha secuestrado.

Ruth estuvo a punto de saltar detrás del mostrador de la rabia que sintió.

—¡Eso no ha sido nada divertido! —dijo vociferando a aquel hombre—. Se trata de un caso de vida o muerte, ¿lo entiende usted?

—Bueno, entonces vamos a redactar la denuncia —dijo el hombre, sentándose a la máquina de escribir. Invitó a Ruth a que tomara asiento y le preguntó entonces con toda seriedad—: ¿Nombre de la persona desaparecida?

—Margaret Salden. Ya se lo dije antes.

—¿Salden? Ese apellido lo he oído yo antes. —El policía se levantó, hojeó en un archivador y finalmente asintió con la cabeza—. Ya lo decía yo. Está aquí: Salden, Margaret, en paradero desconocido desde 1904, viajó probablemente a Hamburgo. —Se volvió hacia Ruth—. Llega usted tarde, señorita mía. Su abuela lleva desaparecida hace cincuenta y cinco años, ¿y quiere que formemos una patrulla de intervención ahora a toda prisa?

El policía se echó a reír y la amenazó de broma con el dedo como si se tratara de una niña que por Pascua echa de menos a Papá Noel solo porque le saben a poco los regalos del conejito de Pascua.

—La secuestraron ayer, créame. Se la han llevado en una *pickup* negra, en mitad del desierto del Namib. Ella vivía allí, era la mujer blanca del poblado. Tienen que encontrarla, por favor, su vida corre peligro.

El policía la miró con cara de pena.

—¿Ha estado usted demasiado tiempo expuesta al sol ayer, pequeña señorita? ¿O ha bebido usted quizá? Puede decírmelo con toda tranquilidad, no hay nada que no haya vivido yo antes y que pueda espantarme. A lo mejor lo hizo por mal de amores, ¿eh?

Ruth se quedó mirando fijamente al policía con la boca abierta, y a continuación se fue de la comisaría sin despedirse. Estaba absolutamente claro que no podía esperar ninguna ayuda de ese funcionario. Movida por la exigencia de tener que hacer algo pero sin saber qué exactamente, permaneció un rato indecisa delante de la comisaría. A continuación se subió al Dodge y condujo hasta el edificio principal del Diamond World Trust. Si había alguien que pudiera ayudarla, esa persona era Henry Kramer.

Se anunció al portero y cinco minutos más tarde se encendía el piloto del ascensor indicando que estaba bajando alguien. ¡Henry!

Henry extendió los brazos al verla.

—Pero ¿dónde te has metido? ¿Dónde has estado, queridísima mía? Te he estado buscando por toda la ciudad —dijo él queriendo atraerla entre sus brazos, pero Ruth le rechazó.

—Después, Henry, después te lo contaré todo. Ahora necesito tu ayuda. Mi abuela... Mi abuela ha desaparecido.

Con algunas frases atropelladas y quedándose apenas sin aliento, Ruth le contó lo que había sucedido.

—¿Has ido a la policía?

- -¡Bah, te puedes olvidar de ellos!

Henry asintió con la cabeza.

—Llamaré enseguida por teléfono a los agentes del parque nacional para que tengan los ojos bien abiertos, y luego a los comerciantes de diamantes —dijo tirando de Ruth hacia sus brazos. Y Ruth, sintiendo que ya no estaba sola, que por fin había una perspectiva de ayuda, accedió al abrazo y se echó a llorar.

—¿Y yo? ¿Qué puedo hacer yo? —preguntó entre sollozos y sintiéndose desamparada como una niña pequeña.

—Debes tener paciencia, cariño. Lo mejor es que te vayas a la pensión en la que estás alojada. Yo me pasaré por allí en cuanto pueda. ¿Quieres que te ponga un vigilante?

—No, me parece que no es necesario.

Ruth se dio cuenta de pronto de lo cansada que estaba, su estómago protestaba por el hambre, y la sed le había dejado los labios agrietados y resecos. Era urgente hacer algo, pero también sabía que Henry tenía razón. Por el momento no podía hacer nada. Permitió que él la besara y la acompañara de regreso al coche.

—No te preocupes, cariño, voy a hacer todo lo que esté en mi mano. Vamos a encontrarla, vas a volver a verla, te lo prometo.

Ruth asintió con la cabeza y esbozó una sonrisa cansina.

—¿Qué hago si me encuentro con Horatio? —preguntó ella—. ¿Llamo a la policía?

—No, eso en ningún caso. Mejor no hagas nada, llámame simplemente, ¿vale? ¡A mí! Llámame aquí, a la empresa. Ya tienes mi número, pero no se te ocurra llamar a la policía —dijo Henry Kramer, levantando las manos—.

Posiblemente eso sea peligroso para ti. ¿Quién sabe qué planes tendrá ese tipo? No en vano tú eres una confidente, alguien que conoce sus planes y los delitos que ha cometido ya.

Ruth se sentía de pronto tan exhausta que apenas consiguió girar la llave del encendido. Condujo casi al paso hasta la pensión, estaba contenta de poder alojarse de nuevo en su habitación. Entonces preguntó por Horatio. No sabía si debía desear encontrarlo aquí, o si prefería que estuviera lejos. En su cabeza reinaba ahora un vacío bostezante, y su corazón se había contraído dolorosamente.

—¿No se han encontrado ustedes? —preguntó la patrona.

—No. ¿Dónde?

—Bueno, él vino ayer poco después de que usted se fuera de la casa. Dijo que iba a viajar con usted al desierto. Una excursión. Cuando le dije que usted se había marchado ya, pareció extrañado y respondió: «Seguramente me estará esperando en la gasolinera.» Cogió su equipaje y desde entonces no ha vuelto a pasar por aquí.

Ruth le dio las gracias y se fue arriba, a su habitación, subiendo los escalones a trancas y barrancas. Sus pensamientos tenían a Horatio como tema principal. Se sentía decepcionada y triste. ¿Cómo había podido Horatio engañarla de esa manera? «Casi —pensó—, casi estuve a punto de confiar en él por completo.»

Demasiado cansada como para ducharse, se tumbó en la cama tal como estaba y se puso a pensar en los planes que tendría él con el diamante. De repente se incorporó. Vendería la piedra, sí, pero seguramente no en Namibia, sino probablemente en Ciudad del Cabo, en Sudáfrica.

Con toda seguridad donaría el dinero a la SWAPO, que entonces podría formar una organización de verdad que luchara en toda África por los derechos de los negros. Era mucho más probable que Horatio no confiara tanto en la fuerza de un diamante como en la fuerza que representaba la unidad de los negros.

A Ruth no le repugnaba esa idea en el fondo, pero ¿por qué había secuestrado Horatio a Margaret Salden entonces? Era una mujer muy mayor y no le sería de ninguna utilidad. ¿Por qué no se había contentado con la piedra? ¿Se encontraría bien Margaret en esos momentos? ¿Tendría suficiente de comer y de beber? Ruth se negó a imaginarse que alguien pudiera hacer sufrir a su abuela, y eso a pesar de que el nieto de Davida Oshoha tenía la firme convicción de que los Salden eran los responsables de la sangre derramada y del sufrimiento de su pueblo. ¡No podían hacerle daño, de ninguna manera!

—Dios mío —imploró Ruth como en un rezo—. Protege la vida de mi abuela. Renuncio a la granja si tiene que ser así. Me casaré con Nath Miller o me iré a vivir a la ciudad, pero por favor, Dios mío, no permitas que le suceda nada malo.

17

Era ya tarde, casi de noche, cuando Henry Kramer pasó finalmente por la pensión.

Ruth se había tumbado un buen rato en la cama, pero no había podido encontrar un descanso reparador porque las pesadillas la despertaban una y otra vez sobresaltada. Eran sueños en los que había casas en llamas, bebés que lloraban y diamantes que brillaban a la luz de la luna. En una ocasión apareció en sus sueños también Horatio y una *pickup* negra. Cuando finalmente despertó, Ruth se sintió aún más desolada que antes. Se fue a duchar, comió muy poco y bebió mucha Coca-Cola y café. Luego se puso a dar vueltas por la habitación de un lado a otro, se quedó horas junto a la ventana mirando a la calle y con la esperanza absurda de ver desde allí a su abuela.

Habría querido recorrer Lüderitz de punta a punta, entrar en cada casa, en cada cobertizo, en cada taller y en cada cabaña, pero había prometido a Henry Kramer que no saldría de la pensión. Sabía que eso redundaba en su propia seguridad, pero a pesar de todo sentía un impulso muy fuerte por salir de allí.

Pasó revista una y otra vez al día anterior. No, ella no le había comunicado a Horatio sus intenciones, pero él estuvo presente cuando el chico describió la ruta a su aldea. De camino hacia allá había creído estar sola, en ningún momento vio otro coche por el espejo retrovisor. Bueno, Horatio y sus compinches le dejaron seguramente algunas horas de ventaja. ¿Por qué se había quedado dormida tan profundamente esa noche? ¿Por qué no se despertó cuando secuestraron a su abuela? ¿Por qué Margaret no gritó, ni dio voces, ni hizo ruido?

Por un instante se le pasó por la mente incluso que los nama del desierto hacían causa común con Horatio y que le habían echado algo en la bebida, pero enseguida rechazó de nuevo esa ocurrencia por peregrina. Mama Elo y Mama Isa le habían inculcado que se preguntara siempre para quién podía ser de provecho esta o aquella situación. «No importa lo que hagas o lo que te pida alguien, tú pregúntate siempre quién puede sacar provecho de esa acción», le habían dicho las dos mujeres.

La desaparición de la mujer blanca no resultaba de provecho para los nama del desierto. Estaban satisfechos con su vida, y a Ruth no le dio la impresión de que pudiera seducírseles con dinero ni con viviendas en la ciudad. Pero entonces ¿por qué había transcurrido el secuestro con tanto silencio y sin que nadie notara nada? ¿Habían adormecido a su abuela? ¿Con éter quizá? Y, sobre todo, ¿dónde estaba Margaret Salden en esos momentos?

Cuando Henry Kramer tocó finalmente con los nudillos la puerta de su habitación, Ruth dio un chillido de alivio. Fue corriendo hasta la puerta, se echó volando en sus brazos, le abrazó con firmeza y escondió su rostro en el pecho de él.

—¿Te has enterado de algo? —le preguntó ella.

Él desprendió los brazos de ella con cuidado e hizo un gesto negativo con la cabeza.

—Por desgracia no hay mucho que pueda servirnos de ayuda.

—¿No hay ninguna señal de vida de mi abuela, ningún indicio, ningún rastro?

—No, cariño. Los agentes no han notado nada que les llamara la atención, ni automóviles ni personas sospechosas. Los comerciantes de diamantes no han percibido tampoco nada raro. He llamado por teléfono incluso a los de seguridad para saber si había entrado alguien sin autorización en la zona prohibida de las minas, pero nada, tampoco han detectado nada extraño allí.

—¿Y entonces? —preguntó Ruth, dejando caer los brazos viendo rotas todas sus esperanzas—. ¿Qué hacemos ahora?

Henry llevó a Ruth a que se sentara en el borde de la cama y él se sentó a su lado sosteniendo una mano de ella entre las suyas.

—Me he enterado de algo que quizá pueda sernos de utilidad. Horatio no es ningún desconocido para las autoridades. Tiene muy buenos contactos con la SWAPO en Sudáfrica. En Windhoek hubo una protesta hace algunas semanas en la que desgraciadamente murieron once personas, todas negras.

—Lo sé —dijo Ruth entre susurros—. Yo estaba allí, por pura casualidad, en el camino de regreso del banco de los granjeros.

—He hablado con el Ministerio del Interior en Ciudad del Cabo. Allí tienen informaciones de que los negros planean una acción de venganza por los once muertos. Al parecer, algunos miembros secretos de la SWAPO, entre ellos quizás Horatio Mwasube, que se denomina a sí mismo historiador, están preparando ya los planes para esa acción. Se hace pasar por empleado de la Universidad de Windhoek, pero en el fondo no lo es, como mucho realiza algunos pequeños encargos para la universidad, y tampoco ha realizado unos estudios regulares en Windhoek.

—Horatio tiene el título de bachiller —objetó Ruth—. Además, nunca me dijo que estuviera matriculado en la universidad, él está allí trabajando de bedel.

Ruth no había olvidado que Horatio le había hablado de las dificultades que tenía un negro para acceder a la universidad, ni tampoco que no había encontrado hasta la fecha un director de tesis para su proyecto de investigación. Hizo un gesto negativo con la cabeza.

—¿Qué tiene que ver mi abuela con la cuestión de si Horatio ha estudiado o no en la universidad? —preguntó—. En este momento me es absolutamente indiferente al servicio de quién está. Yo solo quiero que me devuelvan a mi abuela.

—Pero entiéndelo, cariño. Todo está relacionado. A Horatio le está pagando ahora posiblemente la SWAPO de Sudáfrica. Y se dice que esta organización planea una rebelión de los negros en Namibia.

—Bien, vale, pero ¿qué tiene que ver mi abuela con la rebelión de los negros? —repitió Ruth con obstinación—. ¿Por qué demonios la ha secuestrado Horatio?

—¿Cómo que por qué? Porque ella tiene el Fuego del Desierto. Una revolución, una rebelión cuesta dinero, cariño. Y puede que los pobres tengan orgullo y rabia y tesón, pero resulta que lo que les falta es el dinero.

—Pero podrían haber robado el diamante sin llevarse a mi abuela consigo, no hay ningún motivo para tal cosa, Henry.

Kramer se encogió de hombros.

—¿Cómo voy a saber yo qué es lo que les ha pasado por la cabeza a los negros? ¿Es que alguna vez han actuado con lógica? Tú piensas como una blanca y mides su forma de actuar con el mismo rasero, pero el cerebro de un negro funciona de una manera diferente.

—¿Y ahora qué? —preguntó Ruth. Su decepción era tan grande que se derrumbó en toda regla.

Henry sonrió y la estrechó firmemente contra él.

—Lo primero que tienes que hacer es comer algo. Luego ya veremos. Tengo a algunas personas a mi servicio trabajando en este asunto. Espero novedades para más tarde, para la noche.

—¿Salimos entonces? —preguntó Ruth, ansiosa por salir del desconsuelo de esa habitación, ansiosa por poder hacer al fin algo, aunque solo fuera mantener los ojos bien abiertos por las calles.

—Sí, he reservado una mesa para los dos —dijo él echando un vistazo a su reloj—. Pero todavía tenemos un ratito para otras cositas.

Atrajo a Ruth a sus brazos y la besó con besos largos y deseosos. Su mano derecha agarró uno de sus senos y empezó a acariciarlo.

Ruth no tenía la mente en esos momentos para un polvete, pero no se atrevió a oponer resistencia a Henry. Sus besos y su manera de agarrarle el seno eran perentorios. Además, él había hecho tanto por ella que Ruth creía que le debía algo. «El amor con amor se paga», pensó ella, y se desabrochó la blusa, si bien en su fuero interno estaba deseando que él la tratara con un poco más de delicadeza.

Fueron en coche a un local que quedaba a muy poca distancia del edificio de la administración del Diamond World Trust. Ruth se quedó espantada de la falta de gracia, incluso de lo horrorosamente que estaba decorado el mesón. En las mesas había flores casi marchitas, de modo que todo el comedor olía como la capilla de un cementerio. Las paredes estaban adornadas con papel pintado, con un patrón de flores grandes de color marrón y verde que conferían al salón una atmósfera tenebrosa, amenazadora, como de selva virgen. Hasta las camareras llevaban delantales con motivos florales. Ruth se sintió como enterrada en vida, enterrada bajo una montaña de flores semimarchitas y coronas, ahogada por el olor de lo efímero.

En la carta del menú faltaban los precios, como sucedía siempre que salía con Henry, y los platos tenían nombres extraños: «Lepórido lumbreras en salsa de tomillo silvestre.»

Ciertamente, Ruth captó enseguida que con «lepórido lumbreras» se refería a la liebre o al conejo de la fábula de la liebre y la tortuga, pero aquella humanización del animal hizo que se le pusieran los pelos de punta. ¡Ella no era ninguna caníbal!

Finalmente se decidió por un plato de cordero cubierto con hierbabuena verde que se servía con hojas de lavanda y flores capuchinas de color naranja intenso, y que se llamaba simple y llanamente «Cordero con abrigo de colores».

Henry sonrió cuando vio la mirada incomprensiva de ella.

—Se come con los ojos, mi amor.

—Bien, de acuerdo —admitió Ruth—, pero esta pata de cordero parece que estuviera todavía en medio de un prado. Espero que lo hayan sacrificado ya —dijo, apartando las flores de la carne con el tenedor y dejándolas en el borde del plato sin ninguna consideración.

—Todo esto es comestible —le informó Henry Kramer, quien a continuación trinchó una violeta con un ademán ostensible de placer, se la llevó a los dientes y comenzó a masticarla.

—Sé que aquí te puedes comer las hierbas y las flores, pero no tengo la cabeza precisamente para una lección de jardinería en la gastronomía.

Ruth estaba intranquila. Tenía la sensación de estar perdiendo el tiempo absurdamente, un tiempo que podía estar empleando mejor en buscar a su abuela. En ese momento la decoración de un plato con flores comestibles le importaba un pimiento.

El local fue llenándose poco a poco de gente. Henry saludaba a diestro y siniestro, y tal como mandaban los cánones, Ruth sonreía también a las esposas que no conocía, con sus peinados en torre y sus ojos de gata maquillados, que tan bonito juego hacían con la decoración del local. Al mismo tiempo balanceaba los pies con impaciencia.

—Pero ¿qué tienes, mi amor? —preguntó Henry la segunda vez que Ruth le acertó en la espinilla—. Deberías probar algunos bocados más. Quién sabe cuándo vas a tener delante otra vez unos platos tan deliciosos.

—Simplemente no puedo estar aquí sentada, viviendo la buena vida, mientras mi abuela está ahí afuera, probablemente sufriendo —dijo Ruth en voz baja.

Esta vez le pareció un poco más forzada la sonrisa de Henry en sus labios, y Ruth se sintió enseguida como una desagradecida por pensar de ese modo. Al fin y al cabo no era culpa de él que estuviera terminándose el día sin que ella estuviera ni un paso más cerca de su abuela.

Ruth se llevó las manos al pelo y puso en su sitio algunos mechones.

—Disculpa, por favor, mi irritabilidad. No puedo estar de buen humor y relajada sin saber lo que le está sucediendo a Margaret.

Henry asintió con la cabeza.

—Lo entiendo perfectamente, queridísima. Y ante mí no tienes por qué ocultar tu estado de ánimo. Solo me pregunto si tu abuela tenía el diamante Fuego del Desierto consigo cuando la secuestraron. ¿Lo buscaste en la choza?

Ruth negó con la cabeza.

—Me fui de allí inmediatamente después de enterarme de que ella había desaparecido, pero no creo que guardara el diamante en su choza, debajo de la almohada. Estará en otro lugar.

—¿Y puedes imaginarte dónde?

—Quizá lo lleve encima realmente.

—Bien pensado.

Ruth apartó el postre, y también Henry comió tan solo unas pocas cucharadas llenas.

—No tengo mucho apetito hoy. Me ocurre algo parecido a ti —dijo él, profiriendo un suspiro. Acto seguido miró su reloj e hizo una seña al camarero.

»Mejor nos vamos ya.

Henry sacó un billete grande de la cartera y lo deslizó discretamente por debajo de la servilleta de la bandejita de plata.

—Tengo que pasar un momento por la administración del consorcio. Necesito otro coche. En el mío hay algo que no va bien, he oído unos ruidos extraños cuando veníamos para acá.

—Entonces pediré un taxi —propuso Ruth. Volvió a percibir el cansancio paralizador que se había apoderado de ella desde que llegó a Lüderitz, pero al mismo tiempo sabía que ese hondo desasosiego no la dejaría dormir. Pensó si ir otra vez al barrio de los negros para echar un vistazo por allí, quizás había alguien que hubiera visto u oído alguna cosa. ¡Algo tenía que poder hacer!

Henry la examinó de arriba abajo.

—¿Estás bien de verdad?

—Sí, sí, por supuesto, solo que el día de hoy ha sido agotador, y estoy cansada.

—Te llevo a la pensión, faltaría más —dijo Henry en voz tan alta que los clientes de las mesas cercanas les dirigieron la mirada—. No deberías ir a pasear sola ahora, de verdad. Prométeme que vas a quedarte en la pensión, ¿me oyes? —La atrajo hacia él, le rodeó la cara con las manos y la besó a la vista de todos.

—Tienes razón —dijo Ruth después de que él la soltara de nuevo—. Me quedaré en la pensión, porque de todas formas no podré lograr nada yo sola aunque la espera me consuma y me mate.

Salieron del local y fueron en silencio hasta el aparcamiento de la empresa en donde Henry iba a cambiar de coche.

—Para lo que tengo pensado para mañana necesito un coche más grande, y, además, el mío tiene que ir de todas formas al taller. Así que vamos a cambiar de coche y enseguida te llevo a la pensión —explicó él. Ayudó a Ruth a salir del automóvil, cerró con llave el Mercedes descapotable, tomó a Ruth de la mano y la condujo hasta una camioneta *pickup* negra.

Ruth se estremeció cuando reconoció la marca del automóvil. Era una Chevrolet, una camioneta Chevy *pickup* de color negro, un todoterreno como el que conducían los granjeros. Se inclinó un poco hacia delante, con cautela, para ver si detectaba algún arañazo debido a un impacto contra un árbol, pero estaba todo demasiado a oscuras como para reconocer nada.

—¿Es tu coche? —preguntó ella sin poder reprimir un ligero temblor en la voz.

Henry Kramer negó con la cabeza.

—Es un coche de la empresa. Para poder atravesar sin problemas la zona prohibida de las minas se necesita un vehículo como este, con una tracción potente y una gran superficie de carga.

A pesar de convencerle esa explicación, se apoderó de Ruth una extraña sensación. Este vehículo ya lo había visto en una ocasión, estaba casi segura de ello.

Apenas se hubieron acomodado en los asientos, Henry pisó el acelerador como si un diablo anduviera pisándole los talones. Condujo a toda velocidad por la calle principal, sin mirar a derecha ni a izquierda, y se pasó de largo la calle lateral en la que se hallaba la pensión.

—¿Qué pretendes? —preguntó Ruth—. ¿Adónde vamos?

—Se me acaba de ocurrir una idea —dijo Henry—. Hay una galería abandonada en nuestras minas. La conocen muchos trabajadores. Ya fue utilizada en diversas ocasiones como escondrijo para las mercancías de contrabando y objetos robados. Puede que tu abuela se encuentre allí.

Ruth emitió un suspiro de sorpresa. ¡Claro! ¿Dónde podía tenerse escondida mejor a una mujer anciana con un diamante que en la vieja galería de una mina abandonada?

—¡Rápido, más rápido! —apremió a Henry, y comenzó a moverse de un lado a otro de su asiento por la inquietud.

Se le pasó por la cabeza la imagen de Horatio. ¿Tendría conocimiento de esa galería? ¿O el nieto de Davida Oshoha?

Henry detuvo el vehículo en un lugar tan oscuro que Ruth apenas podía reconocer su mano a un palmo de sus narices. A lo lejos se oía el murmullo del mar.

—¿Dónde estamos? ¿Hemos llegado ya a la mina? —preguntó ella, y se asustó al darse cuenta de lo estridente que sonaba su voz en el silencio de la noche.

—Sí. —Henry apretó el botón de una linterna, pero aun así, Ruth seguía sin poder ver nada, solo un paisaje destripado. La tierra a sus pies estaba negra, y negro estaba también el cielo sobre ella sin estrellas.

«Como entre el cielo y el infierno», pensó ella.

Henry la agarró de una mano con violencia.

—¡Ven!

—¡Ay, me haces daño! —se quejó Ruth.

—Ahora mismo te haré aún más daño.

Ruth se quedó petrificada. Creyó haber oído mal.

—¿Qué? ¿Qué has dicho?

—Me has oído bien —dijo él con una voz que de pronto sonaba dura y hostil—. Ya estoy harto de todo este teatro. ¿O te crees que me ha divertido hacer el ridículo por la ciudad haciéndome ver con una vaca como tú, con una palurda del campo malcriada?

Ruth se sintió como noqueada. Se quedó completamente rígida, incapaz de pensar o de actuar, pero muy por debajo de la conciencia iba tomando forma el pensamiento de que aquello no era ningún juego, poco a poco fue dándose cuenta de que Henry no era la persona que ella conocía. Se libró de su rigidez, avanzó hacia él, le dio patadas, le golpeó con fuerza, pero él era más fuerte.

La agarró por los brazos, le apartó las piernas y la arrojó violentamente contra el suelo. Al gritar Ruth, Henry se limitó a reírse con sorna.

—Grita todo lo alto que quieras, aquí no te va a oír nadie. Nadie, ni Dios, ¿entendido? Y tampoco vas a poder largarte. Todo este terreno está lleno de agujeros, y antes del alba te habrías hundido con toda seguridad en alguna de estas viejas galerías. No es algo que fuera a dolerme, no, pero todavía te necesito. La vieja no quiere soltar el secreto del diamante.

—¿Tú? ¿Tú eres quien tiene a mi abuela? —Ruth estaba tan anonadada que consintió que Henry le atara las manos a la espalda sin resistirse.

Él la levantó con toda rudeza y la empujó para que echara a andar delante de él hasta la entrada de la galería.

—¡Tú! ¿Has secuestrado tú a mi abuela? Fuiste tú. —Ruth seguía sin poder creérselo.

—Por supuesto. ¿Qué te pensabas, eh? Fue fácil esperar al chico y llevarle en coche hasta su aldea. Incluso le dejé que se sentara al volante. Lo tenía a mi merced.

—¿A Charly?

—Qué sé yo cómo se llamaba el mocoso aquel. Me tomó por el agente del parque nacional. ¿Cómo no? Después de todo había tomado prestado un coche del parque nacional y también una chaqueta de vigilante con la placa cosida.

—¿Y te dijo él quién era y dónde estaba mi abuela?

—¿Me tomas por tonto? Ese bastardito está chiflado por la vieja. No me habría dicho ni una palabra sobre ella. Poco antes del oasis saltó del coche. Pero tú me habías hablado de la sierra y me habías dicho también que había que girar a la izquierda desde el oasis —dijo con una carcajada maliciosa—. Tú me lo contaste todito, todo lo que yo quería saber. Sin ti no habría encontrado a la vieja jamás. Y como tú ibas a venir también, solo tuve que esperar. Me lo pusiste realmente muy fácil —dijo, dándole unas palmaditas en las mejillas a Ruth—. Mi amor, no existe en este mundo otra persona tan sincera como tú.

Ruth le escupió a la cara. Le habría gustado hacerle algunas cosas más, pero se lo impedían las ataduras. Levantó la pierna para propinarle una patada, pero él se zafó con habilidad.

—¡Oh, mi pequeña fierecilla! Si llego a saber que te ibas a poner así de arisca, te habría dado un meneo más fuerte en la cama —le dijo, cogiendo impulso con la mano y abofeteándola con tanta fuerza en la cara que la cabeza de Ruth se desplazó hacia atrás—. ¡No intentes darme otra patada ni en broma! —dijo, hablando entre dientes.

Ruth se mordió un labio y dirigió una mirada de odio a Henry.

—Ahora entiendo por qué querías salir conmigo a cenar esta noche, para que la gente te viera conmigo, a ser posible haciendo vida de pareja, para no caer bajo sospecha si se hace pública mi desaparición en algún momento.

Kramer soltó una carcajada.

—Muy bien pensado, ¿no te parece? Y si llegara a producirse una búsqueda de ti, yo sería el primero en derramar lágrimas por tu pérdida. Pondré en movimiento a la policía, a los bomberos, hasta el ejército si es preciso. Estoy seguro de que sabré hacer muy bien el papel de amante apenado. ¿No te parece a ti también? Ah, se me olvidaba, y habrá un montón de gente que podrá testificar que no estabas del todo bien de la mollera, por ejemplo, el policía que te tomó declaración. O tu patrona de la pensión, por no hablar de muchas otras personas en Gobabis.

Ruth jadeó. Lo que estaba diciendo Henry era tan monstruoso que se estaba quedando sin aliento. Y todo tenía su lógica. ¡Qué ciega había estado!

—¡Y ahora, adelante! Tenías razón, no dispongo de mucho tiempo. Sí, ya sabes, tengo una cita a orillas del cauce del río. Ya puedes imaginarte dónde. No puedo consentir que se caliente el champán.

Ruth habría podido imaginar que esas palabras le dolerían, pero le resultaron completamente indiferentes.

—¿Dónde está mi abuela?

—Espérate, niña. Enseguida podrás arrojarte en sus brazos. Y una cosa más voy a decirte —dijo Henry Kramer acercándose tanto a Ruth que ella pudo olerle el aliento ácido a champán.

Ruth apartó la cabeza, pero Kramer se la sujetó por la barbilla, y la giró hacia él.

—Mi amor, voy a darte un consejo urgente. Sácale a la vieja dónde está el pedrusco o te arrepentirás. Entretanto has podido comprobar que no tengo el ánimo para bromas, ¿verdad?

Ruth apretó los dientes e hizo un gesto negativo con la cabeza.

—Antes prefiero morir.

—Bueno, como tú quieras. Nadie os va a echar de menos tan pronto. Excepto yo, claro está. Para las autoridades, la vieja murió hace tiempo. ¿Y tú? Pasará mucho tiempo hasta que alguien descubra vuestros cadáveres en la vieja mina. Y aun entonces seguiría siendo más que dudoso que se pudieran identificar.

Ruth se rio de desesperación.

—Y si te decimos dónde está el diamante, ¿ibas a dejarnos ir acaso? Nos pondrías unas provisiones en un cesto, ¿verdad? Y nos pondrías también algunos refrescos en una neverita, ¿a que sí? Mira, yo seré una palurda del campo, pero no tengo ni un pelo de tonta, como crees tú. Nunca sabrás dónde está el diamante Fuego del Desierto, pues vas a matarnos sí o sí.

Kramer se encogió de hombros con gesto desenvuelto.

—Bueno, quizá consigas mantener cerrada la boca, pero cuando comience a machacarte cada dedo de tus manos delante de tu abuela y ella te oiga gritar y te vea sangrar, ¿crees que no va a cantar?

Ruth rechinó de dientes. Temblaba de ira, le temblaba todo el cuerpo. «Lo mataré —pensaba—. En cuanto tenga la más mínima ocasión, lo mataré, muy despacito para que se entere bien.»

—¡Vamos, continúa andando! —le ordenó él agarrándola de los hombros y empujándola para que caminara hasta dar con la entrada de la galería.

Estaba oscuro. El haz de luz de la linterna no era suficiente aquí tampoco para hacer reconocible el entorno. Ruth olía la tierra, sentía el frescor y la humedad.

—¡Ahora a la izquierda, corre!

Ruth tropezó y se cayó. Kramer volvió a levantarla sin miramiento alguno.

—¡Vaca patosa! —la insultó él—. Solo espero que no me ensucies. No quiero llegar a mi cita hecho un cochino.

—Entonces deberías lavarte antes los dientes —le espetó Ruth con un hilo de voz, recibiendo otro sopapo por su insolencia.

Entonces se amplió el paso formándose una cavidad. Kramer iluminó brevemente la gruta con la linterna.

Cuando Ruth vio a su abuela en un rincón, respiró hondo a pesar de su miserable situación. En ese mismo instante, Kramer la empujó abruptamente hacia el rincón, de modo que Ruth fue a parar junto a su abuela. Entonces se sacó una cuerda del bolsillo y le ató con ella los pies con tanta fuerza que apenas podía moverse.

—Deseo que las damas pasen una noche tranquila —dijo en un tono burlón. A continuación apagó la linterna y poco después se oyeron los pasos de Henry Kramer alejándose, para extinguirse luego del todo.

—Abuela, ¿cómo estás?

—Estoy bien, mi niña.

—¡Gracias a Dios! —Ruth se giró como pudo con las ataduras y se movió un poco a un lado. Cuando sus ojos fueron acostumbrándose a la oscuridad, pudo intuir al menos el contorno del rostro de Margaret Salden—. ¿Estás bien de verdad?

—Hace un poco de fresco aquí dentro, pero por lo demás me encuentro bien.

Ruth sentía el aliento de su abuela en la mejilla.

—Saldremos de aquí, te lo prometo.

—No, mi niña. Es demasiado tarde. Por lo menos para mí. Voy a decirles dónde está la piedra, pero primero tienen que dejarte ir.

—Te matarán con toda seguridad en cuanto tengan el diamante.

—Lo sé. Ya quisieron matarme hace cincuenta y cinco años. Dios me ha regalado todo este tiempo. Y me haré digna de su regalo salvándote la vida.

—¡No! —exclamó Ruth con un susurro—. ¡No, no puede ser! Acabo de encontrarte, no, Dios no puede ser tan cruel.

—Dios no tiene nada que ver con esto, mi amor —dijo su abuela, susurrando en un tono muy cariñoso.

Las dos mujeres estaban sentadas en el suelo una al lado de la otra, con la espalda apoyada en la pared. Ruth percibió muy pronto como se le entumecían las extremidades. Había perdido toda noción del tiempo. Sus pensamientos se habían sosegado y, no obstante, Ruth tenía la impresión de que todo daba vueltas en su cabeza. Se obligó a pensar qué debía hacer en esos momentos, pero no se le ocurrió nada. Estaba maniatada al lado de su abuela en una galería abandonada, no tenía ninguna posibilidad de escapatoria.

Y por mucho que cavilaba, no había nada que pudiera rescatar a las dos mujeres de allí.

—¿Dónde está la piedra? —preguntó Ruth.

—Es mejor que no lo sepas, mi niña.

—¿Así que la sigues teniendo? Kramer ha registrado tu choza y no ha encontrado nada, si le he entendido correctamente.

Margaret Salden rio con suavidad.

—El lugar en el que está es muy seguro, puedes creerme, mi niña.

Ruth intentó incorporarse un poco, pero las cuerdas estaban demasiado apretadas.

—Estoy aquí contigo en una mina abandonada. Quizá muramos las dos. Explícame al menos por qué tengo que morir. Quiero saberlo, quiero saberlo todo.

El tono de las palabras de Ruth sonó firme y decidido. Estaba dispuesta a luchar, aunque la lucha no tenía perspectivas de éxito. Y esa lucha comenzaba conociendo la verdad, de eso estaba Ruth absolutamente segura. Toda la verdad.

—Bien, de acuerdo —dijo Margaret Salden profiriendo un suspiro—. Acaso sea demasiado tarde ya para protegerte. Mira, tiré la piedra al mar. A la altura de la isla Halifax, frente a Lüderitz, allí donde el mar está infestado de tiburones.

—Pero entonces les quitaste a los nama su divinidad y arrojaste su alma para que la devoraran los tiburones —dijo Ruth desconcertada.

—No, mi niña, no es así. He vivido entre los nama. Ellos no han perdido nunca su alma, pero el diamante Fuego del Desierto les había traído ya suficientes desgracias. Tu abuelo había tenido que morir por esa piedra, mi hija tuvo que crecer sin madre ni padre por su culpa. Esa piedra es eso solamente, una piedra. Nada más. El alma de los nama habita en ellos mismos, en sus rituales, en sus historias y en sus mitos. Eso de que la piedra contiene el alma de los nama es una leyenda que puso en el mundo un jefe de la tribu para impedir las desavenencias entre sus gentes. Les amenazó con el poder de la piedra, pero los verdaderos dioses de los nama son otros. Ya era hora de acabar de una vez con ese mal cuento y con todas las supersticiones. Los nama han aprendido entretanto que no necesitan ninguna piedra que proteja sus almas. Llevan sus almas dentro del pecho. No actué sin el consentimiento ni el desconocimiento de los nama, sino al revés. El jefe y su hijo me llevaron remando en una barca por el mar. Fue también voluntad suya que la piedra descansara en un lugar donde nadie más volviera a derramar sangre por su causa.

—Entonces ¿saben también los nama con los que vives en qué lugar está la piedra? —siguió preguntando Ruth.

Margaret Salden hizo un gesto negativo con la cabeza.

—El mar es grande, inmenso. Nadie sabe dónde se encuentra exactamente el diamante Fuego del Desierto. El agua del mar ha apagado el fuego.

Ruth rio en voz baja.

—¿Qué tienes, mi niña?

—Soy feliz —susurró Ruth—. Es una locura, sí, pero aunque estoy aquí contigo encerrada en una cueva, de pronto me siento feliz. ¿Y sabes por qué? Porque no has hecho nada malo. Quisiste lo mejor y actuaste en consecuencia. Quisiste lo mejor para los negros y para los blancos. Y no obraste en contra de los negros, sino en favor de ellos y con ellos —dijo Ruth, moviendo la cabeza y riéndose de sí misma.

—De todas maneras he hecho muchas cosas mal —repuso Margaret Salden—. De lo contrario no estaríamos aquí.

—¡Chis! —susurró Ruth tocando el antebrazo de su abuela—. He oído algo, y me ha parecido ver también una luz.

—¡Bah, qué dices! —exclamó la anciana en tono tranquilizador—. Estarás cansada. Deberíamos dormir para reunir fuerzas. Las vamos a necesitar de verdad cuando regrese Kramer.

18

La noche fue terriblemente fría. La humedad fue reptando por la ropa de Ruth y desde ella fue ascendiendo por su cuerpo hasta entumecerle los huesos.

A Margaret le castañeteaban los dientes. Ruth podía percibir con claridad que la anciana titiritaba de frío. A Ruth le habría gustado estrecharla en sus brazos y darle calor con su cuerpo, pero las cuerdas le impedían moverse del sitio ni siquiera unos pocos centímetros. Durante horas, Ruth había intentado en vano liberarse de las ataduras de las manos. Estuvo rozando unas contra otras, probó a frotarlas contra una piedra, pero todo lo que pudo destrozar fue la piel de las muñecas. Ahora le dolían las manos, y a su lado la anciana se estaba quedando congelada sin remisión, estaba igual que ella tumbada en el suelo, desamparada, incapaz de hacer nada.

A Ruth le asomaron las lágrimas a los ojos. Y a pesar de que estaba firmemente resuelta a ser valiente, a no mostrar ninguna debilidad, no pudo reprimir un sollozo.

—No llores, mi niña —dijo su abuela en voz baja—. Las lágrimas cuestan energía. Ahórrala. El momento de llorar está todavía por venir. Ahora lo que deberíamos hacer es cantar.

—¿Qué? —preguntó Ruth desconcertada. ¿Había perdido su abuela acaso el juicio por culpa del frío?—. ¿Cómo has dicho? ¿Quieres que cantemos? Disculpa, pero no estoy precisamente para cantar, de verdad.

—Pruébalo, mi niña. Ya verás cómo te ayuda —dijo Margaret, poniéndose a entonar una canción con una voz rota de mujer mayor, una canción que Ruth, no había oído nunca, una canción alemana, nostálgica y oscura. Trataba de una mujer sentada en lo alto de un peñasco, que se peinaba el pelo y atraía a los pescadores a la muerte.

Cuando Margaret se puso a cantar a continuación una canción que Ruth conocía, se puso ella a entonar también con brío para depararle a su abuela una pequeña alegría: «Las ideas son libres, ¿quién es capaz de adivinarlas?, pasan volando como sombras en la noche. Nadie puede oírlas... Pienso lo que quiero y lo que me anima...»

Y Ruth se dio cuenta de que se sentía más ligera, que regresaban a ella su voluntad, sus fuerzas.

Cuando Ruth y Margaret volvieron a despertarse, seguía estando tan oscuro en aquella gruta que no pudieron decir si era todavía de noche o si afuera ya brillaba el sol.

—¿Cómo te encuentras? —preguntó Ruth.

—Estoy bien, mi niña. No te preocupes. Todo volverá a su sitio.

Luego permanecieron en silencio. Ruth tenía sed. Pese a que la humedad había impregnado su ropa, tenía la garganta seca. Habría dado mucho por un trago de agua, casi todo por una Coca-Cola fría, pero esas dos cosas eran imposibles. De pronto le sobrevino a Ruth el pánico. ¿Qué pasaría si no regresaba Kramer? ¿Iba a dejarlas simplemente ahí solas, en la oscuridad, sin comida, sin nada que beber hasta que murieran? Sintió un estremecimiento al pensar que iba a ver morir a su abuela, junto a ella, y que ella misma iba a morir también.

Se apresuró a quitarse de encima esas tenebrosas ocurrencias y se obligó a guardar la calma. Kramer iba a regresar porque quería el diamante. Tenía que regresar para obtener lo que quería.

—Háblame de Rose. ¿Qué vida ha llevado? —oyó Ruth que le preguntaba su abuela. Ruth comprendió que debía hablar para no volverse loca en la cueva. Y empezó a hablar y a contar. Habló de Rose, de Mama Elo y de Mama Isa, e incluso de Corinne y de la familia de esta. También habló de las ovejas y de las vacas, de los vecinos, de los viejos conocidos.

Y mientras Ruth hablaba, iba pensando en Horatio. Si no había sido él quien la había traicionado, ¿dónde se encontraba entonces? ¿La había echado de menos? ¿Y qué planes tenían los otros negros? ¿O no existían estos? La *pickup* negra, ¿había sido solo la de Kramer? Pero no, no podía ser eso. Kramer no podía haber sabido que ella y Horatio se habían puesto los dos en camino hacia Lüderitz. ¿O sí? No en vano había oído hablar de los once muertos de Windhoek, y él no había hablado de sus contactos con las autoridades del gobierno de Sudáfrica, bajo cuya administración se encontraba Namibia. Pero no, eso sonaba muy rocambolesco.

A Ruth le dolió ser consciente de que en los últimos tiempos no había mostrado ninguna amabilidad hacia Horatio. Era posible que se hubiera vuelto ya a su casa, profundamente decepcionado por el mal comportamiento de ella y los magros resultados para su trabajo de investigación. Ruth profirió un suspiro. Le preocupaba que Horatio pensara quizá mal de ella. Se arrepentía ahora por el sarcasmo mostrado, del cual tenía la culpa Henry Kramer sin ningún género de duda. Y ella había sido muy ingenua, una palurda del campo, una campesina que simplemente no sabía cómo funcionaban las cosas en el mundo.

No había llegado todavía al final de sus razonamientos cuando divisó el rayo de luz de una linterna.

—Ya viene —susurró Ruth, escuchando atentamente los pasos que se acercaban muy rápidamente.

—Buenos días, señoras, espero que hayan descansado bien.

El rayo de la linterna alcanzó en pleno rostro a Ruth, que cerró los ojos.

—Cariño, pareces una flor deshojada —dijo Henry Kramer, riéndose con sorna—. No tuviste tiempo de tomar un baño. Bueno, ¿y qué? He traído café. Os levantará el ánimo.

Colocó la linterna en el suelo de modo que proporcionaba una escasa iluminación a la gruta. A continuación sacó un termo de una bolsa, llenó el vaso de café y se lo llevó a Margaret a los labios. La anciana bebió, y Ruth vio cómo enseguida se le reanimaba la cara. Luego bebió también ella. Kramer le sostuvo el café con tanta torpeza delante de la boca que acabó derramándoselo encima.

—Supongo que no te fastidiará esta mancha especialmente —se limitó a decir él lacónicamente—. Bueno, de todas formas estás con un pie en el otro barrio.

Volvió a meter el termo en la bolsa. A continuación soltó las ataduras de los pies de las mujeres, puso primero a Ruth en pie, después a Margaret y las condujo a empellones por la oscura galería.

Ruth se había temido que su abuela tendría dificultades para caminar después de todas las penalidades sufridas, pero la anciana se mantenía bien derecha, como si acabara de dormir en una cama blanda.

Cuando llegaron al final del túnel y vieron la luz del día, las mujeres cerraron por un instante los ojos, deslumbradas.

—¡Vamos, deprisa, al coche! Y no penséis en hacer ninguna tontería. ¡No hay un alma en muchísimas millas a la redonda! Si me voy, solo pasarán por aquí los buitres, nadie más —dijo Kramer, increpándolas con impaciencia.

—¿Adónde nos dirigimos? —preguntó Ruth con una voz rasgada, como si la humedad se hubiera depositado en sus cuerdas vocales.

—Vosotras fijasteis el lugar anoche —dijo él riendo, y esta vez su risa sonó a burla—. Vamos a la isla Halifax. Allí bucearéis para buscar el diamante.

Ruth soltó una carcajada.

—No lo dirás en serio, ¿verdad? ¿Estuviste espiándonos?

—Por supuesto, ¿qué otra cosa podía hacer si no? Os dejé a las dos solas por ese único motivo. Quería daros a vuestras bellas mercedes la oportunidad de que os abrierais el corazón la una a la otra. Y mira por donde. Ha resultado ser una idea fenomenal.

—¡Pero eso es una locura! —le objetó Ruth—. Aquello está infestado de tiburones. No hay persona en su sano juicio que se atreva a meterse en esas aguas.

Henry Kramer se encogió de hombros con ademán de indiferencia.

—No he sido yo quien ha elegido el lugar.

—Es imposible que el diamante siga estando allí. El oleaje se lo habrá llevado. Quién sabe dónde pueda estar ahora, quizá se encuentre ya cerca de las costas de Europa.

Ruth tuvo la sensación de tener que hablar para salvar su vida, pero el rostro de Henry Kramer estaba cerrado como una ostra, tan solo le quedaba algún rescoldo de vida en los ojos, y Ruth se dio cuenta de que era inútil toda palabra. En él se habían agotado ya todos los sentimientos.

—Bueno, entonces espero que tengáis una buena capacidad pulmonar, porque no vais a regresar a tierra sin haber hallado antes el diamante Fuego del Desierto. ¡Y ahora, venga, vamos! No voy a contaros mis planes a ninguna de las dos —dijo él, empujando violentamente a las dos mujeres hacia el interior del vehículo.

Ruth miró a todas partes ponderando las posibilidades de alguna acción. Hasta la línea del horizonte no había más que tierra resquebrajada. Intentar una fuga aquí era lo mismo que suicidarse. No había nadie por aquel paraje, ni nadie se pasaría por allí, no tenían ninguna posibilidad de encontrar el camino a la ciudad atravesando aquellos terrenos.

—Suéltanos las ataduras —le rogó Ruth—. Tenemos los brazos dormidos. ¿Cómo vamos a poder bucear así, si el cuerpo no nos obedece?

Kramer soltó una carcajada.

—¿Qué te crees de lo que llega a ser capaz una persona cuando no tiene más remedio? —dijo, apretujando a las mujeres en el asiento trasero; acto seguido aceleró y salió de allí.

Iban a toda velocidad por la zona prohibida de las minas. Aquí y allá podían verse los chasis oxidados de algunos vehículos. Un viejo ascensor yacía como un animal muerto junto a la carretera. No había cebras, ni siquiera antílopes saltadores, tan solo sobrevolaban el cielo en círculos unas aves grandes que graznaban con las alas desplegadas.

Ruth sintió un escalofrío. Otra vez sentía que ascendía por su interior el enfado que se transformó rápidamente en rabia. «Tierra muerta —pensó—. Todo lo que les hemos traído a los negros ha sido tierra muerta.»

En algún momento dejaron aquel camino y doblaron por una carretera asfaltada. En ella se toparon de frente con bastantes vehículos, probablemente de los trabajadores del primer turno que iban al trabajo, pero a nadie llamó la atención que algo no estaba bien en aquella *pickup* negra.

Ruth observó el lado interior de la puerta trasera y se quedó mirando fijamente la manija. «Quizá sea posible saltar del coche en marcha», se le pasó fugazmente por la cabeza, pero rechazó esa idea incluso antes de acabar su razonamiento. Seguía teniendo las manos maniatadas y apenas se sentía las muñecas por el dolor. Sin poder cubrirse con las manos al caer, apenas tenía posibilidades de sobrevivir a una fuga del coche en marcha.

Dirigió la vista a Henry Kramer, que seguía conduciendo en silencio. Hasta ayer había creído amarle y que él la amaba, ¿y hoy? Él tenía las mandíbulas bien apretadas, su barbilla producía una impresión firme, angulosa, y mantenía apretados también los labios. Conducía con concentración, pero una y otra vez se llevaba la mano a la frente y ese gesto revelaba lo nervioso que estaba, la tensión que estaba padeciendo.

—No quieres el diamante para ti; tengo razón, ¿verdad? —le preguntó ella—. ¿Para quién lo quieres? ¿A quién le debes un favor? ¿A quién pretendes demostrarle algo?

—¡Cierra la boca, pava estúpida! —exclamó él, y pisó tan a fondo el acelerador que las dos mujeres se apretujaron contra la tapicería—. Cierra la boca y no te atrevas a hablar de mi padre.

Ruth no había mencionado en ningún momento al padre de Henry, pero ahora comenzaba a intuir quién o qué le estaba impulsando a realizar aquellas acciones. Otra persona más de las que tienen que demostrar algo a sus progenitores. Ella miró por la ventana. Habían llegado entretanto a Lüderitz. Era todavía muy de madrugada, mucho más temprano de lo que había creído Ruth en la gruta. Algunos trabajadores caminaban arrastrando los pies de cansancio y con los rostros grises en dirección a la mina de diamantes. Pasaron algunos campesinos en carros tirados por asnos, que iban de camino al mercado. Se abrían ventanas, se hacían las camas. Una mujer regaba las flores de su jardín, un poco más allá se desperezaba un gato. Las panaderías levantaban las rejas de hierro, había un camión descargando fardos de periódicos delante de un quiosco.

En un momento determinado, Ruth creyó ver su Dodge en una calle lateral, con un hombre sentado al volante, pero la luz del sol le caía oblicuamente y no pudo verle la cara. «Probablemente he vuelto a equivocarme. Al parecer, en Lüderitz no solo hay numerosas camionetas Chevy de color negro, sino que hay más de un Dodge», se dijo a sí misma tratando de convencerse. Se giró otra vez para mirar el Dodge. Iba por detrás de ellos a cierta distancia, pero ella volvió a pensar que se había confundido, pues, a fin de cuentas, la llave del coche estaba en su habitación de la pensión.

Margaret había permanecido en silencio durante todo el trayecto, pero ahora dirigió la palabra a Kramer.

—Ruth tiene razón, ¿no es cierto? —preguntó—. No quiere la piedra para usted, su padre le ha enviado, le ha presionado, le ha dicho a usted que es un fracasado si no le lleva a casa el diamante Fuego del Desierto, pero eso no es así, joven. ¿Por qué no se pone a buscarlo él mismo? ¿Por qué le envía su padre a usted?

—¡Cierra el pico! —vociferó Henry Kramer dando un volantazo—. ¡Cerrad el pico ahí atrás! ¡Silencio!

Ruth y Margaret se miraron brevemente a la cara. Habían dado a todas luces con el talón de Aquiles de Kramer.

—Hábleme de su padre —volvió a tomar la palabra Margaret—. ¿Cómo es? ¿Se le parece? ¿Y qué sucede con su madre?

—¡Eso es algo que no te incumbe, vieja! —gruñó Henry—. ¡Cierra el pico de una vez!

Pero entonces, mientras estaban detenidos en un cruce peatonal, él comenzó a hablar :

—¡Mi madre! Mi madre era una persona sin carácter, hacía todo lo que le decía el viejo. Él la engañaba, se traía a sus mujeres a casa, y mi madre les hacía la cama con las sábanas limpias e incluso les preparaba el desayuno.

—¿Y usted, joven?

Él se encogió de hombros. El cruce estaba expedito ahora y prosiguieron el camino.

—¿Yo? Yo le tenía muchísima rabia, pero no me atrevía a hacer nada. Me meaba en la cama hasta que entré en la escuela, y el viejo se burlaba de mí por eso. Una vez escurrió las sábanas mojadas en un vaso y me obligó a beberme mi propia orina.

—¿Y qué pasó? —siguió preguntando Margaret Salden con cautela—. ¿Se lo bebió usted?

Ruth estaba sorprendida de la sensibilidad con la que su abuela había sido capaz de hacer hablar a Henry Kramer.

—¿Qué otra cosa podría haber hecho? Por Dios, yo tenía solo seis años. Luego lo eché todo. Me entraron arcadas de asco y después me lavé la boca con jabón —dijo él, pisando el acelerador como si quisiera castigar al coche por la infancia triste que había tenido.

—Eso debió de ser muy duro para usted. Puedo explicarme ahora muy bien que tenga la necesidad de demostrarle algo a su padre.

Henry Kramer no dijo nada, se limitó a asentir con la cabeza.

Entretanto se estaban aproximando al puerto, pasaron a toda velocidad al lado de hangares y contenedores. En el muelle había atracadas unas pocas embarcaciones, la mayoría de ellas eran extranjeras. Había gente paseando por ese lugar, pero Ruth estaba segura de que no cabía esperar ninguna ayuda de esas personas. ¿Por qué iba a tener que preocuparse un marinero de Gdansk o de Dublín por dos mujeres blancas en Namibia?

Kramer detuvo el vehículo al final de la carretera del puerto. Se bajó, cerró las puertas con llave y desapareció en el interior de una choza cochambrosa.

Ruth pegó el rostro todo lo que pudo a la ventana para poder leer el letrero de la choza. ALQUILER DE LANCHAS MOTORAS Y EQUIPOS DE BUCEO, logró descifrar con esfuerzo las letras parcialmente descoloridas.

—¡Oh, Dios mío! ¿Qué pretende? ¿Va a alquilar una barca? ¿Pretende de verdad salir ahora en barca hasta la isla Halifax? ¿Es que no vamos a poder pararle los pies? ¡Es una locura lo que pretende hacer!

Margaret Salden se encogió de hombros aceptando su destino. Estaba muy pálida, con unas ojeras tan pronunciadas que Ruth sintió una gran preocupación por ella.

—¿Hay algo que pueda hacer por ti? —le preguntó.

—Yo me encuentro perfectamente, pero dime, ¿cómo estás tú?

—Tengo miedo —admitió Ruth con voz temblorosa—. Me va a obligar a bucear. Yo sé nadar bien, pero tengo miedo de los tiburones. —Sus palabras sonaron extrañas a sus propios oídos. El miedo se le había incrustado en el pecho como una roca y se le estaba cortando la respiración.

19

Horatio estaba sudando. Pese al calor imperante llevaba unos pantalones largos de color negro y una camiseta negra de manga larga, porque un hombre con el color de su piel pasaba inadvertido llevando ropas de color negro. Horatio lo había experimentado ya en sus propias carnes. Una vez en Windhoek, durante una noche de verano, él salía de la biblioteca y vio una bicicleta parada en el semáforo, simplemente una bicicleta. Él se quedó sorprendido de que una bicicleta se quedara en pie ella sola, pero al acercarse, reconoció que había también un ciclista, un hombre negro con un uniforme negro. Esa noche se rio de su vivencia y se preguntó por qué los blancos no se volvían invisibles con ropas blancas delante de paredes blancas.

Ahora estaba agachado detrás de la choza del puerto, expuesta al viento, en donde se alquilaban barcas y equipos de buceo sin hacer muchas preguntas. David Oshoha estaba tumbado a su lado, pálido y tenso, pero preparado para toda acción.

Horatio se preguntó qué demonios pretendía Kramer allí, pero esa pregunta se la había formulado demasiado a menudo en los últimos días, sin encontrar una respuesta.

Vio a Ruth detrás del cristal de la *pickup* y cerró el puño. Ella parecía muy cansada, muy pálida.

Finalmente se había decidido a hablar con ella anteayer a primera hora, con toda calma, con todo detalle. Él había estado trabajando mucho los dos días anteriores, había sacado algunas cosas a la luz que él no hubiera ni soñado, pero se había enterado también de cosas que le dieron miedo, mucho miedo por Ruth. ¿Habría leído ella su carta? El hecho de que estuviera ahora subida en el coche de Kramer parecía indicar lo contrario. En cualquier caso habría preferido dar la alarma directamente al encontrar vacía su habitación en la pensión y al no ver el Dodge en el aparcamiento. Corrió inmediatamente a ver a la patrona de la pensión, pero esta tampoco sabía nada sobre el paradero de Ruth. Y luego estaba también el nieto de Davida Oshoha, con quien se había topado en Lüderitz. Hacía ya algún tiempo que Horatio se había dado cuenta de que les seguían a Ruth y a él. Ya en Keetmanshoop se fijó en el coche negro y reconoció a David Oshoha en su interior. No le dijo nada a Ruth para no intranquilizarla porque sabía que David era una persona muy propensa a encolerizarse, un hombre de buenas convicciones e ideales, pero demasiado joven para aceptar acuerdos.

David Oshoha era miembro de la SWAPO en Windhoek, y Horatio pudo imaginarse perfectamente que no iba a dejar impune la muerte de su abuela en la manifestación. A pesar de sus deseos de venganza, David era un nama en cuerpo y alma. Sin preocuparse por la compatibilidad de sus convicciones, creía tanto en los antepasados y en los dioses como en una igualdad de derechos de todos los seres humanos. Una igualdad de derechos que, en su opinión, había que imponer incluso con la violencia de las armas si resultaba necesario.

Horatio estaba inquieto desde que había descubierto que David les seguía. Y mucho más ahora que Ruth estaba desaparecida. Había buscado a David en toda la ciudad y finalmente lo encontró en un pub en el barrio de los negros.

—¿Qué andas haciendo por aquí? —le preguntó.

—Lo mismo que tú, al fin y al cabo somos nama los dos... Pues el diamante, ¿qué iba a ser si no?

—¿Crees que lo tiene la chica? —preguntó Horatio.

—Sé que es una Salden. ¿Te me quieres adelantar?

Horatio negó con la cabeza.

—No, por supuesto que no. Se trata de algo más que del Fuego del Desierto.

Y entonces le contó a David lo que había acontecido y lo que él había averiguado. Puede que David no le creyera, pero no obstante le prometió que le ayudaría.

Horatio sabía que podía confiar en David. Los dos eran nama y, por tanto, uña y carne. Todo lo demás tendría su momento, podría aclararse posteriormente, pero lo principal ahora era encontrar a Ruth.

Así que Horatio se pasó la mañana recorriendo una por una todas las gasolineras de Lüderitz. Tardó bastante hasta que encontró a un hombre que se acordaba de Ruth, pero este no supo decirle hacia dónde se había dirigido.

Finalmente enroló a David para ir juntos al desierto. El hecho de que ella estuviera estrechamente ligada al diamante puso las cosas más fáciles a Horatio a la hora de convencer a David para que colaborara con él. Y ayer a primera hora de la mañana se habían puesto en marcha siguiendo la ruta del desierto y pasando por las dunas de arena que tenían la altura de un hombre tal como las había descrito el chico hacía unos días.

De camino se les reventó un neumático. Cambiarlo a

pleno sol les había costado mucho sudor y tiempo. Y así era tarde cuando finalmente llegaron a la aldea nama. Las mujeres y los hombres estaban sentados, inactivos en torno a una hoguera apagada y rogando a los antepasados que la mujer blanca siguiera con vida. La mujer blanca que había enseñado a los niños a leer, a escribir y a contar. La mujer blanca que se cuidaba de que los hombres no pegaran a las mujeres, que se ocupaba del correo, de los asuntos burocráticos, que limaba asperezas y que había salvado la vida a más de uno comprando medicamentos en la farmacia de Lüderitz o atosigando a las madres para que fueran con sus hijos a un médico.

La mujer blanca nunca exigió nada a cambio por sus acciones. Comía con ellos, bebía con ellos, reía con ellos, lloraba, vivía, se apenaba con ellos, era una de ellos. Si hubiera sido posible, los nama habrían teñido de negro a la mujer blanca para que fuera igual que ellos en su aspecto externo. Pero ahora estaba lejos, y a los nama les parecía que el espíritu bueno se había ido de su poblado. Alguno entonaba una canción, pero la interrumpía a los pocos compases. Uno de los hombres se levantó, agarró una flecha, corrió en círculos con ella y volvió a sentarse finalmente. Lo más extraño fue que los niños no jugaban, no andaban haciendo sus trastadas, sino que estaban sentados en silencio al lado de sus madres, garabateando con un palito en la arena; había desaparecido de ellos toda alegría, no decían nada, escuchaban lo que decían los adultos, esperaban que alguno tuviera una idea pero no había nadie a quien se le ocurriera nada.

Una niña pequeña comenzó finalmente a llorar, los demás niños hicieron otro tanto, y por un breve tiempo, sus lamentos pudieron oírse más allá de las dunas.

Horatio necesitó bastante tiempo para enterarse de lo

que había sucedido. Oyó hablar de la joven blanca y Charly le contó lo que había observado en el árbol. Y aunque David estaba cansado y con gusto habría permanecido una noche en aquel oasis, Horatio le apremió a regresar de inmediato a la ciudad. Estaba contento de que los nama hubieran demostrado al joven colérico, que seguía apenado por la muerte de su abuela, que los Salden no eran enemigos de los negros.

—Es posible que me haya equivocado —admitió David durante el camino de vuelta, y el resto del viaje se lo pasó mirando la carretera, sumido en sus pensamientos.

Cuando Horatio llegó por fin a la ciudad, le dolían todos y cada uno de los huesos. Estaba cansado, destrozado, hambriento, sediento y sucio, pero se reanimó de golpe al enterarse de que Ruth había regresado a la pensión.

—¿Dónde está? —preguntó con apremio a la patrona.

—¿Cómo voy a saberlo? No está obligada a dar parte de sus salidas.

Horatio examinó de arriba abajo a la patrona y le puso entonces un billete encima del mostrador. La mujer agarró el billete y se lo metió en el canalillo.

—El hombre estuvo aquí, ese que ya ha estado con frecuencia por aquí. Una vez le trajo unas rosas, también vino una vez que no estaba ella, me pidió la llave de su habitación. ¡La llave de su habitación! ¡Imagíneselo! ¿Adónde vamos a ir a parar si le doy la llave de una habitación a cualquier persona que pregunta por otra? Me pregunté si no sería lo más sensato informar a la chica. Si uno es así de celoso ya antes del matrimonio y quiere tener controlada en todo momento a su querida, ¿qué no hará cuando ya esté casado? Pero mantuve la boca cerrada. «Inge», me dije a mí misma, «esa joven ya es lo suficientemente mayor. No te metas en donde no te mandan». Y es que nunca lo he hecho hasta el momento porque eso significaría la muerte de mi negocio. El ramo de la hostelería pervive gracias a su discreción. Los que hablan mucho son los primeros en arruinarse.

—Sí, sí —volvió a apremiarla Horatio—. Aprecio su discreción, señora, pero dígame de una vez, por Dios, dónde está ella. Podría ser que se encontrara en dificultades.

—¿Está embarazada?

—¿Qué?

—Le he preguntado si es posible que la joven esté embarazada. Hace poco la oí desgañitar... quiero decir, la oí vomitar, bueno, no sé si oí bien. Suele pasar que una jovencita regala simplemente su virtud, y enseguida se encuentra con una criatura al cuello antes de lo que se esperaba.

—No, no me refiero a ese tipo de dificultades. Bueno, dígame, ¿sabe usted dónde está?

La patrona de la pensión negó con la cabeza.

—¿No está su coche ahí afuera?

—Sí, pero ella no está en su habitación.

—Bueno, yo no lo sé, pero puedo preguntar. —Tomó aire y comenzó a vociferar por toda la casa—: ¡Nancy! ¡Naanncy!

Una joven negra acudió a toda prisa.

—¿Me llamaba, señora?

—¿Has visto salir a la señorita blanca del pelo largo rojo? —preguntó.

Nancy asintió con la cabeza.

—Oh, sí, iba acompañada de un hombre, un hombre guapo, pero tenía unos rasgos duros en la boca. Me pregunté si la señorita simpática se había fijado en eso.

Horatio respiró hondo varias veces. Habría querido gritarles algunas cosas a las dos mujeres, pero entonces no les habría podido entresacar nada.

—¿Sabe adónde se dirigieron? —preguntó, haciendo acopio de toda su paciencia.

Nancy negó con la cabeza.

—No fueron a pie, sino en coche, en un descapotable —dijo. Y bajando la voz susurró en un tono de admiración—: Era un Mercedes.

—¿Y no oyó por casualidad adónde dijeron que iban? ¿No dijo nada el hombre?

Nancy negó con la cabeza al tiempo que sacudía el plumero del polvo que mantenía sujeto en una mano.

—No, no sé nada más. Ayer por la tarde, su cama estaba completamente deshecha, así que tuve que hacérsela de nuevo para la noche.

—¿Y durante la cena? ¿Vio ella a alguien allí?

Esta vez fue la patrona quien sacudió la cabeza.

—No, solo estaban los dos señores de la habitación cuatro y la joven sudafricana de la habitación tres. Tuve que tirar cuatro panecillos.

Horatio dio las gracias, salió corriendo, encontró el Dodge delante de la pensión. Pensó dónde podría encontrar enseguida un conductor, pero no se le ocurrió nadie. David le había anunciado que quería emborracharse esa noche porque le habían sucedido demasiadas cosas, había perdido a un enemigo y ahora ya no sabía cómo debía vengar la muerte de su abuela. Así que el joven decidió que lo primero que tenía que hacer era recomponerse.

Horatio había dejado marchar a David, a pesar de que en realidad le necesitaba. Intuía las cosas que le estaban pasando al joven por la cabeza y por el corazón. Y sabía que buscaba una oportunidad para reflexionar sobre todo lo que le había sucedido en esos últimos días.

Regresó corriendo a la pensión.

—Deme las llaves de su habitación —pidió a la patrona.

Esta se cruzó de brazos.

—¿Cómo se me podría ocurrir una cosa así, joven? No y no. No consiento que nadie espíe a mis clientes. No se lo permito a un blanco, y mucho menos se lo permitiría a un negro.

Se colocó delante del tablero de llaves de tal modo que Horatio tenía dificultades en alcanzarlo. Antes de tener que llegar a las manos, Horatio acabó gritándole a la mujer:

—Esa señorita se encuentra en un grave peligro. ¿Quiere usted tener parte de la culpa de lo que le ocurra?

La mujer puso una cara compungida.

—¡Deme la llave, ahora mismo! —repitió Horatio—. Venga usted conmigo y comprobará que no voy a quitarle nada más que las llaves de su coche.

Horatio extendió una mano, y la mujer depositó en ella la llave de la habitación de Ruth al tiempo que profería un suspiro. Horatio subió las escaleras a toda prisa, la patrona le siguió, encontró la llave del Dodge al primer intento, se precipitó escaleras abajo y corrió hacia el Dodge. ¿Y ahora qué? Él no tenía licencia para conducir, nunca tuvo dinero para sacársela. Y habían pasado algunos años desde que le dejaron llevar el coche de su primo por un camino vecinal.

—¡Vamos! —se dijo Horatio a sí mismo para infundirse valor. La cosa no iba aquí de una abolladura más o menos en la carrocería, sino de vida o muerte. Arrancó el coche, pisó a fondo el embrague y dio tanto gas que el vehículo se caló.

La segunda vez, sin embargo, el Dodge se puso en movimiento entre sacudidas.

Con cada metro que avanzaba, Horatio iba conduciendo con mayor seguridad. Entretanto, había oscurecido tanto que en las callejuelas laterales que no estaban iluminadas por farolas no podía verse nada a un palmo de las narices. Horatio conducía con toda la prudencia de que era capaz, sin perder por ello velocidad. No obstante, en una ocasión rozó el espejo retrovisor exterior de otro coche y pellizcó un neumático contra la acera al doblar una esquina. Enseguida dejó el centro de la ciudad y conducía colina arriba, hacia las mansiones de los blancos. Allá arriba hacía fresco, y las propiedades estaban protegidas con vallas altas contra el viento cortante al tiempo que contra los curiosos.

En el banco había averiguado la dirección de Henry Kramer. Para su sorpresa había sido más fácil conseguirla que obtener la llave de la habitación de Ruth en la pensión. Horatio había tenido suerte. Fue a dar con una mujer que tenía algunas cuentas pendientes con los Kramer. Le dijo a Horatio todo lo que sabía, le hizo fotocopias de algunos documentos con su máquina fotocopiadora Xerox, y también le dio la descripción y la dirección de la casa de Kramer.

Cuanto más se iba acercando a la mansión blanca, más despacio fue conduciendo Horatio el vehículo. Poco antes de llegar a ella, apagó las luces y siguió conduciendo los últimos metros a ciegas en la oscuridad.

Dejó el coche a un lado de la calle y dio una vuelta a pie a la propiedad. Había vallas altas por todas partes que en algunas partes estaban rematadas con alambre de espino. Horatio sonrió. «¿De qué le sirve a uno toda su riqueza si la guarda con tanto miedo a perderla? —pensó—. ¿No se dan cuenta de que son prisioneros, prisioneros del dinero, encerrados tras una alambrada de espino?»

Le habría gustado entrar en la propiedad a hurtadillas. Quizás hasta se hubiera atrevido a meterse en la casa, pero Horatio no era ninguno de esos héroes que superan con un simple salto los muros y las alambradas. Además tenía miedo a los perros. Y detrás de la valla vio a dos perros dóberman que estaban peleándose por un pedazo de carne sanguinolenta. Así que se limitó a estirarse lo más alto que pudo. Detrás de una ventana vio a un hombre mayor sentado en una silla. Heinrich Kramer.

Heinrich Kramer era quien tiempo atrás había dirigido la Compañía Alemana de Diamantes y de quien corrían los más extraños rumores desde esa época. Kramer desapareció repentinamente cuando en Europa estalló la Segunda Guerra Mundial. Y regresó a comienzos del verano de 1945. Desde entonces caminaba arrastrando una pierna, pero nadie sabía dónde había estado durante los años de guerra, del mismo modo que nadie sabía lo que él había hecho exactamente durante las rebeliones de los nama y de los herero, cuando tuvo a su cargo un regimiento a las órdenes del general Von Trotha.

Ahora lo tenía ahí delante sentado, un hombre mayor cuyas fuerzas no le alcanzaban para proteger todo aquello que había estafado y robado durante tantos años.

Horatio no pudo menos que reprimir un leve suspiro de compasión. En otros tiempos, cuando él, que procedía de una familia pobre, conoció a otros niños cuyas familias eran más ricas que la suya, y ahora, que conocía a hombres de su edad que conducían automóviles caros, que poseían relojes valiosos y que vivían en mansiones blancas, reflexionó mucho sobre las bendiciones de la riqueza. Una vez se detuvo incluso delante de un puesto de venta de lotería y pensó lo que podría emprender con el cuantioso dinero del primer premio. No fueron muchas cosas. Pensó en comprarles a sus padres y hermanos aquello que deseaban tener, una casita nueva quizás, una nevera y una lavadora para la madre y las hermanas, y para los hombres, bicicletas y un abono a perpetuidad para el fútbol. No hacía falta tener un automóvil en Windhoek, al menos no en el barrio en que había vivido siempre su familia. Para él no quiso nada, solo unas gafas nuevas con unos cristales finos y una montura liviana.

Horatio ya había descubierto en edades muy tempranas que la riqueza era un antónimo de la libertad. Y eso era algo que podía verse con toda claridad en aquel anciano, que era prisionero de sí mismo, que se hallaba detrás de una alambrada de espino, vigilado por perros de presa, que ya no era capaz de hacer lo que realmente deseaba, y lo que era todavía peor, que vivía angustiado por completo de que alguien pudiera quitarle algo.

Horatio se había preguntado siempre por qué las personas aspiraban a tener más y más dinero. Uno podía comer solo hasta saciarse, uno podía dormir en una sola cama, uno podía vivir en una sola casa y caminar con un solo par de zapatos.

Horatio se había enterado por la mujer joven del banco de que Henry Kramer vivía también en esa casa, infectado por la codicia de querer cada vez más dinero y propiedades. Horatio no sabía qué podía vincular al joven con el dinero, quizás el reconocimiento social o el amor, pero Kramer era un estúpido si creía realmente que podía comprar algo así, algo auténtico, duradero. ¿Cómo debía de ser eso de no poder estar uno seguro de si le aman por lo que eres o por lo que tienes? ¿Cómo debía de ser eso de no poder decir nunca con total seguridad si la mujer a la que uno amaba acudiría también en un futuro a verle si en lugar del Mercedes solo tuviera aparcada en la calle una vieja bicicleta? ¿Y qué ocurría con uno mismo? ¿Qué sucedía con el alma si se acababa el dinero? ¿De dónde sacar entonces para vivir? ¿Se olvidaba uno durante esa caza del dinero lo que le hacía verdaderamente persona?

Cuando el coche de Henry Kramer encaró la rampa de acceso a la vivienda, Horatio se encontraba sumido en los más profundos pensamientos. A través de las ventanas iluminadas observó al joven Kramer servirse un licor, revisar el correo, dirigirse luego a un cuarto, probablemente el cuarto de baño, y salir de allí en pijama. Luego se dirigió a otra habitación, probablemente el dormitorio, y apagó la luz.

Para Horatio había llegado también el momento de arrastrarse hasta el coche y dormir también un poco. Tenía miedo de que se le escapara el joven Kramer a la mañana siguiente. Él era negro y pobre, había aprendido a no depender de los objetos, sino a confiar en él y en su instinto, y eso es lo que iba a hacer también esa noche.

20

Ruth apretó los dientes para reprimir el temblor. Sentía las manos húmedas y pegajosas, tenía la garganta reseca. También Margaret Salden parecía estar desasosegada. Había empalidecido todavía un poco más, las ojeras las tenía aún más oscuras y pronunciadas. Profirió un ligero suspiro.

—¿Qué te ocurre? —preguntó Ruth.

—Mis brazos. Me duelen los hombros. Desearía librarme por fin de estas ataduras.

—Enseguida. Enseguida pasará todo —intentó consolarla Ruth, pero ella misma no creía en sus palabras.

Miró al exterior por la ventanilla del coche. Henry Kramer salía en ese momento de la choza de alquiler de barcas y se dirigía al coche llevando un equipo de buceo en la mano.

Le seguía un chico negro que arrastraba una botella de aire comprimido.

Ruth miró al cielo que brillaba nítido y azul por encima del mar. Buscó jirones de nubes intentando averiguar si ese tiempo se mantendría, y se preguntó también si vería ese cielo hoy por última vez. Lamentó haber puesto tan poca atención a tantas cosas en su vida. No podría despedirse de nadie, ya no podría decir a Mama Elo y a Mama Isa lo mucho que las quería. Y no volvería a ver a Rose. ¿Se echaría a llorar su madre ante la tumba de ella?

A Ruth le habría gustado decirle a su madre que Margaret la había querido mucho, y que justamente por ese motivo la había entregado a otra persona, para que Rose pudiera vivir. Había un amor que era muy grande, tanto, que el destino de la otra persona pesaba más que el propio. Margaret lo había demostrado. Rose no tenía ningún motivo para estar triste ni para sentirse abandonada o repudiada. Había pocas personas a las que se hubiera querido como a ella, y ya era hora de que Rose lo supiera. Quizás así fuera más feliz el resto de sus días.

También le habría gustado a Ruth reconciliarse con Corinne. Quería decirle que ahora sabía lo guapa que una podía estar con un vestido bonito, y le habría gustado pedirle que cuidara bien de su madre. Rose necesitaba a una persona que se preocupara de ella. Estaba muy sola, siempre había estado muy sola, era una persona solitaria a pesar de su familia, a pesar de sus amigos. Pero quizás era ya demasiado tarde para eso. Poco después iba a estar embutida en ese equipo de buceo y tendría que meterse en el mar. Ruth era terriblemente consciente de que no tenía ninguna posibilidad de encontrar el diamante. Y tenía las muñecas desolladas. Era muy posible que eso atrajera a los tiburones. ¿Sería muy dolorosa la mordedura de un tiburón? Ruth esperó perder rápidamente la conciencia en ese caso. También podría quitarse la mascarilla de la cara y entonces moriría asfixiada, ahogada. ¿Era mejor eso que ser desgarrada por los dientes de los tiburones? ¿Era menos doloroso? Le habría gustado rezar, pero su confianza en Dios había ido desapareciendo en los últimos días. ¿Y si se dirigiera a los antepasados como hacían los nama? Ruth reflexionó unos instantes y cerró los ojos para hablar con su abuelo Wolf Salden. «Si no existe otra posibilidad, entonces ven a buscarme tú —imploró en silencio—. ¡Haz que sea rápido, prométemelo!»

Un estallido la arrancó de sus pensamientos. El chico negro había arrojado la botella de aire comprimido en la superficie de carga de la furgoneta.

Henry Kramer arrojó el traje de buzo después y se subió al vehículo.

—La mar está muy tranquila hoy —dijo, dirigiéndose a las dos mujeres—. Estáis de suerte. No habrá ráfagas de viento hasta el mediodía. Rezad a Dios para que hayáis acabado entonces. —Luego profirió un suspiro y dio la vuelta a la llave para arrancar el vehículo. Al no arrancar a la primera, Kramer se puso a dar violentos golpes al volante—. ¡Qué mierda! ¡Qué maldita mierda!

Ruth y Margaret se miraron a los ojos. No podía pasarse por alto que Kramer había perdido los nervios definitivamente.

«Quizá sí tengamos una oportunidad», se le pasó a Ruth por la cabeza, pero entonces se dio cuenta de que el chico negro había desaparecido y de que no podía verse a ninguna otra persona a lo largo y ancho de aquel paraje. No llegarían muy lejos si escapaban.

—¡Venga, arranca ya!

El coche arrancó finalmente para alegría de Kramer. Condujo el vehículo por los terrenos del puerto y lo detuvo poco después ante una barrera, detrás de la cual comenzaba la carretera que atravesaba la zona prohibida de las minas. Kramer se bajó del vehículo, abrió la barrera empujándola hacia arriba, pasó el coche, volvió a bajar la barrera y se aseguró dando un tirón fuerte de que quedaba realmente cerrada.

Siguieron adelante alrededor de media hora sin encontrar tampoco a ninguna otra persona. Ruth no vio siquiera animales por la ventanilla del coche, solo aquellas aves grandes que volaban en círculo por encima de ellos.

Kramer detuvo el coche abruptamente al borde de una pequeña bahía, se bajó y sacó a Ruth a empellones de su asiento.

A algunos metros de la playa les estaba esperando el chico negro del puerto. Estaba sentado en una pequeña barca con motor observando aburrido lo que acaecía en la bahía.

Cuando Kramer cortó las ataduras de las manos a Ruth, esta dio un suspiro de alivio y se frotó con cuidado las articulaciones doloridas.

—¡Y ahora ponte el traje de buzo, vamos! —dijo él entre dientes. Daba la impresión de estar extremadamente tenso y disgustado a la vez—. ¿Has buceado alguna vez?

Ruth negó con la cabeza.

—¡Debí habérmelo imaginado! ¡Quítate los pantalones y la blusa!

Ruth titubeó. No quería volver a desnudarse otra vez delante de Kramer. Él conocía ciertamente el cuerpo de ella, era el primero y único hombre que lo había visto, pero había perdido todo derecho a contemplarla de nuevo en cueros.

—Está bien, ya me doy la vuelta —dijo Kramer visiblemente nervioso—. Tampoco es que sea muy excitante para la vista eso que tienes para mostrar.

Ruth hizo lo que le habían ordenado, se desnudó y se embutió enseguida en el traje de buzo, que tenía un tacto frío y un poco pegajoso.

—¿Qué va a pasar con mi abuela? —preguntó Ruth cuando estuvo completamente vestida delante de él.

—¿Qué pasa con la vieja? —Kramer la miró como si se hubiera olvidado por completo de la anciana.

Ruth miró a su alrededor disimuladamente. Sabía que no le quedaba mucho tiempo. Aquí en tierra, Margaret podría quizá liberarse. Quizá llegaría alguien por aquel camino que pudiera ayudarla, pero en el agua podría necesitar también a su abuela para dominar al chico y a Kramer. ¿Sabía nadar su abuela? Probablemente lo mejor sería que se quedara en tierra.

—No querrás dejarla aquí en tierra, ¿verdad? —preguntó ella con la esperanza de que su protesta moviera a Kramer precisamente a hacer lo contrario.

—¿Qué va a hacer en tierra? ¿Me quieres tomar el pelo? La necesito en el mar. ¡Solo ella sabe dónde hundió el condenado diamante!

Ruth asintió con la cabeza; no había meditado esa circunstancia.

—Suéltale al menos las ataduras. Si no puede moverse porque siente dolores, tampoco podrá pensar con serenidad. El dolor limita la memoria.

Kramer la miró con incertidumbre, luego sacó a Margaret Salden del coche, le cortó las ataduras y arrojó las cuerdas a un lado.

—No vayas a pensar que me trago las tonterías que acabas de decir —dijo a Ruth entre gruñidos—. Pero ¿qué va a poder hacer la vieja en el agua? Quizás haga memoria cuando te vea nadando y se acerquen las aletas de los tiburones.

Propinó un empujón a Ruth.

—¡Vamos, corre! No vas a montarme ninguna escena en estos pocos metros hasta la barca —dijo, llevándose la mano a la pretina del pantalón y sacando de ella una pistola—. Un paso en falso y emplearé esta cosita, ¿entendido?

Los ojos de él se habían vuelto muy pequeños. Ruth comprobó en aquella mirada que estaba hablando muy en serio. Parecía completamente decidido a llevar a cabo su plan, sin importarle cómo acabaría todo.

—De ese diamante dependen muchas cosas para ti, ¿no es cierto? —preguntó ella.

—¡Eso te importa una mierda a ti, querida mía! No tienes más que encontrarlo y subirlo a la barca, todo lo demás está fuera de tu incumbencia.

21

Horatio estuvo a punto de dejar escapar a Kramer. El sol no era más que un leve resplandor de un tenue color rosa en el cielo cuando su automóvil salía por la salida de vehículos de su mansión. Al mismo tiempo, alguien llamaba por la ventana del Dodge. Era David. Sonrió enseñando los dientes a Horatio, abrió la puerta y ocupó el asiento del copiloto.

—Pensé que a lo mejor podrías necesitar mi ayuda.

Horatio se frotó los ojos, saludó con la cabeza a David, y a continuación condujo lentamente y a una distancia considerable por detrás de Kramer. Tenía que ser prudente, porque Lüderitz seguía dormitando y cada sonido se escuchaba con una intensidad dos veces mayor que a plena luz del día.

Horatio empezó a renegar cuando se dio cuenta de que Kramer tomaba el camino hacia las minas abandonadas.

—¿Cómo no se me ha ocurrido antes? ¿Adónde si no iba a llevar a las mujeres? No iba a hacerlo a su elegante mansión blanca, por supuesto que no.

—¿De qué estás hablando? —preguntó David.

En unas pocas frases explicó Horatio lo que había sucedido desde la víspera. David iba asintiendo con la cabeza durante las explicaciones.

—Fue una equivocación ver las cosas solo blancas o negras —dijo en voz baja—. En ocasiones lo negro parece ser blanco, y en la oscuridad todos los blancos son negros.

Horatio no replicó nada. Intuyó que David había reflexionado mucho durante la noche pasada, y estaba contento de que el joven se hubiera decidido a dar por finalizado su asunto con los Salden. Davida Oshoha se habría sentido sin duda orgullosa de su nieto.

Cuanto más se iban acercando a la mina, tanto más se le fue revelando a Horatio que había estado esperando, contra todo juicio sensato, descubrir una señal de vida de Ruth y de su abuela en la mansión de los Kramer. Ahora chorreaba de sudor al darse cuenta de lo ingenua que había sido esa esperanza. Había leído muchas veces en el periódico que se había hundido tal o cual galería abandonada. Una vez el derrumbamiento se debió al agua de las precipitaciones; otra vez, a una sequía extrema.

No respiró hondo hasta ver desde una distancia segura cómo salían de la galería Ruth y Margaret dando tumbos. Pero las ataduras que vio en las muñecas de las dos mujeres le partieron el corazón.

Horatio se obligó a permanecer sereno al ver cómo Kramer empujaba a sus dos prisioneras al interior del vehículo. Durante todo el tiempo estuvo tentado a saltar del coche, dirigirse hacia ellos y estrangular a Henry Kramer con sus propias manos, pero permaneció sentado, no solo porque se dio cuenta de que Kramer estaba armado, sino sobre todo porque su intervención solo podía empeorar aún más las cosas. David y él estaban solos, eran dos negros, sin testigos, y cualquier tribunal del país los condenaría a ellos y a las mujeres, en lugar de ocuparse de las maquinaciones del Diamond World Trust. Se trataba de mucho más que de un diamante. Tenía que mantenerse en su posición si quería rescatar a Margaret y Ruth y ayudarlas también a salvar la granja y salvaguardar sus derechos, si quería poner freno a las malvadas maquinaciones del consorcio. Tenía que aguardar el momento preciso por mucho que le costara dominarse.

Para Horatio transcurrió una infinidad de tiempo hasta que el automóvil se puso finalmente en marcha, pero que Kramer condujera primero en dirección a la ciudad significaba una ventaja para Horatio, porque entretanto se estaba desperezando la ciudad, y entonces ya no resultaba tan difícil seguir a Kramer sin levantar de inmediato sospechas. En una ocasión, a Horatio le pareció que Ruth se daba la vuelta. Él tuvo la esperanza de que ella reconociera su coche, que sintiera que él se encontraba cerca y que ya no debía pasar más miedo, pero por otro lado se temió exactamente eso, pues pensó que ella podría delatar entonces su presencia a través de cualquier comentario realizado de manera irreflexiva.

En el puerto fue todavía más fácil pasar desapercibidos. Había camiones cargados de tarimas circulando por todos los lados, las grúas trasladaban las cargas de los camiones a los barcos, las carretillas elevadoras atravesaban el recinto.

Horatio tuvo que estar muy atento para no perder de vista a Kramer en todo aquel jaleo. Entre los gigantescos hangares había demasiadas callejuelas que conducían a la zona interior del puerto y que volvían a ramificarse, pero Horatio tuvo suerte porque Kramer permaneció en la calle principal que iba en paralelo al muelle, y no se detuvo hasta el final del puerto, allí donde tenían su morada semiderruida los encubridores y los jugadores, los comerciantes pícaros y otros turbios personajes de mal vivir.

—Quiere ir al mar —dijo Horatio desconcertado al ver a Kramer que se metía en un local de alquiler de barcas—. ¡Pretende ir con las mujeres al mar! ¡Dios mío! ¿Qué querrá hacer allí? ¿Ahogarlas? ¿Arrojarlas como alimento a los peces? ¡No tiene ningún sentido! Kramer quiere el diamante, ¿qué quiere hacer en el mar, por Dios?

David permaneció en silencio, se encogió ligeramente de hombros.

Horatio no tuvo mucho tiempo para reflexionar porque vio a un chico negro arrojar una botella de aire comprimido en la superficie de carga de la *pickup*, y Kramer arrancaba enseguida de nuevo el vehículo.

Horatio se puso a renegar. ¿Debía dejar a Kramer simplemente que se fuera? ¿O debía hablar con el chico que había desaparecido en dirección al embarcadero? Siguió con la mirada la Chevy negra que doblaba en ese momento la esquina, y se fue corriendo al embarcadero. David le seguía muy de cerca.

—Quiero alquilar una barca —le dijo al chico al buen tuntún—. Una barca y un guía.

—Tendrá que ser al mediodía, señor. Ahora tengo un cliente esperándome.

Horatio hizo como si reflexionara.

—Quizás haga tu cliente la misma ruta que yo, y así podemos matar dos pájaros de un tiro. Te pagaría aparte, por supuesto, como si te hubiera contratado por separado. Doble salario por la mitad de trabajo. ¿Qué dices?

El chico puso morritos.

—Sería un buen negocio, jefe, no tendría nada que objetar, pero el otro jefe me lo ha prohibido expresamente. Quiere ir a la isla Halifax. Ha dicho que es una excursión, con su prometida y la madre de esta.

Horatio movió la cabeza.

—Una excursión bien extraña —dijo él, y el chico asintió con la cabeza y se echó a reír.

Entonces preguntó Horatio:

—¿Dónde puedo obtener ahora una barca y un guía?

El chico silbó con dos dedos. Enseguida aparecieron corriendo otros dos chicos negros.

—Son mis hermanos —dijo el chico—. Ellos sí tendrán tiempo para vosotros. Tengo que irme ahora. El jefe blanco da la impresión de tener malas pulgas.

—Buen viaje y mucho éxito —le deseó Horatio, y el chico se llevó los dedos al gorro y arrancó el motor de la barca.

—Aquí, jefe, aquí hay una barca —se acercaron a ellos los dos chicos y señalaron con el dedo una canoa muy vieja, probablemente de los tiempos de la fundación de Lüderitz.

—¿Qué se hace normalmente en la isla Halifax? —preguntó Horatio.

—Cazar tiburones —dijeron los dos chicos casi al unísono. Y luego siguió hablando solo el mayor—. Muchos se llevan arpones y se hacen fotografiar con el tiburón muerto. Otros son científicos con cámaras submarinas. Y hay otros a los que les gusta pasar miedo. Se llevan consigo grandes pedazos de carne sanguinolenta para atraer a los peces.

—¿Y aparte?

Los chicos se encogieron de hombros desconcertados.

—Aparte no hay nada. No se puede bucear por la presencia de los tiburones, ni tampoco pescar. Una vez hubo uno que arrojó a un hombre muerto allí al que había asesinado antes. ¡Con una navaja! Debió de desangrarse como un cerdo. Bueno, pues arrojó el cadáver al agua, y los tiburones dieron cuenta de él. No dejaron ni un huesito. Pero pescaron al asesino. Ahora está entre rejas.

Horatio sintió correrle un sudor frío por la espalda.

¿Tendría Kramer la intención de hacer saltar al agua a Ruth y a su abuela para echar de comer a los tiburones?

—¡Rápido, chicos, vamos! —dijo Horatio con voz de mando—. Tenemos que seguir a vuestro hermano, pero de modo que no se dé cuenta.

Los dos chicos se miraron el uno al otro indecisos.

—No queremos estropearle el bolo a nuestro hermano. ¿No podemos ir a otro lugar, jefe? Hay unos maravillosos arrecifes de coral aquí cerquita.

Horatio estuvo pensando durante unos instantes. A continuación decidió que lo mejor era ir con la verdad por delante. David y él iban a necesitar ayuda en el mar con toda seguridad.

—Bien, para ser sinceros, así están las cosas... —dijo Horatio, y empezó a contarles a los chicos aquella historia lo más resumidamente posible que pudo. Los chicos le escucharon boquiabiertos y miraban a David con gesto inquisitivo.

David les iba confirmando la historia de Horatio con un movimiento afirmativo de la cabeza.

Cuando Horatio hubo acabado, los ojos de los chicos resplandecían con ganas de aventura.

—Voy a por un arpón —dijo uno de ellos—. Me apuesto lo que queráis a que lo vamos a necesitar. Cerca de la isla Halifax hay un peñasco en el mar. Podemos escondernos detrás de él.

El otro chico añadió:

—Yo traeré unos prismáticos. Desde el peñasco puede observarse bien todo lo que ocurre.

—Si es cierto lo que dice usted, señor, entonces nuestro hermano está también en peligro, ¿verdad?

El primero de los chicos se detuvo nada más empezar a correr y regresó donde Horatio.

—A fin de cuentas, va a oír y a ver todo lo que va a pasar.

Horatio asintió con la cabeza. No había pensado en tal cosa hasta ese momento.

El chico echó a correr de nuevo y regresó poco después no solo con varios arpones, sino con un hombre negro detrás.

—Soy el padre de los chicos —explicó lacónicamente—. Me llamo Jakob. Y ahora, partamos. Quiero a mi hijo sano y salvo para que regrese a casa con su madre. Los otros dos se quedarán aquí.

22

La barca oscilaba intranquila por las aguas. Ruth estaba sentada en el banco de atrás, con el traje de buzo y la botella de aire comprimido entre los pies. Miraba el agua con una mirada tensa y angustiosa. Todavía se encontraban cerca de la orilla, pero a pesar de ello ya estaba pendiente por si veía aletas de tiburón en la superficie.

Margaret Salden estaba sentada a su lado, tenía una mano sumergida en el mar y contemplaba el cielo.

—¡Qué día más maravilloso, un día magnífico! —exclamó ella.

Kramer, que estaba sentado delante al lado del guía, se volvió a mirarlas.

—Un bonito día para morir. ¿Es eso lo que quieres decir, vieja? —Como Margaret no respondía, Kramer movió las piernas por encima de la tabla de asiento y se sentó mirándola de frente—. ¿Dónde sumergiste la piedra exactamente, vieja?

—Hace mucho tiempo de eso. Ya no lo recuerdo con exactitud. Y la piedra ya no estará ahí, con toda seguridad.

—Eso ya lo veremos. Solo puedo aconsejarte que vayas haciendo memoria. El diamante no solo es importante para mí, lo es mucho más para vosotras, porque vuestras vidas dependen de él.

Pasaron junto a un peñasco solitario. Ruth lo contempló llena de nostalgia. Entretanto se encontraban ya lejos de la orilla salvadora. Ruth se volvió a mirar atrás. Para nadar hacia atrás era demasiado lejos, y demasiado peligroso. Profirió un suspiro, miró al cielo, sintió la añoranza de las nubes de tormenta, pero no había ni señal de ellas. El cielo permanecía traicioneramente azul y exento de nubes.

—Creo que fue por aquí —dijo su abuela de pronto—. Solo queda un poquito.

—¿Aquí? —preguntó Kramer mirando a su alrededor. La isla Halifax quedaba todavía a media milla marina de distancia, como mínimo—. Vieja, te lo advierto. Solo tenemos una botella. Estás jugando con la vida de tu nieta. Si no encuentra la piedra en este lugar, la irá buscando cada metro desde aquí hasta la isla. Y cuando se acabe la botella, entonces solo tendrá el aire de sus pulmones.

Margaret Salden se encogió de hombros como si todo aquello le fuera completamente indiferente. Solo Ruth vio que los labios de su abuela se habían puesto pálidos y que había agarrado fuertemente la tela de su vestido con las dos manos.

Siguieron navegando un poco más, y cuanto más se aproximaban a la isla Halifax, más serena parecía Ruth. Su cabeza parecía haberse vaciado de pronto de toda carga. Estaba tan tranquila como si estuviera sentada en el porche de Salden's Hill con una botella de cerveza y con los pies embutidos en las pesadas botas y apoyados contra una columna.

—Fue aquí exactamente —dijo Margaret cuando ya se hallaban muy próximos a la isla Halifax—. Sí, tiene que haber sido aquí. —Miró a su nieta—. Te ruego que me perdones, mi niña. Me gustaría haber podido hacer algo más. No quise nunca llevarte ante una situación como esta.

—No te preocupes, abuela. Todo saldrá bien. Lo sé.

—¡Dejaos ahora de discursitos, ya tuvisteis tiempo para eso durante toda la noche! —exclamó Kramer, levantándose y acercándose mucho a Ruth. Ella lo miró y detectó de pronto el miedo en la mirada de él.

Él la evitó, miró por encima de ella y señaló con la mano al mar.

—¡Venga, adentro, y rapidito!

El chico negro le fijó la botella de aire comprimido en la espalda.

—¡Uf! —exclamó Ruth porque la botella era más pesada de lo que había pensado.

—En el agua no notará el peso, señorita —dijo el chico—. Yo estaré siempre cerca de usted. Tengo un arpón conmigo. No le sucederá nada. No he visto un solo tiburón en toda la travesía.

—Gracias —dijo Ruth, y lo dijo sintiéndolo así de verdad. A continuación se acercó a la borda y miró el azul de abajo. Titubeó, de pronto sintió temor por el frío del mar, por la inmensidad, la fuerza y el ímpetu del mar, por lo impredecible de su situación.

Se dio la vuelta, abrió la boca para decir que no iba a acceder a las exigencias de Kramer, pero este la empujó por el pecho y ella cayó al mar de espaldas.

La pesada botella la hundió inmediatamente hacia abajo. El mar no era especialmente profundo en ese lugar, así que no tardó mucho en llegar al fondo. Vio bancos de peces disipándose, vio arena y esta le trajo el recuerdo de las dunas en el desierto del Namib, vio algas y plantas marinas meciéndose suavemente con la corriente. Todo estaba sereno y plácido aquí abajo, no había ni por asomo nada de fantasmal ni oscuro, tal como ella se había imaginado con su miedo. «Sería bonito quedarse aquí, simplemente», pensó ella, y empezó a palpar entre las rocas, las plantas y los animales del fondo marino. Observó brevemente una concha que avanzaba lenta pero continuamente. El fondo era uniforme, pero algunas ondulaciones diminutas en la arena daban prueba del movimiento del mar. Si el diamante Fuego del Desierto estuvo aquí algún día, las corrientes de todos esos años lo habían arrastrado ya muy lejos.

Un pez oscuro, cuyo nombre no conocía Ruth, pasó nadando a su lado. Ella se deslizó por el fondo, agarró una piedra que no tenía nada que ver con un diamante, levantó una concha y supo con absoluta certeza que allí abajo no iba a encontrar nunca lo que buscaba Henry Kramer.

«Voy a quedarme aquí —pensó, y de pronto se sintió increíblemente cansada, pero ligera y feliz al mismo tiempo—. Simplemente voy a quedarme aquí hasta que se me consuma el aire.»

23

Horatio hacía unos esfuerzos inmensos por dominarse. Tal como habían planeado, se mantenían escondidos detrás del peñasco y observaban la lancha motora. Cuando Kramer empujó a Ruth al agua, exclamó Horatio al guía de la embarcación:

—¡Ahora, venga! ¡A por él!

Jakob puso el motor a toda máquina, y la canoa rodeó enseguida el peñasco para tomar rumbo hacia la otra embarcación.

—Tú, ve preparando los arpones —ordenó el negro con un movimiento de la cabeza a David, quien asintió rápidamente.

—Usted se ocupa del hombre blanco, yo de la mujer que está en el agua. El joven de aquí hará lo que hay que hacer.

Horatio y David asintieron con la cabeza al mismo tiempo. Iban tan rápidos por encima del tranquilo mar, que tuvieron que agarrarse firmemente a los tablones. Jakob mantenía los dientes apretados, la barbilla producía una impresión angulosa. Los ojos de David resplandecían con ganas de pelea.

Kramer no los había descubierto todavía. Estaba de espaldas a ellos y miraba como hechizado el lugar al que acababa de empujar a Ruth al agua. Kramer no se dio cuenta de la presencia de la otra embarcación hasta que esta se había acercado ya a unos veinte metros de ellos.

—¿Qué quieren esos de ahí? —gritó al chico.

Este se encogió de hombros y agachó la cabeza.

—¡Vamos, gira! ¡Demos la vuelta, a toda máquina! —vociferó Kramer al chico.

—¡No! ¡Ni hablar! ¡Nos quedamos aquí! —gritó Margaret Salden—. No podemos dejar a Ruth ahí abajo.

—¡Cierra el pico, vieja! —Kramer tomó impulso y abofeteó a la anciana con el dorso de la mano propinándole un golpe tan brutal en la boca que la mujer se deslizó desde el banco hasta los tablones.

Horatio apretó los puños.

Por fin quedaban las dos embarcaciones a la misma altura.

—¿Dónde está Ruth? —vociferó Horatio dando un imponente salto de una embarcación a la otra. Se echó encima de Kramer, que ya se había sacado la pistola con ánimo pendenciero.

—¡Quítale el arma! —gritó Jakob a su hijo, pero este no se movió de su sitio, estaba como petrificado mirando pelear a los dos hombres.

—¿Ruth? ¡Ruth! —exclamó Margaret Salden poniéndose a duras penas en pie. La barca oscilaba amenazadoramente de un lado a otro cuando sorteó a los dos hombres enzarzados en la pelea.

—¡Vamos, joven, salta al agua, ve a buscar a la mujer! —exclamó Jakob con las piernas abiertas sobre los tablones y la mirada fija en los combatientes, preparado para intervenir en cualquier momento. Tenía agarrados los arpones porque ya había divisado en el horizonte los primeros tiburones—. ¡Vamos, joven! ¡Salta! ¡Ya vienen los tiburones!

David saltó al agua.

Margaret Salden se sujetó a la borda, temblando, mientras Henry Kramer tomaba impulso con el brazo que empuñaba el arma para golpear a Horatio en la sien. Horatio levantó en ese mismo instante el brazo y con el puño golpeó el rostro de Kramer, y le comenzó a salir sangre de la nariz.

Kramer gritó, quiso agarrar a Horatio por la garganta con las dos manos, pero este se había echado para atrás y propinó una patada en el pecho a Kramer. Henry Kramer comenzó a balancear los brazos, perdió el equilibrio y se precipitó al mar exhalando un grito.

Ruth se deslizaba por el fondo marino, henchida de la paz y de un sosiego que jamás había conocido. Todo era hermoso y estaba tan tranquilo que ni siquiera se dio cuenta de que ascendían unas burbujas por el tubo que estaba fijado entre las gafas y la botella de aire. Se sentía cansada, maravillosamente cansada, y apenas se apercibió de que unos brazos la agarraban y tiraban de ella hacia arriba.

David emergió resoplando. Jakob agarró a Ruth y la subió a bordo, le quitó la máscara y le apretó firmemente las dos mejillas.

—¿Vive? ¿Está bien? —exclamó Margaret Salden desde la otra embarcación. Jakob asintió con la cabeza.

—¡Los tiburones! —gritó el chico negro que estaba sentado en la otra barca—. Se están acercando. El jefe blanco está en el agua y está sangrando.

David se subió a bordo, agarró el arpón, se colocó de piernas abiertas en la barca y se puso a mirar atentamente a los tiburones.

—¡Vamos! —gritó Jakob a Horatio—. Tenemos que sacarlo de ahí o será pasto de los peces.

Horatio dirigió una mirada a Ruth, que parecía volver en sí poco a poco.

—¡Pues se lo ha ganado a pulso! —exclamó, y a continuación saltó al agua entre las dos embarcaciones. Jakob saltó por el otro lado. Los dos agarraron simultáneamente a Kramer y tiraron de él hacia la barca en la que estaba David, quien los ayudó desde arriba a subirlo a bordo.

Jakob se subió a la embarcación en la que estaban Margaret y su hijo, y puso en marcha el motor.

—¡Tenemos que irnos de aquí! —exclamó.

Kramer y Ruth yacían uno al lado del otro en el suelo de la otra embarcación, cuyo motor puso David en marcha en ese instante. Horatio se sentó sobre el pecho de Kramer, apretó firmemente hasta que el blanco comenzó a escupir agua entre toses. A continuación le ató de manos y pies con nudos marineros, y se arrodilló al lado de Ruth.

—¡Eh, tú! —exclamó, quitándole un mechón de pelo húmedo de la frente—. ¿Cómo te encuentras?

Ruth abrió los ojos.

—¿Dónde están tus gafas? —preguntó ella.

Horatio se echó a reír.

—En el mar. Los tiburones podrán romperse los dientes con ellas.

Ruth se rio, pero entonces su risa dio paso a un sollozo.

Horatio la abrazó y le acarició suavemente las mejillas al tiempo que le susurraba:

—Todo ha pasado ya, ya está todo bien. ¿O te pensabas que iba a dejarte en manos de ese fanfarrón blanco?

En la playa estaban esperando ya una ambulancia y varios coches de la policía. Los enfermeros se ocuparon de Ruth y de Margaret, y luego se llevaron a Henry Kramer bajo vigilancia policial.

—Vamos a llevarlo a la clínica más próxima, y desde allí lo escoltaremos a la prisión preventiva —explicó uno de los policías.

Ruth estaba sentada en el suelo del muelle, con una manta sobre los hombros, un vaso de café en la mano y el otro brazo rodeando firmemente a su abuela. A su lado yacía tirado el traje de buzo, como un animal destripado.

—No sé cómo agradeceros todo lo que habéis hecho —dijo Horatio cuando se acercaron los chicos y su padre a despedirse—. Sin vosotros no lo habríamos conseguido. Gracias por haber venido. Gracias por haber llamado a la policía y a la ambulancia.

David se quedó unos instantes confuso junto a las dos mujeres. Entonces le tendió la mano a Ruth.

—Se ha comportado usted valientemente. Para ser una blanca, quiero decir.

Ruth le sonrió.

—Te pareces mucho a tu abuela —repuso ella—. Ojalá estuviera aquí ahora entre nosotros.

David tragó saliva y asintió con la cabeza. Después señaló al coche de la policía.

—Me voy con ellos, por lo del atestado. Nos vemos más tarde —dijo con timidez y escarbando con los pies en la arena.

—¡Ven aquí, joven! —exclamó Margaret, que se levantó, agarró a David por los hombros y le dio un beso sonoro en la mejilla—. ¡Te doy las gracias, te lo agradezco de todo corazón! Siempre que necesites una abuela, intentaré estar ahí para ti.

Él se desprendió del abrazo de ella sin pronunciar palabra y visiblemente emocionado. A continuación se dirigió con paso decidido al coche de la policía, se subió en él, y se fue con los policías.

Ruth, Margaret y Horatio permanecieron solos en aquel lugar. Solo había un bombero joven junto al Dodge, fumando y mirando discretamente en otra dirección. Había tenido que prometer a la policía que llevaría después a Ruth, Margaret y Horatio a la comisaría más cercana, pero tuvo la suficiente delicadeza para dejar que primero estuvieran entre ellos a solas.

Estuvieron sentados un buen rato los tres juntos, con Ruth en el centro, mirando al mar. Fue en ese momento cuando Ruth empezó a comprender el peligro por el que habían pasado.

—Nos habría matado a todos —dijo ella en voz baja—. Estaba loco por tener el diamante.

Margaret y Horatio asintieron con la cabeza en silencio.

—¿Dónde está el diamante en realidad? —quiso saber Horatio entonces.

—Lo hundí allí, de verdad. Lo que le he contado a Ruth es la verdad. Solo hay una cosa que no sabes, Horatio.

—¿El qué?

Margaret se volvió a Ruth y extrajo la cinta de cuero con la piedra de la nostalgia del escote de Ruth.

—Este es un fragmento del diamante Fuego del Desierto.

—¿Cómo dice? —preguntó Horatio abriendo los ojos como platos.

—Puedes dar crédito a lo que has oído. El joven nama que me confió el diamante me entregó también este fragmento más pequeño. El diamante Fuego del Desierto siempre ha constado de dos partes. Y los nama creían que la piedra pequeña atraería a su hermana mayor. Has estado todo el tiempo cerca de una de las dos mitades del diamante.

Ruth se sacó la cinta con la piedra por la cabeza y se la tendió a Horatio. Este contempló la piedra, le pasó el pulgar por el canto cortante.

—La piedra de la nostalgia —dijo murmurando.

Ruth cogió la mano de Horatio, y le apretó los dedos firmemente cerrando la piedra en el puño de él.

—Es tuya. Debes quedártela tú. Eres un nama y estás investigando la historia de tu pueblo. Quédatela, protégela para tu pueblo.

Horatio cerró los dedos con firmeza en torno a la piedra.

—La llevaré al sitio en el que tiene que estar. A un lugar sagrado para los nama.

Margaret Salden asintió con la cabeza.

—Estoy contenta de que todo haya acabado ya —dijo ella agarrando la mano de Horatio—. Te doy las gracias, te lo agradezco de todo corazón —dijo con las lágrimas asomándole ya en los ojos, pero, aunque tenía el rostro grisáceo por el agotamiento, estaba radiante.

—No, este no es el final todavía —repuso Horatio girándose hacia Ruth—. Pero lo que viene ahora será maravilloso. ¿Te acuerdas de la carta que te escribí y que deslicé por debajo de tu puerta en la pensión?

Ruth hizo un gesto negativo con la cabeza, pero a continuación exclamó:

—¡Sí, claro que sí, la tengo guardada en el bolsillo del pantalón!

Metió la mano en el bolsillo y extrajo un sobre arrugado.

—¡Pero si no la has leído! —dijo Horatio en tono de reproche.

Ruth bajó la cabeza.

—Perdóname —dijo ella en voz baja—. Estaba enfadada contigo, no la leí por ese motivo.

—¿Y ahora? ¿Sigues enfadada conmigo?

—¡Claro que no! —exclamó Ruth, le rodeó el cuello con los brazos y lo apretó contra ella. Horatio cerró los ojos y disfrutó del abrazo tanto como Ruth.

Los dos regresaron a la realidad cuando Margaret Salden se puso a reír en voz baja. Se miraron a la cara unos instantes, y luego volvió a pasar la carta por la cabeza a Horatio.

—¿No vas a leerla de una vez por fin? —preguntó él.

Ruth abrió el sobre, leyó, se quedó mirando fijamente a Horatio con la boca abierta y acertó a balbucear finalmente:

—¡No...! ¡No me lo puedo creer!

24

—¿Te lo crees ahora? —preguntó Horatio cuando salían de la oficina del gobierno.

Ruth torció la boca.

—Poco a poco voy entendiéndolo, sí, pero ¿creérmelo? —dijo ella, y negó con la cabeza mientras miraba una vez más el papel—. No, todavía no puedo creérmelo.

Horatio extendió los brazos y se echó a reír.

—Ruth, eres rica. Tu granja está a salvo. Nunca más en la vida podrá quitarte nadie Salden's Hill.

—Sí —dijo ella, pero el tono de su voz no era de felicidad.

—¿Es que no te hace ilusión? —preguntó Horatio.

—¿El que mi familia sea propietaria de una parte de la mina de diamantes?

—Sí.

—No lo sé —dijo ella—. La vida era bonita tal como estaba todo antes —dijo, sentándose en un banco frente al edificio del gobierno—. ¿Cómo lo averiguaste en realidad? —preguntó ella.

Horatio sonrió.

—Encontré una carpeta en el archivo que estaba metida dentro de una caja de cartón, por debajo de un escritorio. En ella había documentos bancarios. Cada mes había una transferencia de una importante cantidad de dinero a una cuenta bancaria en Lüderitz, cuyo receptor era una persona desconocida. Entonces cesaron de pronto los pagos, pero la cuenta siguió existiendo. No sé por qué robé esas hojas del archivo. Debió de ser una inspiración. En todo caso fui al banco en Lüderitz, mostré mi carnet de la universidad y le expliqué a la empleada del banco mis investigaciones. Al mencionar el nombre de Henry Kramer, la joven entornó los ojos. Me di cuenta de que ella tenía alguna cuenta pendiente con él. Me pidió un poco de tiempo y al día siguiente puso ante mí unos documentos en los que quedaba manifiesto que el propietario de la misteriosa cuenta bancaria era Wolf Salden, o bien sus herederos. Fui hasta la policía, pero allí nadie supo prestarme ayuda porque no se había cometido ningún delito. No obstante, pude convencer al departamento de delitos económicos para que realizaran sus propias pesquisas. De ellas resultó que Wolf Salden, ya antes del año 1904, había comprado con la herencia de sus padres algunas participaciones en los terrenos en los que después se pondrían en marcha las minas de diamantes. Al morir Wolf Salden y estar Margaret desaparecida, los propietarios sacaron provecho a discreción de esas participaciones, pero por motivos de impuestos tuvieron que transferir un dinero mensualmente a ese socio desconocido. Supongo que Heinrich Kramer deseaba echarle el guante también a ese dinero.

Horatio se quedó callado unos instantes y prendió la mano de Ruth.

—Y ahora está acusado de haber matado de un disparo a Wolf Salden en el año 1904, en su granja. Ahora solo tenemos que esperar al resultado del careo de tu abuela con el anciano Kramer.

—No es de extrañar que el viejo Kramer tuviera sometido a Henry a esa presión. Debió de ser un golpe tremendo para él que apareciera primero yo y después mi abuela. Lo extraño es cómo supo de mí. No me conocía de nada.

—Supongo que le puso sobre tus pasos el registro efectuado para acceder al archivo. Y él te echó a su hijo al cuello.

—Siento algo de pena por Henry —dijo Ruth en voz baja—. Se esforzó mucho por contentar a su padre al menos una vez en la vida, pero tampoco lo consiguió esta vez.

—A mí no me da ninguna pena —replicó Horatio—. Es una persona mayor de edad. Tenía la posibilidad de elegir. Un ser humano puede decidir siempre entre el bien y el mal.

—¿Tienes la carta? —preguntó Ruth.

Horatio negó con la cabeza.

—Te la has guardado tú después de que el director del banco la sacara de una caja fuerte junto con los extractos del banco y el documento de propiedad por el veinte por ciento que tiene de participación tu familia en la mina de diamantes.

Ruth se puso pálida. Se puso a hurgar en su mochila, cada vez más nerviosa, pero finalmente respiró hondo, aliviada.

—Desde que sé que una carta puede decidir a veces entre la vida y la muerte, tengo un miedo permanente a perder una.

Horatio se rio, rodeó a Ruth con un brazo por encima del hombro y la atrajo hacia él.

—Vámonos ya, ¿vale? Vamos a buscar a tu abuela, y luego partimos en tu coche hacia Salden's Hill.

Ruth sonrió.

—No puedes esperar a llegar a nuestra granja y ponerte a escribir allí la historia de mi abuela y de la tribu nama del desierto del Namib, ¿verdad? Por suerte, las habitaciones de los invitados son tan espaciosas que se puede pasar mucho tiempo en ellas sin perder los nervios.

Horatio le agarró el brazo.

—Dime, ¿de verdad te parece bien que me instale en vuestra casa?

Ruth titubeó un instante y luego repuso:

—Me hace ilusión. Muchísima ilusión incluso.

Al mirarse los dos, Ruth leyó en los ojos de Horatio un deseo, unas ansias profundas. En cambio, Horatio vio en los ojos de Ruth expectación y alegría.

—Vámonos deprisa a Salden's Hill —murmuró Horatio—. No quiero perder más tiempo.

Ruth sonrió. Entendió que no se refería a su trabajo. No obstante, hizo un movimiento negativo con la cabeza.

—No. Antes tenemos que pasar por el oculista a buscar tus gafas nuevas. ¿O te pensabas que iba a conducir yo sola todo el trayecto?

—Eh, que sigo sin tener la licencia de conducir.

Unos días después estaban todos reunidos en Salden's Hill. Solo seguían esperando a Corinne. La llegada fue extremadamente emotiva. Margaret abrazó a Rose mientras Mama Elo las miraba llorando. Luego se fueron madre e hija a dar un largo paseo por la granja. Nadie sabía de qué habían hablado las dos, pero todos vieron que desde entonces Rose Salden tenía siempre una sonrisa en el rostro.

La sonrisa se hizo ciertamente más fina en el momento en que Rose divisó a Horatio, pero no desapareció del todo.

—Un hombre negro en mi casa —dijo entre murmullos y sacudiendo la cabeza—. Primero el asunto del diamante y ahora esto. Con Corinne no me habría pasado esto jamás. —Pero poco después recorrió la casa con la cabeza bien alta. Señaló con el dedo una vieja mesa de madera de teca y exclamó—: Esta mesa tiene que desaparecer de aquí. Y en las paredes hay que colgar tapices, de seda a ser posible. Le preguntaré a Corinne.

Ruth ponía los ojos en blanco cada vez que Rose iniciaba tales conversaciones, pero Margaret le ponía una mano en el brazo.

—Déjala —decía Margaret—. Tiene que recuperar muchas cosas.

Por la noche preguntó Horatio:

—¿Qué planes tienes ahora, Ruth, ahora que ya no debes preocuparte más por el futuro de la granja? ¿Vas a seguir criando ganado?

—Sí, por supuesto. Nunca he querido otra cosa. El dinero no va a cambiar nada. Mi madre y mi abuela son ricas. Yo sigo siendo la misma de antes. Quiero conservar Salden's Hill, claro está. La deuda ya no es ningún problema ahora. Quizás aumente los rebaños de ovejas, pero no para vender los corderos al matadero, o para que las ricas europeas blancas se hagan elegantes abrigos de astracán, no. Quiero la leche de los animales, quiero ver crecer a mis corderos. Con la leche me gustaría hacer queso y venderlo en la ciudad, pero todavía no sé qué voy a hacer exactamente... —Ruth se calló y miró atemorizada a Horatio—. ¿Y tú? ¿Podrías imaginarte viviendo permanentemente en una granja?

Horatio se encogió de hombros.

—No tengo ni idea de lo que es la vida en una granja. Y tengo miedo a los animales.

Ruth se echó a reír.

—Eso está bien. Mañana mismo te enseñaré a montar a caballo. Y, a cambio, tú podrías instalar una pequeña biblioteca en Salden's Hill.

—Sí, y quizá llegue así a escribir realmente la historia de mi pueblo —dijo agarrando la mano de Ruth—. Por mí podría extenderse por mucho tiempo mi estancia en la granja.

Ruth sonrió.

—Pero solo tendrás tranquilidad para trabajar una vez que Corinne regrese por fin a Swakopmund. Ya verás. Pondrá todo esto de aquí patas arriba cuando venga. Y me apuesto lo que quieras a que ya tiene muy bien pensado lo que va a hacer con el dinero.

—Puede ser —repuso Horatio—. Pero esa ya es otra historia —dijo, inclinándose hacia Ruth. Le tomó el rostro con las dos manos y la besó.

Anexo

Breve resumen de la historia de Namibia

Siglo XV	Marineros portugueses descubren el país.
Siglo XVI	Inmigración de tribus bantú hacia el norte del país, entre ellas los herero.
Siglo XVIII	Primeros conflictos bélicos de los herero con los nama; primeros contactos comerciales de los blancos con las tribus aborígenes.
1805	Llegan al país los primeros misioneros cristianos.
Hasta 1878	Establecimiento de colonos blancos; conflictos armados con los negros.
1883	Adolf Lüderitz llega a Namibia. Se apropia de amplias extensiones de terrenos, adquiridos mediante estafa.
1884	Namibia queda sujeta bajo administración colonial alemana y el país pasa a llamarse oficialmente África del Sudoeste Alemana.

1885	Fundación de la Compañía Colonial Alemana para África del Sudoeste. Colonos alemanes compran y arriendan terrenos para granjas, que pertenecían originariamente a las tribus negras.
1904	Rebelión de los nama y de los herero.
1915	Fuerzas militares sudafricanas ocupan Namibia y ponen fin al dominio colonial alemán.
1919	Con el Tratado de Versalles finaliza el poder colonial de los alemanes. Namibia pasa a ser país miembro de la Sociedad de Naciones bajo la potencia mandataria de Sudáfrica.
1946	Namibia se convierte en la quinta provincia bajo la administración de Sudáfrica.
10 de diciembre de 1959	Manifestaciones de protesta de los negros, sobre todo de las mujeres negras, contra el traslado forzoso de la población a guetos situados en la periferia de Windhoek. El ejército sudafricano pone fin a la manifestación con derramamiento de sangre. Son asesinados once manifestantes y se impone con violencia el hacinamiento en guetos de la población negra.
1960	Fundación de la SWAPO en Daressalam.
21 de marzo de 1990	Namibia declara su independencia y redacta su primera constitución.

Agradecimientos

Muchas han sido las personas que me han apoyado al escribir esta novela, dándome ánimos, realizando sugerencias o ayudándome con sus consejos.

Mi agradecimiento más cordial le corresponde a Klaus Putenson (Windhoek, Namibia), quien me acompañó en mi viaje por Namibia y supo darme siempre una respuesta a mis preguntas.

También les doy las gracias a Gisela Willrich (Swakopmund, Namibia) y a Sonja Willrich (Ciudad del Cabo, Sudáfrica). Sus historias se encargaron de enriquecer esta novela.

Y, por supuesto, doy las gracias de todo corazón a mi familia, amigos y parientes que me acompañaron involucrándose en este proyecto.

Un agradecimiento especial va dirigido a mi agente Joachim Jessen y a mi maravillosa lectora, Stefanie Heinen.